Francis Durbridge
Ein Mann namens
Harry Brent

(A Man Called Harry Brent)

Kriminalroman

aus dem Englischen übersetzt von
Dr. Georg Pagitz

mit einem Vor- und Nachwort des Übersetzers

– Williams & Whiting –

Von Francis Durbridge sind bereits bei Williams & Whiting erschienen (Bandnummer in Klammer):

Coverdesign: Timo Schröder

ISBN 9781915887894

Williams & Whiting (Publishers)
15 Chestnut Grove, Hurstpierpoint,
West Sussex, BN6 9SS, England

Inhalt

Vorwort
von Dr. Georg Pagitz

Als vorliegender Roman im November 1970 bei Hodder &
Stoughton unter dem Originaltitel *A Man Called Harry Brent*
erstmals auf Englisch erschien, war sein Verfasser Francis
Durbridge bereits seit Jahrzehnten der erfolgreichste europäische Autor von mehrteiligen Fernseh- und Radiokrimis.
  Durbridge, 1912 in Hull geboren und 1998 in London
gestorben, war 1938 der große Durchbruch mit einer achttei-
ligen Hörspielserie rund um den Kriminalschriftsteller Paul
Temple gelungen, der fortan bis 1968 im Hörfunk über 20
Fälle löste. Die Manuskripte wurden in viele Sprachen übersetzt und so jagte der smarte Ermittler rund um den Erdball
geheimnisvolle Hintermänner und Chefs von Verbrecherban-
den.
  Als sich das Fernsehen etablierte, war Durbridge der erste,
der mit seiner seriellen Erzählweise und der häppchenweisen
Verabreichung seiner »Krimidosen« ein Millionenpublikum
Woche für Woche vor den Bildschirm fesselte. Zwischen
1952 und 1980 entstanden zwanzig mehrteilige TV-Krimis in
England, die im ganzen Commonwealth gezeigt wurden.
  Durbridge behielt stets die Rechte an der Vermarktung im
Ausland und so entstanden alsbald deutschsprachige, italienische, schwedische, finnische, polnische oder auch französische Varianten seiner Mehrteiler.
  In den 1970ern verlagerte Durbridge sein Interesse immer
mehr auf seine große Leidenschaft, das Theater, und etablierte
sich als erfolgreicher Dramatiker.
  Als vielbeschäftigter Verfasser von Hörspielen, Fernseh-
und Filmdrehbüchern und unter dem Druck seiner Auftraggeber, immer neues Material zu liefern, blieb ihm gar nicht die
Zeit dafür, Romane zu schreiben. Sein Interesse lag nie in
diesem Bereich, wenngleich er auch manchmal Kurzgeschich-

ten und Fortsetzungsromane für Zeitschriften verfasste.

Der Großteil seiner über 40 Romane entstand nicht aus dem Wunsch des Autors, einen Kriminalroman zu verfassen, sondern zunächst aus einer anderen Notwendigkeit. In den Jahren, in denen Francis Durbridge im Radio und im Fernsehen zu Ruhm gelangte, gingen die Produktionen live auf Sendung. Wer sie aus Zeitgründen nicht verfolgen konnte, hatte Pech gehabt. Neugierige Fans schrieben der BBC oder auch Durbridge selbst und erkundigten sich, was in der einen oder anderen verpassten Episode geschehen war. Deshalb entschied sich Durbridge, aus seinen Drehbüchern Romane zu machen, die von den Verlegern mit Kusshand genommen wurden, weil sie ebenso erfolgreich waren. Später war die Auswertung als Roman eine willkommene Einnahmequelle.

Auch der Roman *Ein Mann namens Harry Brent* basiert auf einem Drehbuch. Es war jenes zum vierzehnten BBC-Mehrteiler des Autors, *A Man Called Harry Brent*, der zwischen dem 22. März und dem 26. April 1965 in der Inszenierung von Alan Bromly und mit Edward Brayshaw und Gerald Harper in Titelrollen ausgestrahlt wurde.

Das vorliegende Buch folgt dem Originaldrehbuch Szene für Szene und fast wortgleich im Dialog und hat genau so viele Kapitel wie der Fernsehmehrteiler Folgen, nämlich sechs. Auch die Cliffhanger am Ende jedes Kapitels entsprechen jenen der TV-Produktion, wobei der fünfte Cliffhanger im Drehbuch im Roman nicht wiedergegeben wird. Hierbei handelte es sich um einen reinen optischen Cliffhanger, der in Schriftform schwierig gewesen wäre: Ein LKW, aus dem in einer Szene zuvor geschossen wurde, biegt vor dem Protagonisten Harry Brent auf die Straße und Brent folgt dem Wagen: Ist es der gleiche Wagen und wird auch auf Brent geschossen werden? – Ende der Episode!

Da Francis Durbridge einer der meistbeschäftigten Krimiautoren bei Radio und Fernsehen war und er zeitgleich immer an mehreren Werken arbeitete sowie seine alten Stoffe häufig überarbeitete, schaffte er es zeitlich nicht, sich um die Romanfassungen seiner Mehrteiler zu kümmern. Aus diesem Grund bezahlte er Mitarbeiter dafür, unter seiner Aufsicht und

Überwachung aus den Dialogbüchern Romane zu machen.

Im Laufe der Jahre wechselte Durbridge seine Co-Autoren (der Begriff ›Ghostwriter‹ trifft es nicht, da nicht die Geschichte eines anderen unter dem Namen Francis Durbridge verkauft wurde). Ab den 1970ern arbeitete er hauptsächlich mit einem Lehrer des renommierten Eton Colleges zusammen, mit dem er auch privat befreundet war: James McConnell (1915–1988), der als Douglas Rutherford auch selbst zahlreiche Romane verfasste. Er wandelte das TV-Manuskript zu *A Man Called Harry Brent* in vorliegendes Buch um. Wie alle Romane erschien es erst nach der Ausstrahlung des Mehrteilers, was auch bedeutet, dass der TV-Mehrteiler nicht auf dem Roman basiert, sondern umgekehrt.

Die Geschichte selbst ist ein ganz typischer Durbridge, der allerdings einige Besonderheiten aufweist. Zunächst haben wir es eigentlich mit zwei Protagonisten zu tun, einerseits mit dem aus dem Titel bekannten Harry Brent, dessen Rolle undurchsichtig und mysteriös ist, und andererseits mit dem Kriminalinspektor einer Kleinstadt, der sich in einem immer größeren Kriminalfall wiederfindet, der schließlich zur Spionageaffäre wird. Beide Hauptfiguren haben etwas – oder besser gesagt, jemanden – gemeinsam: eine Frau namens Carol. Brent ist ihr neuer Verlobter, der Inspektor ihr Ex. Daraus entsteht eine besonders interessante Konstellation. Angesiedelt ist die Geschichte in Market Weldon, einer Kleinstadt eineinhalb Zugstunden von London entfernt. Wie viele solcher kleinen Orte bei Francis Durbridge ist auch dieser fiktiv.

Der Autor versteht es in *Ein Mann namens Harry Brent* besonders, das Publikum zu verwirren. Ein wichtiges Element ist dabei das Aneinanderreihen mysteriöser Ereignisse, wie eine Sekretärin, die beim Vorstellungsgespräch wie aus dem Nichts plötzlich ihren zukünftigen Chef erschießt, oder die Tatsache, dass der Protagonist in fast jeder Szene mehr und mehr belastet wird, er jedoch stets alles bestreitet. Eine andere entscheidende Zutat ist das Auftreten so genannter *red herrings*, falscher Spuren, und das Auftauchen der bei Durbridge so beliebten mysteriösen Gegenstände, die eigentlich sehr harmlos sind, aber doch irgendein Geheimnis verbergen. In

Ein Mann namens Harry Brent sind dies ein Blumenstrauß, ein Füller und eine Jacke, außerdem auch noch ein paar Theaterkarten. Auf die Wendung, welche Rolle der Blumenstrauß hat, war Francis Durbridge besonders stolz, denn in einem Interview mit einem italienischen Journalisten im Jahr 1979 antwortete er auf die Frage, welcher *coup de théâtre*, also welcher Überraschungscoup, sein gelungenster sei, interessanterweise, es sei jener Moment in Harry Brent, in dem in einem Gespräch klar wird, dass die Blumen nicht für einen Krankenhausbesuch waren, sondern für … (lesen Sie selbst im ersten Kapitel nach!).

Wie in vielen Werken Francis Durbridges sind die Taten nicht persönlich motiviert, sondern eine kriminelle Organisation steht dahinter. Dies bringt mit sich, dass jede auftretende Figur als der/die große Unbekannte entlarvt werden kann. Wie oft bei dem englischen Autor firmiert der Haupttäter unter einem Pseudonym, in diesem Falle als AX, was im Englischen wie der Buchstabe X ausgesprochen wird.

Der Roman *A Man Called Harry Brent* wurde – und das ist bei Durbridge eher ungewöhnlich – bisher nur in zwei Sprachen übersetzt: auf Deutsch und auf Polnisch. 1970 brachte der Goldmann-Verlag eine gelungene Übersetzung von Tony Westermayr auf den Markt. Die *Engadiner Post* veröffentlichte zwischen August und November 1980 *Ein Mann namens Harry Brent* als Fortsetzungsroman. Das Buch erschien zuletzt in einer Goldmann-Jubiläumsausgabe zum 75. Geburtstag des Autors Francis Durbridge 1987. Westermayrs Übersetzung ist jedoch – wie die meisten Durbridge-Romane von damals – an einigen Stellen gekürzt und die Kapitelaufteilung ist anders. Das Original hat nur sechs Kapitel, während die alte deutsche Übersetzung aus 25 Kapiteln besteht. Die Geschichte wird hier nun erstmals in neuer Übersetzung, mit den korrekten Kapiteln und vollständig den Krimifans präsentiert.

Bleibt zu erwähnen, dass das zugrundeliegende Originaldrehbuch in verschiedenen europäischen Ländern erfolgreich verfilmt wurde: 1967 in der BRD als *Ein Mann namens Harry Brent* (Ausstrahlung 1968, Regie: Peter Beauvais), 1970 in

Italien als *Un certo Harry Brent* (Regie: Leonardo Cortese), 1972 in Polen als *Harry Brent* (Regie: Andrzej Zakrzewski) und 1973 in Frankreich als *Un certain Richard Dorian* (Regie: Abder Isker).

Im umfangreichen Nachwort wird – unter anderem auf Basis von Francis Durbridges Privatkorrespondenz und Tagebuchaufzeichnungen sowie auf Grundlage zeitgenössischer Presseartikel und -kritiken sowie Erinnerungen der Darsteller Brigitte Grothum, Peter Ehrlich und Wolfgang Preiss (besonderen Dank an Dirk Brüderle!) – auf die verschiedenen Verfilmungen ausführlich eingegangen. Ein Schwerpunkt liegt dabei natürlich auf der deutschen Verfilmung mit Günther Ungeheuer und Peter Ehrlich, für die Durbridge das Ende (wenn auch ungern) umschrieb (im vorliegenden Roman ist das englische Originalende enthalten!). Dabei wurden auch viele Namen geändert, allerdings blieb Durbridges Vorschlag, aus Harry Brent Martin Lewis zu machen, beim WDR unberücksichtigt.

Spannende Lektüre bei *Ein Mann namens Harry Brent*, einem der gelungensten Werke von Francis Durbridge.

Francis Durbridge
Ein Mann namens Harry Brent

Die handelnden Personen

HARRY BRENT	Inhaber eines Reisebüros
ALAN MILTON	Kriminalinspektor
CAROL VYNER	Sekretärin bei Sam Fielding
ERIC VYNER	Farmer, Bruder von Carol Vyner
HAROLD TOLLY	Geschäftsmann
ROY PHILLIPS	Kriminalsergeant
SAM FIELDING	Chef einer Elektronikfirma
PHYLLIS TOLLY	ehemalige Kantinenwirtin bei Fielding
JACQUELINE DAWSON	Schauspielerin
MARK RAINER	Schauspieler
KEVIN JASON	Unternehmensberater
REG BRYER	Nachtpförtner
BARBARA SMITH	Sekretärin
MRS. GREEN	Haushälterin von Sam Fielding
SIR GORDON TOWN	Chef von D. I. 5
TOMLINS	Revierbeamter in Market Weldon
BERNARD WEDGEWOOD	Friedhofswächter
OLIVE	Haushälterin bei Eric Vyner
FILEY	Auftragskiller
RUFFO SILVANI	Inhaber eines italienischen Restaurants
PIETRO SILVANI	Kellner im Lokal seines Vaters
TONY MOORE	Schauspieler und Theaterdirektor
TOM LAIDMAN	Polizist beim Gefangenentransport
GEORGE LONGFIELD	Mitarbeiter bei Fielding
DR. COLLINS	Notarzt

Der Roman spielt in Market Weldon und London im Jahr 1970.

Kapitel eins
Die Blumen

Harry Brent hatte jene Art von Gedächtnis entwickelt, die automatisch jedes Detail des Erlebten aufnahm, es in seinem Hinterkopf ablegte und für den Fall, dass er es jemals brauchen würde, sofort wieder abrufbar machte. So blieb die seltsame kleine Szene an der Paddington Station in seinem Unterbewusstsein und er konnte sie später wie einen Farbfilm mit Tonspur noch einmal durchlaufen lassen.

Sein Taxifahrer hatte ihn zehn Minuten bevor sein Zug ging vor der Schalterhalle abgesetzt. Er hatte sich etwas länger am Bücherstand aufgehalten, um einen Roman zu kaufen. Diesen hatte er unter den Arm geklemmt, mit dem er seinen Wochenendkoffer trug. Der Zug nach Market Weldon würde, wie er aus langjähriger Erfahrung wusste, am Bahnsteig Nummer drei abfahren. Er reihte sich in die kleine Schlange der Reisenden ein, die darauf warteten, dem westindischen Kontrolleur ihre Fahrkarten zu zeigen.

»Nach Market Weldon, Zug rechts. Nur die letzten vier Wagen.«

»Danke.«

Brent ging den Zug entlang auf der Suche nach einem Fensterplatz mit Blick auf die Lokomotive. Der Zehn-Uhr-Zug war voller als sonst, aber schließlich stieg er in den vierten Waggon und hatte das Glück, einen Eckplatz zu finden, der an den Gang grenzte. Er stellte seinen Koffer auf die Ablage und machte es sich mit dem Roman auf seinem Knie bequem. Zum Lesen würde später noch genug Zeit sein. Im Moment wollte er sich die Leute ansehen, die in den nächsten anderthalb Stunden seine Reisebegleiter sein würden. Es war eines von Brents Lieblingsspielen, zu versuchen, den Gesichtern, die er zum ersten Mal sah, einen Hintergrund und einen

15

Beruf zuzuordnen.

Er hatte die liebe alte Jungfer, die ihm gegenübersaß, in eine Schublade gesteckt und grübelte über den hungrigen, nervösen und selbstbewussten Junggesellen in der hinteren Ecke nach, als seine Aufmerksamkeit von dem Gesicht einer jungen Frau abgelenkt wurde, die vom Bahnsteig aus in das Abteil schaute. Er schätzte ihr Alter auf etwa zwanzig. Eigentlich war sie ganz attraktiv, denn ihre Gesichtszüge waren sehr klar, aber sie machte überhaupt keinen Eindruck auf ihn. Ihr Gesichtsausdruck war seltsam tot und nichtssagend. Sie hatte kein Gepäck, sondern hielt in der einen Hand einen Blumenstrauß und unter dem anderen Arm eine zusammengefaltete Zeitschrift. Selbst das eilige Zuschlagen der Türen und das schrille Pfeifen des Zugbegleiters, das ankündigte, dass der Zug gleich losfahren würde, schien sie nicht zu beeindrucken. Er nahm sie aus seinem Blickfeld und er setzte das Studium der sechs anderen Fahrgäste fort. Als er sie alle kategorisiert hatte und mit seinem Buch beginnen wollte, bemerkte er, dass jemand mit dem Öffnen der Tür neben ihm kämpfte. Er blickte auf. Das Mädchen mit den Blumen stand im Korridor und jonglierte mit ihrer Zeitschrift, ihrer Handtasche und ihrem Blumenstrauß. Auf dem Sitz gegenüber war gerade noch Platz für eine Person, aber die anderen Fahrgäste ignorierten diese neue Kandidatin, die Einlass begehrte, mit jener geheimnisvollen und seltsam feindseligen Ausschließlichkeit, die sich in einem Zugabteil so schnell einstellt.

Nach kurzem Zögern beugte sich Brent vor und zog die Tür auf.

»Entschuldigen Sie bitte. Ist dieser Platz besetzt?«

Ihre Stimme, die angenehm hätte sein können, war flach und tonlos.

»Nein«, sagte Brent. »Er scheint frei zu sein.«

Sie schob sich an ihm vorbei und überließ es ihm, die Tür wieder zu schließen. Er hatte Zeit für einen kurzen, umfassenden Blick auf ihre Figur. Sie war sehr gut. Sie trug Schuhe aus Krokodilleder und eine dazu passende Handtasche. Ihr dunkelbraunes Kostüm war gut geschnitten. Doch irgendetwas an der Art, wie sie ihre Kleidung trug und sich

16

bewegte, ließ ihn spüren, dass sie kein Interesse daran hatte, auf Männer Eindruck zu machen.

Die Jungfer rückte ein wenig zur Seite und das Mädchen setzte sich zögernd hin, wobei sie die Blumen immer noch vorsichtig festhielt, als wüsste sie nicht, was sie mit ihnen tun sollte. Als sie Brents Blick spürte, sah sie nervös in seine Richtung.

»Das – Das ist doch der richtige Zug nach Market Weldon?«

»Das hoffe ich doch«, antwortete Brent mit einem amüsierten Nicken am Fenster. Der Zug fuhr gerade unmerklich vom Bahnsteig ab. »Ich fahre auch dort hin.«

Sie erholte sich gerade von einer katastrophalen Liebesaffäre, dachte Brent für sich, oder sie erholte sich vielleicht vom Verlust eines nahen Verwandten. Das würde die Lustlosigkeit erklären, den eher leeren Blick, die nervösen Hände, die den Blumenstrauß fest umklammerten. Sie gab ihm ein ungutes Gefühl. Er schlug sein Buch auf und stürzte sich in das erste Kapitel.

Die Handlung war spannend und die anderthalb Stunden Fahrt nach Market Weldon vergingen schnell. Die junge Frau, so bemerkte er aus dem Augenwinkel, schaute nicht ein einziges Mal in ihre Zeitschrift, sondern beobachtete nur die Landschaft, die am Fenster vorbeizog. Als die vertraute Farm mit dem Gasometer in Sicht kam und der Zug langsamer wurde, schlug Brent sein Buch zu, stand auf, hob seinen Koffer von der Ablage und ging auf den Gang hinaus. Noch bevor der Zug anhielt, war er auf den Bahnsteig getreten und hatte als einer der Ersten die Kontrollabsperrung durchschritten.

Er wusste, wo Eric Vyner warten würde, auf dem Parkplatz auf der anderen Seite des Bahnhofsgeländes. Bald entdeckte er den großen Kombiwagen der Marke *Humber*, dessen Lack unter Staubschichten verborgen war und dessen Räder mit Schlamm verklebt waren. Sein Äußeres verriet, dass es sich um ein landwirtschaftliches Arbeitsfahrzeug handelte, und auch sein Fahrer trug den unverkennbaren Stempel eines Mannes, der mit Traktoren, Vieh und Feldfrüchten arbeitete. Eric Vyner war Anfang vierzig und hatte bereits bewiesen, dass die Landwirtschaft, wenn sie mit moderner unternehmerischer Effizienz betrieben wurde, ansehnliche Gewinne abwerfen konnte. Er erblickte den hochgewachsenen jungen Mann, der mit seinem charakteristischen, schwungvollen Schritt den Bahnhofsvorplatz überquerte. Mit seinem dünnen Wochenendkoffer, den Wildlederschuhen und dem Mohair-Anzug erweckte Brent den Eindruck, als sei er gerade aus einem transatlantischen Jet gestiegen. Er trug seinen Kamelhaarmantel über einem Arm.

Vyner kletterte aus dem Kombi und ging dem Neuankömmling entgegen.

»Guten Morgen, Harry.«

»Hallo, Eric. Was soll das denn?«

Brent nickte auf die Schlinge, die Vyners rechten Unterarm stützte. »Carol hat mir gar nicht gesagt, dass du einen Unfall hattest.«

»Es ist nicht der Rede wert. Ich bin mit mit dem Traktor wie ein Idiot herumgerast und habe versucht, vor meinen Leuten anzugeben.«

Brent blickte zweifelnd auf den schweren Kombiwagen.

»Sag bloß nicht, dass du diese Kiste mit einer Hand fährst.«

»Kein Problem«, antwortete Vyner zuversichtlich. »Das Auto hat Servolenkung. Steig ein, alter Junge.«

Brent schlüpfte auf den Beifahrersitz und legte seinen Koffer auf die aufeinandergestapelten Gerätschaften im hinteren Teil des Wagens.

Vyner ließ den Motor an und manövrierte das Fahrzeug einhändig aus dem Parkplatz. Einen Moment später trat er auf die Fußbremse und der Humber kam ruckartig zum Stehen.

»Dieses dumme Miststück!«, murmelte Vyner. »Läuft einfach so auf die Straße …«

Ganz offensichtlich ohne zu ahnen, dass sie nur um Zentimeter einer schweren Verletzung entgangen war, ging die junge Frau über die Fahrbahn in Richtung des Taxistandes auf der anderen Seite. Sie hatte die Zeitschrift wieder sorgfältig unter ihren Arm geklemmt und hielt den Blumenstrauß so ehrfürchtig wie eine olympische Fackel. Leise fluchend ließ

18

Vyner seinen abgewürgten Motor wieder an und fuhr etwas gelassener in Richtung Stadtzentrum. Market Weldon war eine kleine landwirtschaftlich geprägte Gemeinde mit etwa siebentausend Einwohnern inmitten eines der reichsten Agrargebiete Englands. Sie verfügte über eine normannische Abtei, eine römische Brücke, ein von Christopher Wren erbautes Rathaus und einen Marktplatz, der sich seit Anfang des 18. Jahrhunderts kaum verändert hatte.

»Bist du sicher, dass es kein Problem ist, Eric? Dass ich über das Wochenende bleibe, meine ich.«

»Gütiger Himmel, nein! Ich habe dir doch gesagt, Harry – wenn du und meine Schwester heiratet, dann erwarte ich euch jedes Wochenende.«

»Wenn du nicht aufpasst, dann ziehen wir noch bei dir ein«, sagte Brent und lächelte.

»Warum eigentlich nicht, um Himmels willen?«, verlangte Vyner zu wissen. »Wir sind nur eineinhalb Stunden von London entfernt. Du könntest jeden Tag ganz einfach hin und her fahren. Dann müsstest du dich nicht mehr mit der Wohnungssuche herumschlagen.«

»Ich habe eine gefunden. Zumindest glaube ich das. Ich möchte, dass Carol sie sich nächste Woche einmal ansieht, wenn sie kann.«

»Es gibt keinen Grund, warum sie das nicht tun sollte. Der alte Fielding ist furchtbar nett zu ihr, wenn es um ein paar freie Stunden geht. Auf jeden Fall hört sie Ende nächster Woche bei ihm auf.«

Brent drückte instinktiv mit dem Fuß auf das nicht vorhandene Bremspedal, als Vyner mit dem Kombiwagen einen Bus umkurvte, der plötzlich anzuhalten beschlossen hatte.

»Weißt du, dass der alte Knabe uns heute zum Mittagessen einlädt?«

»Ja«, antwortete Vyner. »Carol hat es mir erzählt. Meine Güte, Sam Fielding wird Carol vermissen. Sie war eine verdammt gute Sekretärin für ihn.«

»Wie lange ist sie schon in der Firma, Eric?«

»Ach, das muss schon sieben Jahre sein. Sie ist seit fast fünf Jahren Fieldings Sekretärin.«

»Letzte Woche, als ich den alten Knaben zum ersten Mal traf, schaute er mir direkt in die Augen und sagte: »Junger Mann, Sie klauen mir die beste Sekretärin, die ich je hatte – aber immerhin bin ich dankbar, dass sie nicht diesen selbstgerechten Polizisten heiratet«. Ich hatte nicht die leiseste Ahnung, wovon er sprach.«

Brent lachte kurz auf und Vyner drehte sich um, um seinen Gesichtsausdruck zu studieren.

»Hat Carol dir denn nicht von ihrem Ex-Freund erzählt?«

»Doch. Aber sie hat nicht gesagt, dass er bei der Kriminalpolizei ist.«

Vyner schien amüsiert. »Du dachtest wohl, der alte Fielding wäre übergeschnappt, was?«

Die Straße, die sie entlangfuhren, war in den Hauptplatz eingemündet. Auf der anderen Seite stand die riesige Figur eines schwarzen Bären auf dem georgianischen Säulenportal der alten Posthalterei und des wichtigsten Gasthauses der Stadt.

»Zeit für einen schnellen Drink, Harry?«, schlug Vyner vor. Er hatte den Kombi bereits in Richtung des Wirtshauses gelenkt. Brent warf einen Blick auf seine Uhr. Ausnahmsweise war der Zug pünktlich gewesen und er sollte erst gegen Mittag in Fieldings Büro sein.

»Ja, ich denke schon. Ich kann dann zu Fieldings Haus zu Fuß weiterlaufen. Es ist nur einen Schritt vom *The Bear* entfernt.«

»Traust du meinem Fahrstil etwa nicht, alter Junge?«

Brent grinste und nickte bedeutungsvoll auf die Hand in der Schlinge. »Das tue ich nicht einmal zu den besten Zeiten, aber heute würde ich ihn als lebensgefährlich einstufen.«

Das Büro von Sam Fielding machte keine Zugeständnisse an zeitgemäße Moden. Es war einst der Salon eines großen frühviktorianischen Hauses gewesen. Von hier aus hatte er das Unternehmen aufgebaut, das seine persönliche Schöpfung war. Angefangen hatte er mit ein paar Elektroingenieuren in einer kleinen Firma, die er nach und nach erweitert hatte, bis *Samuel Fielding Ltd.* zu einem der angesehensten Lieferanten von elektronischen Bauteilen für Flugzeuge, Lenkflugkörper und Raketen geworden war. Dennoch klebten die alten William-Morris-Tapeten noch immer an den Wänden, die abgenutzten Perserteppiche bedeckten noch immer den Boden und die Schreibtische und Stühle waren aus dunklem, von Hand lackiertem Mahagoni. Nur die Kommunikationsgeräte auf dem riesigen Schreibtisch waren modern. Stählerne Aktenschränke, elektrische Schreibmaschinen und Fernschreiber waren strikt auf das Außenbüro beschränkt, das durch eine massive Mahagonitür vom Heiligtum des Firmenchefs getrennt war. Der Raum wirkte gemütlich und enthielt eine Reihe von Gegenständen, die normalerweise nicht im Büro eines Geschäftsführers zu finden waren – eine Tasche mit verschiedenen Golfschlägern, ein Paar Gartenscheren der Marke *Wilkinson*, eine alte Norfolk-Jacke, die an der Rückseite einer Tür hing, mehrere Pfeifenständer, ein Stück seltsam geformtes Treibgut aus Holz, das vor langer Zeit von einem Strand mitgenommen wurde, und ein uraltes, aufziehbares Grammophon mit einem riesigen Schalltrichter.

Die alte Standuhr, die Sekunde für Sekunde die Zeit anzeigte, hatte gerade halb eins geschlagen, als Carol Vyner aus dem Vorzimmer hereinkam. Sie trug ein Bündel Briefe, die sie auf den Schreibtisch legte.

»Die sind mit der zweiten Post gekommen. Nichts dabei, das eilt.«

Sam Fielding war ein gut gelaunter, aber seine Ziele verfolgender Mann Mitte fünfzig. Er hatte einen fitten und muskulösen Körper und nur sein ergrautes Haar verriet sein Alter. Eine vierzig Jahre zuvor gebrochene und etwas schiefe Nase verlieh seinem Gesicht, das durch den Umstand, früh Witwer geworden zu sein, gezeichnet war, einen Hauch von eigenwilliger Individualität. Er blickte zu seiner Sekretärin auf und versuchte, nicht daran zu denken, wie das Leben ohne Carol aussehen würde. Jetzt, da ihr Weggang unmittelbar bevorstand, wurde ihm schmerzlich bewusst, wie viel sie ihm bedeutete. Vielleicht war einer der Gründe für ihr ausgezeichnetes Verhältnis, dass er sie nie berührt hatte, ihr nie die Zärtlichkeit seiner Gefühle für sie gezeigt hatte. Er war froh, dass sie ihn weiterhin als gütigen Beschützer, ja fast als Vaterfigur betrachtete, und überspielte seine heimlichen sentimentalen Sehnsüchte mit einem Anflug von Heiterkeit und guter Laune.

»Übrigens«, sagte sie, während sie mit geneigtem Kopf dastand und das Licht auf ihr Haar fiel, »diese junge Frau will die Stelle nicht. Diejenige, mit der Sie gestern gesprochen haben.«

»Die mit der – ähm – prallen Oberweite?«

Sam Fielding hielt seinen Blick von Carols gutgeformter Figur fern, als er die Frage stellte. »Ich bin erfreut, das zu hören. Sie hatte keine Ahnung von Rechtschreibung und ihre Manieren waren grauenhaft.«

Carol legte eine Mappe auf den Schreibtisch ihres Arbeitgebers. »Sie haben einen Termin mit einer Miss Barbara Smith um zwölf Uhr dreißig und mit einer anderen Kandidatin um Viertel vor vier.«

Fielding öffnete die Mappe nicht. Er sah mit Widerwillen darauf und schob dann abrupt seinen Stuhl zurück.

»Ich kann Leute nicht ausstehen, die nicht pünktlich sind. Es ist jetzt schon nach halb eins. Und Harry wird bald hier sein. Für wann haben Sie ihn herbestellt?«

Carol ging zum Fenster und blickte auf den Parkplatz und den Haupteingang hinaus.

»Ich habe ihm gesagt, irgendwann nach zwölf Uhr dreißig. Wahrscheinlich hat der Zug Verspätung?«

»Das ist dieser Tage meistens der Fall. Sie werden übrigens nie erraten, wem ich am Dienstagabend auf der Fahrt nach London begegnet bin.«

»Wem?«

»Ihrem Ex.«

»Alan!«

»Ja. Er ist jetzt Kriminalinspektor. Kriminalinspektor Alan Milton.«

Es gab eine kurze Pause. Carol hatte sich nicht umgedreht, sondern schaute weiter aus dem Fenster, offenbar fasziniert von einem Lastwagen, auf dessen Seite die Aufschrift *Samuel Fielding Ltd.* prangte.

»Er scheint in letzter Zeit oft in die Stadt zu fahren. Harry und ich sind ihm vor etwa einer Woche begegnet. Ich nehme an, er fährt nach London, um sich ein bisschen zu amüsieren. In Market Weldon gibt es für einen Junggesellen nicht viel zu tun, besonders wenn er Polizist ist.«

Fielding bewegte sich zum Fenster, bis er dicht hinter Carol stand.

»Wissen Sie, es ist schon komisch, Carol. Als Sie und Milton verlobt waren, konnte ich ihn nicht ausstehen, ich fand ihn hochmütig und selbstgerecht. Jetzt kann ich nicht anders, als einen gewissen Respekt für ihn zu empfinden.«

»Alan wird leicht unterschätzt.«

»Ja, wahrscheinlich.«

Es klopfte zweimal heftig an die Tür und hinter ihnen sagte Brents Stimme: »Darf ich reinkommen?« Carol wandte den Kopf um. Der plötzliche Ausdruck auf ihrem Gesicht ging Fielding zu Herzen. Vielleicht brauchte es einen Mann mit Erfahrung, um zu erkennen, wie verletzlich sie war.

Als sie an ihm vorbeiging, wusste Sam Fielding, dass er ihr zwar Sicherheit, Verständnis, weise Ratschläge und unermüdliche Hingabe hätte geben können, dass sie aber noch etwas anderes suchte und brauchte. Nur Männer vom Schlage eines Milton und Brent konnten ihr das bieten. Er konnte nur hoffen, dass sie ihr nicht das Herz brechen würden.

Hinter sich hörte er, wie sich die jungen Leute begrüßten, und gönnte ihnen einen Moment der Privatsphäre, in der sie sich anlächeln, küssen und berühren konnten. Dann drehte er sich mit seinem breiten Grinsen zur Begrüßung um.

»Guten Tag, Harry!«

»Guten Tag, Sir.« Harry schüttelte die ihm entgegengestreckte Hand. »Ich hoffe, ich bin nicht zu früh.«

»Nein, nein. Nein, natürlich nicht. Wie geht es Ihnen?«

»Mir geht's gut. Und Ihnen, Sir?«

»Ach … Ich habe immer noch Probleme wegen meiner Sekretärin.«

Harry warf Carol einen strengen Blick zu. Sie lächelte. »Er meint nicht mich, Darling.«

»Oh, ich weiß schon, was er meint.«

Fielding bewegte sich bereits auf eine Tür zu, die in den

Sitzungssaal führte.

»Lassen Sie uns zunächst etwas trinken. Dann können wir ausgehen und etwas essen. Ich habe einen Tisch in diesem neuen Lokal reserviert, dem *Grand*.«

»Vergessen Sie nicht, dass Sie einen Termin mit Miss Smith haben. Ich denke, dass das Summen andeutet, dass sie hier ist.«

»Oh, Gott, ja. Ich habe sie völlig vergessen.«

Die beiden Männer warteten, während Carol schnell zu dem großen Schreibtisch ging und einen Schalter auf der übersichtlichen Gegensprechanlage betätigte.

»Ja? … Ich verstehe. Nur einen Moment, Gladys.« Sie blickte zu Fielding auf. »Sie ist hier. Soll ich sie vertrösten oder wollen Sie sie jetzt empfangen?«

»Ich werde sie jetzt empfangen«, sagte Fielding entschlossen. »Bitten Sie Gladys, sie hereinzuschicken.«

Carol murmelte diese Anweisung in das Gerät, während Fielding sich hinter seinen Schreibtisch zurückzog.

»Bringen Sie Harry in den Sitzungssaal und geben Sie ihm ein Glas Sherry oder was immer er möchte. Ich komme so schnell wie möglich nach.«

»Dieses Mädchen hat sehr gute Referenzen«, betonte Carol mit einem Hauch von Vorwurf. »Sie klang am Telefon wie ein netter, ruhiger Mensch, also bitte nicht …«

»Nicht was?« Fielding saß an seinem Schreibtisch und sah seiner Sekretärin unschuldig in die Augen.

»Nun, bitte nicht so schnell abfertigen. Sie ist wahrscheinlich wahnsinnig nervös, also – nun ja – versuchen Sie einfach, nett zu ihr zu sein.«

»Was meinen Sie damit – ich soll *versuchen*, nett zu ihr zu sein? Ich bin nett. Ich bin zu jedem nett. Nicht wahr, Harry?«

Brent lachte leicht verlegen. »Ja, aber Sie laden mich auch zum Mittagessen ein, nicht wahr, Sir?«

Nach einem flüchtigen Klopfen öffnete eine junge Sekretärin mit einem leicht fleckigen Teint die Tür und führte die Bewerberin für Carols Stelle herein. Sie ging vier Schritte in den Raum hinein und stand dann da, Fuß ordentlich an Fuß,

24

und schaute von Brent zu Fielding und wieder zurück. Die Krokodillederhandtasche baumelte an ihrem Arm und sie hielt dieselbe gefaltete Zeitschrift in der Hand. Aber irgendwo zwischen hier und dem Bahnhof hatte sie sich von ihrem kostbaren Blumenstrauß getrennt.

»Ah, guten Tag«, sagte Harry und brach das Schweigen. Das Lächeln des Mädchens, mit dem sie andeutete, Harry wiederzuerkennen, war so schwach, dass es fast nicht zu bemerken war.

»Wir sind einander schon im Zug begegnet«, erklärte Harry einer leicht verwirrten Carol.

Sam Fielding räusperte sich. »Miss Smith, ich bin Sam Fielding. Dies ist meine Sekretärin, Miss Vyner. Ihr Verlobter, Mr. Brent.«

Barbara Smith nickte förmlich. Ihr Schweigen vermittelte jedoch nicht den Eindruck von Nervosität. Auf eine seltsame Weise schien sie durch eine Situation zu gehen, die sie schon oft durchgemacht hatte. Carol schob einen Stuhl vor den Schreibtisch und Fielding winkte mit einer Hand.

»Setzen Sie sich doch, Miss Smith.«

»Danke sehr.«

»Sie finden alle Angaben zu Miss Smith in der Mappe, Mr. Fielding, auch ihren Bewerbungsbrief.« Carol schob die Mappe ein wenig näher an ihren Arbeitgeber heran, der für das Vorstellungsgespräch eine eher förmliche und etwas wichtigtuerische Art angenommen hatte. Sie nickte dem Mädchen beruhigend zu und lächelte, dann geleitete sie Brent leise durch die Tür, die zum Sitzungssaal führte.

Fielding öffnete die Mappe und befühlte die maschinengeschriebenen Blätter. Er räusperte sich erneut.

»Ich sehe, Sie waren in der Werkzeugmaschinenbranche tätig, Miss Smith.«

»Ja. Ich habe für *MacDowell & Company* gearbeitet«, antwortete das Mädchen mit tiefer Stimme.

»Das ist eine ausgezeichnete Firma. Wie lange waren Sie dort?«

»Ungefähr drei Jahre.«

»In London?«

»In London und Coventry.«

»Und was genau war Ihre Arbeit?« Fielding versuchte, seinen Tonfall freundlich und angenehm zu gestalten, um dem Mädchen Vertrauen zu geben. »Erzählen Sie mir davon.«

»Ich begann als Stenotypistin im Büro in Coventry, aber nach drei Monaten wurde ich Sekretärin eines Mannes namens George Booth. Mr. Booth war der Personalchef.«

»Ich kenne George Booth!«, rief Fielding aus. »Wir haben früher zusammen Golf gespielt. Ein adretter kleiner Mann mit einem kleinen Schnurrbart.«

»Genau.«

»Ein ganz schrecklicher Golfspieler. Ist auch nie für die Rasenstücke, die er herausgeschlagen hat, aufgekommen.«

»Dazu kann ich leider nichts sagen.«

»Nein, natürlich nicht.« Fielding seufzte. Er fühlte sich ein wenig ernüchtert. »Bitte fahren Sie fort, Miss Smith, erzählen Sie mir ein wenig mehr von sich.«

»Nun, nachdem ich *MacDowell* verlassen hatte, arbeitete ich für eine Firma von Börsenmaklern, *Hadley & Salter*. Sie sind in der Fenchurch Street.« Das Telefon auf Fieldings Schreibtisch begann zu klingeln. »Ich mochte diesen Job nicht besonders, weil er so anders war als das, was ich bis dahin gewohnt war.«

Sie brach ab und blickte auf das Telefon. Mit einem ungeduldigen Stirnrunzeln griff Fielding nach dem Hörer.

»Entschuldigen Sie mich einen Moment ... Ja? ... Ich verstehe. Ich spreche besser mit ihm. Stellen Sie ihn bitte durch.« Er sah zu Barbara Smith auf. »Entschuldigen Sie bitte. Es wird nicht lange dauern. Hallo? Fred? Sam hier. Ja, der Kostenvoranschlag ist in der Post. Sie sollten ihn gleich morgen früh erhalten ...« Er hörte einen Moment lang zu und lachte dann. »Nun, wenn Sie wissen wollen, was ich denke, dann brauchen wir ein Wunder. Ich weiß nicht, wie wir das bei dem Preis machen sollen ... Gut, rufen Sie mich an, wenn Sie es sich angesehen haben. Ja, ich arbeite am Samstagmorgen, das sollten Sie wissen ... Nein, tun Sie das nicht, rufen Sie mich an. ... Das hoffe ich auch, Fred. Das hoffe ich auch. Also, danke für den Anruf.«

Fielding kicherte immer noch, als er den Hörer auflegte. Er blickte auf und die Entschuldigung erstarb auf seinen Lippen. Barbara Smith war aufgestanden und stand ihm auf der anderen Seite des breiten Schreibtisches gegenüber. Der Ausdruck auf ihrem lustlosen, leidenschaftslosen Gesicht hatte sich nicht verändert. Da war keine Wut, keine Bosheit, keine Aufregung. Die Handtasche lag auf dem Stuhl hinter ihr, und die kleine Automatik, die sie ihr entnommen hatte, befand sich in ihrer rechten Hand. Der Lauf war direkt auf Fieldings Herz gerichtet. Die Hand war so ruhig wie der nüchterne Blick ihrer graublauen Augen.

Der eichengetäfelte Sitzungssaal war das Prunkstück von Fieldings Firma. Die Tische und Stühle, die Anrichte, der Akten- und der Eckschrank waren echte Regency-Antiquitäten. Das einzige Zugeständnis an die Moderne war der Cocktailschrank, der sich hinter einem aufklappbaren Teil der Vertäfelung verbarg. In diesem Raum fanden nicht nur Vorstandssitzungen statt, sondern auch private Mittagessen, Empfänge für wichtige Kunden oder Besucher des Werks sowie gelegentliche Cocktailpartys.

Carol hatte sich einen Sherry eingeschenkt und sah Harry dabei zu, wie er in einem Rührglas eine Mischung aus Gin und French auf Eis zubereitete.

»Das Problem ist natürlich das Badezimmer«, erklärte er. »Aber wenn wir erst einmal eingezogen sind, dachte ich, ich spreche mal mit dem Vermieter und frage, ob wir da nicht noch etwas machen können.«

»Das hört sich alles ganz wunderbar an, Liebling.« Carols Augen leuchteten vor Begeisterung. »Wie um alles in der Welt hast du denn davon erfahren?«

»Erinnerst du dich an die Wohnung in der Finchley Road? Die, in der die alte Dame immer wieder verschwand und wir nie wussten, wo sie zu finden war?«

Carol lachte. »Ja. Sie war taktvoll, glaube ich. Sie ließ uns allein, damit wir die Atmosphäre ihres Kellers aufsaugen konnten.«

»Nun, als ich sie anrief, um ihr zu sagen, dass wir die

Wohnung reizvoll finden, aber nach reiflicher Überlegung –«

Brent brach abrupt ab. Selbst gedämpft durch die massive Tür, die den Sitzungssaal von Fieldings Büro trennte, war die Detonation laut und deutlich zu hören gewesen.

»Das war ein Schuss!«

Er stellte das Rührglas mit einem Krachen ab und war in fünf Schritten an der Tür. Carol war nicht weit hinter ihm, als er sie aufstieß. Auf der Türschwelle blieben beide stehen und betrachteten die bizarre Szene auf dem Schreibtisch.

Die Kugel hatte Sam Fielding in die Brust getroffen, gerade als er sich aufrichten wollte, und ihn auf den Stuhl zurückgestoßen. Er saß da, den Kopf zurückgeworfen, den Mund offen, die Augen weit aufgerissen und starrte mit einem Ausdruck völliger Fassungslosigkeit und Ungläubigkeit. Als sich die Tür öffnete, wandte sich das Mädchen ab, die Waffe noch immer fest in der Hand, eine Rauchfahne stieg aus dem Lauf auf. Ihr Gesichtsausdruck hatte sich nicht verändert. Er war immer noch emotionslos, fast desinteressiert. Als sie sich zu Harry Brent und Carol umwandte, drehte sich auch der Lauf der automatischen Waffe mit.

»Bleib, wo du bist «, warnte Brent Carol.

Er ging langsam und vorsichtig auf das Mädchen zu. Sie beobachtete ihn, ohne überrascht oder besorgt zu sein. Als er ein paar Meter von ihr entfernt war, blieb er stehen und streckte seine Hand aus.

»Ich glaube, Sie geben mir besser die Waffe.«

Sie blickte auf die Waffe hinunter, als würde sie erst jetzt merken, dass sie damit immer noch auf jemanden zielte, und hielt sie Brent entgegen. Er trat vor und nahm sie ihr vorsichtig ab.

»Du solltest besser einen Arzt rufen, Carol«, sagte er über die Schulter, »aber ich fürchte, er kann nicht mehr viel tun.«

Das Polizeirevier in Market Weldon war ein neues Backsteingebäude, das von einer bescheidenen Rasenfläche umgeben war. Es lag günstig in der Nähe des Supermarkts und des *Odeon*-Kinos.

Im Inneren herrschte jedoch der altbekannte Geruch von abgestandenem Zigarettenrauch, gewürzt mit einem schwachen Duft von Desinfektionsmitteln. Das Büro von Kriminalinspektor Alan Milton befand sich im ersten Stock. Von dort überblickte er die Hauptstraße und den Park, in dem ein halbes Dutzend Polizeiautos abgestellt war. Er war ein ernster, etwas fantasielos wirkender Mann Anfang dreißig, auf eine konventionelle Art gutaussehend, aber zögerlich, wenn es darum ging, zu lächeln oder aus sich herauszugehen. Er arbeitete ordentlich und systematisch und hielt sein Büro peinlich genau in Ordnung. Auf seinem Schreibtisch lagen keine losen Papiere herum. Sie waren in geordneten Stapeln gebündelt, die jeweils durch einen dekorativen Briefbeschwerer festgehalten wurden.

»Sind Sie sich da absolut sicher«, sagte Milton von seinem Platz hinter dem Schreibtisch aus.

»Ganz sicher.«

»Mit wem haben Sie bei *MacDowell* gesprochen?«

»Ich habe mit der Sekretärin der Firma gesprochen und sie hat mich an Mr. George Booth weitergeleitet.«

Milton tippte auf die Mappe auf seinem Schreibtisch, die die Dokumente über Barbara Smith enthielt. »Booth ist der Mann, für den sie angeblich gearbeitet hat.«

Kriminalsergeant Roy Phillips schüttelte den Kopf. Er war älter als der Inspektor und hatte Ansätze, dick zu werden und eine Glatze auf dem Kopf zu bekommen. Seit er sich vor ein paar Jahren beim Hochstemmen eines Wagens einen Bruch gehoben hatte, weil er einem verletzten Autofahrer helfen wollte, war er langsam und schwerfällig in seinen Bewegungen geworden.

»Er hat noch nie von ihr gehört. Ich gab ihnen eine detaillierte Beschreibung des Mädchens. Booth rief mich vor einer halben Stunde zurück. Er und die Sekretärin sind sich sicher, dass sie nie für *MacDowell* gearbeitet hat.«

»Und die Börsenmakler – wie heißen sie noch – *Hadley & Salter*?«

»Genau die gleiche Geschichte. Sie haben noch nie von ihr gehört.« Phillips deutete mit einem pummeligen Finger auf die braune Mappe. »Der Brief, den sie Fielding geschrieben hat, ist ein einziger Haufen Lügen. Und ich wette, sie hat sich die Referenzen selbst ausgedacht und ihre Freunde dazu gebracht, sie zu unterschreiben.«

Milton öffnete die Mappe und holte das Bewerbungsschreiben von Barbara Smith heraus.

»Dieser Brief ist auf Hotelpapier geschrieben. Sie haben sich natürlich bei dem Hotel erkundigt?«

»Das Hotel *Clifton*, Southampton Row«, präzisierte Phillips, um zu zeigen, dass er den Namen im Kopf hatte. »Sie kam letzten Dienstag an und checkte heute Morgen aus. Als ständige Adresse gab sie an …« Phillips warf einen kurzen Blick in sein Notizbuch. »34, Genoa Mansions, Kensington.«

»Und ist sie dort bekannt?«

»Haben Sie jemals von den Genoa Mansions gehört – Sir?«

»Nein. Aber das heißt nicht, dass …«

»Doch. Ich auch nicht. Und auch sonst niemand, fürchte ich.«

Milton schob seinen Stuhl wütend zurück. Dieses nachgeschobene »Sir« hatte ihn ebenso verärgert wie Barbara Smiths Verlogenheit. Es war Phillips' Art, ihn daran zu erinnern, dass er selbst schon länger bei der Polizei war als der Inspektor.

»Was zum Teufel wollte sie damit bezwecken? Sie checkt in einem Londoner Hotel ein, gibt eine falsche Adresse an und schreibt sich zehn zu eins auch unter falschem Namen ein.« Er schritt zum Fenster und wieder zurück und ignorierte das Telefon, das zu klingeln begonnen hatte. »Dann bewirbt sie sich um einen Job in Market Weldon, nimmt den Vormittagszug und –«

Immer noch murmelnd nahm Milton den Hörer ab und bellte in den Hörer.

»Ja? Am Apparat. Wer ist da? … Oh, tut mir leid, Sir. Ich habe Ihre Stimme nicht erkannt.«

Phillips wandte sich ab, um das leichte Lächeln zu verbergen. Der abrupte Wechsel in Miltons Tonfall hatte seinen schwarzen Sinn für Humor gereizt.

»Ja, das sind wir, Sir. Wir sind in der Tat … Aber sie weigert sich zu sprechen, Sir – sie will einfach kein Wort sagen.« Milton hielt das Telefon ein wenig vom Ohr weg und wartete geduldig auf den Moment, um ein weiteres Wort zu sagen. »Superintendent, ich war vierzig Minuten bei ihr, und Dr. Clayton hat fast eine Stunde lang versucht, etwas … *Aber wir wissen nicht, wer sie ist, das ist es ja gerade* … Ja, ja, natürlich … Natürlich, Sir … Das werden wir … Ich danke Ihnen, Sir.«

Die letzten Worte wurden in einem Ton tiefer und respektvoller Dankbarkeit gesprochen, aber als Milton den Hörer auflegte, knirschte er mit den Zähnen.

»Wie um alles in der Welt konnte dieser Mann nur – Ja, Tomlins, was gibt es?«

Der uniformierte Polizeibeamte, der den Raum betreten hatte, blinzelte angesichts der Gehässigkeit in Miltons Stimme.

»Gibson bat mich, Ihnen zu sagen, dass der Wagen bereitsteht. Ihr Telefon schien besetzt zu sein.«

Milton lockerte seine Hände und zwang sich, sich zu entspannen.

»Gut. Ich bin auf dem Weg.« Er ging zu einem Schrank in der Ecke und holte seinen Hut und seinen Mantel heraus.

»Können wir jetzt mit der Liste weitermachen, Inspektor?«, fragte Tomlins den von ihm abgewandten Milton.

»Ja. Sergeant Phillips wird sie mit Ihnen durchgehen. Und tippen Sie besser sechs Kopien, Roy. Der Superintendent wird wahrscheinlich vier wollen.«

»In Ordnung, Sir.«

Phillips setzte sich auf den von Milton freigemachten Stuhl und stellte die Handtasche von Barbara Smith vor sich ab. Der Polizeibeamte rückte einen Stuhl an die Seite des Schreibtisches, schlug ein Notizbuch auf und klickte mit seinem Kugelschreiber.

»Ich bin in einer Stunde zurück«, sagte Milton von der Tür aus.

Phillips nickte, blickte aber nicht auf. Schwer atmend öffnete er den Verschluss der Handtasche und legte den Inhalt

vorsichtig auf den Schreibtisch – eine Puderdose, ein Kroko-
dillederportemonnaie, einen Lippenstift, einen Schlüsselanhä-
nger mit einem Sicherheits- und einem Autoschlüssel, ein
Spitzentaschentuch und eine Schachtel Zigaretten.

»Solche Kippen habe ich noch nie gesehen.«

»Französische«, erklärte Phillips.

Er tastete in der Handtasche herum, um festzustellen, ob
er etwas übersehen hatte. Seine Hand kam mit einer leicht
zerknitterten Theaterkarte zum Vorschein. Er glättete sie auf
der Schreibunterlage.

»Repertoiretheater Dalesbury. Samstag, 14. November.
Reihe D. Platz Nummer vier.«

Er blickte nachdenklich zu Tomlins auf.

»14. November. Das ist doch am nächsten Wochenende,
oder?«

»Heute ist der sechste. Ja, das ist richtig.«

»Tja, dann wird ein Platz frei bleiben«, bemerkte Phillips
mit selbstbewusster Klugheit. »Nun gut. Lassen Sie uns mit
der Liste weitermachen. Ein Päckchen *Gauloises*-Zigaretten.«

»*Goloas*«, wiederholte Tomlins. »Wie buchstabiert man
das?«

»G-A-U-L-O-I-S-E-S.«

Phillips wartete, während Tomlins die Buchstaben sorgfältig aufschrieb.

»Eine Geldbörse aus Krokodilleder. Inhalt: drei Fünfer,
ein Zehn-Schilling-Schein. Eine Quittung vom Hotel *Clifton*
über acht Pfund, achtzehn Schilling und neun Pence.«

Vom Parkplatz unten ertönte das Geräusch eines anfah-
renden und wegfahrenden Autos. Tomlins schrieb in seiner
sauberen, gestochenen Handschrift weiter.

Die Becklehurst-Farm lag etwa fünf Meilen außerhalb von
Market Weldon. Das Haus selbst war ein schöner georgiani-
scher Bau aus grauem Stein, der durch Verwitterung eine
ansprechende Farbe bekommen hatte. Es war als Wohnsitz
eines Gutsbesitzers geplant worden, mit großzügig bemesse-
nen Räumen, eleganten Türen und Fenstern und sorgfältig
angelegten Rasenflächen. Mit seinem scharfsinnigen Ge-

schäftssinn hatte Eric Vyner es mit feinen Antiquitäten ausgestattet, bevor die Preise in die Höhe geschossen waren. Er schätzte, dass diese besondere Investition bereits einen Wertzuwachs von mehreren hundert Prozent erreicht hatte.

Das Wohnzimmer hatte hohe Fenster, eine Holzkassettendecke, ein Gesims mit Schlüsselmuster an der Wand und einen Kamin, der von Adam entworfen worden sein könnte.

Carol Vyner lag auf dem Sofa und sah sehr blass und schockiert aus. Sie hielt die Augen geschlossen, wann immer ihr danach war, und war froh darüber, den Eindruck zu machen, dass sie zu zerbrechlich war, um viel zu sagen oder zu tun. Die Szene, in der sie eine zentrale Rolle spielte, war mit emotionaler Spannung geladen. Sie war die einzige Frau in einem Raum, in dem sich drei Männer befanden, zu denen sie jeweils eine enge, aber völlig unterschiedliche Beziehung hatte.

Eric Vyner, ihr Bruder, saß zusammengesunken in einem Sessel und kaute auf einer Pfeife, die schon längst erloschen war. Seine Haltung war die des angriffslustigen Beschützers – jene des älteren Bruders, der sich um seine schöne, aber verletzliche jüngere Schwester kümmerte.

Harry Brent saß auf dem Sofa neben Carol und hielt eine ihrer Hände mit der selbstbewussten und besitzergreifenden Art des zukünftigen Ehemanns.

Alan Milton stand vor dem Kamin und versuchte durch seine Unnahbarkeit zu verdeutlichen, dass er nicht in der Rolle eines ehemaligen Bewerbers um Carols Hand hier war, sondern in seiner Eigenschaft als Polizeibeamter.

»Carol, ich weiß, wie du dich fühlst. Aber du musst versuchen, mir zu helfen.« Milton rückte ans Ende des Sofas, so dass er zu ihr hinunterblickte. »Ich möchte, dass du mir genau erzählst, was passiert ist. Fang bitte am Anfang an und lass dir ruhig Zeit.«

Harry Brent blickte zu Milton auf, irritiert von der präzisen und scheinbar mitleidlosen Art des Polizisten. »Aber sie weiß nicht, was passiert ist. Als die Schüsse fielen, war sie mit mir im Sitzungssaal.«

»Das verstehe ich, Mr. Brent. Aber ich würde trotzdem

gerne Carols Sicht über den Vorfall hören.«

Carol stützte sich auf einen Ellbogen und tupfte sich mit einem Taschentuch die Augen ab. »Als ich Mr. Fielding mitteilte, dass ich kündigen würde, um zu heiraten, bat er mich, eine Anzeige in der *Times* zu schalten. Am Mittwochmorgen bekamen wir einen Brief von diesem Mädchen, Barbara Smith. Sie rief mich noch am selben Nachmittag an, um sich zu erkundigen, ob wir ihren Brief erhalten hätten, und ich machte für sie einen Termin mit Mr. Fielding am Freitagmittag – also für heute – um halb eins aus.«

»Von wo aus hat sie angerufen?«

»Aus London, glaube ich. Ich bin mir aber nicht ganz sicher.«

Milton nickte. »Als Sie Mr. Fielding von dem Termin erzählten, machte er da den Eindruck, dass er Miss Smith kannte? Dass er ihr schon einmal begegnet war?«

»Nein, natürlich nicht!« Carol schüttelte den Kopf und setzte sich auf. »Er hat sie nicht gekannt, Alan. Da bin ich mir sicher!« Sie drehte sich zu Harry Brent um. »Du hast sie ins Büro kommen sehen, Harry. Hattest du den Eindruck, dass sie sich schon einmal begegnet waren?«

»Nein. Den Eindruck hatte ich ganz sicher nicht.«

»Bis heute Mittag hatte er das Mädchen noch nie zu Gesicht bekommen, Alan. Davon bin ich fest überzeugt.«

Carol war wieder den Tränen nahe. Ein Schatten der Bekümmerung ging über Miltons Gesicht. Er sagte sanft: »Ja, schon gut, Carol. Ich glaube dir.«

Brent stand auf und ging auf einen Sheraton-Tisch zu, der in der Fensternische stand.

»Um genau zu sein«, sagte er, »war ich derjenige, der sie schon zuvor gesehen hatte.«

Milton starrte mit Interesse auf Brents Hinterkopf. Eric Vyner riss sich die Pfeife aus dem Mund und richtete sich im Stuhl auf.

»Du, alter Junge?«

»Ja.« Brent drehte sich um und wandte sich an den Inspektor.

»Sie war mit mir im Zug. Sie saß mir im selben Abteil

gegenüber.«

Milton blickte von Carol zu Eric Vyner und dann wieder zu Brent. »Haben Sie mit ihr gesprochen?«

»Sie hat mit mir gesprochen. Sie hatte einen Blumenstrauß in der Hand und konnte die Tür vom Gang aus nicht öffnen. Ich öffnete sie für sie und sie bedankte sich.«

»Und das war alles?«

»Ja. Ach – sie fragte mich noch, ob der Zug nach Market Weldon fahre, und ich sagte ja.«

»Hatten Sie dieses Mädchen schon einmal gesehen – bevor sie in den Zug stieg, meine ich.«

»Nein, noch nie.«

»Sind Sie sich sicher?«

»Ja, ich bin mir ganz sicher.«

Carol beobachtete Harrys Gesicht mit aufmerksamem Interesse. Sie entspannte sich sichtlich, als er ihr ein beruhigendes Lächeln schenkte. Milton hatte sich wieder auf den Teppich vor dem Kamin gestellt.

»Nun, ich fürchte, das hilft uns nicht sehr viel weiter. Wir haben mit allen im Büro gesprochen, wir haben Mrs. Green, Sam Fieldings Haushälterin, befragt, wir haben seinen Club kontaktiert. Wir haben die von ihr angegebenen Referenzen überprüft und sind überzeugt, dass sie gefälscht sind. Selbst die Adresse, die sie der Rezeptionistin in ihrem Hotel gab, existiert nicht. Wir können niemanden ausfindig machen, der jemals von dem Mädchen gehört hat.«

Eric erhob sich von seinem Stuhl und ging zum Kamin, um seine Pfeife auszuklopfen.

»Was habt ihr aus Miss Smith selbst herausbekommen?«

»Sie weigert sich, zu reden, Eric. Sie will kein Wort sagen. Es hat keinen Zweck. Wir kriegen einfach nichts aus ihr heraus.«

»Scheint sie verwirrt?«, fragte Harry.

»Das ist eine schwer zu beantwortende Frage, weil sie einfach kein Wort sagt. Ich würde nicht sagen, dass sie besonders verwirrt oder durcheinander ist. Vielleicht beunruhigt.«

»Ist ihr Name wirklich Barbara Smith?«, fragte Eric.

Milton zuckte mit den Schultern. »Das weiß ich genau so wenig wie du!«

Harry zündete die Zigarette, die er aus seinem Etui geholt hatte, mit seinem Feuerzeug an. »Was mich verwirrt, ist der Zeitablauf. Der Zug kam um halb zwölf an, plus/minus eine Minute. Sie hat sich sofort ein Taxi genommen. Dennoch kam sie erst um halb eins bei Fielding an. Eric holte mich vom Zug ab, wir hatten viel Zeit für ein paar Drinks und ein gutes Gespräch, aber ich war vor ihr bei Fielding.«

»Das ist ein guter Punkt«, stimmte Milton zu. »Aber das Taxi brachte sie nicht zu Fielding. Es brachte sie nach Halford Bridge.«

»Nach Halford Bridge?«, echote Eric. »Das ist auf der anderen Seite der Stadt.«

»Richtig. Und als sie die Brücke erreichten, bezahlte sie den Fahrer und schickte ihn zurück in die Stadt.«

»Um wie viel Uhr war das?«

»Ungefähr um Viertel vor zwölf. Fünfundzwanzig Minuten später wurde sie auf der High Street gesehen. Sie nahm ein anderes Taxi und ließ sich zu Fieldings Büro fahren.«

»Die große Frage ist also: Was hat sie zwischen Viertel vor zwölf und zehn nach zwölf gemacht?«

»Offensichtlich hat sie jemanden besucht, Mr. Brent.«

»Aber woher willst du das wissen, Alan?«, fragte Vyner.

»Sie hatte die Blumen, als sie den Zug verließ, und sie hatte sie, als sie aus dem ersten Taxi stieg. Aber sie hatte sie nicht mehr, als sie das zweite Taxi in der High Street nahm. Beide Fahrer stimmen in diesem Punkt bemerkenswert überein.«

»Sie muss sie also jemandem gegeben haben?«

»Richtig, Mr. Brent. Die große Frage ist also, wem? Wem hat sie sie gegeben?«

Carol hatte ihre Beine auf den Boden geschwungen und verfolgte das Gespräch mit Interesse. Die Farbe kehrte in ihre Wangen zurück.

»Alan, gibt es in Halford Bridge ein Krankenhaus oder ein Altersheim?«

Der Inspektor wandte sich mit einem Lächeln an seine

ehemalige Verlobte.

»Nein, Carol. Daran haben wir schon gedacht. Weder, noch.«

Eric Vyner untersuchte den inzwischen leeren Pfeifenkopf und steckte ihn in die Tasche seiner Tweedjacke.

»Aber es gibt natürlich einen Friedhof.«

»Einen Friedhof?«

Miltons Tonfall war weniger überraschend als vielmehr konsterniert. Ihm war gerade klar geworden, dass sogar er in der Lage war, eine einfache Tatsache zu übersehen, die ganz offensichtlich auf der Hand lag. Vyner beobachtete seine Reaktion fast entschuldigend.

»Ja. Bei der St.-Mary-Kirche. Ich habe einfach kombiniert. Du weißt schon – Blumen, Friedhof. Von Halford Bridge aus sind es höchstens fünf Minuten zu Fuß.«

Halford Bridge war ein kleiner Weiler, der schnell von der Ausdehnung der Stadt Market Weldon überrollt wurde. Der Kirchturm der St.-Mary-Kirche war für den Fahrer des Polizeiwagens ein willkommener Orientierungspunkt, um den Weg zu finden. Er fuhr den Jaguar ein kurzes Stück die Straße hinauf und parkte ihn auf dem Kiesplatz vor den Toren des Kirchhofs. Die St.-Mary-Kirche mit ihrem Kirchenschiff aus dem dreizehnten Jahrhundert war eine architektonisch interessante Sehenswürdigkeit, auch wenn es das Grab eines berühmten lokalen Dichters nicht gegeben hätte, das so viele Besucher anlockte. Vor den Toren hatte die Gemeinde ein Pförtnerhäuschen errichtet. Dessen Bewohner erfüllte die Aufgaben eines Wächters, Friedhofsverwalters und Fremdenführers.

Als das Polizeiauto zum Stehen kam und Milton ausstieg, kam Bernard Wedgewood gerade mit einem Kranz in der Hand aus seiner Haustür. Er blieb stehen und beäugte misstrauisch den Polizisten, der auf ihn zuging. Wedgewood war ein kleiner, gebückter, sehr kurzsichtiger Mann um die sechzig, mit hohlen Augen und chronischem Husten. Seine hochgekrempelten Ärmel zeigten ein Muster von Tätowierungen auf beiden Unterarmen.

»Mr. Wedgewood?«, erkundigte sich Milton höflich.

»Der bin ich.«

»Ich bin Kriminalinspektor Milton, Sir. Hätten Sie einen Moment Zeit für mich?«

»Worum geht es denn?«

»Ich stelle Nachforschungen über ein Mädchen namens Barbara Smith an. Ich glaube, sie könnte zwischen elf Uhr fünfundvierzig und zwölf Uhr auf dem Friedhof gewesen sein.«

»Tja, wenn sie da war, habe ich sie sicher gesehen«, behauptete Wedgewood abwehrend. »Niemand kommt hier rein oder raus, ohne dass ich es weiß.«

»Gut. Erinnern Sie sich an ein recht gutaussehendes Mädchen, etwa fünf- oder sechsundzwanzig? Dunkel. Ziemlich groß. Sie trug ein braunes Kostüm mit Krokodillederschuhen und einer dazu passenden Handtasche. Sie hatte eine Zeitschrift unter dem Arm und einen Blumenstrauß bei sich.«

»Zimmercallas«, korrigierte Wedgewood, »mit ein paar Schwertlilien und Primeln und einer Unterlage aus Zypressenblättern.«

»Sie erinnern sich also an sie?«

»Natürlich erinnere ich mich an sie! Es muss zwischen fünf vor und Punkt zwölf gewesen sein, als sie kam. Sie fragte mich, wo sich ein Grab befindet, weil sie die Blumen darauflegen wollte.«

»Wissen Sie, ob sie es gefunden hat?«

»Sicher, wo ich es ihr doch gezeigt habe.«

Eine Gruppe von Touristen trat mit gedämpfter Ehrfurcht aus der Pforte des Friedhofs und warf ängstliche Blicke in die Richtung von Mr. Wedgewood, dem es gelang, die meisten Besucher in Angst und Schrecken zu versetzen.

»Würden Sie so freundlich sein, mir das Grab zu zeigen, Mr. Wedgewood?«, fragte Milton.

»Es wird mir ein Vergnügen sein«, sagte Mr. Wedgewood mit einem leichten Kichern.

Er beugte sich vor, um den Kranz vorsichtig an der Wand neben seiner Haustür abzustützen, und führte Milton dann zum Tor des Kirchhofs. Mit einem Nicken an den Fahrer, er solle bleiben, wo er sei, folgte Milton der leicht arthritischen Gestalt mit ihrem steifen, ruckartigen Gang. Gut gewachsene Eiben beschatteten den Kirchhof von St. Mary, und die alten Mauern der Kirche selbst wurden von hohen Ulmen gesäumt. Die Gräber waren sorgfältig gepflegt, die Wege akribisch gejätet. Hier und da hielten kleine Besuchergruppen inne, um sich im schwindenden Abendlicht mit jenem spekulativen Ausdruck umzusehen, der an solchen Orten nur den Unempfindlichsten ins Gesicht geschrieben steht. Aus irgendeinem Grund, den er sich nicht ganz erklären konnte, nahm Milton seinen Hut ab.

Vor ihm hielt Wedgewood vor einem Grab mit einem ziemlich neuen Grabstein inne. Milton gesellte sich zu ihm, und sie blickten auf die gestutzte Grasfläche, die einen Platz bedeckte, der für zwei Särge breit genug war.

»Sie bat mich um eine Vase für die Blumen«, erklärte Wedgewood und deutete auf den frischen Blumenstrauß, der jetzt in der Mitte vor dem Grabstein stand. »Sie wollte, dass sie ein paar Tage lang frisch bleiben, sagte sie.«

Milton interessierte sich weniger für die Blumen als für die schwarzen Buchstaben, die auf dem grauen Marmor eingraviert waren.

IN LIEBEVOLLER ERINNERUNG AN

DAVID UND FREDA BRENT

GESTORBEN AM 19. MÄRZ 1964

IM ALTER VON 52 UND 49 JAHREN

»IM TODE VEREINT«

Es war am späten Nachmittag des folgenden Tages, als Milton zur Becklehurst-Farm fuhr. Er hatte weder vorher angerufen, noch seit dem Vortag mit den Vynern oder Brent gesprochen. Aus eigenen Gründen hatte er diesen Besuch nicht ankündigen wollen. Da es Samstagabend war, hatte er keinen Polizeiwagen angefordert, sondern war mit seinem eigenen Austin Mini gekommen. Eric Vyners Humber stand nicht an seinem üblichen Platz vor dem Haupteingang. Milton parkte seinen eigenen Wagen unauffällig unter einer riesigen Buche in der Nähe eines schmiedeeisernen Tores in einer alten Backsteinmauer. Auf der gegenüberliegenden Seite der Freifläche vor der georgianischen Fassade des Hauses befand sich eine Gruppe von Nebengebäuden, darunter eine Doppelgarage und eine alte, mattschwarz gestrichene Holzscheune, auf der ein Taubenschlag thronte. Neben dem aufgerissenen Tor war ein Traktor geparkt.

Milton schloss leise seine Autotür und ging auf das Haus zu. Es war ein stiller Abend und das Hauptgeräusch war der Chor der Vögel in den Bäumen über seinem Kopf. Seine Füße knirschten geräuschvoll auf dem Schotter. Er wurde das Gefühl nicht los, dass ihn jemand beobachtete, vielleicht vom Haus aus, vielleicht zwischen den dicht gedrängten Sträuchern, vielleicht von einem der dunklen Eingänge der Nebengebäude aus. Die Gestalt, die die Tür auf sein Klingeln hin öffnete, war glücklicherweise fröhlich und mütterlich. Olive, Eric Vyners Haushälterin, war eine dickliche Frau in den frühen Sechzigern. Mr. Vyner und seine Schwester, so erzählte sie ihm, waren zu Mr. Fieldings Haus gefahren, um zu sehen, ob Mrs. Green gut zurechtkam.

»Sie werden nicht mehr lange brauchen, Sir. Wollen Sie im Wohnzimmer warten? Ich kann Ihnen eine Tasse Tee bringen, es dauert nur einen Moment.«

»Nein danke, Olive. Ich hatte gerade welchen auf dem Revier. Wie geht es Carol?«

Olive lotste ihn durch den Flur ins Wohnzimmer und hob auf dem Weg dorthin die Zellophanverpackung einer Zigarettenschachtel auf, die jemand auf ihren frisch polierten Tisch geworfen hatte.

»Es geht ihr ein bisschen besser, obwohl sie eine sehr schlechte Nacht hatte. Sie hat kaum ein Auge zugetan.«

»Ist Mr. Brent noch hier?«

»Ja. Mr. Brent ist noch hier.« Olive warf Milton einen

40

durchdringenden Blick zu. Sie war eine der wenigen, die glaubten, dass Carol besser daran getan hätte, bei ihrem ersten Verlobten zu bleiben: »Mr. Brent ist sehr fürsorglich. *Er* macht keinen Hehl aus seiner Besorgnis um Carol.«

Es war, so erkannte Milton, gleichzeitig ein Tadel und ein Hinweis. Aber jetzt war es zu spät, dachte er, als er am Fenster stand, in den sich allmählich verdunkelnden Himmel blickte und sich an hundert kleine Begebenheiten aus der Zeit erinnerte, als er und Carol geglaubt hatten, ihre Liebe würde ewig dauern.

Eine Viertelstunde verging, bis der Humber-Kombiwagen eintraf, gefahren von Brent, mit Vyner auf dem Beifahrersitz und Carol zwischen beide gequetscht. Milton trat ein wenig vom Fenster zurück und beobachtete, wie Eric und Carol ausstiegen. Vyners Arm war immer noch in der Schlinge und Milton entnahm dem kurzen Gespräch der beiden, dass Brent sich bereit erklärte, den Wagen in die Garage zu fahren.

Als Eric und Carol das Zimmer betraten, stand er vor dem Kamin.

»Alan, alter Junge! Wie lange bist du schon hier?«

»Ach, nur ein paar Minuten. Guten Abend, Carol, ich hoffe, es geht dir besser.«

»Ja, danke.« Carol errötete leicht. Eines der Dinge, die sie an Alan als lästig empfand, war seine Angewohnheit, sie mit ehrerbietiger Höflichkeit anzusprechen. Um ihre Gefühle zu verbergen, beeilte sie sich mit einer Erklärung: »Wir waren gerade bei Mr. Fielding zu Hause, um seine Haushälterin Mrs. Green zu besuchen.«

»Ja, ich weiß. Olive hat es mir erzählt. Ich habe Mrs. Green gestern selbst gesehen, aber nur für ein paar Augenblicke.«

»Ich mag sie zwar nicht besonders, aber ich muss zugeben, dass sie das hier sehr gut verkraftet hat. Besser als ich, fürchte ich.«

»Vielleicht mochte sie Fielding nicht so sehr wie du«, sagte Alan sanft und trat vor, um ihr den Mantel abzunehmen.

»Hat Olive dir nichts zu trinken angeboten?«, fragte Vyner plötzlich und blickte Milton anklagend an.

»Doch, ja, das hat sie, danke, Eric.«

»Also, was nimmst du?«

»Ich möchte nichts, danke. Nicht im Moment.«

»Was soll das alles?«, protestierte Vyner und ging auf den Getränketisch zu. »Fühlst du dich nicht wohl oder was?«

»Alan trinkt nicht, wenn er im Dienst ist. Nicht wahr, Inspektor?« In Carols Tonfall lag ein Hauch von Spott. Milton biss die Zähne zusammen.

»Bist du denn im Dienst, alter Junge?«

»Nun ja, in gewisser Weise bin ich das wohl. Ich hatte gehofft, mit deinem – ähm – Verlobten sprechen zu können, Carol.«

»Harry wird gleich hier sein.« Vyner schüttete Whisky in ein Glas und warf ein paar Eiswürfel hinein. »Er stellt nur den Wagen weg.«

»Weshalb willst du Harry sehen?«, fragte Carol.

»Wir haben noch nichts über dieses Mädchen, Barbara Smith, herausfinden können. Natürlich muss ich so viele Nachforschungen wie möglich anstellen.«

»Weigert sie sich denn immer noch zu reden?«

»Ich fürchte, ja, Eric. Sie will einfach nichts sagen.«

»Ich würde sie bald zum Reden bringen«, murmelte Eric düster in sein Glas. »Wenn sie eine Zunge hat, meine ich.«

Carol studierte Miltons Gesicht. »Aber warum willst du Harry befragen, Alan? Er weiß nichts über dieses Mädchen. Das hat er dir doch gestern gesagt.«

»Ja, das weiß ich, aber …«, Milton warf einen unglücklichen Blick auf Vyner, dann sah er Carol direkt in die Augen. »Carol, verzeih, wenn ich dich das frage. Aber – wo bist du Harry Brent zum ersten Mal begegnet?«

»Wo ich ihm begegnet bin?«

»Ja.« Milton hob schnell eine Hand und lächelte. »Ich weiß, was du jetzt sagen willst. Was in aller Welt hat das zu tun mit …«

»Genau das wollte ich auch sagen«, unterbrach Carol ihn scharf.

»Du musst die Frage nicht beantworten, wenn du nicht willst, Carol. Aber ich wäre dir dankbar, wenn du es tun würdest.«

Carol sah ihm einen Moment lang fest in die Augen, dann ließ sie ihren Blick sinken und wandte sich zum Fenster. »Letzten Sommer – nachdem du und ich Schluss gemacht hatten – ging es mir ziemlich schlecht.«

»Da warst du nicht die Einzige, Carol.«

»Mr. Fielding hat mir gesagt, ich solle ein paar Wochen wegfahren«, fuhr Carol fort und ignorierte Miltons leise Bemerkung. »Eines Morgens ging ich in ein Reisebüro in Kensington, um mich nach einer Pauschalreise zu erkundigen. Harry saß hinter dem Schalter …«

»Sie dachte, er sei einer der Angestellten, alter Junge«, schaltete sich Vyner lachend ein. »Es stellte sich dann aber heraus, dass ihm das ganze Geschäft gehörte.«

»Erzähl weiter«, forderte Milton auf, ohne auf Vyners Einwurf zu achten.

»Als ich ihm meine Adresse gab, erzählte er mir, dass er auch aus diesem Teil der Welt stammt, und wir kamen ins Gespräch über Market Weldon. Eine Woche später rief er mich an und wir aßen zusammen zu Abend.«

Die Pause und das Schweigen wurden durch das leise Klirren der Eiswürfel in Vyners Glas unterstrichen.

»Ich verstehe«, sagte Milton. »So einfach war das.«

»Ja, Alan. So einfach war das.«

Milton starrte ein paar Sekunden lang auf Carols Hinterkopf und wandte sich dann ihrem Bruder zu. Vyner begegnete seinem Blick und ging dann, ohne ein Wort zu sagen, zum Getränketisch und schenkte etwas Whisky in ein sauberes Glas ein. Diesmal lehnte der Inspektor das Angebot nicht ab. Carol war zum Fenster gegangen und hatte den Vorhang zur Seite gezogen, so dass sie die Türen der Garage sehen konnte. Ihr Schrei ließ Milton erstarren, bevor er das Glas an seine Lippen heben konnte.

»Was ist los?«, fragten Milton und Vyner im Chor.

Sie drehte sich zu ihnen um, mit einem Ausdruck des Entsetzens in ihren Augen.

»Harry! Irgendetwas ist mit ihm passiert! Ich sah, wie er ins Freie taumelte und auf sein Gesicht fiel. Da ist Blut an seinem Kopf!«

»Du bleibst hier, Carol!«, befahl Vyner. »Komm schon, Alan!«

Sie fanden Harry zwanzig Meter von den Doppeltüren der Garage entfernt, die geschlossen und verriegelt waren. Er lag in der Nähe eines dichten Gebüschs, das für einen Angreifer eine ausgezeichnete Deckung war. Aus einer Wunde an der Seite seines Kopfes floss reichlich Blut. An der verwendeten Waffe gab es kaum Zweifel. Ein halber Ziegelstein lag neben seinem Körper.

Gemeinsam trugen die beiden Männer Brent in den Salon und legten ihn auf das Sofa. Er rührte sich bereits und murmelte, als Carol Wasser und Handtücher holte. Die beiden Männer traten zurück, damit sie das Handtuch hinter seinen blutenden Kopf legen und ihn mit einem Kissen abstützen konnte. Dann nahm sie einen Schwamm und begann, sein Gesicht zu säubern.

Plötzlich riss Brent die Augen weit auf. »Oh. Du bist es, Carol! Was ist denn passiert?«

»Jemand hat dir einen Ziegelstein über den Kopf gezogen, alter Junge.«

Vyner beugte sich hinunter, um Brent ins Gesicht zu sehen. »Wir haben dich da draußen bei der Garage gefunden.«

Brent hob eine Hand, um die Wunde an seinem Kopf zu fühlen. Er zuckte zusammen und lehnte sich gegen das Kissen.

»Ja. Jetzt weiß ich es wieder. Ich hatte die Garagentore geschlossen und ging auf das Haus zu. Ich glaube, ich hatte eine Zigarette im Mund und blieb stehen, um sie anzuzünden. In dem Moment hörte ich ein Rascheln im Gebüsch. Gerade als ich mich umdrehte, um zu sehen, was es war, traf mich etwas Hartes an der Seite des Kopfes …«

»Haben Sie gesehen, wer es war?«

»Nein. Nur einen Arm und eine Hand. Ich glaube, er trug einen Handschuh. Gott, mein Kopf!«

»Ich werde den Arzt anrufen, Eric. Ich bin sicher, dass er eine Gehirnerschütterung hat«, sagte Carol.

»Nein, nein«, protestierte Brent. »Es geht mir gleich

wieder gut. Ich war doch nicht lange ohnmächtig, oder?«

»Du warst komplett weggetreten, als wir dich gefunden haben, alter Junge«, sagte Vyner. »Stimmt's, Alan?«

»Habe ich etwas gesagt – als ich zu mir kam, meine ich?«

»Nun, du warst etwas unfreundlich«, gab Vyner zu. »Aber nur einen Augenblick lang.«

»Also, warum in aller Welt sollte jemand …« Brent fuhr mit einer Hand in seine Jacke und griff in die Innentasche. »Meine Brieftasche! Sie ist weg!«

»Sind Sie sicher? Sehen Sie in den anderen Taschen nach!«

Brent setzte sich auf und überprüfte nacheinander alle seine Taschen. Rasch schob Carol ein paar Kissen hinter ihn, um seinen Rücken zu stützen.

»Kein Zweifel, meine Brieftasche ist weg. Die, die du mir geschenkt hast, Carol. Verdammt nochmal!«

»Wie sah sie denn aus? Wir werden sofort eine Beschreibung durchgeben.«

»Sie ist schwarz, Alan.« Carol beantwortete die Frage für ihren Verlobten. »Mit Gold an den Ecken. Und es sind seine Initialen drauf: H. B.«

»Es waren fünfundfünfzig Pfund drin«, fügte Brent kläglich hinzu.

»Sonst noch etwas?« Milton hatte sein Notizbuch herausgeholt.

»Ich hätte gedacht, dass das reicht, alter Junge.«

»Mein Führerschein«, sagte Brent und lächelte halb über Eric Vyners Bemerkung. »Ein paar Fotos. Ach ja, und ein Brief von einem Reisebüro in Luzern. Aber das ist nicht wichtig. Es sind die fünfundfünfzig Pfund, um die ich mir Sorgen mache.«

Brent griff hinter sich, um die Kissen zurechtzurücken und sich besser aufzurichten.

»Du musst mich die Wunde waschen lassen, Liebling«, sagte Carol. »Sie ist nicht sehr tief, aber es sind gerade die oberflächlichen Schnitte, die sich am leichtesten infizieren.«

»Na gut, wasch sie einfach ab. Aber du brauchst dir keine Sorgen zu machen. Abgesehen von einem rasenden Kopfschmerz geht es mir gut.«

Während Carol sich hinkniete, um das heruntergeronnene Blut von der Seite seines Kopfes zu waschen, drückte Eric ihm ein Glas Brandy in die Hand. Milton ging bis zum Fenster, drehte sich um und kam zurück. Er hatte immer noch sein Notizbuch aufgeschlagen.

»Ist Ihr Kopf klar genug, um noch ein paar Fragen zu beantworten, Mr. Brent?«

»Ich könnte es versuchen, aber ehrlich gesagt, habe ich Ihnen schon alles gesagt, was ich weiß. Ich stand mit einer Zigarette im Mund und einem Feuerzeug in der Hand da …«

»Nein, ich meine nicht wegen heute Nachmittag, Sir. Sie haben mir gestern gesagt, dass Sie Barbara Smith nicht kennen, und dass Sie dieses Mädchen nie gesehen haben, bis sie in den Zug gestiegen ist.«

»Ja, das ist wahr.« Brent legte den Kopf schief, so dass er an Carols besorgtem Gesicht vorbeisehen konnte, das nun ein paar Meter von seinem eigenen entfernt war. »Glauben Sie mir denn nicht?«

»Mr. Brent, ich habe gehört, Sie sind in Market Weldon geboren?«

»Ja. In der Richmond Street. Und hören Sie um Himmels willen auf, mich *Mister* Brent zu nennen!«

»Halt still, mein Schatz. Ich tue dir nur weh, wenn du so herumzappelst.«

»Ihr Vater und Ihre Mutter«, fuhr Milton fort, ohne sich von dem Ausbruch beirren zu lassen, »– David und Freda Brent – kamen bei einem Autounfall ums Leben. Sie sind hier begraben, auf dem Friedhof von Halford Bridge.«

»Ja«, stimmte Harry zu. »Worauf wollen Sie hinaus?«

Milton blickte zu Eric Vyner, der sein Glas wieder auffüllte. »Du hattest recht, Eric. Barbara Smith war gestern Mittag auf dem Friedhof.« Er zögerte, dann sah er zu Brent hinunter. »Sie war auf dem Friedhof und legte die Blumen, die sie bei sich trug, auf das Grab Ihrer Eltern, Mr. Brent.«

Harry Brent richtete sich langsam und zittrig auf.

»Sie legte die Blumen auf … Das kann ich nicht glau-

46

ben!«

»Es ist wahr, Sir.«

»Aber – aber warum sollte sie das tun?«

»Ich weiß es nicht, Mr. Brent. Ich hatte gehofft, Sie könnten mir diese Frage beantworten.«

Der Montagmorgen war noch niederschmetternder als die meisten Montagmorgen. Seit dem Mord an Sam Fielding waren fast drei Tage vergangen, und obwohl er ununterbrochen an dem Fall gearbeitet hatte, hatte Alan Milton weder das Motiv für den Mord noch die wahre Identität des Mädchens, das sich Barbara Smith nannte, herausgefunden. Normalerweise hätte ihn die Herausforderung eines so großen Falles angespornt. Morde waren in Market Weldon nicht alltäglich. Aber in diese Affäre war er persönlich zu stark involviert. Paradoxerweise war dies der Hauptgrund, warum er dem Druck des Superintendent und des Polizeipräsidenten, Scotland Yard einzuschalten, nicht nachgeben hatte. Milton war immer noch so verliebt in Carol Vyner wie eh und je, und er spürte, dass sie bei einer unglücklichen Entwicklung des Falles sehr verletzt werden könnte. Dieses Problem musste mit Mitgefühl und Verständnis für die beteiligten Personen angegangen werden – und nicht von einem Fremden aus London, der nichts über die Menschen in Market Weldon wusste.

Als Milton nach einer schwierigen Sitzung beim Superintendent in sein Büro zurückkehrte, legte Tomlins gerade ein halbes Dutzend frisch getippter Blätter auf seinen Schreibtisch.

»Sehen Sie zu, dass Sie Sergeant Phillips finden, Tomlins. Sagen Sie ihm, dass ich sofort mit ihm sprechen möchte.«

»Sergeant Phillips ist nicht da, Sir. Er erhielt einen Anruf von jemandem aus dem Rathaus. Er ist sofort losgefahren.«

»Worum ging es bei dem Anruf?«

»Ich weiß es nicht, Sir. Kann ich irgendetwas tun?«

»Nein, ist schon gut, Tomlins. Sind das die Aussagen der Taxifahrer und des Friedhofswärters?«

»Ja, und einige Personenbeschreibungen von der Abteilung für vermisste Personen und ein Bericht der Londoner Stadtpolizei über Barbara Smiths drei Tage im Hotel *Clifton*.«

»Gut, ich werde sie sofort durchsehen. Sobald Sergeant Phillips zurück ist … Ah, da sind Sie ja, Roy!«

Als er die Tür öffnete, wäre Tomlins fast mit dem Sergeant zusammengestoßen, der schwer atmete, nachdem er die Treppe mit der doppelten Geschwindigkeit wie sonst hinaufgestiegen war.

»Sie sehen zufrieden aus«, bemerkte Milton, als sich die Tür hinter dem Beamten schloss. »Hat man im Rathaus zugestimmt, Ihre Miete zu senken?«

Phillips ließ sich nicht herab, auf diese spöttische Bemerkung zu antworten. Er griff in seine Innentasche und warf eine verbogene und verstaubte Brieftasche auf den Schreibtisch.

»Einer der Arbeiter auf der städtischen Müllhalde hat das hier in einer Mülltonne entdeckt, die sie auskippten.«

Milton nahm die Brieftasche in die Hand und drehte sie um, so dass die Initialen auf der richtigen Seite standen.

»Das ist Brents Brieftasche! Haben Sie hineingesehen?«

Phillips nahm die Brieftasche und klappte sie auf. Er zog den Inhalt heraus und legte ihn einzeln auf den Schreibtisch.

»Da ist sein Führerschein und der Brief aus Luzern, den er erwähnt hat. Ein paar Fotos, eines davon von jemandem, den Sie, glaube ich, gut kennen.«

»Was ist mit dem Geld?«, unterbrach Milton und deckte das Foto einer lächelnden Carol mit dem Umschlag ab.

»Das Geld ist weg, fürchte ich. Sonst hätten wir die Brieftasche vielleicht nicht zurückbekommen. Fünfundfünfzig Pfund sind genug, um die Ehrlichkeit der meisten Leute auf den Prüfstand zu stellen.«

»Ist sonst noch etwas in der Brieftasche?«

»Ja, Sir. Da ist noch etwas.«

Phillips nahm eine kleine bedruckte Karte aus einem Fach in der Brieftasche und legte sie ehrfürchtig neben die anderen Dinge.

»Was ist das?«, fragte Milton.

»Es ist eine Theaterkarte. Repertoiretheater Dalesbury.

48

Samstag, 14. November. Reihe D, Platz Nummer fünf.«

Phillips stützte sich mit beiden Händen auf die Vorderseite des Schreibtischs und wartete auf die Reaktion des Inspektors.

»Hatte Barbara Smith nicht …«

»Das ist der Platz daneben, Sir. Der Platz daneben für dieselbe Vorstellung.«

Milton stand auf und ging zu einem Tisch an der Wand, wo der Inhalt von Barbara Smiths Handtasche fein säuberlich in einer Pappschachtel verstaut war. Er öffnete sie, nahm die Theaterkarte heraus und verglich sie mit der in Harry Brents Brieftasche gefundenen, als das Telefon zu klingeln begann.

Phillips hob ab. »Büro von Inspektor Milton … Ja. Er ist hier. Bleiben Sie dran.«

»Wer ist es?«

»Es ist Sergeant Craddock. Er scheint wegen irgendetwas aufgebracht zu sein.«

Milton nahm den Hörer ab. »Craddock? Ja, was gibt's? … Guter Gott, wann ist das passiert? …Wie zum Teufel ist sie an die Tabletten gekommen? Wurde sie nicht gründlich durchsucht? … Wo bringen sie sie hin?«

Milton wandte sich mit wütendem Gesicht an Phillips. »Barbara Smith hat Gift genommen. Sie wird ins Krankenhaus gebracht. Holen Sie sofort einen Wagen zum Haupteingang!«

Phillips nickte, legte die Brieftasche ab, die er in der Hand hielt, und stapfte auf den Korridor hinaus.

»Welches Krankenhaus?«, rief Milton in das Telefon.

»Das *King Edward VII.* oder das in der London Road? … Dann, um Himmels willen, finden Sie es heraus, Craddock!«

Wütend und ungeduldig klopfte Milton zwanzig Mal mit dem Fuß auf den Boden, bevor Craddocks Stimme im Gerät wieder ertönte. »In Ordnung!«, bellte Milton. »Sagen Sie dem Doktor, dass ich auf dem Weg bin.«

Das gemächliche, ländlich-idyllische Leben in der Hauptstraße von Market Weldon wurde an diesem sonnigen Montagmorgen unsanft gestört. Die braven Damen mit ihren Einkaufskörben blieben stehen und drehten sich um, als sie das dringliche Heulen des Krankenwagens hörten, der sich seinen Weg durch den schleppenden Verkehr bahnte. Autos fuhren an den Straßenrand, um ihm Platz zu machen, und am Zebrastreifen in der High Street übernahm ein kompetenter junger Polizist das Kommando und hielt eine Gruppe von Schulkindern an, die gerade ihre Rechte als Fußgänger wahrnehmen wollten. Sie standen da und plapperten aufgeregt, während das weiße Fahrzeug vorbeidonnerte und das Blaulicht auf dem Dach gebieterisch aufblitzte.

Gerade als sich das Leben wieder normalisiert hatte, ertönte eine zweite Sirene. Das weiße Polizeiauto benutzte sowohl Hupe als auch Sirene und fuhr noch schneller als der Krankenwagen. Nachdem der Weg durch die High Street gebahnt war, fuhr es rasend durch die London Road und überholte den schaukelnden Krankenwagen. Mit quietschenden Reifen bog es in die Einfahrt des neuen Krankenhauses ein.

Als der Krankenwagen ankam, bremste und dann rückwärts zum Eingang zur Notaufnahme fuhr, standen Inspektor Milton und Sergeant Phillips bereits an der Tür, zusammen mit der Krankenschwester, die herausgekommen war, um die Patientin zu empfangen. Der Fahrer des Krankenwagens sprang von seiner Seite heraus und sein Assistent von der anderen. Sie eilten herbei und öffneten eilig die Türen des Fahrzeugs.

Danach verlangsamte sich plötzlich alles.

Als erfahrene Fachleute brauchten die beiden Sanitäter nur einen Blick in das Gesicht des Arztes zu werfen, der vorsichtig ausstieg und eine Krankenschwester im Wagen zurückließ, die beim zugedeckten Körper blieb. Dr. Collins war ein adrett gekleideter kleiner Mann mit Glatze, der eine Fliege trug. Er sah sich um, entdeckte schnell Milton und ging zu ihm hinüber.

»Inspektor Milton?«

»Ja.«

»Ich bin Dr. Collins. Ich fürchte, ich habe schlechte Nachrichten für Sie, Inspektor. Die Patientin ist tot.«

»Tot?«, wiederholte Milton stumpf.

»Es tut mir leid, Inspektor. Wir haben getan, was wir konnten, das versichere ich Ihnen.«

»Ja, ja, natürlich.«

»Sie war noch bei Bewusstsein, als wir sie in den Krankenwagen brachten, aber dann versagten alle Organe.«

»Ich nehme an, sie hat nichts gesagt, oder?«, fragte Milton. Er konnte nicht umhin, das blaue Licht auf dem Dach des Krankenwagens zu beobachten, das immer noch mit stummer Beharrlichkeit blinkte, ohne zu ahnen, dass es für den anonymen Körper, der darin lag, keine Dringlichkeit mehr gab.

»Doch, das hat sie, Sir«, sagte Dr. Collins. »Sie fragte immer wieder nach jemandem. Nach einem Mann namens Harry Brent.«

Kapitel zwei
Jacqueline

Eric Vyner kam gerade aus seiner Haustür, als Milton seinen Austin Mini neben dem schmiedeeisernen Tor an der Backsteinmauer abstellte. Der Landwirt trug einen prall gefüllten Aktenkoffer und hatte die hinderliche Schlinge abgelegt.

»Hallo, Alan!« Vyner begrüßte den Inspektor fröhlich. »Hast du den Fall schon gelöst?«

»Nicht ganz. Du siehst sehr geschäftsmäßig aus, Eric.«

»Ich habe eine Sitzung mit meinem Buchhalter. Ich soll um elf da sein.«

»Dann musst du dich aber beeilen«, sagte Milton mit einem Lachen. »Es ist schon zehn nach.«

»Ja, ich weiß. Ich bin in letzter Zeit immer zu spät dran. Wolltest du mich oder Carol sehen?«

»Weder noch, um genau zu sein. Ist Harry Brent da – oder ist er zurück nach London gefahren?«

»Nein. Harry ist noch hier. Ich glaube nicht, dass er vor heute Abend zurückfährt.« Vyner nickte in Richtung des Hauses. »Er ist bei Carol und versucht, sie ein wenig zu beruhigen.«

»Wie geht es Carol?«

»Sie ist gar nicht sie selbst, alter Junge. Sie kann nicht schlafen. Ich habe sogar den Arzt kommen lassen, damit er sie sich ansieht. Er ist erst vor ein paar Minuten gegangen. Jetzt ist die Hölle los, denn er sagt, sie soll nicht ins Büro gehen, sondern hierbleiben und sich schonen.«

»Das wird ihr gar nicht gefallen.«

»Weshalb willst du Harry sprechen?«

»Wir haben seine Brieftasche gefunden.«

»Das ging ja schnell!«, rief Vyner mit offensichtlicher Überraschung aus. »Ich fasse es nicht! Hätte nicht gedacht, dass ihr jemals etwas findet. Sind die fünfundfünfzig Pfund noch da?«

»Leider nicht. Das ganze Geld ist weg.«

»Tja, schade.« Vyner schüttelte den Kopf. »Das ist nur halb so schön, oder? Jetzt musst du mich aber entschuldigen, alter Junge …«

»Darf ich reingehen?«

»Ja, natürlich. Die Tür ist offen. Du findest die beiden Turteltauben im Wohnzimmer.«

Vyner tastete nach seinen Autoschlüsseln und eilte zu den Garagentoren. Milton ging die Stufen zur Haustür hinauf. Sie stand weit offen und er ging direkt in den Flur. Aus dem Wohnzimmer konnte er die Stimmen von Carol und Harry Brent hören. Es war offensichtlich, dass sie sich stritten, und er stand verlegen da, weil er wusste, dass er ein privates Gespräch belauschte. Er zögerte jedoch, es zu unterbrechen.

»… Er ist ein dummer alter Narr«, sagte Carol, »und wenn er nur ein Körnchen Verstand im Kopf hätte, würde er erkennen …«

»Er ist ein sehr guter Arzt und weiß genau, was er tut.« Brent sprach mit diesem beruhigenden Ton, den Erwachsene bei bockigen Kindern anwenden. »Jetzt entspann dich, Carol, denn egal, was du sagst, du wirst nicht ins Büro gehen – jedenfalls nicht heute.«

»Harry, um Himmels willen, stell dich doch nicht so an! Ich muss ins Büro, auch wenn es nur für ein paar Stunden ist.«

»Heute nicht, Carol«, antwortete Brent mit einem plötzlichen Tonwechsel. »Du wirst langsam hysterisch. Ich möchte mich nicht gezwungen sehen, dich …«

Milton beschloss, dass es an der Zeit war, sich bemerkbar zu machen, und klopfte laut an die Wohnzimmertür.

»Darf ich reinkommen?«

Brent hielt Carols Unterarm fest und sie starrte ihn herausfordernd an. Sobald er Miltons Stimme hörte, löste er seinen Griff und beide drehten sich überrascht um.

»Hallo, Alan!« Unbewusst rieb sie sich den Arm, den Brent festgehalten hatte, und durchquerte den Raum, um dem

Inspektor entgegenzugehen. Er bemerkte die Farbe auf ihren Wangen. »Alan, ist das nicht lächerlich? Dieser verdammte Arzt lässt mich nicht ins Büro gehen.«

»Er hat ihr gesagt, sie soll es ruhig angehen«, sagte Brent. »Jedenfalls heute. Ich persönlich bin ganz seiner Meinung.«

»Aber versteh doch …!« Carol wandte sich wieder an Brent. »Sie brauchen mich. Niemand kennt sich mit Mr. Fieldings Angelegenheiten aus. Sie werden einfach nicht wissen, was sie tun sollen.«

»Ich würde tun, was der Arzt dir rät, Carol«, sagte Alan ruhig.

»Du würdest nichts dergleichen tun, Alan, und das weißt du auch ganz genau. Ich werde mich ein paar Stunden ausruhen und nach dem Mittagessen hingehen – du kannst mich mit dem Humber hinbringen, Harry.«

»Das werden wir noch sehen«, sagte Brent. Er und Milton tauschten einen Blick der momentanen Komplizenschaft aus. Carol setzte sich mit einem Ausdruck des Trotzes auf das Sofa und schlug die Beine übereinander.

»Wir haben Ihre Brieftasche gefunden, Mr. Brent«, sagte Milton und nahm sie aus seiner Tasche. »Aber ich fürchte, das Geld ist weg. Würden Sie bitte den anderen Inhalt überprüfen?«

Brent nahm die Brieftasche und drehte sie neugierig um. »Sieht ein bisschen unordentlich aus. Wo haben Sie sie gefunden?«

»Einer der Arbeiter der städtischen Müllabfuhr entdeckte sie in einem Abfalleimer und gab sie ab. Natürlich war das eine der Stellen, die wir benachrichtigt haben. Wir sind aber ziemlich sicher, dass das Geld schon vorher herausgenommen wurde.«

»Tja, ich hätte mir nie gedacht, dass ich sie nochmals wiedersehen würde.«

»Es tut mir leid wegen des Geldes. Ich fürchte, es gibt kaum noch Chancen, es zurückzubekommen.«

»Ja, das tut mir auch leid …« Brent hatte die Brieftasche geöffnet und untersuchte den Inhalt.

»Ist sonst alles da?«

»Ja. Es scheint so. Es gab nichts anderes von Wert, abgesehen von … he, was ist das denn?«

Brent hatte die Theaterkarte gefunden und betrachtete sie mit einem verwirrten Gesichtsausdruck. Als Milton sein Gesicht und seine Hände beobachtete, war es schwer zu sagen, ob er seine wahren Gefühle verbarg oder nicht.

»Das ist eine Theaterkarte.«

»Ja. Das sehe ich.« Brent schüttelte den Kopf und sah den Inspektor direkt an. »Das ist aber nicht meine. Sie gehört mir nicht.«

»Sie meinen, sie war nicht in Ihrer Brieftasche, als sie gestohlen wurde?«

»Nein. Das war sie nicht.«

»Warum sollte jemand eine Theaterkarte in eine gestohlene Brieftasche stecken?«, schaltete sich Carol ein. »Bist du sicher, dass sie dir nicht gehört, Harry?«

»Ich sagte doch, die Karte ist nicht meine.« Der Tonfall von Harry Brent war fast zornig. »Glaubt ihr, ich kann mich nicht erinnern, ob ich eine Theaterkarte gekauft habe oder nicht? Repertoiretheater Dalesbury … Warum sollte ich nach Dalesbury fahren, um Himmels willen? Wenn ich ein Stück sehen wollte, würde ich in eines im West End gehen.«

Milton nahm das Ticket aus Brents Hand. »Nun, wenn Sie sich ganz sicher sind, dass sie Ihnen nicht gehört …«

»Natürlich bin ich mir sicher.« Brent betrachtete das Gesicht des Inspektors mit Interesse. »Gibt es denn etwas Merkwürdiges an dieser Eintrittskarte, abgesehen davon, dass sie in meiner Brieftasche war?«

Milton zögerte einen Moment, bevor er antwortete. »Barbara Smith hatte eine Theaterkarte in ihrer Handtasche. Dasselbe Theater, dieselbe Vorstellung, der Platz daneben.«

»Der Platz daneben? Sie meinen …«

»Reihe D, Platz Nummer vier, Samstag, 14. November. Diese Karte ist für Platz Nummer fünf.«

»Das kann ich nicht glauben.«

»Es ist wahr, Mr. Brent.«

Carol war aufgestanden und drehte ihren Kopf, um die

Augen und den Mund der Männer zu beobachten, während sie sprachen.

»Dann gibt es offensichtlich nur eine Erklärung«, sagte Brent zügig. »Die Person, die die Brieftasche gestohlen hat, hat die Karte hineingelegt.«

»Sie glauben, das war der Grund?«

»Ja, Inspektor. Ich habe diese Theaterkarte noch nie gesehen.«

Milton steckte die Karte in einen Umschlag und verstaute ihn in seiner eigenen Tasche. Er nickte und schien die Angelegenheit damit abzutun. »Gut. Ich danke Ihnen.«

Carol hatte ihn mit einem verwirrten Stirnrunzeln beobachtet. Sie sagte: »Hast du dieses Mädchen – Barbara Smith – wegen der Karte befragt? Es ist doch möglich, dass sie weiß, wie …«

»Ich fürchte, wir können Barbara Smith zu nichts mehr befragen, Carol«, sagte Milton leise.

Es war Brent, der die Bemerkung richtig interpretierte: »Warum nicht? Ist etwas passiert?«

»Sie ist tot.«

»Tot?«

»Ja, Carol.«

Nach einem Moment sagte Brent: »Wann ist das passiert?«

»Sie hat heute Morgen Gift genommen. Man hat sie ins Krankenhaus gebracht, aber sie starb im Krankenwagen.«

Milton blickte zu Carol und entschuldigte sich stumm für die Brutalität der Nachricht, die er überbracht hatte. Sie sah ihn nicht an, sondern starrte auf die Brieftasche, die Brent immer noch in der Hand hielt.

Alan Milton wohnte in einer hübschen kleinen Junggesellenwohnung mit Blick auf die High Street von Market Weldon. Sie befand sich im ersten Stock, über den Büros von Jackson, dem wichtigsten Immobilienmakler der Stadt. Von einem nicht öffentlichen Zugang neben dem Schaufenster führte eine Treppe hinauf zu einem Treppenabsatz und der Wohnungstür.

Milton ließ die Tür am unteren Ende der Treppe angelehnt, schloss aber seine eigene Tür sorgfältig, bevor er das Licht einschaltete und seinen Hut und Mantel in den kleinen Flur hängte. Auf der linken Seite führten ein paar Türen zu seinem Schlafzimmer und Bad. Die Tür auf der rechten Seite führte in ein größeres Wohnzimmer, hinter dem sich eine saubere und moderne Kochnische befand. Er ging durch das Wohnzimmer und warf die Abendzeitung, die er bei sich trug, auf einen Tisch. Im Kühlschrank standen zwei Milchflaschen, jede mit einem schönen Sahnehäubchen darauf. Er drehte den Deckel von einer Flasche ab und goss sich ein Glas ein. Dann trug er es zurück ins Wohnzimmer und stellte es vorsichtig auf einen Untersetzer auf dem Tisch ab, den er auch für seine Mahlzeiten benutzte. Er zog seine Jacke aus, hängte sie über eine Stuhllehne, löste Kragen und Krawatte und begann, nachdenklich an der schaumigen, eiskalten Flüssigkeit zu nippen.

Das Telefon auf dem Tisch neben dem Sofa begann zu klingeln. Noch immer mit dem Glas Milch in der Hand bückte er sich und nahm den Hörer ab.

»Market Weldon 913.«

Er erkannte sofort, dass sich der Anrufer in einer öffentlichen Telefonzelle befand und wartete geduldig, während eine Münze in den Schlitz geworfen wurde.

»Ist da Market Weldon 913?«

»Ja.«

»Kann ich bitte mit Inspektor Milton sprechen?«

Es war die Stimme einer Frau, die eindeutig nervös war. Sie hatte einen leichten Cockney-Akzent.

»Alan Milton am Apparat.«

»Oh!« Aus irgendeinem Grund schien die Frau verblüfft zu sein.

»Mein Name ist Mrs. Tolly. Ich habe früher bei der Firma Fielding gearbeitet. Wir haben uns letzte Weihnachten kennengelernt, Mr. Milton, als Ihre Verlobte … Oh, ich bitte um Verzeihung! … Als Miss Vyner …«

»Ja, ich erinnere mich an Sie, Mrs. Tolly. Was kann ich für Sie tun?«

»Nun, ich habe über Mr. Fielding gelesen. Über den

Mord, meine ich. Könnte ich vielleicht mal mit Ihnen reden, Inspektor? Ich würde lieber nicht aufs Revier kommen, wenn es Ihnen nichts ausmacht.«

»Ich würde mich freuen, mit Ihnen zu sprechen, Mrs. Tolly«, sagte Milton beschwichtigend. »Warum kommen Sie nicht in meine Wohnung? Ich wohne in der High Street, gleich über dem Maklerbüro Jackson. Sie sehen die Tür dann schon, sie ist auf der rechten Seite.«

»Ich weiß, wo das ist«, sagte sie schnell. »Kann ich sofort vorbeikommen?«

»Ja, ich bin den ganzen Abend über hier. Von wo aus sprechen Sie?«

»Oh, danke. Ich danke Ihnen, Mr. Milton.«

Sie legte den Hörer auf, ohne auf seine Frage zu antworten. Er trank das Glas Milch aus und überlegte, ob er noch Zeit hatte, eine Dose Baked Beans aufzuwärmen und sie auf eine Scheibe Toast zu legen, bevor sie kam. Er hatte den Dosenöffner herausgeholt und war gerade dabei, den Deckel der Dose aufzustechen, als es zweimal an der Haustür klingelte und dann nach einer kurzen Pause noch zweimal. Er blieb ganz still stehen. Das war das Erkennungszeichen, das in früheren Tagen bedeutete, dass Carol ihn abholte. Schnell brachte er seine Gefühle unter Kontrolle, ging ins Wohnzimmer, zog seine Jacke an und ging durch den Flur, um die Haustür zu öffnen.

Sie trug einen gutsitzenden Regenmantel mit einem engen Gürtel, der ihre schlanke Taille betonte. Sie war blass und unter ihren Augen waren Schatten zu sehen. In ihrer Hand trug sie einen großen Umschlag.

»Was ist, bittest du mich nicht herein?«

Er schüttelte den Kopf, um auf klare Gedanken zu kommen: »Oh, tut mir leid. Bitte komm doch herein.«

Er trat zurück, um sie eintreten zu lassen, wobei er darauf achtete, dass sie nicht versehentlich gegen ihn stieß, als sie vorbeiging.

»Ich war gerade im Büro. Letztendlich habe ich Harry überredet …«

»Was für eine Überraschung!« Milton schloss die Tür

und zwang sich, heiter und distanziert zu sein. »Ich wusste, dass du deinen Willen durchsetzen würdest, Carol. Das tust du meistens.«

»Alan, ich bin nicht hergekommen, um beleidigt zu werden!«

Sie sah verschmitzt zu ihm auf.

»Weshalb bist du gekommen?«

»Müssen wir das hier draußen auf dem Flur besprechen? Oder ist jemand bei dir …?«

Sie blickte in Richtung Wohnzimmer und senkte ihre Stimme zu einem Flüstern.

»Nur die übliche Blondine, aber wahrscheinlich klettert sie gerade aus dem Schlafzimmerfenster. Komm mit ins Wohnzimmer.«

Sie wusste nicht genau, ob er das ernst gemeint hatte, und ging zögernd hinein.

»Kann ich dir einen Drink anbieten?«

»Nein. Ich habe keine Zeit. Harry wartet mit dem Auto und will mit dem 6-Uhr-15-Zug zurück in die Stadt.«

Sie drehte sich um und hielt ihm den Umschlag hin. Die Ecken waren umgebogen und er konnte sehen, dass die Briefmarke, die darauf war, eine ausländische war.

»Ich dachte, das würde dich vielleicht interessieren. Ich fand das hier unter der Post, als ich ins Büro kam. Er ist an Mr. Fielding adressiert.«

»Was ist drin?«

»Eine Fotografie. Der Poststempel zeigt, dass der Brief am Dienstag in Luzern aufgegeben wurde. Es hätte eigentlich schon am Freitagmorgen ankommen müssen.«

Milton nahm den Umschlag, griff hinein und holte eine Fotografie im Ansichtskartenformat heraus. Es war ein Kopf-Schulter-Porträt einer Frau, die er sofort als Barbara Smith erkannte. Oben drüber stand in schwarzen Großbuchstaben: »SCHAFFEN SIE SICH DIESE FRAU VOM HALS!«

Als Antwort auf Miltons fragenden Blick sagte Carol: »Es gab keinen Brief, keine Nachricht. Nur das Foto. Was denkst du – was bedeutet das, Alan?«

»Das weiß ich nicht.« Milton drehte das Foto um, aber

auf der Rückseite standen weder ein Name noch eine Nummer. »Hat das sonst noch jemand gesehen?«

»Nein. Ich habe den Umschlag selbst geöffnet. Als ich sah, was drin war, dachte ich, ich bringe ihn besser gleich zu dir.«

»Und du hast das Foto niemandem gezeigt?«

»Nein. Niemandem im Büro.«

»Was soll das heißen?«

»Ich … Ich habe Harry natürlich davon erzählt.«

»Und hast du ihm auch das Foto gezeigt?«

»Ähm, ja …«

Milton legte das Foto auf den Tisch und den Umschlag darüber. Carol war auf die andere Seite gerückt, so dass der Tisch eine Art Niemandsland zwischen ihnen zu bilden schien.

»Carol, sag mir – wie gut kannte Harry Sam Fielding?«

»Er kannte ihn fast gar nicht«, antwortete Carol abwehrend.

»Sie sind einander vor etwa zehn Tagen zum ersten Mal begegnet. Es war an meinem Geburtstag.«

»Der dreißigste Oktober.«

»Wir haben im *Falstaff* zu Abend gegessen – Harry, Eric und ich – und Mr. Fielding kam mit einer Gruppe von Freunden herein. Natürlich habe ich ihm Harry vorgestellt.« Sie musterte ihn mit besorgter Miene, die Falten zwischen ihren Brauen vertieften sich. »Aber warum fragst du nach Harry? Er hat mit dieser Sache nichts zu tun.«

»Tatsächlich nicht, Carol?«

Milton sah ihr einen Moment lang in die Augen, dann nahm er einen Brieföffner in die Hand und klopfte damit gegen seine linke Handfläche. Sie kannte diese Geste gut. Sie bedeutete, dass er eine wichtige Entscheidung getroffen hatte.

»Hör zu, ich werde dir jetzt etwas sagen … Vielleicht sollte ich es nicht tun, aber ich denke, unter den gegebenen Umständen bin ich im Recht.«

»Wenn es etwas ist, das du mir nicht sagen solltest, Alan«, sagte sie steif, »dann würde ich lieber bevorzugen …«

»Oh, um Himmels willen, Carol! Behandle mich nicht

wie einen feindseligen Fremden. Im Krankenwagen, bevor sie zusammenbrach und das Bewusstsein verlor, fragte Barbara Smith immer wieder nach jemandem …«

»Nach jemandem?«, wiederholte Carol, und ihre Augen verrieten, dass sie die Antwort schon halb erahnte.

»Nach einem Mann namens Harry Brent.«

»Wer hat dir das erzählt?«

»Dr. Collins. Und die Krankenschwester bestätigt es auch. Ich habe mit beiden gesprochen.«

Der Verkehrslärm auf der High Street hatte abgenommen. Die Stoßzeit von Market Weldon dauerte nicht besonders lange. Carol ging zum Fenster, öffnete die Vorhänge und schaute auf die Straße hinunter.

»Das kann ich einfach nicht glauben.«

»Es ist aber wahr, Carol.«

Er hätte sich ihr nähern, ihr die Hände auf die Schultern legen und ihr versichern können, dass er für sie in jeder Situation da war, um ihr zu helfen und sie zu unterstützen. Aber es klingelte an der Tür und die Hand an der Klingel läutete Sturm.

»Ich habe dir das im Vertrauen gesagt. Ich möchte nicht, dass du es weitererzählst – niemandem.«

»Ja, aber wenn Harry dieses Mädchen wirklich kannte, dann …«

»Erzähl es niemandem«, sagte Milton eindringlich und nachdrücklich. »Hast du das verstanden?«

Sie wandte sich vom Fenster ab, verblüfft und überrascht von seinem Tonfall. Sie nickte zögerlich, aber zustimmend.

»Ja, in Ordnung, Alan.«

Es läutete wieder an der Tür. Milton beeilte sich, sie zu öffnen. Vor der Tür fand er Sergeant Phillips, der auf der Matte stand und den Finger gerade erneut auf den Knopf legte.

»Oh, hallo, Roy. Kommen Sie rein.«

Phillips starrte überrascht auf Carol, die auf den Korridor hinauskam und hinter Milton stand.

»Oh!« Das Gesicht des Sergeants verriet seine Verlegenheit.

»Ich hoffe, ich störe nicht.«

»Nein, natürlich nicht. Ich habe Sie erwartet. Waren Sie in Dalesbury?«

»Ja. Ich bin gerade zurückgekommen.«

»Ich glaube, Sie kennen Carol.«

»Ja. Wir sind uns schon begegnet. Guten Abend, Miss Vyner.«

»Guten Abend, Sergeant.«

»Gehen Sie schon rein, Roy«, sagte Alan zum Sergeant. »Nehmen Sie sich einen Drink. Es dauert nur eine Minute.«

»Oh, danke.«

Immer noch verlegen nickte Phillips Carol zu und ging mit dem schweren Schritt eines Polizisten ins Wohnzimmer. Alan hielt immer noch die Eingangstür offen.

»Du brauchst mich nicht hinunterzubegleiten, Alan.«

»Ich begleite dich aber hinunter.« Er schaffte es, den Anflug eines Lächelns zustande zu bringen. »Das habe ich doch immer getan, oder?«

Als Milton zum Sergeant zurückkam, hatte Phillips Hut und Mantel auf einen Stuhl gelegt und sich ein Glas Bier eingeschenkt. Er hatte das Foto vom Tisch genommen und betrachtete es neugierig.

»Woher kommt das?«

»Carol hat es gebracht. Es wurde an Fielding geschickt. Es kam mit der Morgenpost an. Es war kein Brief dabei – nichts. Nur das Foto und diese Nachricht.«

Phillips blickte auf den Poststempel. »Am dritten in Luzern aufgegeben.«

»Ja. Der Umschlag hätte eigentlich am Freitagmorgen, dem Tag seines Todes, ankommen sollen.« Milton setzte sich in seinen bequemsten Sessel und dachte daran, dass er zum ersten Mal seit dem Aufstehen an diesem Morgen nicht mehr auf den Beinen war. Sogar das Mittagessen hatte er im Stehen eingenommen. »Also, erzählen Sie mir von Dalesbury. Was war los? Waren Sie im Theater?«

Phillips legte das Foto weg und den Umschlag wieder darauf: »Ja, das war ich. Leider war man bei der Kartenvorverkaufsstelle nicht besonders hilfreich. Sie scheinen es für möglich zu halten – nur für möglich –, dass beide Karten, also jene von Barbara Smith und die in der Brieftasche, von Jacqueline Dawson gekauft wurden.«

»Jacqueline Dawson?«

»Sie ist der Star des Stücks.« Phillips machte einen Schluck Bier und wischte sich Schaum von der Oberlippe. »Vor einem Monat war sie hier in Market Weldon und hat dasselbe Stück aufgeführt. Davor war sie in Southampton, übernächste Woche ist sie in Leatherhead.«

»Und sie hat beide Karten gekauft?«, fragte Milton. Es fiel ihm schwer, seine Gedanken auf diese Angelegenheit zu lenken. Seine Gedanken waren immer noch dort unten an der Haustür und er sah immer noch den Ausdruck von Unentschlossenheit und Unglück auf Carols empfindlichem Gesicht.

Phillips zuckte mit den Schultern. »Im Kartenbüro glaubt man, dass sie es getan hat, aber man ist sich nicht ganz sicher. Sie sind sich bei nichts wirklich sicher. Miss Dawson hat einen großen Freundeskreis, und sie sieht ihn gerne ganz vorne, wann immer es möglich ist. Um das zu gewährleisten, kauft sie ständig Karten und verschenkt sie.«

»Haben Sie mit Miss Dawson gesprochen?«

»Nein. Sie war noch nicht da, als ich ging. Außerdem dachte ich, ich überlasse sie besser Ihnen. Der Umgang mit kultivierten Frauen ist nicht ganz mein Ding.«

»Ist sie denn sehr kultiviert?«, fragte Milton mit einem Lächeln. Phillips war als eingefleischter Junggeselle bekannt und fühlte sich immer unwohl, wenn er mit dem anderen Geschlecht konfrontiert wurde.

»Nun«, sagte er vage in seinen Bierkrug, »Sie wissen doch, wie diese Schauspielerinnen sind.«

»Sie sagten, sie war vor etwa einem Monat hier in Market Weldon?«

»Das stimmt. Im Schauspielhaus. Meine Schwester und ich haben sie uns angesehen. Verdammt langweiliges Stück, dachte ich, aber sie war nicht schlecht.« Er nickte, in Richtung des Korridors. »Erwarten Sie jemanden?«

Aus seiner Träumerei aufgeschreckt, bemerkte Milton,

dass die Türglocke wieder läutete. Mit einem Seufzer kämpfte er sich auf die Beine.

»Ja. Ich erwarte eine Mrs. Tolly. Sie hat mich vor einer Viertelstunde angerufen. Sie will mit mir unter vier Augen über etwas sprechen.«

»Mrs. Tolly? Ist das die Frau, die früher die Kantine bei Fielding betrieben hat? Ihr Mann hat einen Stand auf dem Markt.«

»Ja, das ist richtig. Kennen Sie sie?«

»Ich habe sie schon gesehen, sie sieht nicht schlecht aus, wenn man etwas ältere Frauen mit etwas mehr Fleisch an der Hüfte mag.«

Mrs. Tolly blieb auf der Schwelle des Wohnzimmers stehen, als sie Phillips sah. Sie war auf eine ziemlich vulgäre Art auffällig und keineswegs unattraktiv. Milton schätzte ihr Alter auf etwa Mitte dreißig. Sie war sorgfältig geschminkt und ihr makelloses blondes Haar war kürzlich frisiert worden. Ein Mantel verdeckte die großzügigen Proportionen, auf die Phillips hingewiesen hatte. Ein paar Ringe blitzten an ihren Fingern.

»Ich wusste nicht, dass jemand hier sein würde«, sagte sie zu Milton in einem leicht anklagenden Ton.

»Das ist schon in Ordnung, Mrs. Tolly, das ist ein Kollege von mir, Sergeant Phillips.«

Phillips nickte beherzt. »Guten Abend, Mrs. Tolly.« Immer noch misstrauisch, die Lippen schürzend, gestand Mrs. Tolly dem Sergeant nicht mehr als ein Nicken zu. Ihr starkes Parfüm hatte den Raum bereits durchdrungen.

»Setzen Sie sich doch, Mrs. Tolly«, drängte Milton. »Möchten Sie einen Drink?«

»Nun – ja. Ich denke schon.« Mrs. Tolly setzte sich vorsichtig auf einen Stuhl und schlug ihre wohlgeformten Beine übereinander. »Haben Sie einen Gin mit Bitter Lemon?«

»Nur einen Gin Tonic«, sagte Milton und dachte mit Ironie daran, dass dies wohl das Ende der halben Flasche *Gordon* bedeuten würde.

»Das geht auch.«

Während Milton die Drinks einschenkte – einen Gin

Tonic für Mrs. Tolly und einen einfachen Tonic für sich selbst –, deutete seine Besucherin mit ihren langen Wimpern in Richtung Sergeant Phillips.

»Ich wusste wirklich nicht, ob ich kommen sollte oder nicht, aber ich habe mit Harold, meinem Mann, darüber gesprochen, und er sagte: »Wenn ich du wäre, würde ich mit dem Inspektor darüber sprechen. Vielleicht hilft es ihm – und wenn nicht, dann hat es jedenfalls nicht geschadet.«.«

Phillips antwortete: »Geht es um Mr. Fielding?«

»Ja. Um den Mord. Ich war sehr aufgebracht darüber. Sehr bestürzt.«

»Sie haben Fieldings Firma vor einiger Zeit verlassen, nicht wahr, Mrs. Tolly?«

»Ja.« Der Blick des Sergeants hatte flüchtig auf Mrs. Tollys Oberschenkel geruht und war dann wieder abgeschweift. Selbstbewusst zog sie den Saum ihres Rocks ein wenig tiefer, aber er rutschte sofort wieder zurück. »Ich bin vor etwa sechs Monaten fortgegangen. Ich hatte schreckliche Probleme mit meinem Rücken und eines Tages sagte ich mir: »Phyllis, du bist noch eine junge Frau, und wenn du dich nicht schonst …« – Oh, danke, Inspektor. Den kann ich jetzt gut gebrauchen, muss ich sagen. Zum Wohl. Wir sind einander letzte Weihnachten begegnet, nicht wahr? Mit Ihrer Verlobten, Miss Vyner.«

»Richtig«, stimmte Milton zu. »Auf der Weihnachtsfeier. … Also, weswegen wollten Sie mich sprechen?«

Mrs. Tolly machte einen großen Schluck und stellte das Glas auf dem Tisch ab.

»Ich habe mit vielen Leuten darüber gesprochen, was am Freitag passiert ist. Mit Freunden von mir in Fieldings Betrieb, meine ich. Und ich habe über den Mord gelesen. Ich habe alles gelesen, was darüber geschrieben wurde. Und es ergibt einfach keinen Sinn, Mr. Milton. Irgendwie haben sie alle etwas falsch verstanden.«

»Inwiefern, Mrs. Tolly?«

»Nun, jeder scheint doch zu denken, dass der Mord eine große Überraschung war, dass der arme alte Fielding … Inspektor, es war überhaupt keine Überraschung! Er wusste, dass die Möglichkeit bestand, dass er ermordet werden könnte! Er war schon Wochen zuvor davor gewarnt worden!«

Mrs. Tolly hielt inne und blickte vom Inspektor zum Sergeant, um ihre Aussage wirken zu lassen. Sie wurde jedoch enttäuscht. Milton setzte sich auf die Armlehne des großen Sessels und sagte leise: »Und von wem war er gewarnt worden?«

»Von diesem Mr. Brent, der sich mit Ihrer Verlobten verlobt hat.«

Diesmal, so stellte sie mit Genugtuung fest, hatte sie einen Volltreffer gelandet. Die beiden Polizisten tauschten einen kurzen Blick aus.

»Sie meinen, dass Mr. Brent Mr. Fielding schon seit einiger Zeit kannte?«, fragte Milton.

»Nun, er kannte ihn sicherlich schon vor vier Wochen!«

»Wie können Sie sich da sicher sein?«

»Weil ich sie zusammen gesehen habe und sie sich zu diesem Zeitpunkt ganz offensichtlich schon gut gekannt haben.«

»Aber kannten Sie Mr. Brent zu dieser Zeit selbst?«

»Ich kannte ihn damals nicht, nein, aber ich habe ein gutes Gedächtnis für Gesichter, und er ist nicht gerade die Art von Person, die man vergessen kann, nicht wahr? Als ich ihn neulich mit Miss Vyner sah, sagte ich mir, das ist doch der Kerl, der damals mit Mr. Fielding im Café war. Dann erinnerte ich mich an das, was ich gehört hatte, und in den letzten Tagen habe ich dann überlegt, ob ich damit nicht zu Ihnen kommen soll.«

»Sie haben sie zusammen in einem Café gesehen, sagen Sie?«

»Stimmt, ich war bei meiner Schwester. Sie ist Witwe und wohnt oben in Maida Vale. Ab und zu besuche ich sie und nehme etwas für die Kinder mit. Ihr Mann hat ihr ein paar hundert Pfund hinterlassen, also rennt sie nicht gerade von einer Party zur nächsten. Nun, an diesem Tag war ich etwas zu spät dran und habe den letzten Bus verpasst. Ich war wütend, aber es blieb mir nichts anderes übrig, als zur nächsten U-Bahn zu laufen. Man merkt erst, wie weit es ist, wenn man zu Fuß gehen muss, nicht wahr? Mein Rücken tat weh, und ich dachte schon, ich schaffe es nie bis Marble Arch, geschweige denn bis Market Weldon, als ich auf der gegenüberliegenden Straßenseite dieses Café sah. Es war eines dieser neuen Lokale mit Holzvertäfelung und Kaffeemaschinen. In dem Laden gab es nicht einmal eine anständige Tasse Tee. Die Bänke waren auch hart und man sitzt in kleinen Nischen mit Trennwänden, so wie in diesen neuen Eisenbahnwaggons.«

»Sie wollten uns von Mr. Brent erzählen«, erinnerte Milton sie sanft.

»Dazu komme ich gerade«, beruhigte ihn Mrs. Tolly, die sicher war, dass sie einen Trumpf im Ärmel hatte. »Ich saß da, war froh, meine Füße etwas auszuruhen, und fragte mich, ob ich den italienischen Kellner beleidigt hatte, als ich eine Kanne Tee bestellte. Es war schon spät und es waren nicht viele Leute im Lokal. So kam es, dass ich diesen gutaussehenden, großen Kerl bemerkte, als er hereinkam. Er war sehr adrett gekleidet, Kamelhaarmantel, gute Schuhe, teure Krawatte …«

»Das war Mr. Brent, nehme ich an?«, mischte sich Phillips ein.

Mrs. Tolly nickte. »Damals kannte ich seinen Namen natürlich noch nicht. Er kam direkt an meinem Platz vorbei, offensichtlich auf der Suche nach jemandem, den er erwartete, und blieb am Tisch direkt hinter meinem stehen. »Hallo, Sam«, sagt er. Dann hörte ich diese andere Stimme sagen: »Harry! Gott sei Dank hast du es geschafft.« Ich saß da, als wäre ich versteinert. Die Stimme von Mr. Fielding erkannte ich sofort wieder. Unglaublich, dass wir Rücken an Rücken saßen und uns nur eine niedrige Wand trennte.«

»Sind Sie sich ganz sicher, dass es Mr. Fielding war?«

»Ja, Inspektor. Als ich die Stimme hörte, holte ich meinen Taschenspiegel und tat so, als ob ich mich schminken wollte. Ich schaute genau hin. Es war tatsächlich Mr. Fielding. Das war mir sehr peinlich. Ich konnte nicht umhin, mitzuhören, was sie sagten, und ich wusste nicht, ob ich einfach dasitzen und hoffen sollte, dass er mich nicht bemerken würde, oder ob ich aufstehen und die große Dr. Livingstone-Nummer abziehen sollte. Am Ende entschied ich mich, still sitzenzubleiben.«

Phillips griff nach der Bierflasche und schenkte sich einen Viertelliter in seinen Krug ein. Milton beobachtete Mrs. Tollys Gesicht aufmerksam. Er sagte: »Können Sie sich an irgendetwas von dem Gespräch erinnern?«

»Nun, zuerst habe ich versucht, nicht darauf zu achten. Ich wollte nicht lauschen. Aber ich hörte dann, wie Mr. Brent sagte, er sei mit jemandem namens Jacqueline verabredet. Deshalb hatte er es auch so eilig.«

»Jacqueline? Der Name war nicht zufällig Jacqueline Dawson?«

»Ja, ich glaube, er war Dawson. Mr. Fielding sagte etwas wie »Und wie geht es unserer Freundin Miss Dawson?« – aber der Haupteindruck, den ich gewann, war, dass Mr. Brent versuchte, Mr. Fielding etwas auszureden und ihn zur Vorsicht zu mahnen. Und Mr. Fielding beteuerte, dass er wisse, was er tue und dass er schon früher Risiken eingegangen sei.«

»Können Sie sich an den genauen Wortlaut erinnern, an irgendwelche Namen, die genannt wurden?«

Sergeant Phillips holte sein Notizbuch hervor und drückte auf seinen Kugelschreiber.

»Keine Namen, außer diesem einen, Jacqueline Dawson. Mr. Brent sprach von »unseren Freunden«. Das war es, was mich aufhorchen ließ, und an diese Bemerkung kann ich mich noch genau erinnern. »Unsere Freunde«, sagte Mr. Brent, »haben mir gesagt, dass ich Sie warnen soll, dass, wenn Sie das durchziehen, es hundert zu eins ist, dass man versuchen wird, Sie zu ermorden.«.«

»Das waren die genauen Worte?«

»Der genaue Wortlaut«, bestätigte Mrs. Tolly und beobachtete den Kugelschreiber des Sergeants, der über den Notizblock glitt. »Mr. Fielding versuchte, darüber zu lachen, und sagte: »Machen Sie sich keine Sorgen. Sagen Sie Jacqueline, sie soll sich entspannen. Wenn ich in Schwierigkeiten bin, werde ich mich bei Ihnen melden, das verspreche ich.« Mehr hörte ich nicht, denn der Kellner hatte sich endlich entschlossen, meine Bestellung zu servieren, und brachte eine Kanne Tee und eine Tasse. Als ich einschenkte, war Mr. Brent aufgestanden und die beiden verabschiedeten sich. Er kann nicht länger als fünf Minuten bei Mr. Fielding gewesen sein, er ging allein hinaus, und ich sah, wie er ein vorbeifahrendes Taxi nahm.«

Milton stand auf und blickte über Phillips' Schulter, um zu sehen, wie viel er mitgeschrieben hatte.

»Und was ist mit Mr. Fielding? Hat er Sie gesehen?«

»Ja. Und das war das Lustige daran. Er ging zur Theke, um zu bezahlen. Da wusste ich, dass er mich sehen würde, wenn er sich umdrehte. Er kam dann so freundlich zum Tisch, wie man es sich nur wünscht. »Hallo, Mrs. Tolly. Schön, Sie hier zu sehen«, sagte er und setzte sich neben mich. Nachdem er jedem von uns einen Kaffee bestellt hatte, erkundigte er sich nach meiner Schwester und ihrer Familie. Schließlich bot er mir an, mich nach Hause nach Market Weldon zu fahren. Er schien kein bisschen beunruhigt oder besorgt zu sein, dass ich etwas mitbekommen haben könnte. Auf dem Heimweg unterhielten wir uns über alles Mögliche, über die Lebenshaltungskosten, wie die Kantine lief und darüber, dass er Ärger mit der Stadtverwaltung hatte, aber er erwähnte mit keinem Wort sein Gespräch mit dem anderen Mann. Und ich natürlich auch nicht.«

Zufrieden damit, dass ihre Geschichte bei den Polizeibeamten Eindruck gemacht hatte, lehnte sich Mrs. Tolly in ihrem Stuhl zurück, schlug die Beine übereinander und schluckte die Reste ihres Gin Tonic hinunter, während Sergeant Phillips ein paar Schnörkel in seine Notizen einfügte, indem er die Is punktierte, die Rs nachzog und die Schleifen in seiner verschnörkelten Schrift verdickte.

»Und Sie sagen, das alles geschah vor etwa vier Wochen?«, überlegte Milton.

»Ja. Gestern vor vier Wochen, um genau zu sein.«

»Haben Sie jemandem davon erzählt, darüber mit jemandem gesprochen?«

»Nur mit Harold, meinem Mann.«

»Und was hat er gesagt?«

»Er hat mir nicht geglaubt, er meinte, ich hätte mir das eingebildet oder das Gespräch nicht richtig gehört. Als dann der Mord geschah, gerieten wir beide in einen heftigen Streit.«

»Sie haben das Richtige getan, als Sie den Inspektor angerufen haben, Mrs. Tolly«, sagte Phillips und nickte zustimmend. »Da können Sie ganz beruhigt sein.«

»Und Sie haben keinen Zweifel daran, dass der Mann, der Mr. Fielding in dem Café getroffen hat, derselbe Mr. Brent ist, den Sie mit Miss Vyner gesehen haben?«

Mrs. Tolly schüttelte mit Nachdruck ihren sorgfältig gepflegten Kopf und ließ die Perlenohrringe tanzen.

»Daran besteht kein Zweifel, Inspektor. Ich würde es auch vor Gericht schwören.«

Als Milton das Repertoiretheater Dalesbury erreichte, war die Abendvorstellung noch nicht zu Ende. Er sprach mit dem Inspizienten und ging dann hinein, um hinten im Parkett zu stehen und die Schlussszene zu beobachten. Es war eine gute Gelegenheit, Miss Jacqueline Dawson in Aktion zu sehen. Das Theater war nur halb gefüllt, und sie gab offensichtlich alles, was sie konnte, um eine Resonanz vom Publikum zu erhalten, bevor der Vorhang fiel. Es war eine vergebliche Hoffnung. Das Publikum war nicht interessiert, und als das Stück zu Ende war, gingen die Leute bereits gelangweilt hinaus, während das Ensemble bei seinem zweiten und letzten Vorhang noch tapfer über die Rampe lächelte.

Milton wartete, bis alle gegangen waren, und ging dann durch die Tür an der Seite des vorderen Parketts zurück auf die Bühne. Als er sich einen Weg durch die Seile und Requisiten bahnte, die auf der Bühne lagen, sah er sich plötzlich einem schlanken und ziemlich femininen Mann gegenüber, den er als den Schauspieler erkannte, der die Hauptrolle neben Jacqueline Dawson spielte.

»Tut mir leid, aber Sie können hier nicht durch.« Milton erklärte, wer er war und was der Grund seines Besuchs war und spürte die Feindseligkeit, die sich in dem Hauptdarsteller aufbaute, dessen Gesichtsausdruck er in dem schwachen Licht nicht erkennen konnte.

»Nun, vielleicht kann ich Ihnen helfen, Inspektor Milton. Ich bin Tony Moore. Vielleicht haben Sie bemerkt, dass ich mit Jacqueline die Titelrolle spiele. Zu allem Überdruss leite ich auch noch dieses Theater.«

»Nein. Leider betrifft die Angelegenheit Miss Dawson persönlich.«

»Jetzt ist es aber kein guter Augenblick«, mahnte Tony Moore. Um sie herum wurden die Lichter ausgeschaltet und schemenhafte Gestalten eilten zum Bühneneingang. »Jacqueline ist furchtbar müde nach der Vorstellung. Kann das nicht bis morgen warten?«

»Ich fürchte nicht«, sagte Milton freundlich. »Würden Sie mir freundlicherweise zeigen, wo Miss Dawsons Garderobe ist?«

Der Schauspieler zögerte einen Moment, dann zuckte er mit den Schultern und führte Milton zum Korridor hinter der Bühne. Ohne anzuklopfen, öffnete er eine Tür einen Spalt und rief: »Jackie?«

»Ja? Was gibt es?« Jacqueline Dawsons Stimme aus dem Zimmer klang müde und ein wenig gereizt.

»Tut mir leid, Darling. Hier draußen ist ein Mann, der sagt, er sei Kriminalinspektor Milton und würde gerne mit dir sprechen.«

»Kriminalinspektor?«

»Ja, Süße«, Moore drehte sich um und musterte Milton von Kopf bis Fuß, »er sieht nicht wie ein Polizeiinspektor aus, jedenfalls nicht wie die, die ich gespielt habe.«

»Oh, na ja, dann bitte ihn lieber herein.«

Tony Moore stieß die Tür auf und führte den Inspektor mit einer ironischen und kunstvollen Geste herein.

Die Garderobe war sehr eng. Ein ohnehin schon kleiner Raum war durch eine Trennwand in zwei noch kleinere Räume unterteilt worden. Es war gerade noch Platz für den Schminktisch mit dem großen Spiegel, einen Sessel und einen Paravent, der den Kleiderschrank abschirmte. Der Schminktisch war mit dem üblichen Durcheinander von Töpfen, Flaschen, Pinseln und Wattebäuschen übersät. Jacqueline

Dawson stand mit dem Rücken zur Tür, aber er konnte sehen, dass sie ihn mit ihren Augen im Spiegel beobachtete und musterte. Nach einem kurzen Blick auf sein Gesicht betrachtete sie den Schnitt seiner Kleidung, den Mantel, der über einen Arm gelegt war, den grauen Filzhut und den großen weißen Umschlag, den er unter den Arm geklemmt hatte.

»Darf ich reinkommen?«

»Ja. Bitte sehr.«

Milton trat in den Raum ein. Hinter ihm fiel die Tür leise zu.

»Es ist sehr schön, dass Sie mich empfangen, Miss Dawson. Entschuldigen Sie bitte die Störung.«

»Das ist in Ordnung, ich bin neugierig.« Sie drehte sich auf ihrem Stuhl um und sah ihn direkt an. »Ich habe bemerkt, dass das Publikum ablehnend war, aber ich hätte nicht gedacht, dass die Leute so weit gehen würden, die Polizei zu rufen.«

Milton lächelte. Die Schauspielerin hatte Zeit gehabt, ihre Schminke zu entfernen. Dadurch wirkte sie zehn Jahre älter. Jetzt, da die Falten in ihrem Gesicht zum Vorschein kamen, schien ihr wahres Alter in den späten Dreißigern zu liegen. Sie hatte erstaunlich klare, blaue Augen, die sie positiv zur Geltung bringen konnte, und eine kräftige Kinnpartie. Ihr größter Vorteil für die von ihr am liebsten gespielte Rolle war jedoch eine hervorragende Figur, die durch den seidenen Morgenmantel, den sie übergestreift hatte, noch mehr betont als verdeckt wurde.

»Nein, ich wurde nicht von diesem bemerkenswert undankbaren Publikum geschickt. Ich untersuche einen Mordfall und ich denke, Sie könnten mir dabei helfen.«

Sie stand auf, schob sich an ihm vorbei, ging zum Kleiderschrank und ließ die Schiebetür nach hinten gleiten.

»Sagten Sie, ein Mordfall?« Sie sprach über ihre Schulter, mit einer Hand an einem Kleid, das an einem Bügel hing.

»Ja. Ich nehme an, Sie kennen den Fall, von dem ich spreche.«

»Nein. Ich fürchte nicht.«

Milton sah ihr in den Rücken und sagte: »Sam Fielding.«

Ihre Hand bewegte sich entlang der Reihe von Kleidern, als wäre sie unsicher, welches sie nehmen sollte.

»Sam Fielding? Wer ist Sam Fielding?«

»War er nicht ein Freund von Ihnen?«

Sie löste ein Kleid von der Stange, zog es vorsichtig heraus und drehte sich zu ihm um. Ihre blauen Augen begegneten seinen mit absoluter Offenheit.

»Nein, tut mir leid, war er nicht. Aber warten Sie einen Moment! Ist das nicht diese Market-Weldon-Affäre? Er wurde von irgendeinem Mädchen erschossen.«

»Ja, das stimmt, von einer Miss Smith – Barbara Smith.«

»Tja, leider hatte ich nie etwas von Mr. Fielding gehört – und auch nicht von Barbara Smith –, bis ich in der Zeitung von dem Mord las. Hatte der alte Knabe eine Affäre mit ihr?«

Mit dem Kleid in der Hand ging sie zur Tür, die noch leicht geöffnet war, und schloss sie vorsichtig.

»Das glaube ich nicht«, antwortete Milton mit einem schwachen Lächeln.

»Aber das ist doch meistens so, oder?« Sie nickte in Richtung des Paravents und hielt das Kleid hoch, als ob sie dachte, dass er es vielleicht nicht bemerkt hatte. »Hören Sie, Inspektor, stört es Sie, wenn ich mich anziehe? Ich muss zu einer Party.«

»Nein, natürlich nicht. Darf ich mich hierhersetzen?«

»Ja. Lassen Sie mich den Mantel weglegen.«

Sie nahm einen Mantel von der Lehne des Sessels und drapierte ihn über den Paravent. Dann nahm sie eine Zigarettenschachtel von ihrem Schminktisch, sah hinein und warf sie verärgert weg.

»Wollen Sie eine von meinen haben?«, sagte Milton und griff in seine Tasche nach dem Päckchen, das er am Nachmittag gekauft hatte.

»Oh, danke. Das ist sehr nett von Ihnen.«

Zu seiner Überraschung nahm sie ihm das Päckchen aus der Hand und zog sich damit hinter den Paravent zurück. Er legte den Umschlag auf die Kante des Schminktisches, suchte vergeblich nach einem Platz für seinen Mantel und seinen Hut und setzte sich schließlich hin und legte beide über seine

Knie.

»Als wir Barbara Smith verhafteten«, sagte er in Richtung Paravent, »fanden wir in ihrer Handtasche eine Theaterkarte für Ihr Stück, Miss Dawson – für die Aufführung am kommenden Samstag. Wir haben uns nach der Karte erkundigt, offenbar war es eine von jenen, die Sie gekauft hatten.«

Geräusche, wie sie beim Überziehen von Seide entstehen, verrieten, dass sich Miss Dawson hinter der Trennwand in ihr enganliegendes goldenes Kleid zwängte.

»Eine, die ich gekauft hatte?«

»Ja.«

»Aber das ist nicht möglich. Es sei denn, natürlich, dass sie ...«

»Dass sie was, Miss Dawson?«

»Um ehrlich zu sein, Inspektor, wenn ich in einer gottverlassenen Stadt wie dieser spiele, kaufe ich immer eine bestimmte Anzahl von Eintrittskarten und verschenke sie. Aber normalerweise gebe ich sie an Leute weiter, die ich kenne oder denen ich irgendwann einmal begegnet bin.«

»Nun, vielleicht irren Sie sich«, sagte Milton gleichmütig. »Vielleicht sind Sie Miss Smith schon einmal begegnet.«

»Barbara Smith.« Sie wiederholte den Namen nachdenklich. »Der Name ist zwar geläufig, aber ich kann sie nicht einordnen.«

»Vielleicht haben Sie sie auf einer Party kennengelernt – oder mit einem Freund von Ihnen. Mr. Brent, vielleicht?«

Hinter der Trennwand hörten die Bewegungen auf. Jacqueline Dawson stand völlig still.

»Brent?«

»Ja. Harry Brent. Er ist doch ein Freund von Ihnen, oder?«

Das Muster auf dem Paravent stellte eine jener friedlichen chinesischen Szenen dar, mit einem kegelförmigen Berg im Hintergrund und einer Gruppe sich unterhaltender Philosophen, die sich neben einer hübschen kleinen Brücke wortgewandt unterhält.

»Haben Sie gehört, was ich gesagt habe, Miss Dawson?«

Die Stille hinter dem Paravent hielt an, und als Milton

seine Ohren spitzte, konnte er ein seltsames kratzendes Geräusch wahrnehmen. Ein schwacher Körpergeruch vermischte sich nun mit dem strengen Duft des Parfums im Raum, und draußen im Korridor begann jemand, in kurzen, energischen Zügen eine Truhe über die blanken Bodenbretter zu ziehen. Verwundert stand Milton auf und wollte gerade der Versuchung nachgeben, hinter den Paravent zu spähen, als Jacqueline Dawson auftauchte. Sie hatte eine Zigarette im Mund, nahm ein Feuerzeug vom Tisch, zündete sie an und gab ihm die Schachtel zurück. Erneut waren die blauen Augen mit beunruhigender Intensität auf ihn gerichtet.

»Ja, ich habe Sie gehört«, sagte sie knapp. »Es tut mir leid. Ich kenne niemanden, der Harry Brent heißt.«

Milton bemühte sich, seine Augen nicht zu verdrehen, und steckte die Zigarettenschachtel zurück in seine Tasche.

Abrupt wandte sie sich von ihm ab, setzte sich an den Schminktisch, nahm einen Kamm und begann, ihr Haar zu ordnen. Milton fragte sich, was die plötzliche Änderung ihres Verhaltens verursacht hatte, nahm den Umschlag und zog das Foto von Barbara Smith heraus. Er hielt es so, dass sie es sehen konnte.

»Das ist ein Foto von Barbara Smith. Sehen Sie es sich bitte genau an.«

Sie warf einen kurzen Blick auf das Porträt, tauschte dann den Kamm gegen einen Lippenstift aus und beugte sich vor, um sich auf ihr Spiegelbild zu konzentrieren.

»Ja, ich weiß. Ich habe es in der Zeitung gesehen.«

»Aber nicht das hier«, sagte Milton, aber sie schien ihn nicht gehört zu haben. Sie warf den Lippenstift weg, hob ihre Handtasche hoch und stellte sich dann ihm gegenüber. Ihr Gesichtsausdruck verriet deutlich, dass sie ihn loswerden wollte.

»Es tut mir leid. Ich fürchte, ich kann Ihnen wirklich nicht helfen.«

Sie stand auf und blickte an ihm vorbei zur Wand des Raumes. Sie hob ihre Stimme leicht an.

»Darling! Bist du bald fertig?«

Aus der angrenzenden Garderobe ertönte die Stimme von

Tony Moore mit erstaunlicher Deutlichkeit.

»Ich komme, Süße.«

Es war schon nach Mitternacht, als Milton nach Market Weldon zurückkehrte. Er stellte sein Auto in der Garage ab, die etwa hundert Meter von seiner Wohnung entfernt war, und ging die kurze Strecke die leere Straße entlang. Sie war noch immer erleuchtet vom fahlen Schein der modernen Straßenlaternen, mit denen die Stadtverwaltung in ihrer Klugheit den bescheidenen ländlichen Stil der Geschäfte und Häuser entweiht hatte. Aus einem Schaufenster starrte ihn eine Truppe von Schneiderpuppen stolz oder verführerisch an, aus einem anderen schimmerten Essbesteck und Messer. Zweihundert Meter weiter sah Milton die behelmte Gestalt eines Streifenpolizisten, der im Vorbeigehen systematisch die Türen und Fenster prüfte.

Er blieb gegenüber dem Maklerbüro stehen und tastete in seiner Tasche nach seinem Schlüssel. Hier und da prangte in roten Lettern der Schriftzug »VERKAUFT« auf den Karten für die zum Erwerb stehenden Immobilien. Ein Sportwagen dröhnte mit mindestens sechzig Sachen vorbei. Der Fahrer nahm den Fuß vom Gaspedal, als er den Polizisten sah.

Milton ließ die Tür hinter sich ins Schnappschloss fallen. Ohne sich die Mühe zu machen, das Licht einzuschalten, stieg er die Treppe hinauf. Der zweite Schlüssel an seinem Bund öffnete die Tür, die seine kleine Wohnung vom oberen Stockwerk trennte. In seinem eigenen Flur angekommen, roch er die dicke Luft und versuchte sich zu erinnern, ob Mrs. Tolly geraucht hatte, während sie bei ihm war. Seine scharfen Nasenlöcher hatten den beißenden Geruch von ausgedrückten Zigaretten aufgeschnappt. Er hängte seinen Mantel und seinen Hut auf, legte den Umschlag auf den Flurtisch und ging durch das Wohnzimmer in Richtung Küche. Seine Kehle war staubtrocken und er dachte an die große Flasche Milch im Kühlschrank.

An der Tür zur Küche blieb er stehen. Zigarettenrauch hing in der Luft. Ohne sich umzudrehen, wusste er bereits, dass jemand im Zimmer war. Es könnte, so dachte er, einer seiner Unterweltinformanten sein, die ihre Besuche vorzugsweise in der Nacht machten und sich nicht von Türschlössern oder Fensterriegeln aufhalten ließen. Doch als er sich mit bedächtiger Langsamkeit umdrehte, sah er einen völlig Fremden im Sessel sitzen und ihn beobachten. Es war ein dicklicher, gut gekleideter kleiner Mann mit Fliege, kariertem Anzug, glänzenden spitzen Lederschuhen und langen Koteletten. Auf dem Sessel neben ihm stapelten sich im Aschenbecher Zigarettenstummel und in der rechten Hand hielt er einen sehr bedrohlichen Revolver mit einem Sechs-Zoll-Lauf, der auf Miltons Bauch gerichtet war.

»Wer sind Sie?«, fragte Milton mit plötzlicher Aggressivität. »Was machen Sie hier?«

»Sie haben ja ganz schön lange gebraucht, um von Dalesbury hierher zu kommen, Inspektor Milton. Sind Sie etwa gelaufen?«

Der Akzent war ein irischer, aber eher aus dem Norden als aus dem Süden. Milton vermutete, dass sein Besucher in Belfast aufgewachsen war. Er ging lässig auf den Beistelltisch zu, auf dem sein Telefon stand.

»Weg vom Telefon!«, warnte der Ire. Er war aufgestanden und hatte einen wilden Blick in den Augen, der Milton beunruhigte. Dieser Mann war kein Mörder, aber er war nervös genug, um in einem Moment der Panik die Pistole losgehen zu lassen. Ein verängstigter Mann mit einer Waffe in der Hand konnte gefährlicher sein als ein selbstbewusster. Milton beschloss, die Lage zu entschärfen.

»Also gut. Wer sind Sie und was wollen Sie?«

»Wenn ich nicht falsch informiert bin, Freundchen, haben Sie eine Schachtel Zigaretten bei sich.«

»Zigaretten?«

»Ja. Zigaretten. Kippen, wenn Sie eine proletarischere Formulierung bevorzugen. Wie auch immer, das ist es, was ich will. Nur die Packung Zigaretten.«

Der Ire lächelte und zeigte einen Goldzahn und eine unansehnliche Lücke, in der ein weiterer Zahn fehlte, den man ihm wahrscheinlich bei einer Kneipenschlägerei ausgeschlagen hatte.

»Was soll das? Machen Sie Witze?«

Der Eindringling blieb hinter dem Tisch und beobachtete Miltons Hände mit argwöhnischer Aufmerksamkeit. Sein Finger zuckte geradezu am Abzug.

»Nein. Ich mache keine Witze. Das werden Sie gleich merken, wenn Sie so dumm sind und mich nicht ernstnehmen. Bleiben Sie stehen! Machen Sie keine Dummheiten!«

Milton hatte seine Hand in die Jackentasche gesteckt, aber nicht so sehr, um die Zigaretten herauszuholen, sondern um den Umriss der Packung unter dem Stoff zu verbergen.

»Aber ich dachte, Sie wollten die Zigaretten?«

Sein Ziel war es nun, den Mann mit der Waffe dazu zu bringen, näher zu kommen. Wenn er überhaupt etwas über den Gebrauch von Handfeuerwaffen wusste, würde der Eindringling auf Distanz bleiben, außerhalb der Reichweite von Miltons Händen und Füßen. Nur ein Amateur würde näherkommen und den Lauf der Waffe bedrohlich in den Körper seines Gegners stoßen.

»Nehmen Sie sie aus der Tasche und werfen Sie sie auf den Tisch.«

Milton rührte sich nicht. Er erinnerte sich an die rätselhafte Stille, während Jacqueline Dawson hinter dem Paravent gewesen war, und an das merkwürdige Kratzgeräusch, das er gehört hatte – wie ein Stift, der sich über Karton bewegt, obwohl es ihm in dem Moment nicht eingefallen war.

»Ich habe gesagt, Sie sollen sie auf den Tisch werfen!«, sagte der Ire erneut, erhob seine Stimme und schob den Lauf seines Revolvers ein paar Zentimeter weiter vor.

»Tut mir leid. Ich scheine keine Zigaretten bei mir zu haben. Nehmen Sie doch eine aus der Schachtel auf dem Tisch, wo die Getränke stehen.«

»Machen Sie keine Witze«, knurrte der kleine Mann. »Wir werden ja gleich sehen, ob Sie das Paket bei sich haben oder nicht. Nehmen Sie die Hände hoch! Los, hoch damit oder ich schieße!«

Mit gespieltem Widerwillen nahm Milton seine Hand aus der Tasche und hob sie mit der anderen bis zu seiner Schulter. An dem eifrigen Interesse in den Augen des anderen Mannes konnte er erkennen, dass er den Umriss der Zigarettenschachtel bemerkt hatte.

»Noch höher!«

Milton hob die Arme, starrte auf die Waffe und tat so, als würde ihn das aggressive Auftreten des Iren einschüchtern.

»Gehen Sie jetzt zu dieser Wand und stützen Sie sich mit den Handflächen darauf ab.«

Das war zu schön, um wahr zu sein. Milton drehte sich zur Wand, legte seine Hände flach darauf und streckte seinen Körper ein paar Zentimeter davon weg, die Beine leicht gespreizt, sein Gewicht auf die Fußballen verlagert. Er hörte, wie der kleine Mann hinter ihm auftauchte, und spürte, wie sich der Lauf der Pistole gegen seinen Rücken drückte.

Es war die klassische Situation. In der ersten Lehrstunde über waffenlosen Kampf hatte er gelernt, wie man damit umzugehen hatte.

»Keine Bewegung oder ich puste dir die Eingeweide raus!«

Der Atem des Iren roch scharf. Er hatte sich offenbar für den großen Moment gestärkt. Milton spürte, wie eine Hand in seine Hosentasche glitt, die Zigaretten ergriff und sich zurückzog.

Das war der Augenblick. Mit einer schnellen, energiegeladenen Bewegung drehte er sich um hundertachtzig Grad und fuhr gleichzeitig mit seinem rechten Arm sausend nach unten und schlug mit der Kante seiner ausgestreckten Hand gegen das Handgelenk des Iren. Im Bruchteil einer Sekunde stand er vor seinem verblüfften Angreifer. Die Pistole flog quer durch den Raum und landete an der Wand unter dem Getränketisch.

Der Ire war bewaffnet mit der Situation überfordert gewesen. Nun, da er gezwungen war, sich auf seine bloßen Fäuste zu verlassen, fühlte er sich eher auf seinem Terrain. Er konnte nun auf die Fähigkeiten zurückgreifen, die er sich in einer Reihe von Wirtshausschlägereien angeeignet hatte. Blitzschnell schlug er Milton eine Faust in die Magengrube und rammte sein spitzes kleines Knie in seinen Schritt. Milton brüllte vor Wut und versuchte, den anderen an der Kehle zu packen. Doch mit frettchenartiger Schnelligkeit duckte sich der kleine Mann weg, kletterte um den Tisch herum und flüchtete durch die Tür. Milton hörte das Trampeln seiner Füße auf der Treppe und das Knallen der Haustür.

Er versuchte nicht, ihm zu folgen, sondern stand einen Moment lang da, überwand die Schmerzen, die der unschöne Kniestoß verursacht hatte, und betrachtete die Pistole, die auf dem Boden lag. Anhand seiner professionellen Beschreibung würde die Polizei den Eindringling bald identifizieren und festnehmen können. Die Chancen standen hundert zu eins, dass der kleine Bastard bereits vorbestraft war.

Noch immer keuchend vor Schmerz und Atemnot kramte er in seiner Tasche und zog die Zigarettenschachtel heraus. Erst als er das Innenfach herausschob, sah er die Nachricht, die in fetten weiblichen Buchstaben auf die weiße Fläche gekritzelt war:

KANN JETZT NICHT REDEN. SCHLAGE VOR, SIE BE-SUCHEN WOHNUNG 18, KINGSDOWN MANSIONS, RICHMOND.

Um zwei Uhr nachts brannten in Kingsdown Mansions nur in der Portierloge im Erdgeschoss und in der Wohnung Nummer 18 im ersten Stock Licht. Kingsdown Mansions war ein fünf-stöckiger Wohnblock, der umgeben von einem Park in der Nähe des Themseufers in Richmond stand. Von der Straße nach Twickenham dröhnte das unruhige Rauschen des nächt-lichen Verkehrs herüber. Das orangefarbene Licht der Stra-ßenlaternen schien sich im Himmel zu reflektieren.

Blackie zierte sich wieder einmal. Seit einer halben Stunde beobachtete sie vom Gebüsch aus, wie Reg Bryer, der Nachtpförtner, im Dunkeln herumtappte und »Blackie! Kätz-chen, Kätzchen! Braves Kätzchen! Komm zu deinem Papi!« rief, oder einladende Schalen mit Milch hinstellte. Blackie aber wollte noch nicht ins Haus kommen. Sie hatte eine nächtliche Verabredung mit dem rothaarigen Tom, der regel-mäßig aus dem viel schäbigeren Wohnblock die Straße weiter hoch zu Besuch kam. Sie hatte nicht die Absicht, ihn zu ver-setzen, auch wenn die Möglichkeit bestand, dass sie ihm die

Augen auskratzte, wenn er schließlich doch noch auftauchen sollte.

Mit hoch erhobenem Schwanz, aufgerichtetem Kopf und in diesem eigentümlichen, seitwärts galoppierenden Gang hüpfte sie über den Rasen in Richtung der Haupteinfahrt. Das Auto, das fast lautlos den Abhang herunterrollte, hatte kein Licht an und der Motor war abgestellt. Blackie hockte sich in die Mitte der Fahrbahn und ließ die Räder des schwarzen Jaguars vom Typ E an sich vorbeiziehen. Dann hüpfte sie hinterher, ganz ohne Groll, ganz auf die Sache konzentriert.

Der Jaguar hielt im Schatten einiger Sträucher in einiger Entfernung vom Wohnblock an. Blackie war dabei, als sich ein in Wildlederschuhe gehüllter Fuß auf den Boden stellte. Eine Sekunde später rieb sie sich an einem männlichen Bein, das mit einer Mohairhose bekleidet war. Eine Hand tauchte aus der Dunkelheit auf und kraulte ihren Hals. Sie war mit einem hautengen Handschuh bedeckt, der sorgfältig am Handgelenk befestigt war.

Drüben beim Haupteingang flutete ein Lichtschacht hinaus ins Freie und der riesige Schatten von Reg Bryer zeichnete sich auf dem Rasen ab. Der Fahrer des Jaguars erstarrte zur Stille.

»Blackie! Komm rein oder ich zieh dir das Fell über die Ohren«, rief der Pförtner mit verhaltener Drohung. »Verdammte Katze!«

Er stand da und spähte in die Dunkelheit hinaus, dann zog er sich nach einer Minute in sein Heiligtum zurück. Blackie begleitete den schweigsamen Besucher zur Wohnungstür, sah ihm nach, wie er sich vorsichtig umblickte, bevor er im dunklen Treppenhaus verschwand.

Das Auto, das fünfzehn Minuten später eintraf, stellte keine Gefahr für Katzen dar. Der abreisende und sexuell befriedigte rotfellige Tom beobachtete, wie die Scheinwerfer den Haupteingang beleuchteten, und spitzte die Ohren, als der kleine Motor aufheulte.

Inspektor Milton parkte seinen Mini vor dem Haupteingang von Kingsdown Mansions und ging leise in die Eingangshalle. Er blieb stehen und lauschte dem leisen Monolog, der von der Treppe zum Keller heraufkam.

»Überall habe ich nach dir gesucht. Du bist ein verdammter Quälgeist, Blackie. Anders kann man dich nicht
beschreiben – ein verdammter Quälgeist. Wenn ich vernünftig
wäre, müsste ich dir eigentlich einen Ziegelstein um den Hals
binden und dich in den Fluss werfen.«

Reg Bryer streichelte die auffallend selbstgefällig aussehende schwarze Katze, die er in seinen Armen hielt, und hatte
die oberste Stufe erreicht, als er den Fremden in der Halle sah.
Er blieb wie angewurzelt stehen, eine fehl am Platz wirkende
und leicht erbärmliche Gestalt mit seiner grauen Flanellhose,
dem kragenlosen Hemd und dem alten Morgenmantel. Milton
hielt ihn für einen Zeitsoldaten, der vorzeitig aus der Armee
entlassen worden war.

»Entschuldigen Sie, ist das hier Kingsdown Mansions?«

»Ist es, ich bin der Pförtner. Kann ich Ihnen helfen?«

»Ich suche die Wohnung Nummer 18.«

»Erster Stock«, antwortete der Pförtner prompt. »Die
Treppe hoch, dann links. Der Aufzug ist außer Betrieb. Sie
müssen hochlaufen.«

Milton war sich des unverwandten Blicks von Reg Bryer
und seiner Katze bewusst und stieg die Treppe hinauf. Der
Pförtner schien nicht übermäßig von einem Besucher zu dieser späten Stunde überrascht zu sein. Der dicke Teppichboden
dämpfte seine Schritte, als er über den Treppenabsatz im ersten Stock ging. Die Wohnungstüren waren aus massivem
Teakholz mit robusten Scharnieren und schweren Schlössern.
Der Architekt hatte für diesen Block wahrlich kein Billigma-
terial eingeplant.

Milton drückte auf den Klingelknopf und hörte ein Tril-
lern in der Wohnung, nach einer halben Minute drückte er
erneut, jetzt zweimal. Er wartete dreißig Sekunden und legte
dann den Finger auf den Knopf, um diesmal sehr lange und
eindringlich zu klingeln. Fast im selben Moment rief eine
Frauenstimme aus dem hinteren Teil der Wohnung: »Schon
gut, schon gut! Ich komme schon.«

Milton wartete und drückte die Briefkastenklappe ein
wenig nach innen. Plötzlich ertönte aus der Wohnung ein

Schrei, der fast sofort erstickt wurde, aber es folgten die unverkennbaren Geräusche eines Menschen, der um sein Leben kämpfte und sich gegen einen entschlossenen Angreifer wehrte.

Milton rammte mit der Schulter gegen die Tür, aber das Schloss hielt stand. Er trat zurück und trat mit der Fußsohle gegen das Schloss. Ein Schmerz fuhr sein Bein hoch, aber die Tür öffnete sich nicht.

In der Wohnung krachte eine Schale oder Vase zu Boden und zersplitterte in tausend Stücke. Dann hörte man einen schweren Körper fallen, gefolgt von einem schrecklichen, erstickenden Würgen.

Reg Bryer war schnaufend und mit aufgerissenen Augen die Treppe hinaufgestiegen.

»Um Gottes willen! Was tun sie da? Was ist denn passiert?«

»Haben Sie einen Schlüssel für diese Wohnung? Da drin wird gerade jemand ermordet.«

Dem Pförtner fiel der Kiefer herunter. Er schob unsicher eine Hand in seine Tasche.

»Irgendwo habe ich den Generalschlüssel. Vielleicht habe ich ihn aber auch in meiner Loge vergessen.«

»Na, dann holen Sie ihn, Mann! Und beeilen Sie sich, um Gottes willen.«

Eine Ewigkeit schien zu vergehen, während Reg Bryer zu seiner Portiersloge hinabstieg und Milton weiter an die Tür hämmerte. Im Inneren der Wohnung waren die Geräusche allmählich verstummt und von einer Totenstille abgelöst worden. Als der Pförtner keuchend auf den Treppenabsatz kam, nahm ihm Milton den Schlüssel aus der zitternden Hand, drehte ihn im Schloss herum und öffnete die Tür.

Alle Lichter in der Wohnung waren an. Das erste Zimmer auf der linken Seite war ein mit tiefen Sofas und Sesseln, flauschigen Teppichen und beschirmten Tischlampen ausgestattetes Wohnzimmer. Hier hatte der Kampf stattgefunden. Kristallene Ziergegenstände waren auf den Boden gestürzt, zwei der Leselampen lagen schief auf der Seite, die fragilen Beine eines antiken Tisches waren zerbrochen.

»Oh Gott!« Reg Bryer stöhnte und bückte sich, um seine Katze hochzuheben. »Nein, Blackie, sieh nicht hin! Sieh nicht hin!«

Die Tote lag halb auf einem Teppich, das Gesicht nach oben. Eine Hand hatte sie über den Parkettboden ausgestreckt. Das braune Haar lag in schönen Locken um das grausam verzogene Gesicht.

»Komisch«, sagte Milton laut. »Ich dachte, sie hätte sich die Haare blond gefärbt. Ich habe gar nicht bemerkt, dass es eine Perücke war.«

»Sie kennen sie?«

»Ja.« Opfer eines Würgers waren nie schön anzusehen, aber die Gesichtszüge waren klar erkennbar. »Ihr Name ist Mrs. Tolly.«

Während er sprach, blickte Milton an dem aschfahlen Gesicht des Pförtners vorbei auf das weit geöffnete Fenster, durch das er das Metallgerüst einer Feuerleiter sehen konnte. Irgendwo draußen auf dem Gelände surrte kurz ein Selbstanlasser, dann ertönte das Summen eines Motors und ein Auto fuhr leise davon.

Kapitel drei
Der Füller

Reg Bryer hielt Blackies Augen mit einer Hand zu, rückte etwas näher, zuckte zusammen und wandte sich wieder ab.

»Sollte man ihr nicht die Augen schließen? Wir sollten sie nicht so weiter in die Luft starren lassen. Ich hielt sie eigentlich immer für gutaussehend, aber jetzt …«

»Haben Sie sie denn schon einmal gesehen?«

»Natürlich habe ich sie schon einmal gesehen. Sie ist die Mieterin dieser Wohnung. Und ihr Name ist nicht Tolly, sondern Phyllis Stafford.«

»Phyllis Stafford?« Milton machte keine Anstalten, auf Bryers Vorschlag einzugehen. Nichts in diesem Raum durfte verändert werden, bevor die Fotografen, die Experten der Spurensicherung, die Rechtsmediziner und Polizeiärzte und so weiter ihre Arbeit getan hatten. Innerhalb einer halben Stunde, nachdem er den Hörer abgenommen hatte, um die Kollegen zu verständigen, würde diese Wohnung, die so bedrohlich still und schwer von der Gegenwart des Todes war, so voller Leben sein, als ob eine Cocktailparty im Gange wäre.

»Also, Stafford oder Strafford. Ich war mir nie ganz sicher diesbezüglich. Und Sie, wer sind Sie denn? Wen wollten Sie hier besuchen?«

»Mein Name ist Milton. Ich bin Polizeibeamter. Ich war der Meinung, dass eine Miss Dawson hier wohnt – Miss Jacqueline Dawson.«

»Den Namen habe ich schon mal irgendwo gehört.« Bryer hatte Mühe, Blackie zu festzuhalten. Sie hatte offensichtlich genug von dieser Situation und tat ihren Unmut mit allen zehn Krallen kund.

»Aber hier gibt es keine Miss Dawson – in der ganzen

Kingsdown Mansions nicht.«

Milton holte sein Taschentuch hervor und bedeckte damit seine Hand, nahm den Telefonhörer ab und wählte drei Ziffern mit dem Ende seines Füllers.

»Vermittlung? Dies ist ein Notfall. Geben Sie mir bitte das Polizeirevier Richmond.«

Hinter ihm ertönte ein Zischen und ein Schmerzensschrei, Blackie hatte ihren Kampf gewonnen und war aus den Fängen des Pförtners entkommen, so dass dieser nur noch wütend auf den Kratzer an seiner linken Hand starrte.

»Mr. Tolly, mir ist klar, dass dies ein schrecklicher Schock für Sie war …«

»Mein Gott, das können Sie laut sagen!«

»Dennoch müssen Sie versuchen, uns zu helfen. Sie müssen absolut offen über alles mit uns sein, sonst …«

»Aber ich bin absolut offen zu ihnen über alles!«

Mr. Tolly nahm ein blumiges Seidentaschentuch heraus und wischte sich damit über die Stirn. Der Nachtspeicherofen heizte den Raum auf, ungeachtet der warmen Morgensonne, die durch das Fenster von Inspektor Miltons Büro hereinströmte. Milton, dessen Augen wegen des Schlafmangels schmerzten, hatte das Fenster so weit wie möglich geöffnet, aber die Luft war zu ruhig, als dass dies einen großen Unterschied gemacht hätte.

»Ich habe es Ihnen doch schon gesagt«, sagte Harold Tolly erneut und schüttelte fassungslos den Kopf, »dass ich nicht wusste, dass meine Frau ihren Mädchennamen benutzte. Ich wusste auch nicht, dass sie eine Wohnung in Richmond hatte.« Er schob seinen Stuhl zurück und begann in seiner Aufregung, in dem engen Büro hin und her zu laufen. »Ich reise sehr viel herum. Ich bin überall unterwegs. Ich habe ein paar Stände hier auf dem Markt, einen in Dalesbury, einen anderen in Kingston, und ich habe gerade einen kleinen Laden in Byfleet eröffnet.«

»Ja, ich weiß, Mr. Tolly«, sagte Milton beschwichtigend. Die Veränderung in Mr. Tollys Verhalten, seit er von der Ermordung seiner Frau erfahren hatte, war kaum überraschend. Normalerweise war er ein selbstsicherer Mann, der es gewohnt war, sich durch Selbstbewusstsein, schlagfertiges Reden und ein gepflegtes Äußeres durchzusetzen, doch jetzt wirkte er völlig zerbrochen.

»Natürlich, wenn man so herumreist wie ich, dann …«

Milton beschlich der etwas lieblose Zweifel, dass Mr. Tolly es mit der Rolle des trauernden Ehemanns übertrieb. Vielleicht zeigte sich dies auch in seinem Gesichtsausdruck, denn nachdem er ihm einen kurzen, scharfsinnigen Blick zugeworfen hatte, änderte Harold Tolly seinen Ton. Er setzte sich wieder auf den Stuhl und zog ihn dicht an die gegenüberliegende Seite von Miltons Schreibtisch heran.

»Hören Sie, ich versuche nicht, etwas zu verbergen, Inspektor. Es gibt keinen Grund, warum ich das tun sollte, um Himmels willen! Phyllis und ich lebten zusammen. Wir teilten uns ein Häuschen, aber … Nun, wir hatten beide unsere eigenen Freunde und … und jeder hat sein eigenes Leben gelebt.«

»Ich verstehe.«

»Offener kann ich wohl nicht sein, oder, Inspektor?«

»Wohl kaum, Mr. Tolly«, stimmte Milton zu.

Obwohl er schon weit in den späten Dreißigern war, hatte sich Mr. Tolly seine jugendliche Figur bewahrt. Es wäre nicht schwer gewesen, sich vorzustellen, dass er abends Gymnastikübungen machte oder sein gewelltes Haar sorgfältig kämmte, bevor er zu einem Rendezvous ging. Sein zweireihiger Anzug hatte eine schicke Weste, eine perlenbesetzte Brosche hielt seine Krawatte fest, an den Ärmeln blitzten verschnörkelte Manschettenknöpfe auf und an seinem Handgelenk hing ein kleines Namensschild an einer Silberkette. Das Letzte, woran er erinnerte, war ein hingebungsvoller, häuslicher Ehemann.

»Würden Sie mir jetzt bitte sagen, wo Sie gestern Abend waren?«, fuhr Milton fort.

»Gestern Abend? Ich war bis elf Uhr im Laden in Byfleet, um die Konten durchzugehen. Ich glaube, ich kam um viertel vor zwölf nach Hause.«

»Danke.« Der Inspektor fügte den Notizen, die er gemacht hatte, eine Zeile hinzu. »Wenn es Ihnen jetzt nichts ausmacht, dann …«

»Wenn es *Ihnen* jetzt nichts ausmacht«, schaltete sich Tolly ein, »würde ich Ihnen zur Abwechslung gerne ein paar Fragen stellen.«

Milton blickte auf, leicht amüsiert über diesen neuen Taktikwechsel.

»Nur zu.«

»Wenn ich es recht verstanden habe, waren Sie gestern Abend in Phyllis' Wohnung. Und Sie waren es auch, der sie gefunden hat.«

»Ja, das stimmt.«

»Aber wie kam es dazu? Wie sind Sie darauf gekommen, dass sie dort eine Wohnung hat? Sie waren nicht zufällig einer ihrer »Freunde«?«

Milton lächelte bei dem Gedanken, dass er sich Mrs. Tollys Gastfreundschaft erkauft haben könnte. Selbst wenn er dazu geneigt gewesen wäre, machte das, was er in der Wohnung gesehen hatte, deutlich, dass sie nur die teuersten Geschmäcker bediente.

»Nein«, sagte er. »Ich bin ihr nur zweimal begegnet.«

Bevor Tolly die nächste Frage stellen konnte, wurde die Bürotür aufgerissen und Kriminalsergeant Roy Phillips stand plötzlich im Raum. Er trug seinen Mantel und seinen Hut und hatte eine Herren-Sportjacke über dem Arm.

»Oh, tut mir leid, Sir«, sagte er mit offensichtlicher Ungeduld. »Ich wusste nicht, dass Sie jemanden bei sich haben.«

Es war offensichtlich, dass Phillips etwas Wichtiges mitzuteilen hatte.

»Ist schon gut, Roy. Das ist Mr. Tolly. Sergeant Phillips.«

Die beiden Männer nickten sich zu. »Setzen Sie sich, Roy. Wir sind fast fertig.«

Phillips setzte sich auf den einzigen anderen Stuhl im Raum und Milton wandte sich wieder an Tolly. »Ich bin zu der Wohnung gefahren, weil ich dachte, eine Miss Dawson – Miss Jacqueline Dawson – würde dort wohnen.«

»Jacqueline Dawson? Die Schauspielerin?«

»Ja. Kennen Sie Miss Dawson?«

»Nein, aber ich habe sie natürlich auf der Bühne gesehen. Schon mehrmals.«

Milton schob seinen Stuhl zurück und stand auf. Er ging zum Fenster und blickte auf den Parkplatz hinunter. Er wusste, dass er sich auf Phillips verlassen konnte, was die Beobachtung von Tollys Gesichtsausdruck betraf.

»Mr. Tolly, vor vier Wochen – genauer gesagt am vergangenen Sonntag – fuhr Ihre Frau nach London, um ihre Schwester zu besuchen. Auf dem Rückweg kehrte sie in einem Café ein und hörte zufällig ein Gespräch zwischen Mr. Fielding und einem Freund von ihm. Als Mrs. Tolly Ihnen zum ersten Mal davon erzählte, sagte sie da, ob …«

»Moment mal!« Milton konnte hören, wie Tolly sich in seinem Stuhl herumdrehte. »Fielding? Sie meinen Sam Fielding – den Mann, für den sie gearbeitet hat?«

»Ja. Sie wissen doch von diesem Vorfall. Ihre Frau hat mit Ihnen darüber gesprochen.«

»Welcher Vorfall? Was genau soll sie denn mit mir besprochen haben?«

»Hat Ihre Frau Ihnen denn nicht erzählt, dass sie ein Gespräch zwischen Mr. Fielding und einem Mann namens Harry mitgehört hat?«, fragte Milton und drehte sich um, um Tollys Gesichtsausdruck zu beobachten. »Hat sie Ihnen nicht gesagt, dass …«

»Nein.« Tolly schüttelte bereits nachdrücklich den Kopf. »Ich weiß nichts darüber. Sie ist zu ihrer Schwester gefahren. Sie fuhr immer nach London, um ihre Schwester zu besuchen – das sagte sie jedenfalls. Aber sie hat mir gegenüber nie eine Bemerkung über ein Café oder ein Treffen mit Sam Fielding oder jemandem namens Harry gemacht. Ich verstehe das nicht.«

Als er Tolly beobachtete, spürte Milton, dass sein Unmut echt war. Der hinterbliebene Ehemann blickte zu Phillips und dann wieder zu Milton auf. Seine Unterlippe hatte zu zittern begonnen. Milton entspannte sich, lächelte und streckte seine Hand in einer freundlichen Geste aus.

»In Ordnung, Sir. Machen Sie sich keine Sorgen. Es ist

nichts weiter. Ich habe mich offensichtlich geirrt.« Er umklammerte kurz Tollys Hand. Seine Handfläche war glitschig
vom Schweiß. »Wo können wir Sie erreichen, wenn wir uns
in den nächsten Tagen mit Ihnen in Verbindung setzen wollen?«

Tolly hob seinen Filzhut hoch und schaute hinein, bevor
er ihn aufsetzte. »Morgen bin ich hier – es ist Markttag. Den
Rest der Woche werde ich in Byfleet sein, obwohl mir im
Moment weiß Gott der Kopf nicht nach Arbeit steht.«

»Wenn wir irgendetwas tun können, um Ihnen zu helfen,
lassen Sie es uns einfach wissen.« Milton hielt Tolly die Tür
auf. »Sie können sich jederzeit an Sergeant Phillips wenden,
falls ich nicht da bin.«

»Danke, Inspektor.«

Harold Tolly schüttelte immer noch den Kopf, als er
durch die Tür hinaus ging und den mutigen Versuch unternahm, der Außenwelt mit etwas von seinem alten Selbstbewusstsein zu begegnen. Milton schloss die Tür hinter ihm und
sah Phillips an.

»Ich glaube, er hat die Wahrheit gesagt«, meinte der
Sergeant.

»Über Fielding?« Milton schob den Stuhl, auf dem sein
Besucher gesessen hatte, ordentlich vor den Schreibtisch. »Ja,
ich glaube, das hat er. Ich glaube, Mrs. Tolly hat uns angelogen, Roy. Ich glaube nicht, dass sie ihm etwas über den Vorfall im Café erzählt hat.«

»Falls dieser überhaupt jemals stattgefunden haben sollte, hielt ich es von Anfang an für unwahrscheinlich, dass jemand eine solche Warnung an einem öffentlichen Ort aus-
spricht, wo man so leicht belauscht werden kann.«

»Nun, wenn die Sache nie passiert ist, welchen Grund
hatte sie dann, eine so ausgeklügelte Geschichte zu erfinden?«

Phillips schüttelte den Kopf und fuhr mit dem Finger
über die Jacke, die er immer noch in der Hand hielt. »Ich weiß
es nicht. Ich werde einfach nicht schlau daraus.«

Milton zeigte mit einem Nicken auf die Jacke. »Na, was
ist denn heute Vormittag passiert? Sie bringen hoffentlich
Neuigkeiten.«

»In der Tat habe ich Interessantes zu berichten. Ich habe endlich Miss Dawson ausfindig gemacht. Sie hat eine Wohnung in Esher. Sie behauptet, dass sie nichts auf die Zigarettenschachtel geschrieben hat, dass sie noch nie etwas von Mrs. Tolly gehört hat und dass sie ganz sicher noch nie in Kingsdown Mansions war.«

»Sie lügt.«

»Diese Art Frau tut das bei mir meistens. Vielleicht wird sie Ihnen eine andere Geschichte erzählen.«

»Hm. Tja, fahren Sie fort.«

»Nachdem ich mich mit unserer Freundin Jacqueline getroffen hatte, fuhr ich nach Richmond und durchsuchte sorgfältig die ganze Wohnung, wobei ich das hier auf dem obersten Regal eines Wäschetrockenschranks fand.«

»Von einem ihrer männlichen Besucher zurückgelassen? Nein, das ist unwahrscheinlich. Steht ein Name drauf?«

Phillips hielt die Jacke stolz an dem im Kragen eingenähten Aufhänger hoch. »Kein Name. Aber da ist ein Schneideretikett mit einer Referenznummer drauf. Ich habe den Schneider angerufen.«

Phillips hielt inne, drehte sich um und schaute den Inspektor verschmitzt an.

»Kommen Sie schon, Roy, raus damit«, sagte Milton ungeduldig. Phillips hängte die Jacke sorgfältig über die Stuhllehne, bevor er fortfuhr. »Sie wurde für Eric Vyner angefertigt.«

Eric Vyner war auf der Becklehurst-Farm nicht zu finden. Milton wurde vom Haus zum Getreidespeicher, vom Getreidespeicher zur Hühnerbatterie und von der Hühnerbatterie zu den Schweineställen geschickt. Schließlich fand er Vyner auf einem Feld, das etwa eine Viertelmeile entfernt war. Er beugte sich mit einem jungen Gehilfen über den Motor eines Traktors und versuchte herauszufinden, warum dieser nicht ansprang.

»Ich kann es nicht verstehen«, sagte der junge Mann. »Gestern lief er noch einwandfrei. Soll ich es noch einmal versuchen?«

»Vielleicht ist die Mischung zu fett«, schlug Vyner vor. »Warten Sie noch fünf Minuten und versuchen Sie es dann noch einmal. He, hallo, Alan. Was treibt dich so früh am Morgen hierher? Ich dachte, ihr Jungs fangt erst um zehn Uhr an zu arbeiten.«

»Da bist du offensichtlich falsch informiert, Eric«, antwortete Milton gut gelaunt. »Und außerdem ist es nicht zehn, sondern Viertel vor elf.«

»Was? Tatsächlich?« Vyner schaute auf seine Uhr und richtete seinen Blick zum Himmel. »Großer Gott! Wie die Zeit vergeht! Mir kommt es so vor, als ob ich noch nichts geschafft habe. Dabei bin ich schon seit sechs Uhr auf den Beinen.«

»Ich war die ganze Nacht auf«, murmelte Milton leise. »Ich will dich keine Minute aufhalten, Eric. Ich wollte nur wissen, ob du das hier schon mal gesehen hast.«

Vyner nickte mit Blick auf die Jacke: »Ich habe mich schon gewundert, warum du mir eine Jacke bringst. Ich dachte, Olive macht sich vielleicht Sorgen, dass ich mich erkälten könnte. Wo hast du sie her?«

»Sie gehört also dir?«

»Natürlich gehört sie mir.« Vyner kratzte sich am Kopf und runzelte die Stirn. »Genauer gesagt ist es die, die ich Harry geliehen habe.«

»Harry Brent? Wann hast du sie ihm geliehen, Eric?«

»Oh, vor etwa drei Wochen. Er kam übers Wochenende her und wir gingen zusammen angeln. Es regnete in Strömen. Wir wurden beide klitschnass und ich habe ihm die Jacke geliehen. Es ist eine alte Jacke von mir. Harry hat sie mit in die Stadt genommen. Ich hatte sie schon ganz vergessen.«

»Ich verstehe.«

»Aber was machst du damit?«, fragte Vyner neugierig. »Wie ist sie dir in die Hände gefallen?«

»Sie wurde heute Morgen in mein Büro gebracht«, antwortete Milton absichtlich vage. »Eric, sagt dir der Name Stafford – Phyllis Stafford – etwas?«

»Phyllis Stafford?« Vyner kniff die Augen zusammen und starrte über das Feld, auf dem eine Herde schwarz-weißer

Kühe weidete. »Nein, ich glaube nicht.«

»Was ist mit Tolly? Mrs. Tolly?«

»Von ihr habe ich natürlich schon gehört. Wer hat das nicht in Market Weldon? Sie hat früher bei Fielding gearbeitet.«

»Stafford ist ihr Mädchenname, oder besser gesagt, er war es.«

»Tja, das wusste ich natürlich nicht«, Vyner drehte scharf den Kopf, als ihm die Bedeutung dessen, was Milton gesagt hatte, bewusst wurde. »Was soll das heißen? »Er *war* es«?«

»Woher kanntest du Mrs. Tolly, Eric? War sie eine Freundin von dir?«

»Gütiger Himmel, nein!« Vyner lachte, und Milton erinnerte sich, dass er genau die gleiche Reaktion gezeigt hatte, als Harold Tolly ihm diese Frage gestellt hatte. »Ich glaube nicht, dass ich mehr als ein halbes Dutzend Worte mit ihr gewechselt habe. Aber hör mal, Alan, du redest über die Frau, als wäre sie tot.«

»Sie ist tot.« Milton hatte aus Erfahrung gelernt, die Leute nicht zu offensichtlich anzustarren, wenn er ihnen etwas Überraschendes erzählte. Das warnte sie oder ließ sie unnatürlich reagieren. Auf viele andere Arten als durch eine Veränderung des Gesichtsausdrucks konnten sie ihre Gefühle verraten: durch eine Bewegung der Hände, eine Veränderung der Atmung, eine kleine unbewusste, nervöse Geste. »Sie wurde ermordet – erdrosselt. Wir haben ihre Leiche letzte Nacht in einer Wohnung in Richmond gefunden.«

Der junge Arbeiter, der ungeduldig mit dem Pflügen weitermachen wollte, hatte begonnen, die Kurbel des Traktors zu drehen. Plötzlich sprang der Motor zu Miltons Verdruss an. Vyners Ausruf, der eigentlich »Großer Gott!« hätte lauten müssen, ging völlig unter. Der Gehilfe lief um die Maschine herum, um den Motor zu drosseln.

Vyner war ein wenig zurückgetreten, um dem Mann Anweisungen zu geben. Milton berührte ihn am Arm. »Ich habe einen Termin, Eric. Ich erzähle dir später mehr von dem Mantel.«

»Mir wäre es lieber, du würdest das gleich tun, alter Junge. Bist du hierhergekommen, um mir meinen Mantel zurückzugeben oder um mir zu sagen, dass Mrs. Tolly ermordet wurde?«

»Mehr kann ich im Moment nicht sagen. Ich erkläre es später. Danke für die Identifizierung des Mantels.«

Milton machte auf dem Absatz kehrt und stapfte den schlammigen Weg zurück, der zur Farm führte. Er wusste, dass Vyner ihn mit einem verdutzten Blick beobachtete. Eine Minute später legte der Gehilfe den Gang ein und versuchte, die Kupplung zu lösen. Der Motor stotterte und ging augenblicklich wieder aus. Beim Klang von Vyners heftigem Fluch erhoben sogar die schwarz-weißen Kühe ihre Köpfe.

Solange Sam Fielding lebte, schien die gesamte Firma ohne großes Zutun seinerseits zu funktionieren. Jeder kannte seine Aufgabe und machte sie gut. Es gab sogar einige, die der Meinung waren, dass der alte Mann wenig tat, um das stattliche Gehalt des Direktors zu verdienen, das er bezog. Jetzt, wo er nicht mehr da war, begannen sie anders zu denken. Ohne das wachsame Auge, das erkannte, wenn etwas schieflief, ohne die ermutigende Stimme, die lobte, wenn etwas gut war, ohne den Instinkt für persönliche Beziehungen, der Sam Fielding in die Lage versetzte, auch mit unangenehmen Kunden umzugehen, bewegte sich der Betrieb rasch auf ein Chaos zu. Selbst Carol, die das Gefühl hatte, dass sie es war, die ihren Chef durch den Tag brachte, und nicht umgekehrt, fühlte sich langsam überfordert. An diesem Dienstagmorgen, nur vier Tage nach seinem Tod, saß sie am Schreibtisch von Sam Fielding und war umgeben von Stapeln von Briefen, die beantwortet werden, Rechnungen, die bezahlt werden, Kostenvoranschlägen, die abgegeben werden, und Exportformularen, die ausgefüllt werden mussten. Wenigstens brauchte sie sich nicht um die Beerdigung zu kümmern, denn Alan hatte eine jüngere Schwester Fieldings ausfindig gemacht, die aus Schottland angereist war, um sich um diese Angelegenheiten zu kümmern.

Sie kratzte sich gerade mit dem oberen Ende ihres Kugelschreibers am Kopf, als sich die Tür des Hauptbüros öffnete und einer der leitenden Angestellten mit einem Bündel Akten in der Hand hereinkam. George Longfield war einer der klügsten Mitarbeiter von Sam Fielding. Als er vor sechs Jahren zu seinem Vorstellungsgespräch gekommen war, hatte er Haare, die ihm fast bis zu den Schultern reichten. Zu jedermanns Überraschung hatte der alte Mann ihn eingestellt. Jetzt war er einer der bestgepflegten Männer in der Belegschaft und stand kurz vor der Beförderung in die Führungsetage.

»Es tut mir leid, Carol, ich kann diesen Brief nirgends finden. Ich habe in allen möglichen Akten nachgesehen. Meinst du, er könnte ihn in seine Spezialakte gelegt haben?«

»Hast du schon mit Dora gesprochen? Sie hat einige Briefe notiert, während ich weg war. Vielleicht hat sie eine Mitschrift davon in ihrem Stenoheft.«

»Das ist eine gute Idee. Ich werde es bei ihr versuchen. Übrigens, die Haushälterin von Mr. Fielding möchte dich sprechen. Sie rief gestern Abend an, kurz nachdem du gegangen warst.«

»Ja, ich weiß. Ich habe mit Mrs. Green gesprochen. Ich weiß von dem Füller. Sie kommt um zwölf Uhr.«

George Longfield hörte ein Klopfen an der Tür hinter sich, sah, wie sich Carols Gesicht aufhellte, und drehte sich um, um zu sehen, wie ein großer junger Mann in einem Kamelhaarmantel das Büro betrat.

»Darf ich reinkommen?«

»Harry!« Die Sorgenfalten verschwanden wie von Zauberhand aus ihrem Gesicht und Carol trat hinter dem Schreibtisch hervor, um Harry Brent entgegenzutreten. »Liebling, was in aller Welt machst du denn hier?«

»Ich dachte, du könntest heute Vormittag vielleicht etwas Hilfe gebrauchen.«

»Und ob ich die brauche.« Carols Blick schweifte über den überfüllten Schreibtisch. »Wie steht es bei dir mit dem Gesellschaftsrecht und der Körperschaftssteuer?«

Harry Brent lächelte und nickte dem Angestellten freundlich zu, der den Wink verstand und sich rasch in das andere Büro begab. Brent nahm Carol in seine Arme und küsste sie. Dann hielt er sie ein wenig von sich weg und sah sie ernst an.

»Wie geht es dir, Carol? Wie fühlst du dich?«

»Ach, mir geht's gut. Was ist mit deinem Kopf? Hast du noch Schmerzen?«

Brent rieb sich die Stelle, an der ihn der Ziegelstein getroffen hatte. »Nein, das habe ich alles schon vergessen. Aber ich habe mir ziemliche Sorgen um dich gemacht. Du sahst gestern Abend ziemlich schlecht aus, als du mich zum Bahnhof gebracht hast.«

»Bist du deshalb gekommen?«

»Nun …« Brent lächelte entschuldigend. »Ich bin auf dem Weg nach Guildford. Ich habe dort einen Termin um halb eins.«

Carol lachte und wich ein wenig von ihm zurück, als er seine Arme sinken ließ. »Du fährst nach Guildford über Market Weldon? Dann hättest du genauso gut über Edinburgh fahren können.«

»Ich habe den Jaguar E-Type genommen. Da dauert es nur eine Stunde.« Er ging zu dem alten Grammophon hinüber, hob den Tonarm hoch und sah zu, wie sich die Drehscheibe langsam zu drehen begann. »Carol, ich möchte dich etwas fragen. Ich musste ständig daran denken, seitdem wir uns gestern Abend getrennt haben.«

»Und?«, sagte sie, beobachtete seinen Rücken und fragte sich, warum er ihr nicht ins Gesicht sehen wollte, als er die Frage stellte. »Was ist es?«

Brent stoppte das Grammophon und drehte sich um. »Was hat Alan Milton gesagt, als du ihm das Foto gegeben hast?«

»Das habe ich dir doch gesagt. Er hat sich nur bedankt, dass ich es mitgenommen habe.«

»Du warst etwa eine Viertelstunde bei ihm. Danach, auf dem Weg zum Bahnhof, sahst du ziemlich unglücklich aus und hast kaum ein Wort gesprochen. Ich glaube, dass er gestern Abend etwas zu dir gesagt hat – irgendetwas über mich.«

Jetzt war sie an der Reihe und versuchte, seinem Blick

auszuweichen: »Nein, Harry …«

»Wenn es so war, würde ich es für fair halten, wenn du mir sagst, was es war.«

»Über dich haben wir fast nicht gesprochen.« Carol trat hinter den großen Schreibtisch und ordnete geistesabwesend die Papiere darauf. »Wir haben die ganze Zeit über das Foto gesprochen. Dann tauchte Sergeant Phillips auf und …«

»Weiter!«, forderte Brent sie auf, als ihre Stimme verstummte.

»Da gibt es nichts weiter zu erzählen«, sagte Carol gereizt. »Ich bin dann runter zum Auto gekommen und wir sind zum Bahnhof gefahren.«

Brent kam auf die andere Seite des Schreibtisches und stützte seine Hände darauf, um sie zu zwingen, zu ihm aufzusehen.

»Carol, es tut mir leid. Es tut mir sehr leid, aber ich glaube dir einfach nicht.«

»Na gut, Harry.« Carols Augen blickten ihn plötzlich herausfordernd an. »Wir haben über dich gesprochen. Alan sagte, dass du seiner Meinung nach lügst. Er sagte, er glaube, du hättest ihn absichtlich angelogen, was deine Freundschaft mit Barbara Smith betrifft.«

»Was meint er mit »Freundschaft«? Ich kannte das Mädchen nicht, ich bin ihr niemals begegnet, bis sie in Waterloo in den Zug stieg.« Seine Hände waren vor Wut zu Fäusten geballt. Sie starrten sich einen langen Moment lang an.

»Ist das die Wahrheit, Harry?«, fragte sie unsicher.

»Natürlich ist das die Wahrheit!« Er kam an die Seite des Schreibtisches, setzte sich auf die Kante und schaute zu ihr hinunter. Er nahm ihre Hand und hielt sie mit seinen beiden Händen fest. »Hör zu, Carol. Ich weiß, dass gewisse Dinge passiert sind, ganz außergewöhnliche Dinge, Dinge, die ich nicht erklären kann. Die Blumen auf dem Grab, die Theaterkarte, die Tatsache, dass sie im Zug im selben Abteil wie ich saß. Aber ich schwöre dir, dass ich das Mädchen nicht kannte. Ich hatte sie nie zuvor in meinem Leben gesehen.«

»Und du wusstest nicht, dass sie hierherkommen würde? Du wusstest nicht, dass …«

»Dass – was?« Er spürte, wie ihre Hand sich fest an die seine klammerte.

»Dass …«

»Na los, Carol.«

Sie sprach leise und hatte fast Angst, die Worte auszusprechen. »Du wusstest nicht, dass sie Fielding töten wollte?«

»Großer Gott, natürlich wusste ich das nicht!« Vor lauter Wut ließ er ihre Hand los und stand auf. »Wie kannst du nur so etwas denken! Ich kannte Sam Fielding kaum. Ich war ihm nur zweimal begegnet, das weißt du! Er war praktisch ein Fremder.«

Er packte ihre Arme und die Stuhlbeine quietschten auf dem polierten Boden, als er sie herumdrehte. »Carol, was hat Milton gestern Abend zu dir gesagt? Du musst es mir sagen.«

Sie zuckte zusammen, als sein Griff fester wurde, und ihre Augen füllten sich mit Tränen. Unentschlossenheit und Unsicherheit ließen sich an ihren Mundwinkeln erkennen. Die tüchtige Sekretärin war verschwunden. Jetzt war sie nur noch ein verängstigtes Mädchen, das immer noch sehr verliebt war, aber nicht mehr sicher, ob sie dem emotionslosen, aber zuverlässigen Alan Milton oder diesem temperamentvollen Fremden, in den sie sich verliebt hatte, glauben sollte.

Nach der Begegnung mit Carol war Brent noch in Gedanken versunken und machte sich auf den Weg zurück zu seinem Jaguar, den er in der Nähe des Haupteingangs geparkt hatte. Er bemerkte den Austin Mini nicht, der durch das Tor kam, bis er neben seinem Wagen hielt und Alan Milton ausstieg. Brent hielt an, und einige Sekunden lang standen die beiden Männer da und sahen sich an wie zwei Doggen, die überlegten, ob sie sich an die Gurgel gehen sollten.

»Guten Morgen«, sagte Milton schließlich in einem scheinbar freundlichen Ton und entspannte damit die Situation. »Ich hätte nicht erwartet, Sie hier zu finden.«

»Das Leben ist voller Überraschungen«, teilte Brent ihm mit.

Milton nickte in Richtung des schwarzen Jaguars. »Ist das Ihrer, Mr. Brent?«

»Ja, das ist meiner.« Brent gestikulierte mit übertriebener Höflichkeit in Richtung des Mini: »Ist das Ihrer, Mr. Milton?«

Milton ignorierte die Frage. »Ich nehme an, Sie haben Carol einen Besuch abgestattet.«

»Erstklassige Beobachtungsgabe. Ich bin auf dem Weg nach Guildford und wollte nur kurz vorbeischauen, das ist alles. Hätte ich Sie um Erlaubnis bitten müssen, Inspektor?«

»Nach Guildford?« Milton legte den Kopf zur Seite und lächelte. Er ging jedoch nicht weiter auf das Thema ein. »Ich nehme an, Carol hat Ihnen von Mrs. Tolly erzählt?«

»Mrs. Tolly? Wer ist Mrs. Tolly?«

»Offensichtlich weiß sie es noch nicht, sonst hätte Carol es Ihnen gesagt. Mrs. Tolly hat hier gearbeitet, sie wurde gestern Abend oder besser gesagt heute Nacht ermordet. Man hat sie in einer Wohnung in Kingsdown Mansions gefunden.«

Brents Augen hatten sich nicht von Miltons Gesicht gelöst. Nach einem Moment fragte er leise: »Wie wurde sie ermordet?«

»Sie wurde erwürgt. Mit bloßen Händen.«

»Haben Sie eine Ahnung, wer es getan hat?«

Ein schwerer Lastwagen kam durch das Haupttor herein. Sein Fahrer drückte auf die Hupe und Milton zog Brent aus dem Weg.

»Nein, leider nicht. Noch nicht.«

»Wo sind die Kingsdown Mansions? In Market Weldon?«

»In Market Weldon gibt es keine Kingsdown Mansions, Mr. Brent«, erklärte Milton vorwurfsvoll. »Es ist ein sehr schöner Wohnblock in Richmond mit Blick auf den Fluss.«

»Richmond?« Brent sah aus, als hätte er gerne noch ein paar Fragen gestellt, aber er überlegte es sich anders, nickte dem Inspektor zum Abschied zu und legte eine Hand auf die Tür seines Jaguars.

»Ach, entschuldigen Sie.« Milton hatte sich ebenfalls weggedreht und kam nun zurück, als ob er sich gerade an etwas erinnert hätte. »Als Sie vor ein oder zwei Wochen hier waren, haben Sie sich – glaube ich – eine Jacke von Eric Vyner geliehen.«

»Eine Jacke?«, wiederholte Brent und richtete sich langsam auf.

»Ja. Sie wurden eines Nachmittags beim Angeln vom Regen überrascht, und er lieh Ihnen eine seiner Jacken für die Rückfahrt nach London. Es war eine alte Sportjacke.«

»Oh, ja, das stimmt.« Brents Tonfall war so freundlich und lässig wie der von Milton. »Das hat er.«

»Was ist mit der Jacke passiert, Mr. Brent?«

Harry lächelte ganz unschuldig und schaute in Miltons Augen.

»Was glauben Sie, was damit passiert ist? Wenn ich mir etwas ausleihe, gebe ich es auch zurück. Das habe ich auch mit der Jacke getan.«

Mit einem knappen Nicken bückte sich Brent, um in das Innere des Jaguars zu gelangen, rutschte hinter das Lenkrad und schlug die Tür zu.

»Warst du überrascht, als Mrs. Tolly ihre Kündigung einreichte?«

»Nein, das war ich nicht. Sie beklagte sich ständig über ihren Rücken, aber ich vermutete, dass sie andere Gründe hatte, ihren Job in der Kantine aufzugeben.«

»Carol, ich möchte, dass du ganz offen mit mir bist. Gab es jemanden aus dem Personal, mit dem sie sich besonders gut verstand?«

Carol schüttelte den Kopf. »Nein, das glaube ich nicht, Alan. Ich glaube, sie hielt ihre Arbeit in der Kantine für ein wenig unter ihrer Würde. Sie war sich dessen bewusst und schien den Kontakt mit den Leuten hier zu meiden.«

»Das ist nicht ganz das, wonach ich gefragt hatte«, bemerkte Milton lächelnd.

Er hatte Carol dabei ertappt, wie sie sich das Gesicht schminkte, und war sich fast sicher, dass sie einen Moment, bevor sein Besuch angekündigt worden war, geweint hatte. Er hatte darauf geachtet, ihr die Nachricht von Mrs. Tollys Ermordung so schonend wie möglich beizubringen. Sie hatte es beinahe gelassen aufgenommen, als sei es ein Ereignis von vergleichsweise geringer Bedeutung in ihrem Leben.

»Tja, ich kann dir leider nur erzählen, wie sie während der Arbeitszeit war. Sie war nicht gerade eine Freundin von mir, also weiß ich sehr wenig über ihr Privatleben – obwohl man natürlich Gerüchte gehört hat.«

»Gerüchte? Was für Gerüchte?«

»Na ja, du weißt schon …« Carol winkte vage mit der Hand.

»Nein, ich weiß nicht«, sagte Milton und lächelte. »Das versuche ich ja gerade herauszufinden.«

Sie schaute ihn an und dachte, wie viel taktvoller und emotionsloser er sie ausfragte als Harry. »Die Leute sagten, dass sie und ihr Mann zwar zusammenlebten, aber – nun ja, sie hatten da eine Abmachung … Ich glaube, es besteht kein Zweifel daran, dass sie noch andere Freunde hatte. An Geld hat es ihr sicherlich nie gemangelt. Ich persönlich glaube, dass sie deshalb ihren Job hier aufgegeben hat. Sie konnte auf andere Weise mehr verdienen – und das ohne Lohnsteuer.«

»Ich weiß, dass du das wahrscheinlich für einen absurden Gedanken hältst, Carol, aber glaubst du, dass Sam Fielding einer jener Gentlemen-Freunde gewesen sein könnte?«

»Mr. Fielding?« Beinahe schockiert von diesem Gedanken, blickte Carol auf das große Fotoporträt, das seit dem Tod von Sam Fieldings Frau am Rande seines Schreibtisches stand. »Gütiger Himmel, nein! Das ist völlig absurd.«

»Warum ist das absurd?«, beharrte Milton hartnäckig. »Sie war keine schlechtaussehende Frau.«

»Ja, aber er war einfach nicht diese Art von Mann.«

»Was für ein Mann war er denn?«

»Nun, er war kein Frauenheld, das kannst du mir glauben. In all den Jahren, in denen ich für ihn gearbeitet habe, hat er mir nie auch nur den kleinsten Annäherungsversuch gemacht, nie vorgeschlagen, mich nach der Arbeitszeit zu treffen oder ähnliches.«

»Ich behaupte nicht, dass er ein Frauenheld war. Aber er hätte doch ein Recht auf ein oder zwei Freundinnen gehabt.«

Carol schüttelte den Kopf. »Es gab nur eine Frau in Mr. Fieldings Leben. Nach ihrem Tod hat er sich nie wieder für eine andere interessiert – außer auf eine väterliche Art. Wenn er nicht gerade Golf spielte oder etwas mit dem Boot machte, schloss er sich im Spielzimmer ein.«

»Spielzimmer?«, echote Milton ungläubig.

»So nannte er seine alte Werkstatt, in der er ursprünglich angefangen hatte. Als er das Hauptwerk baute, behielt er seine Werkstatt bei. Meistens stieg er nach Feierabend, wenn alle anderen nach Hause gingen, dort hinunter und arbeitete allein. Es war eine Art Allerheiligstes. Gerade in letzter Zeit widmete er seinem neuen Spielzeug viele Stunden.«

»Welches neue Spielzeug?«

»Er war sich sicher, dass er kurz davor war, eine neue Art von Kamera zu erfinden, die durch Wände hindurchsehen kann. Leider haben wir ihn deswegen immer aufgezogen. Vor Jahren erfand er ein Tonbandgerät und verkaufte es an eine Firma in Amerika. Mit den Lizenzgebühren hat er eine Menge Geld verdient, so hat man mir erzählt. Seitdem versucht er, leider ziemlich erfolglos, dies zu wiederholen.«

»Hast du diese Kamera schon einmal gesehen?«

»Nein, aber ich habe einmal einen der Filme gesehen, die er damit gemacht hat.«

»Wie sahen die Aufnahmen aus?«

»Leider nicht so gut«, sagte Carol lachend. »Die meisten davon waren Doppelbelichtungen. Er hatte wahrscheinlich vergessen, den Film weiterzukurbeln.«

Sie lachten beide immer noch, als George Longfield den Kopf zur Tür hereinsteckte, um zu sagen, dass Mrs. Green eingetroffen war.

»Ja, in Ordnung, George. Ich bin in einer Minute draußen.«

»Wenn Sie mir den Füller geben«, schlug der Angestellte vor, »erledige ich das für Sie.«

»Oh, danke, George.«

Carol öffnete eine der unteren Schubladen des Schreibtisches und holte einen blauen Füller der Marke *Parker* mit einer goldenen Kappe heraus. Sie stand auf und reichte ihn dem jungen Mann über den Schreibtisch. Doch bevor er ihn nehmen konnte, zog sie ihre Hand zurück.

»Nein, wenn ich es mir recht überlege, dann spreche ich

lieber selbst mit ihr. Sie reist nächste Woche nach Kanada und ich werde sie wahrscheinlich nicht wiedersehen.«

Longfield nickte und ging hinaus.

»Mrs. Green geht nach Kanada?« Milton steckte den Schläger, den er sich gerade angesehen hatte, in Sam Fieldings abgenutzte Golftasche zurück.

»Ja. Sie hat drüben eine Tochter.«

Milton zeigte auf den Füller in Carols Hand. »Und was hat es mit damit auf sich?«

»Anscheinend hat Mrs. Green Mr. Fielding diesen Füller zu Weihnachten geschenkt. Sie rief an und fragte, ob sie ihn zurückhaben könne. Sie sagte, sie wolle ein kleines persönliches Andenken haben, das sie an Mr. Fielding erinnert.«

»Sie muss eine sentimentale alte Dame sein.«

»Nun, nicht wirklich. Ich war eigentlich darüber überrascht.«

»Carol, warte einen Moment!« Milton durchquerte den Raum und nahm ihr den Füller aus der Hand. Er betrachtete ihn nachdenklich. »Bitte Mrs. Green herein.«

Carol zögerte, überrascht über seinen Tonfall. Er hatte die Kappe abgenommen und untersuchte nun den Füller. Dann ging sie zur Tür und verschwand im Vorzimmer.

Milton steckte die Kappe wieder auf den Füller und nahm seinen eigenen aus der Tasche. Es war ebenfalls ein Parker, aber schwarz und etwas kleiner. Mit einem Blick in Richtung Tür steckte er Sam Fieldings Füller in seine eigene Tasche. Als Carol mit Mrs. Green zurückkam, betrachtete er seinen eigenen Füller mit Interesse.

»Hallo, Mrs. Green«, sagte er und blickte mit einem freundlichen Lächeln auf. »Miss Vyner hat mir erzählt, dass Sie nächste Woche nach Kanada reisen werden.«

Mrs. Green war eine große Frau mit einer Hornbrille und leicht scharfen Gesichtszügen. Ihr Mund war ständig missbilligend verzogen. Als sie den Inspektor sah, ging sie in die Defensive, was in ihrem Fall bedeutete, dass sie einen ziemlich aggressiven und herausfordernden Tonfall anschlug.

»Ja, meine Tochter und mein Schwiegersohn sind vor etwa vier Jahren ausgewandert. Sie drängen mich schon seit langem, sie zu besuchen. Jetzt, wo Mr. Fielding nicht mehr da ist, hat es keinen Sinn mehr, noch länger zu warten. Miss Fielding scheint sehr gut allein zurechtzukommen, und ich habe nicht das Gefühl, dass ich dort noch länger gerne gesehen werde.«

Sie blickte Milton an, als wolle sie ihn auffordern, das Gesagte zu hinterfragen.

»Ja, verstehe. Aber bevor Sie abreisen, hinterlassen Sie bitte Ihre Adresse bei Miss Vyner, für den Fall, dass wir Sie kontaktieren wollen.«

»Ja«, sagte Mrs. Green steif. »Das wollte ich ohnehin tun.«

Milton hielt ihr den Füller hin. »Ach, hier ist der Füller, den Sie wollten. Der, den Sie Mr. Fielding gegeben haben.«

»Danke.« Mrs. Green nahm den Füller entgegen, warf einen kurzen Blick darauf und schaute dann entschuldigend zu Carol. »Ich hoffe, das macht Ihnen nichts aus, Miss Vyner. Ich hätte Miss Fielding um etwas bitten können, aber sie ist, nun ja, sehr besitzergreifend, was die Sachen ihres Bruders angeht.«

Carol blickte unsicher zu Milton und überlegte, ob sie ihn auf den Fehler hinweisen sollte. Er schüttelte leicht den Kopf.

»Nein, natürlich nicht, Mrs. Green.«

»War es ein persönliches Geschenk von Ihnen an Mr. Fielding?«, warf Milton mitfühlend ein.

Sie drehte sich um und nickte dankbar für diesen Gedanken. »Ja, das war es.«

»Und Sie haben es selbst ausgesucht? Da haben Sie aber einen sehr guten Geschmack bewiesen, Mrs. Green.«

»Ja.« Mrs. Green schaute zärtlich auf den Füller. »Das Schwarz schien mir irgendwie richtig. Besser als etwas zu Knalliges, dachte ich.«

»Tja, dann auf Wiedersehen, Mrs. Green. Ich hoffe, Sie kommen gut in Kanada an.«

Milton streckte seine Hand aus und Mrs. Green schüttelte sie herzlich. Beide waren sehr zufrieden mit sich, wenn auch aus völlig unterschiedlichen Gründen.

104

»Danke, Sir.«

Die Haushälterin drehte sich um, um sich von Carol zu verabschieden, aber diese war bereits auf dem Weg zur Tür.

»Ich begleite Sie hinunter.«

»Oh, das ist wirklich nicht nötig, meine Liebe«, protestierte Mrs. Green, aber Carol führte sie mit einem Blick auf Milton durch die Tür hinaus.

Als sie zurückkam, baute der Inspektor den blaugoldenen Parker wieder zusammen und schüttelte verwundert den Kopf. »Scheint mir ein ganz gewöhnlicher Füller zu sein.« Er stand auf, starrte an ihr vorbei auf die geschlossene Tür und schlug mit dem Füller sanft gegen seine Handfläche. »Aber warum zum Teufel wollte sie ihn haben?«

Es war nicht schwer, Mrs. Green ausfindig zu machen. Der Pförtner hatte sie in Richtung Marktplatz gehen sehen. Der Polizist, der den Fußgängerüberweg an der Ampel kontrollierte, hatte sie beim Abbiegen in die Wiltshire Road beobachtet. Milton entdeckte sie hundert Meter weiter durch das Fenster einer Cafeteria, wo sie für eine Tasse Tee und ein Stück Kuchen Schlange stand. Wenige Minuten später saß sie am Tisch am Fenster und blickte mit starrem Blick auf die Passanten hinaus. Sie schreckte auf, als sie die Stimme neben ihrem Ohr hörte.

»Stört es sie, wenn ich mich zu Ihnen setze, Mrs. Green?«

Der Inspektor hielt ein Tablett in der Hand, auf dem ein Glas Milch stand. Sein Lächeln war freundlich, aber es beunruhigte sie trotzdem.

»Nein – nein, natürlich nicht.«

Sie beobachtete ihn unruhig, als er sich ihr gegenüber hinsetzte, das Glas in die Hand nahm und sich vorbeugte, um das Tablett an das Tischbein zu lehnen. Er nahm einen langen, genüsslichen Schluck und lehnte sich zurück, als ob er sich auf ein nettes, gemütliches Gespräch vorbereitete.

»Was kostet die Fahrt nach Kanada heutzutage? Das muss doch ziemlich teuer sein, oder?«

»Oh, das ist es.« Mrs. Green beeilte sich, zuzustimmen.

Das Thema war ein sicheres Terrain. »Die Reise wird mich um die sechzig Pfund kosten, bis ich bei meiner Tochter ankomme. Sie wohnt in Edmonton, ganz auf der anderen Seite des Landes. Und wenn es mir nicht gefällt, wenn ich dort ankomme – aber daran wage ich nicht zu denken. Es muss mir einfach gefallen.«

»Nun, ich wünsche Ihnen viel Glück, Mrs. Green.« Milton hob sein Glas.

»Danke.«

»Oh, bevor ich es vergesse.« Er stellte sein Glas wieder hin, ohne zu trinken, und nahm Fieldings Füller aus der Tasche: »Ich fürchte, ich habe mich geirrt. Ich habe Ihnen den falschen Füller gegeben.«

Ihr fiel die Kinnlade herunter. »Den falschen Füller?«

»Ja, tut mir leid. Ich habe Ihnen meinen statt den von Mr. Fielding gegeben. Kann ich ihn zurückhaben, bitte?«

In dem Bewusstsein, dass man sie hereingelegt hatte, aber ohne zu begreifen, was vor sich ging, kramte sie in ihrer Handtasche und holte Miltons Füller hervor. Er nahm ihn ihr ab und legte beide Schreibgeräte vor ihrer Nase auf den Tisch.

»Sie sind sich nicht sehr ähnlich, oder? Ich weiß nicht, wie ich so einen dummen Fehler machen konnte. Aber seltsamerweise haben Sie den Irrtum auch nicht bemerkt.«

Sie hob die Augen, um zu versuchen, seine Gedanken zu lesen, und sah seinen starren Blick.

»Wie viel haben Sie dafür bezahlt?«

»Ungefähr fünfunddreißig Schilling, glaube ich. Ich weiß es nicht mehr genau, weil …«

»Weil Sie ihn gar nicht gekauft haben, oder, Mrs. Green?«

»Natürlich habe ich ihn gekauft! Ich habe ihn doch für Mr. Fieldings Geburtstag gekauft.«

»Tatsächlich? Ich dachte, Sie hätten ihn ihm zu Weihnachten gekauft. Sagen Sie mir, wo haben Sie ihn gekauft?«

Es war fast unfair, wie er ihre Augen fixierte. Sie wollte den Blick lösen, traute sich aber irgendwie nicht. »In … In einem Laden in der High Street, ich habe den Namen im Moment vergessen.«

»Mrs. Green.« Miltons Verhalten hatte sich plötzlich völlig verändert. Er war nicht mehr freundlich und lächelte nicht mehr. »Ich ermittle in einem Mordfall. In zwei Morden, um genau zu sein. Und wenn, ich der Meinung bin, dass jemand absichtlich etwas verheimlicht ...«

»Zwei Morde?«

»Ja. Eine Mrs. Tolly wurde gestern Abend – oder eher heute Nacht – ermordet. Sie wurde erwürgt.«

Mrs. Greens Hand bewegte sich unwillkürlich und ihr Teelöffel fiel klappernd zu Boden.

»Tolly? Phyllis Tolly? Die Frau, die bei Fielding gearbeitet hat?«

»Ja.«

»Oh, mein Gott!« Es war mehr ein Flüstern als ein Ausruf.

Die Farbe wich aus Mrs. Greens Gesicht.

»War sie eine Freundin von Ihnen?«

»Ja, sie war eine ... Nein, nicht gerade eine Freundin, aber ...«

Eine Bedienstete fuhr mit einem Wagen durch die Cafeteria und sammelte Tabletts und gebrauchtes Geschirr ein. Sie warf Milton einen tadelnden Blick zu und bückte sich, um sein Tablett aufzuheben. Mrs. Green starrte aus dem Fenster. Sie hatte versucht, sich mit einem Schluck Tee zu stärken, aber ihre Hand hatte so stark zu zittern begonnen, dass sie die Tasse abstellen musste.

»Fahren Sie fort, Mrs. Green«, sagte Milton leise, als der Bedienstete sich entfernte.

»Es ist ihr Mann, der mich gebeten hat, ...« Sie rang nach Worten. Mit einem Mal sah sie den Inspektor direkt an, ohne jede Verstellung. »Mr. Tolly wollte den Füller haben.«

»Mr. Tolly?« Miltons Stimme verriet nichts von seiner Überraschung über diese Enthüllung.

»Ja. Sie kamen beide vor zwei oder drei Tagen abends zu mir, Mrs. Tolly und ihr Mann, meine ich. Sie sagten, es täte ihnen sehr leid, das mit Mr. Fielding zu hören, und sie fragten sich, ob sie etwas für mich tun könnten. Wir unterhielten uns etwa eine halbe Stunde lang, und dann, als sie gerade gehen wollten, sagte Mr. Tolly, er habe einen Kunden – er hat einen Stand auf dem Markt, wissen Sie …«

»Ja, ich weiß. Erzählen Sie weiter.«

»Er sagte, er habe einen Kunden, der unbedingt etwas von Mr. Fielding haben wollte. Er sagte, der Mann sei ein Spinner, eigentlich ein absoluter Schwachkopf, aber er habe schon einmal mit ihm Geschäfte gemacht und … Mr. Tolly sagte, wenn ich ihm diesen Füller besorgen könnte, würde er mir fünfzig Pfund in bar geben.«

»Haben Sie ihn gefragt, warum dieser Kunde den Füller haben wollte?«

»Ja. Aber er sagte, er wisse es nicht und es sei ihm auch egal. Für ihn ist es nur ein Geschäft.«

Milton hob die beiden Füller auf.

»Ich hoffe für Sie, dass Sie mir dieses Mal die Wahrheit gesagt haben.«

»Das habe ich. Tatsächlich, Mr. Milton, das habe ich wirklich.« Sie schüttelte den Kopf, ihr ganzer Körper sank in sich zusammen. »Ich wusste, dass ich das nicht tun sollte. Ich weiß, dass ich mich dumm verhalten habe, aber ich hatte in letzter Zeit so viele Ausgaben und da war die Sache mit Mr. Fielding und … dieses und jenes.«

»Wann sehen Sie Tolly wieder?«

»Er will den Füller heute Abend abholen und ihn morgen früh übergeben. Morgen ist Markttag.«

»Gut.« Milton reichte ihr den blau-goldenen Füller und steckte seinen eigenen zurück in seine Tasche. »Ich möchte, dass Sie Folgendes tun: Erwähnen Sie dieses Gespräch niemandem gegenüber, geben Sie Tolly einfach den Füller und nehmen Sie die fünfzig Pfund. Ich rufe Sie heute Abend an.«

Stumm nahm sie den Füller, öffnete ihre Handtasche und steckte ihn hinein. Er stand auf, wohl wissend, dass sie ihre zitternden Hände kaum unter Kontrolle hatte.

»Wenn Sie tun, was ich sage, brauchen Sie sich keine Sorgen zu machen.«

Sie nickte, hielt ihr Gesicht abgewandt und tastete nach einem Taschentuch. Als er einen Moment später am Fenster vorbeikam, saß sie dort und starrte in die Ferne, während sie sich mit einem Papiertaschentuch die Augen abtupfte.

Der Hauptplatz von Market Weldon, der vom Uhrenturm des Rathauses überragt wurde, war ein weitläufiger Platz, auf dem das hübsche Kopfsteinpflaster aus kleinen runden Steinen sorgfältig erhalten worden war. Wege aus eingelegten Backsteinen durchzogen den Platz an allen vier Ecken. In der Mitte stand der alte Brunnen mit einer Gedenktafel, die an einen mysteriösen Vorfall im siebzehnten Jahrhundert erinnerte, als ein unehrlicher Händler, der auf die Echtheit seiner Waren schwor, auf der Stelle von einem Blitz aus dem Himmel erschlagen wurde. In der zweiten Hälfte des zwanzigsten Jahrhunderts war der Bedarf an Parkplätzen so groß geworden, dass die Stadtverwaltung beschloss, den Platz zu einem riesigen Parkplatz zu machen. Der hartnäckige Widerstand des Denkmalschutzamts von Market Weldon brachte letztlich nichts. An sechs Tagen in der Woche wurden die hübschen Muster aus Kopfsteinpflaster und Backsteinen und der Brunnen aus dem dreizehnten Jahrhundert von hässlichen und nichtssagenden Reihen von Kraftfahrzeugen verdeckt. Am Mittwoch jedoch mussten die Autobesitzer ihre Fahrzeuge woanders abstellen, denn am Markttag hatten die Standbetreiber Vorrang.

Am Mittwoch nach dem Mord war der Markt bereits am Vormittag in vollem Gange. Die professionellen Standbetreiber waren zu früher Stunde mit ihren geschlossenen Lieferwagen eingetroffen, hatten ihre Tische und Markisen aufgestellt und ihre Angebote ansprechend platziert. Die Luft war erfüllt vom Geräusch schlurfender Füße und den Rufen der Verkäufer, die ihre Waren anpriesen.

Milton und Phillips, die in ihrer zivilen Kleidung unauffällig waren, ließen sich von der Menge treiben, ihre scharfen Augen musterten die Gesichter, beobachteten das Ungewöhnliche und vermerkten fast unbewusst jedes Detail, das sich später als nützlich erweisen konnte. An der offenen Rückseite eines mit Handtüchern, Laken, Decken, Tischtüchern und jeder Art von Wäsche beladenen Umzugswagens zog ein rotgesichtiger Mann, der gut und gerne hundertzwanzig Kilo wiegen musste, einen Halbkreis eifriger Hausfrauen mit seiner Nebelhornstimme und seinem selbstsicheren Geplapper völlig in seinen Bann.

»Hier, meine Damen, ist ein besonderes Schnäppchen, das ich die ganze Woche über für Sie, die Glücklichen von Market Weldon, reserviert habe. Diese Tagesdecke ist eine original japanische Arbeit. Im West End von London – falls sie sie dort überhaupt finden würden – würde sie gut und gerne sieben Guineas kosten. Aber ich biete sie Ihnen nicht für sieben Guineas an. Ich biete sie Ihnen auch nicht für sechs Guineas an. Ich biete sie Ihnen nicht für fünf an. Wenn ich meinen Preis nenne, werden Sie so erstaunt sein, dass es Ihnen vielleicht die Sprache verschlägt. Die erste Dame, die ihre Hand hebt, wird dieses einzigartige Stück japanischer Handwerkskunst mit nach Hause nehmen, um ihr Schlafgemach zu verschönern. Und der Preis, meine Damen von Market Weldon, beträgt fünf Pfund und zehn Schilling! Nun, wer …? Ah, die junge Dame dort drüben. Gleich als ich sie gesehen habe, meine Liebe, sagte ich mir: »Das ist eine Dame mit gutem Geschmack«.«

Er wies seine Assistentin auf die Kundin hin. Sie sah geplagt und zermürbt aus, war um die dreißig, zuckte mit dem Mund und hatte geheimnisvollen Augen. Sie kramte bereits aufgeregt nach dem Geld in ihrer riesigen Handtasche.

»Der alte Trick«, bemerkte Milton zu Phillips. »Es ist unglaublich, wie sie darauf hereinfallen.«

»Aber eins muss man ihm lassen«, erwiderte Phillips mit einem Anflug von Neid, »alleine das Verkaufsgespräch ist schon einen Guinea pro Minute wert.«

Milton nickte in Richtung eines sehr luxuriösen Verkaufsstands, der von einer scharlachroten Markise bedeckt war. Harold Tolly machte trotz des kürzlichen Trauerfalls wie gewohnt seine Geschäfte. Sein Motto lautete: »Hochwertige Herrenbekleidung zu Preisen, die sich jeder leisten kann«. Eric Vyner war soeben an den angebotenen Hemden, Krawatten, Schuhen, Hüten und Unterhosen vorbeigegangen und hatte Tolly kurz zugenickt. Miltons Augen waren jedoch auf einer Frau im Hosenanzug ruhen geblieben, die die Blicke aller Männer im Umkreis auf sich zog. Sie wurde von einem dunklen jungen Mann mit langen Koteletten begleitet, der einen kurzen Regenmantel und einen kleinen, kecken Hut trug.

»Wer ist das neben Jacqueline Dawson?«

»Kann sein Gesicht nicht sehen«, murmelte Phillips. »Gehen wir mal hinüber.«

Als sie die Richtung wechselten, übersahen sie das Taxi, das von der Straße, die zum Bahnhof führte, auf den Platz fuhr. Es hielt vor dem Rathaus und eine kleine, flinke Gestalt kletterte vom Rücksitz.

»Na, wie viel schulde ich Ihnen?«

»Fünf Schilling.«

»Da haben Sie fünf Schilling«, sagte der kleine Mann. »Und hier sind zwei für Sie.«

»Danke. Danke vielmals.«

Der Ire schien in Hochform zu sein. Er funkelte den Fahrer mit seinem Goldzahn an und drehte sich um, um das bunte Treiben auf dem Markt von Market Weldoll zu beobachten. Er trug einen brandneuen Anzug von der Stange und einen kurzen Mantel mit schwarzem Pelzkragen.

»Es wird nicht lange dauern«, sagte er zu dem Taxifahrer. »Wenn Sie dort warten können, dann fahre ich mit ihnen zum Bahnhof zurück.«

»Ich kann hier nicht parken.« Der Taxifahrer zeigte mit einem Nicken auf das Polizeiauto, das um den Platz herumfuhr. Es war eine Limousine in Hellblau und Weiß mit dem Wort »Polizei« in großen Buchstaben auf der Seite. Zwei Männer in Uniform saßen auf den Vordersitzen. Die ganze Aufmachung erinnerte eher an einen Eiswagen als an den rücksichtslosen Arm des Gesetzes. Der Ire wandte die Augen ab und bohrte nervös in seiner Nase.

»Vielleicht haben Sie recht. Gibt es hier irgendwo einen Taxistand?«

»Gleich am oberen Ende der High Street. Dort drüben.«

Milton und Phillips hatten sich an die Seite von Tollys Stand begeben, wo die Vasen eines nahe gelegenen Blumenladens ihnen etwas Schutz zur Beobachtung des Paares boten.

Mr. Tolly beugte sich unterwürfig vor und formte für seinen Kunden den Knoten an einer Seidenkrawatte.

»Reine Seide, Sir. Maßarbeit. Ich garantiere es persönlich.«

Der junge Mann warf einen zweifelnden Blick auf seine Begleiterin, die von der ganzen Angelegenheit völlig gelangweilt schien.

»Was denkst du, Liebling?«

»Ich finde, sie sieht schrecklich aus«, sagte Jacqueline Dawson mit ihrer durchdringenden Stimme.

Der junge Mann schüttelte gegenüber dem enttäuschten Mr. Tolly entschuldigend den Kopf. Dann entfernten sich die beiden in Richtung eines Lederwarenstandes.

»Sein Name ist Mark Rainer«, sagte Phillips zu Milton. »Er ist Schauspieler. Er hat in dem Stück mit ihr hier in Market Weldon gespielt. Es war eine kleine Rolle, aber ich erinnere mich gut an ihn.«

Die beiden Polizeibeamten gingen weiter auf dem Platz herum und bemerkten mindestens zwei Personen, die bereits wegen Ladendiebstahls amtsbekannt waren, sowie einen professionellen Taschendieb, der mit der gleichen Regelmäßigkeit wie die Händler auf dem Markt unterwegs war. Er war auf Handtaschen von Hausfrauen spezialisiert. Sie kamen gerade von einem Stand mit imitiertem Schmuck, wo ein erbitterter Streit um Kleingeld entbrannt war, als Milton den Arm seines Sergeants ergriff.

»Sehen Sie mal, Roy. Da ist der Kerl, der in meine Wohnung eingebrochen ist und der so scharf auf meine Zigaretten war.«

Der adrette kleine Ire schlängelte sich durch die Menge, lächelte vor sich hin und zwinkerte jedem Mädchen zu, das ihm entgegenkam. Phillips und Milton versteckten sich unter der Markise eines Obst- und Gemüsestandes und warteten ab, ob er in ihre Richtung kommen würde.

Er tat es. Aber als er zwanzig Meter vor ihnen war, entdeckten seine scharfen Augen Milton. Er blieb stehen und sein Blick richtete sich auf die unverwechselbare Gestalt von Phillips. Von da an waren seine Reaktionen so schnell wie die eines Rugby-Spielers. Auf dem Absatz drehte er sich um und bahnte sich mit dem Kopf nach unten einen Weg durch die Menge.

»Los jetzt!«, sagte Milton und nahm die Verfolgung auf. »Er darf uns nicht entkommen!«

Der Ire hatte den Vorteil, dass es ihm gleichgültig war, wen er zur Seite schob oder umstieß. Seine Flucht wurde von Flüchen und Schimpftiraden der Passanten begleitet, während er über den Markt lief wie ein Hase durch ein Kartoffelfeld, wobei er ab und zu innehielt, um auf die Zehenspitzen zu springen und nach hinten zu schauen, ob seine Verfolger ihn einholten. Zu seiner Überraschung war von den Polizeibeamten nichts zu sehen.

Der Vorteil von Milton und Phillips bestand darin, dass sie zu zweit waren und so eine Situation schon einmal erlebt hatten. Sie teilten sich auf, jeder arbeitete sich zum Rand des Marktes vor und bewegte sich parallel zu dem Flüchtenden nach oben. Ihr autoritäres »Machen Sie bitte Platz« und »Entschuldigung« bahnte ihnen den Weg effektiver als die glatzköpfige Taktik des Iren. Er lief weiter und bog nach rechts ab, um auf den Beginn der High Street zuzusteuern, dann sah er Phillips auf sich zustürmen. Als er sich umdrehte, bemerkte er Milton, der sich aus der entgegengesetzten Richtung durch die Menge drängte. Damit blieb ihm nur noch ein Fluchtweg. Doch als er diesen nehmen wollte, versperrte ihm ein Jugendlicher den Weg, der vorsichtig eine mit Obst beladene Schubkarre den leichten Abhang am oberen Ende des Marktplatzes hinunterschob. Ohne zu zögern tauchte er unter der Karre und unter den Rädern hindurch. Als er am anderen Ende wieder auftauchte, gab er dem Jungen einen Stoß in den Bauch. Der Junge krümmte sich und ließ den Karren los. Das ganze kunstvolle Gebilde aus Jaffaapfelsinen, Golden-Delight-Äpfeln, westindischen Bananen, südafrikanischen Birnen, Muskatellertrauben und sprießenden Ananas wackelte, kam ins Rutschen und landete dann wie in einer Lawine vor den beiden Polizeibeamten.

Als er sah, was er angerichtet hatte, lachte der Flüchtende laut auf, während der Junge sich fluchend zusammenrappelte und die Polizisten in einem Meer von Früchten trieben. Doch als der Ire seine Flucht fortsetzen wollte, wurde er von einem wütenden Standbesitzer am Ärmel seines Mantels gepackt.

»He! Das haben Sie mit Absicht gemacht! So einfach kommen Sie mir nicht davon.«

Der Ire lachte dem entschlossenen Mann, der ihn gepackt hatte, ins Gesicht und öffnete den obersten Knopf seines Mantels. Das seidige Innenfutter des Mantels glitt ihm leicht von den Schultern. Ein Tritt des Standbesitzers unterstützte das Ausziehen. Der Ire ließ den Mann mit einem leeren Mantel zurück und erreichte mit wenigen Schritten die befahrene Straße. Selbstmörderisch schlängelte er sich durch den Verkehr und erreichte den Bürgersteig auf der anderen Seite.

Die Constables Booth und Sanderson hatten ihr Polizeiauto am Ende der High Street geparkt und beobachteten die Szene aufmerksam und gutgelaunt.

»Sieht aus, als wäre auf dem Markt etwas los«, sagte Booth zum Fahrer.

»Ja. Jemand hat Probleme mit einer Karre. Wahrscheinlich versuchen sie wieder mal mehr hineinzubekommen, als Platz vorhanden ist.«

»He«, sagte Booth einen Moment später. »Da will jemand unbedingt überfahren werden. Mensch! Der scheint es vielleicht eilig zu haben!«

Sanderson biss kräftig auf die Zähne.

»Der Lieferwagen da hätte ihn beinahe erwischt. Moment mal, Bill. Die Beschreibung, die wir heute Morgen bekommen haben, passt doch auf ihn, oder?«

»Du meinst, auf den Mann, der versucht hat, Milton zu überfallen? Ja. Das tut sie. Komm, wir müssen ihm den Weg versperren.«

Der Ire entdeckte das Polizeiauto gerade in dem Moment, als die beiden Polizisten ihre Türen aufstießen und aus dem Wagen stiegen. Wie ein gehetztes Tier drehte er sich um und tauchte dann in eine Gasse ein, die eine Abkürzung vom Marktplatz zur Kirche bot. Aber hier gab es keine Menschenmenge, die ihn hätte decken können, und Booth, der den

Hundertmeterlauf beim Polizeisportfest gewonnen hatte, machte kurzen Prozess mit ihm. Kurz bevor er das Ende der Gasse erreichte, überholte er den Flüchtenden, stürzte sich auf ihn und brachte ihn schlitternd zu Fall.

Phillips saß in Miltons Büro und versuchte, einen detaillierten Bericht über den Vorfall auf dem Markt zu verfassen. Er blickte fragend auf, als die Tür aufging und Milton mit einer Mappe in der Hand hereinkam. Der Inspektor sah wütend und frustriert aus. Er warf die Mappe auf seinen Schreibtisch.

»Ich habe eine Stunde mit unserem irischen Freund verbracht. Er will mir nichts sagen. Nicht einmal seinen Namen.« Er nickte in Richtung der Sammlung von Gegenständen auf dem Schreibtisch: ein paar Wettscheine, drei Schlüssel an einem Ring, siebzehn Schilling und ein Sixpencestück in Silber und eine dicke Rolle Fünf-Pfund-Noten, außerdem ein großes Messer mit einer einseitig ausklappbaren Klinge, ein paar Gummibänder, die Rückfahrkarte eines Bahntickets von London nach Market Weldon, ein schmutziges Seidentaschentuch, ein Päckchen mit kleinen Zigarren. »Hat der Inhalt seiner Taschen etwas ergeben?«

Phillips zeigte auf die Sachen und schüttelte den Kopf. »Leider nichts, was zu seiner Identifizierung beiträgt.«

»Hat der Yard etwas herausgefunden?«

»Bis jetzt nicht.«

»Wer, zum Teufel, ist dieser Typ, Roy?«, fragte Milton ungeduldig. Er nahm die Rolle mit den Scheinen in die Hand und begann sie zu zählen.

»Was weiß ich!«

»Wie auch immer, ich werde ihn anzeigen. Er ist in meine Wohnung eingebrochen und hat mich mit einer Pistole bedroht. Das reicht mir.«

Phillips nickte und lehnte sich in seinem Stuhl zurück.

»Ich habe ein interessantes Gespräch mit Tolly geführt. Wissen Sie, was er erzählt hat? Er sagt, er wisse überhaupt nichts über den Füller, er habe noch nie jemanden wie unseren irischen Freund gesehen, und er behauptet, er habe sich vor sechs Monaten fünfzig Pfund von Mrs. Green geliehen und gestern Abend …«

»Gestern Abend hat er es zurückgezahlt! Oh, mein Gott! Was für eine glaubhafte Geschichte!«

»Es ist eine gute Geschichte, soweit es ihn betrifft.«

Milton warf die Rolle mit den Scheinen hin. »Das sind zweihundert Pfund. Ich frage mich, was unser Freund so treibt, dass er so viel Geld mit sich herumträgt, ohne eine Brieftasche zu haben. Ja, Booth, was ist los?«

Der Streifenbeamte hatte ein frisches Wundpflaster auf der Wange, die er sich bei seinem Sturz aufgeschürft hatte. Er trug einen schicken Mantel mit schwarzem Kragen und scharlachrotem Futter.

»Entschuldigen Sie, Inspektor. Ich hoffe, ich störe nicht.«

»Nein, kommen Sie rein, Booth. Geht es Ihnen besser?« Der Constable, der ohne seine Uniformmütze sehr jung aussah, grinste fröhlich. »Ja, es geht mir gut, Sir. Danke sehr. Ich habe den Spaß heute Morgen sehr genossen. In Market Weldon ist nicht oft so viel los.«

»Ich bin froh, dass es wenigstens einem gefallen hat«, bemerkte Milton trocken. »Was haben Sie da?«

»Einer der Standbetreiber hat diesen Mantel abgegeben, Sir. Er sagt, der irische Kerl habe ihn in seiner Eile zurückgelassen.«

Milton nahm den Mantel. »Irgendwelche Hinweise darin? Ein Namensschild oder so etwas?«

»Nein, aber in der Tasche ist eine Quittung. In der kleinen Innentasche.«

Milton drehte den Mantel um. Während Phillips aufstand, um zuzusehen, holte er ein gefaltetes Stück Papier hervor. Er breitete es auf dem Schreibtisch aus. Es war der Durchschlag einer Quittung über sechzehn Pfund siebzehn Schilling und neun Pence. Der Name und die Adresse des Kunden standen obendrauf. Milton betrachtete den Zettel und drehte ihn dann so um, dass Phillips ihn sehen konnte.

»Mr. Kevin Jason«, las der Sergeant vor. »Wohnung Nr. 56, Kingsdown Mansions, Richmond, Surrey.«

Booth freute sich über das Lächeln und den erfreuten

Blick, den ihm der Inspektor zuwarf. »Vielen Dank, Booth, danke vielmals.«

Reg Bryer war bei Tag ansehnlicher als bei Nacht. Als Milton und Phillips ihn an diesem Nachmittag in der Eingangshalle von Kingsdown Mansions trafen, trug er einen dunkelblauen Zweireiher und eine Regimentskrawatte.

»Meine Güte, natürlich kenne ich Jason!«, rief er auf ihre Frage hin aus. »Irischer Akzent, den man mit einem Messer schneiden könnte. Gut gekleidet. Er ist seit etwa sechs Monaten hier, glaube ich. Er wohnt im obersten Stockwerk, Nummer 56 …«

Milton blieb stehen und streichelte die Katze, die um seine Beine strich. »Was genau macht Mr. Jason?«

»Was er macht? Keine Ahnung.« Der Pförtner lächelte mit väterlichem Stolz über den guten Eindruck, den Blackie machte. »Nennt sich Unternehmensberater, aber das kann alles Mögliche bedeuten. Ich habe selbst einmal versucht, ihn zu konsultieren. Eine Kleinigkeit, ging nur um einen Fünfer. Bin aber nicht sehr weit gekommen.«

»In Ordnung, Mr. Bryer«, sagte Phillips mit seiner leicht pompösen Art. »Bringen Sie uns nach oben. Wir wollen seine Wohnung sehen.«

»Soll ich anrufen und fragen, ob er da ist?«

»Er ist nicht da. Aber wir haben einen Durchsuchungsbefehl, falls Sie das beunruhigt, Mr. Bryer.«

Bryer sah die beiden Polizisten skeptisch an, schüttelte dann den Kopf und führte sie die Treppe hoch. Das Schild, auf dem »außer Betrieb« stand, hing immer noch an der Tür des Aufzugs.

Nummer 56 lag direkt über der Wohnung von Mrs. Tolly, aber drei Stockwerke höher. Die Aufteilung der Zimmer war die gleiche, aber der Stil der Möbel machte einen völlig anderen Eindruck. Kevin Jason bevorzugte einen modernen, zeitgenössischen Stil und hatte keine Kosten gescheut.

»Die Anordnung ist ziemlich die Gleiche wie in der anderen Wohnung.« Reg Bryer öffnete mit seinem Schlüsselbund klimpernd die Türen der Zimmer. »Ich meine die von

117

Miss Stafford – oder Tolly, oder wie auch immer sie hieß. Es gibt ein Schlafzimmer, ein Gästezimmer, eine Küche und ein Bad. Hier ist ein Abstellraum, nicht sehr groß ...«

»Danke, Mr. Bryer, es ist gut«, sagte Alan, und sein Ton machte deutlich, dass sie die Hilfe des Pförtners nicht mehr benötigten.

Bryers Gesichtsausdruck zeigte seine Enttäuschung. Sein Hunger auf Abenteuer war durch die Ereignisse von Montagabend geweckt worden.

»Nun, wenn Sie sicher sind, dass ich Ihnen nicht helfen kann ...«

»Wir lassen es Sie wissen, wenn es so ist.«

»Gut.« Bryer ging zur Eingangstür der Wohnung, drehte sich dann um und kam zurück. »Nur eine Sache noch. Was ist, wenn Mr. Jason auftaucht, während Sie hier sind?«

»Das wird er nicht«, sagten Milton und Phillips unisono.

»Oh.« Bryer sah von einem zum anderen, und langsam dämmerte es ihm. »Oh, ich verstehe.«

Als sich die Tür geschlossen hatte, wurde Milton lebhaft und geschäftsmäßig.

»Roy, Sie nehmen sich das Wohnzimmer vor. Es sieht so aus, als ob er hier seinen Papierkram erledigt hat. Ich sehe mich im Rest der Wohnung um.«

Phillips nickte. Er ließ seinen Blick über den Raum schweifen, machte eine gedankliche Bestandsaufnahme des Inhalts und beschloss dann, mit einem Schreibtisch schwedischen Designs zu beginnen, der am Fenster stand. Er überprüfte die darauf liegenden Papiere und machte sich daran, die linke Schublade zu durchforsten, als Milton ihm aus einem der anderen Zimmer zurief.

»Roy!«

»Ja.«

»Kommen Sie mal kurz her, ja? Ich bin hier drin, erste Tür rechts.«

Phillips ging in das Zimmer, das als zusätzliches Schlafzimmer gedacht war. Die Fenster waren verdunkelt und Milton hatte das Licht eingeschaltet. Phillips stieß einen leisen Pfiff aus, teils aus Überraschung, teils aus Neid. Der Raum war in einen Filmvorführraum umgewandelt worden. Neben der Tür befand sich ein Tisch, auf dem sich ein Telefon, ein Schreibblock samt Bleistift sowie mehrere Filmspulen befanden. Auf einem Ständer neben dem Tisch stand ein 16-mm-Projektor, in den bereits ein Film eingelegt war, und am anderen Ende des Raumes war eine Leinwand an der Wand befestigt worden.

»Sie begeistern sich doch für solche Sachen, Roy, oder?«

Phillips betrachtete den Projektor mit Interesse. »Ja. Aber mein Projektor ist nicht so gut wie dieser. Ich kann mir so etwas nicht leisten.«

»Könnten Sie ihn in Gang bringen?«

»Das dürfte nicht schwer sein.«

»Dann los. Ich möchte mir den Film ansehen.« Phillips hatte das Ganze für einen Scherz gehalten, aber etwas in Miltons Verhalten ließ ihn plötzlich ernst wirken.

»Gut. Geben Sie mir einen Moment, um mir alles etwas anzusehen.«

Phillips überprüfte die Kabel, die aus der Steckdose kamen, vergewisserte sich, dass der Film richtig eingelegt war, und versuchte, die Bedienelemente dieses offensichtlich hochmodernen Geräts zu verstehen. Milton ging zu dem Lichtschalter neben der Tür und wartete, bis ein helles Licht vom Projektor auf die Leinwand strahlte.

»Okay«, sagte der Sergeant. »Sie können das Licht ausschalten. Wir sind startklar.«

Die Männer standen in dem verdunkelten Raum und starrten auf die Leinwand. Das einzige Geräusch war das Surren des Projektors. Phillips stellte die Schärfe ein und das Bild wurde klarer.

Es zeigte einen ruhigen, abgelegenen Teil eines Flusses, bei dem es sich durchaus um die Themse handeln konnte. Das Wasser floss ruhig dahin und ein kleiner Schwarm Enten schwamm quer durch die Strömung. Der Kameramann hatte seine Aufnahmen offensichtlich aus dichtem Laub heraus gemacht, denn hin und wieder verdeckte ein großes, unscharfes Blatt den Bildrand. Langsam fuhr die Kamera am gegenüberliegenden Ufer entlang, wie das Auge eines Voyeurs, der nach Liebespaaren Ausschau hielt, bis sie schließlich auf einem am Ufer vertäuten Kajütboot zum Stehen kam. Der auf den Bug gemalte Name *Horizon* war deutlich zu erkennen. Zunächst schien das Deck menschenleer zu sein. Dann erregte eine Bewegung in der Nähe des Bugs die Aufmerksamkeit eines gebückten Mannes. Er richtete sich auf, den Rücken noch immer der Kamera zugewandt. Er war kräftig gebaut, ziemlich groß und – seinen Bewegungen nach zu urteilen – in die Jahre gekommen. Er trug eine alte Jeanshose, ein kariertes Sporthemd und eine Seglermütze. Dann drehte er sich zur Außenreling und sein Gesicht wurde erkennbar. Er hatte eine Pfeife im Mund.

»Großer Gott!« rief Phillips aus. »Das ist Sam Fielding!«

Milton nickte, die Augen fest auf die Leinwand gerichtet. »Da ist noch jemand auf dem Boot.«

Fielding lächelte, und man konnte sehen, wie sich seine Lippen bewegten. Er nahm die Pfeife aus dem Mund, um eine Bemerkung zu unterstreichen, die er machte. Es war klar, dass er jemanden am Heck des Boots ansprach, der noch nicht zu sehen war. Fielding blickte auf das Wasser hinaus und begann langsam, seine Pfeife nachzufüllen. Er sah entspannt und zufrieden aus und nahm sich alle Zeit der Welt. Dann holte er seine Streichhölzer hervor, zündete die Pfeife an und ließ eine Rauchwolke in das Sonnenlicht aufsteigen.

»Er scheint sich nicht bewusst zu sein, dass er gefilmt wird«, bemerkte Phillips. »Aber, warum in aller Welt …«

»Sehen Sie mal«, befahl Milton. »Erkennen Sie die Bewegung an der Kajütenleiter?«

Der Kopf eines zweiten Mannes tauchte auf. Er kam aus der Innenkabine nach oben. Sein Rücken war der Kamera zugewandt, bis er auf dem Deck auftauchte, aber es war offensichtlich, dass er jünger und sportlicher war. Er trug eine kurze Hose und ein Hemd mit hochgekrempelten Ärmeln, jedoch keine Kopfbedeckung. Seine Bewegungen erweckten nicht den Eindruck, dass er es eilig hatte oder sich verstecken wollte. Als er sich Fielding zuwandte, schien er über einen gemeinsamen Scherz zu lachen. In diesem Moment zoomte die Kamera näher heran, und das Gesicht und die Gestalt des zweiten Mannes stürzten förmlich von der Leinwand auf sie zu.

»Das ist Harry Brent!«

Milton und Phillips hatten gleichzeitig gesprochen. Sie sahen sich erstaunt an und genau in diesem Moment wurde die Leinwand zu einem leuchtend weißen Quadrat. Der Film war zu Ende.

Kapitel vier
Das Problem

Phillips ging hinüber und knipste das Licht an, das in der Mitte der Decke hing.

»Was glauben Sie, wann wurde das aufgenommen?«

»Schwer zu sagen, aber dem Laub nach zu urteilen, würde ich sagen, vor etwa zwei Monaten.«

»Ja. Das würde ich auch sagen.«

Phillips nickte in Richtung des Projektors. »Tja, das beweist auf jeden Fall eine Sache: Mrs. Tolly könnte die Wahrheit über das Treffen in dem Café gesagt haben. Harry Brent kannte Fielding offensichtlich, kannte ihn, bevor Carol Vyner sie an jenem Abend im *Falstaff* einander vorstellte.«

»Hm.«

Phillips sah in das Gesicht des Inspektors. Milton blickte nachdenklich auf die nun leere Leinwand, als sähe er noch einmal die friedliche und ungezwungene Szene auf dem Fluss. Er runzelte die Stirn und schlug die Faust seines rechten Armes sanft auf die offene linke Handfläche.

»Sie scheinen nicht besonders erfreut zu sein«, beschwerte sich Phillips. »Das ist doch eine wichtige Erkenntnis für uns.«

»Ja, das ist es«, stimmte Milton zu. Man konnte kaum erwarten, dass Phillips den wahren Grund für seine Niedergeschlagenheit verstand. Die einzig mögliche Schlussfolgerung aus dem, was sie gesehen hatten, war, dass Harry Brent ein Lügner war. Er hatte die Polizei über seine Beziehung zu Fielding angelogen. Es war schwer, sich der Schlussfolgerung zu entziehen, dass er, auch wenn er den Mord nicht selbst begangen hatte, viel mehr darüber wusste, als er zuzugeben bereit war. Milton tröstete sich nicht mit der Aussicht, den Mann verhaften zu müssen, der in Carols Leben seinen Platz eingenommen hatte. Sie würde ihm niemals verzeihen. Außerdem war das keine Art, eine Frau zu gewinnen. Er spürte, dass sie trotz der ersten Zweifel an Brent immer noch bereit war, für ihn einzutreten. Je länger sie die Wahrheit nicht wusste, desto schlimmer würde der Schock sein, wenn sie sie erfuhr. Es musste einen Weg geben, sie dazu zu bringen, Brents wahres Gesicht zu erkennen, ehe es zu spät war.

Er sagte: »Was ich gerne wissen würde, ist, warum Brent ihr nie gesagt hat, dass er ihren Arbeitgeber schon so gut kannte.«

»Und warum hat Sam Fielding es ihr nicht gesagt?«

»Das ist eine gute Frage, Roy«, räumte Milton ein. »Hier sind noch ein paar Spulen. Sollen wir sie durchlaufen lassen?«

»Ja. Schauen wir sie uns mal an.«

Phillips setzte gerade die zweite Spule in den Projektor ein, als das Telefon auf dem Tisch zu klingeln begann. Er warf dem Inspektor einen Blick zu, dann starrten beide Männer auf das Telefon. Es klingelte weiter. Milton machte einen Schritt nach vorn, hielt seine Hand einige Sekunden lang über das Gerät und nahm dann mit plötzlicher Entschlossenheit den Hörer ab.

»Ja?«

»Ist da Richmond 7942?« Die Stimme war eine strenge und kompromisslose Frauenstimme.

Milton bückte sich vor, um die Nummer auf der Wählscheibe zu lesen. »Ja.«

»Ich habe ein Telegramm für Mr. Kevin Jason. Können Sie es annehmen?«

»Ja«, sagte Milton zum dritten Mal. »Nur eine Sekunde. Ich hole einen Stift und Papier.«

Er griff nach dem Block, der auf dem Schreibtisch lag, und zog seinen Füller aus der Tasche. »Gut. Ich bin bereit.«

Die Telefonistin gab den Inhalt des Telegramms in klaren, scharf formulierten Worten durch. »Brent – ich buchstabiere: B-R-E-N-T – ankommt San Remo – das sind zwei Worte: S-A-N R-E-M-O – heute Abend acht Uhr dreißig.«

»Brent ankommt San Remo heute Abend acht Uhr dreißig«, wiederholte Milton. »Habe ich das richtig verstanden?«

»Ja. Soll das Telegramm noch zugestellt werden?«

»Steht denn nichts weiter darin?«

»Nein. Das ist das Ende der Nachricht.«

»Gibt es keine Unterschrift?«

»Keine Unterschrift. Soll es zugestellt werden?«

»Ähm – ja, bitte.«

»Darf ich Ihre Adresse haben?«

»Wohnung 56, Kingsdown Mansions, Richmond.«

»Danke«, sagte die Stimme mit verspäteter Freundlichkeit. Dann wurde eingehängt.

Milton schob die Nachricht rüber, damit der verdutzte Phillips sie lesen konnte.

»Ich nehme an, damit ist Harry Brent gemeint.«

»Tja, was denken Sie, Roy?«

Eric Vyner verbrachte gewöhnlich den Großteil des Mittwochs in Market Weldon. Neben dem Markt auf dem Hauptplatz gab es einen Viehmarkt, an dem Landwirte aus der ganzen Grafschaft teilnahmen. Es war für ihn zur Gewohnheit geworden, sich an diesem Tag mit Carol zum Mittagessen im *The Bear* zu treffen. An diesem Mittwoch hatten sie mehr zu besprechen als sonst. Sie saßen bei ihrem Kaffee in der Gaststube und gehörten zu den letzten Gästen. Carol spürte ein natürliches Widerstreben, zu den Angelegenheiten zurückzukehren, von denen sie wusste, dass sie im Büro Fieldings auf sie warteten. Ihr tat gut, mit ihrem älteren Bruder darüber sprechen zu können.

Vyner bezahlte die Rechnung und gab dem Kellner das übliche großzügige Trinkgeld. Als sie durch die Eingangshalle hinausgingen, blieb er stehen und rang verlegen nach Worten.

»Carol, du hast doch gesagt, dass du dich heute mit Harry triffst, oder?«

»Ja, das stimmt. Wir treffen uns zum Abendessen in London.«

»Würdest du ihn bitten, mich anzurufen? Irgendwann heute Abend. Ich bin den ganzen Abend über zu Hause.«

»Soll ich ihm nicht etwas ausrichten?«

»Ich glaube, es ist wahrscheinlich besser, mit ihm selbst zu sprechen, Carol. Ich habe heute Morgen versucht, ihn ans Telefon zu bekommen, aber …«

»Eric, was ist los? Du bist auf einmal sehr geheimnisvoll. Worüber willst du mit Harry sprechen?«

Vyner wartete, bis eine Gruppe, die aus der Bar des Wirtshauses kam, an ihnen vorbeigegangen war.

»Ein junger Mann namens Robson kam heute Morgen zu mir, einer von Alans Männern.«

»Und?«

»Er hat mich über die Jacke ausgefragt, die ich Harry geliehen hatte.«

Vyner wich dem Blick seiner Schwester aus und starrte der gehenden Gruppe düster hinterher. Es hatte zu regnen begonnen und sie zögerten unter dem Vorbau und krempelten ihre Mantelkragen hoch, bevor sie sich auf den Weg zu ihren Autos machten.

»Warum in aller Welt interessieren sie sich so sehr für diese verdammte Jacke? Ich hätte nicht gedacht, dass …«

»Sie haben einen sehr guten Grund, sich dafür zu interessieren. Sie wurde in Mrs. Tollys Wohnung in Richmond gefunden.«

Carol studierte das abgewandte Gesicht ihres Bruders. »*Deine* Jacke wurde in Mrs. Tollys Wohnung gefunden?«

»Ja«, gab Vyner unglücklich zu. »Als Alan mich danach fragte, habe ich ihm die Wahrheit gesagt. Damals war mir nicht klar, wie bedeutsam die Sache war. Er bat mich zu bestätigen, dass die Jacke mir gehört. Das tat ich, aber ich sagte ihm auch, dass ich sie Harry geliehen hatte. Es tut mir furchtbar leid, Carol. Wenn ich das gewusst hätte …«

»Was willst du mir sagen, Eric?« Zwischen Carols Brauen waren zwei Sorgenfalten erschienen. »Warum entschuldigst du dich bei mir?«

»Leider hat Harry nicht die gleiche Geschichte erzählt.«

»Was soll das heißen?«

»Er sagte Alan, dass er mir die Jacke zurückgegeben hätte.«

»Und das hat er nicht?«

»Nein, Carol.«

»Aber warum sollte er das sagen, wenn er sie nicht zurückgegeben hat?«

»Das weiß ich nicht.«

Sie standen jetzt vor dem Hoteleingang. Überall auf dem Marktplatz spannten Leute ihre Regenschirme auf und Passanten klappten ihre Mantelkragen hoch.

»Ich denke, du solltest das lieber mir überlassen, Eric. Ich werde mit Harry darüber sprechen. Mach dir deshalb keine Gedanken mehr …«

»Ich mache mir aber Gedanken. Du kennst mich doch. Ich mag es, wenn die Dinge klar und eindeutig sind. Außerdem …«

Carol knotete sich die kleine Plastikhaube, die sie für den Fall, dass es regnete, in ihrer Tasche trug, unter dem Kinn zusammen. »Was?«

»Ich wollte sagen, dass …« Vyner rang nach Worten. »Ich kannte Mrs. Tolly, ich hatte mich mit ihr unterhalten. Wir waren natürlich nicht befreundet, aber – na ja, ich nehme an, Harry hatte noch nicht einmal von der Frau gehört, bevor sie ermordet wurde. «

»Natürlich hatte er das nicht«, sagte Carol entschieden. »Ich bin sicher, dass es eine ganz einfache Erklärung für all das gibt. Kommst du mit zu mir?«

»Nein, ich muss runter zum Viehmarkt. Mit welchem Zug kommst du heute Abend zurück?«

»Wahrscheinlich mit dem letzten, dem um halb zwölf, denke ich. Aber mach dir nicht die Mühe, mich abzuholen. Ich kann ein Taxi nehmen.«

»Ich werde da sein«, versprach Vyner, schenkte ihr ein Lächeln und drückte ihren Arm. »Ich werde auf dem Parkplatz warten.«

»Das ist doch nicht nötig, Eric«, protestierte sie. Aber er hatte sich bereits umgedreht und ihr zugewinkt. Einen Moment lang sah sie ihm nach, wie er in seinen Knickerbockern, dem ramponierten Hut und der etwas zu langen Tweedjacke ungeschützt durch den Regen schritt. Dann wandte sie sich wieder Fieldings Büro zu und den neuen Problemen, die sie

126

dort erwarteten.

Was Alan an Mr. Tolly störte, war weniger seine Verlogenheit als vielmehr seine Fähigkeit, wertvolle Zeit zu verschwenden. Seit der letzten Befragung hatte er seine Gelassenheit größtenteils wiedergefunden. Außer einer etwas heiseren Stimme, die auf die enthusiastische Produktbewerbung an seinem Stand an diesem Morgen zurückzuführen war, war er in Topform. Abgesehen von einer schwarzen Krawatte war der Witwer mit der üblichen Eleganz eines Ladykillers gekleidet, einschließlich einer Nelke in seinem Knopfloch.

»Hören Sie, ich habe es Ihnen doch gesagt!« Sein Verhalten war so, als ob er sich mit einem Schwachkopf unterhielt, der nicht in der Lage war, die einfache Wahrheit zu erkennen. »Ich kenne diesen Jason nicht. Ich habe ihn noch nie in meinem Leben gesehen.«

»Er war auf dem Weg zu Ihrem Stand, Mr. Tolly«, behauptete Milton müde. Er stand aus dem einfachen Grund auf, weil er Angst hatte, einzuschlafen, wenn er sich hinsetzte. Er hatte immer schon gedacht, dass diese Nachtspeicherheizungen ein Fehler waren, und jetzt wusste er, dass er recht hatte. Er war ein Frischluftmensch und fühlte sich in zentralbeheizten Gebäuden immer sehr unwohl. Phillips hingegen mochte nichts lieber als miefige Büroluft. So oft, wie Milton das Fenster öffnete, schloss er es wieder. »Er war gerade auf dem Weg zu Ihrem Stand, als er Sergeant Phillips und mich entdeckte und sich daraufhin aus dem Staub machte.«

»Wie wollen Sie das wissen? Er hätte sich mit jedem treffen und auch zu einem der anderen Stände gehen können.«

»Wir glauben, dass er zu Ihrem Stand gehen wollte.«

»Das wollte er aber nicht. Ich sagte Ihnen doch, ich kenne diesen Mann nicht. Ich habe ihn noch nie gesehen. Noch nie von ihm gehört.«

Milton seufzte. »Na schön. Lassen wir Mr. Jason für den Moment beiseite und reden wir über Mrs. Green.«

»Was ist mit Mrs. Green?«, wollte Tolly zornig wissen.

»Sie haben ihr fünfzig Pfund gegeben.«

»Das ist richtig. Sie hat mir vor einiger Zeit fünfzig

Pfund geliehen. Ich habe sie ihr zurückgezahlt.«

»Das ist nicht das, was Mrs. Green sagt. Sie sagt, sie hätten sie gebeten, einen Füller für Sie zu besorgen – Sam Fieldings Füller. Sie sagt, dass Sie ihr deshalb die fünfzig Pfund versprochen hätten.«

»Machen Sie Witze?« Mr. Tollys Stimme überschlug sich fast vor Protest. »Fünfzig Pfund für einen Füller! Halten Sie mich für verrückt?«

»Nein, ich glaube nicht, dass Sie verrückt sind, Mr. Tolly.« Milton bemühte sich, seine Fassung zu bewahren und sich auf eine gemäßigte Sprache zu beschränken. Er wusste genau, dass dieser Verdächtige ihn absichtlich zur Weißglut bringen wollte, um ihn dann zu beleidigenden Äußerungen zu zwingen. »Aber ich glaube auch nicht, dass Sie die ganze Wahrheit sagen. Kevin Jason hat Sie gebeten, den Füller für sich zu besorgen, und ich wette, er hat Ihnen weit mehr als fünfzig Pfund dafür geboten – eher zweihundert.«

»Hören Sie, Inspektor.« Mr. Tolly wechselte in eine Stimmung trauriger Ernüchterung. »Wenn Sie mir kein einziges Wort glauben, was bringt es dann, mir weiterhin Fragen zu stellen?«

»Mr. Tolly.« Milton ging zum anderen Ende des Büros und drehte sich dann plötzlich um. »Sie sind Geschäftsmann. Sie haben sehr viele Freunde, sehr viele Kontakte.«

»Und? Ist das etwa verboten?«

»Trotzdem erwarten Sie von mir, dass ich glaube, dass Sie, wenn Sie Geld brauchen, ausgerechnet zu Mrs. Green gehen.«

Mr. Tolly richtete sich zu seiner vollen Größe auf. Er war etwa einen Kopf kleiner als der Inspektor. Er leckte sich über die Lippen, auf der Suche nach einer vernichtenden Erwiderung. Milton kehrte zu seinem Schreibtisch zurück und drückte einen Knopf.

»Ich habe es zuerst bei anderen Leuten versucht«, sagte Mr. Tolly. »Ich habe es bei einer Menge anderer Leute versucht, aber erfolglos.«

»Bei mir bleiben Sie auch erfolglos. Gehen Sie, Tolly. Überlegen Sie es sich noch einmal. Wenn Sie so weit sind, mir die Wahrheit zu sagen, rufen Sie mich an.«

»Ich habe Ihnen die Wahrheit gesagt!«

Die Tür ging auf und das Gesicht von Wachtmeister Tomlins erschien im Türspalt.

»Mr. Tolly möchte gehen.«

»Jawohl, Sir.« Tomlins wandte sich höflich an Mr. Tolly. »Sergeant Croft erwartet Sie, Sir. Wenn Sie mir bitte folgen würden.«

»Wer zum Teufel ist Sergeant Croft?«

»Ich habe ihn gebeten, Ihre Fingerabdrücke zu nehmen«, erklärte Milton. Er hatte sich bereits an seinen Schreibtisch gesetzt und blickte auf das erste Blatt auf einem Stapel getippter Blätter. »Das heißt, wenn Sie keine Einwände haben.«

»Und was, wenn ich welche habe?«

»Dann nehmen wir sie nicht ab«, sagte Milton freundlich.

Mr. Tolly starrte auf den gesenkten Kopf des Inspektors. Er war nun noch wütender, da Milton offensichtlich sein Interesse an ihm verloren hatte. »Warum – warum wollen Sie meine Fingerabdrücke?«

»Reine Routine. Bei der Durchsuchung der Wohnung Ihrer Frau wurden eine Reihe von Fingerabdrücken gefunden. Natürlich müssen wir die von Personen ausschließen, von denen wir wissen, dass sie kein Motiv hatten, sie zu töten.«

»Aber ich war noch nie in der Wohnung. Ich wusste nichts davon.«

»Dann haben Sie ja nichts zu befürchten, nicht wahr, Mr. Tolly?«

Milton nahm den Hörer ab und sprach mit der Telefonistin. »Verbinden Sie mich bitte mit Miss Carol Vyner bei Fielding.«

Mr. Tolly, der immer noch nicht sicher war, ob er die Abnahme von Fingerabdrücken verweigern sollte oder nicht, ließ sich von Tomlins aus dem Büro geleiten. Milton hatte nur Zeit, eine halbe Seite zu lesen, bevor Phillips seinen Kopf durch die Tür steckte. Er hatte seinen Hut und seinen Regenmantel an.

»Ich gehe jetzt. Geben Sie mir zwanzig Minuten, dann

bin ich so weit.«

»Gut, Roy. Danke.«

Carol hatte den Versuch aufgegeben, in Sam Fieldings Büro
zu arbeiten, und war wieder in ihr eigenes, viel kleineres
Zimmer nebenan gegangen. Die Situation in der Firma war
ein wenig einfacher geworden, seitdem Davidson, der Proku-
rist des Unternehmens, sich herabgelassen hatte, zurückzu-
kommen und etwas zu arbeiten. Der Hypochonder hatte Fielding dazu überredet, ihm einen zweiwöchigen Kuraufenthalt
auf den Bahamas zu gewähren, und hatte sich mit seiner Reaktion auf Carols Telegramm Zeit gelassen. Jetzt, wo er zurück war, konnte er Carols Meinung nach die Hauptverant-
wortung übernehmen. In den ersten chaotischen Tagen nach
dem Mord hatte sie die Firma über die Krise hinweggeholfen.
Wenn sie jemals bis Ende der Woche wegkommen wollte,
wie sie es geplant hatte, musste sie jetzt ihre eigenen Angelegenheiten in Ordnung bringen, damit sie ihre Aufgabe an die
Person übergeben konnte, die sie übernehmen sollte. Für Sam
Fielding zu arbeiten, war eine Sache. Als Davidsons Mädchen
für alles zu fungieren, war eine ganz andere.

Sie war gerade dabei, ein neues Blatt Papier in ihre
Schreibmaschine einzuspannen, als das Telefon klingelte.

»Carol Vyner am Apparat.«

»Carol. Hier ist Alan.«

»Oh. Hallo, Alan.«

Sie konnte sich nicht verstellen, aber es lag keine Begeisterung in ihrer Stimme. Im Grunde ihres Herzens wusste sie,
dass Alan ihr helfen wollte, dass er alles in seiner Macht ste-
hende tun würde, um zu verhindern, dass ihr wehgetan wurde.
Gleichzeitig spürte sie sein Misstrauen gegenüber Harry, einen Verdacht, den er ihr in gewisser Weise mitzuteilen ver-
mochte. Und sie wollte einfach nicht mehr wissen. Harry
hatte sie beruhigt, ihr geschworen, dass er Barbara Smith
nicht gekannt hatte, sie gebeten zu glauben, dass es für all
diese Rätsel eine Erklärung gab. Sie wollte unbedingt ihr Vertrauen in ihn aufrechterhalten. Aber die Saat des Zweifels
keimte auf. Logik und Vernunft sagten ihr, dass er ihr etwas

Wichtiges verheimlichte. Miltons Fragen hatten ihr vor Augen geführt, wie wenig sie über ihren Verlobten wusste, über seinen Hintergrund, seine Familie, sogar über seine Arbeit. Und wie viel Sinn machte es, die Ehe mit einem Mann zu planen, der in vielerlei Hinsicht ein Fremder war? Nach allen normalen Maßstäben machte es überhaupt keinen Sinn. Es gab nur einen einfachen, entscheidenden Faktor. Sie war in ihn verliebt. Sie hatte sich im ersten Augenblick in ihn verliebt und nichts von dem, was geschehen war, von den Zweifeln, die geäußert worden und von den Andeutungen, die gemacht worden waren, änderte etwas an dieser Tatsache: Sie war immer noch in ihn verliebt und wollte aus diesem Grund weiter an ihn glauben. Alan war also kein Verbündeter, denn er machte es ihr noch schwerer, dies zu tun.

»Carol, ich muss dich in einer Sache sprechen. Kann ich dich in etwa fünfzehn Minuten abholen?«

»Es tut mir leid, Alan. Ich bin furchtbar unter Druck. Ich muss den Zug um sechs Uhr fünfzehn nach London erwischen und ich habe hier einen ganzen Berg abzuarbeiten. Kann das nicht bis morgen früh warten?«

»Die Sache kann nicht warten.« Er klang kurz und bündig. Es war der Polizist, der sprach, nicht der alte Freund. »Wir treffen uns vor dem Haupttor von Fielding. Ich fahre sofort los.«

»Es tut mir leid, Alan«, sagte Carol sehr entschieden und kalt. »Das ist völlig unmöglich. Es gibt hier Dinge, die ich einfach rechtzeitig für die Post erledigen muss.«

»Es wird nicht lange dauern, Carol. Es ist sehr wichtig.«

»Es mag für dich wichtig sein, Alan, aber das ändert nichts daran, dass …«

»Es ist auch für dich wichtig.« Milton erhob seine Stimme, um sie zum Schweigen zu bringen. »Es geht um Harry. Ich hole dich in genau fünfzehn Minuten ab.«

Bevor sie neue Einwände vorbringen konnte, hatte er schon eingehängt. Sie blieb mit dem Telefon in der Hand zurück, während das Freizeichen in ihrem Ohr summte.

Carol konnte ihrer Neugier nicht widerstehen, aber abgesehen davon hatte sie auch ein wenig Angst vor Alan in dieser neuen Rolle. Sie hatte ihn immer für einen eher zögerlichen und unentschlossenen Verehrer gehalten. Ihn zu versetzen, als er eine Verabredung vorschlug, war ganz und gar nicht dasselbe, wie seinem direkten Befehl, am Haupttor auf ihn zu warten, nicht nachzukommen. Dennoch verspätete sie sich absichtlich, nur um sicher zu gehen, dass *er* auf *sie* wartete und nicht umgekehrt. Als sie den asphaltierten Platz vor dem Bürogebäude überquerte, sah sie seinen kleinen Austin Mini am Tor parken.

Als sie sich näherte, stieg er aus dem Auto aus, um ihr die Beifahrertür zu öffnen.

»Alan, was soll das alles? Ich weiß nicht, wie ich den Zug erreichen soll.«

»Spring rein, Carol. Es wird nicht lange dauern. Um halb sechs bist du wieder hier, das verspreche ich dir.«

Er war immer noch ziemlich distanziert und offiziell. Ihr war klar, dass sie nachgeben würde, aber sie wollte, dass er sich dafür anstrengte.

»Wohin fahren wir? Ich kann doch nicht einfach aus dem Büro abhauen, ohne …«

»Um Himmels willen, hör auf zu diskutieren und steig ins Auto!«

»Ich weigere mich, in dieses Auto zu steigen, bis du mir gesagt hast, wohin du mich bringst.«

»Ich habe nicht vor, dich zu entführen, Carol«, sagte Milton sarkastisch. »Dir passiert nichts, das versichere ich dir. Jetzt steig schon ein.«

Der Pförtner, der die Schranke kontrollierte, die nach oben schwang, um Fahrzeuge in das Werk ein- oder ausfahren zu lassen, interessierte sich für die kleine Szene. Mit einem letzten Kopfschütteln stieg Carol in das kleine Auto ein.

Es herrschte eine steinerne Stille, während Milton züchtig die High Street entlang- und auf die London Road hinausfuhr. Er bog in die neue, von der Stadtverwaltung errichtete Wohnsiedlung ein, und schon bald rollten sie zwischen gepflegten und adretten kleinen Gärten vorbei, die sich vor stets gleichaussehenden Backsteinhäusern befanden. Milton hielt vor einem, dessen makellos gepflegter Rasen von einem halben Dutzend Statuetten schelmischer Gartenzwerge bevölkert war. Ein alter, aber sehr gepflegter Ford Popular stand in der Garage.

»Wer wohnt hier?«, fragte Carol.

»Hab noch etwas Geduld«, bat sie Milton und beugte sich vor, um ihr die Tür zu öffnen.

Sergeant Phillips stand in der Tür, bevor sie sie erreichten, und lächelte, weil er die Gelegenheit hatte, ihnen das Haus, das er mit seiner Schwester teilte, zu zeigen. Carol betrat über eine Fußmatte mit der Aufschrift »Willkommen« einen Flur, in dem ein Bild mit fliegenden Schwänen an der Wand hing.

»Die erste rechts, Miss Vyner«, sagte Phillips hilfsbereit von hinten.

Sie bog nach rechts, in der Erwartung, ein Wohnzimmer zu finden, das mit dem neuesten, auf Raten gekauften Schnickschnack ausgestattet war, und blieb stehen. Der Raum war eine Art Werkstatt mit Bänken an der einen Wand, einem Schrank und einem Arbeitstisch an der anderen und einer kleinen Kinoleinwand an der dritten Wand. Die Fenster waren durch schwere Vorhänge verdunkelt. Ein 16-mm-Filmprojektor stand auf einem Ständer vor der Leinwand. Für das kleine Publikum waren drei Stühle aufgestellt worden, wobei der mittlere offensichtlich aus einem Wohnzimmer stammte.

»Mein Arbeitszimmer«, erklärte Phillips schnell, bevor Carol ihre Frage formulieren konnte. »Wissen Sie, Filmen ist mein kleines Hobby.«

Carol wandte sich wütend an Milton. »Und du hast mich hierhergebracht, um …«

»Wir wollen dir ein paar Filme zeigen, Carol. Wenn du dich hinsetzt, wird Roy mit der Vorstellung beginnen. Ich glaube, der mittlere Stuhl ist für dich.«

Die sachliche Haltung der beiden Männer machte deutlich, dass sie nicht hier waren, um Carols Zeit zu verschwenden, und auch nicht ihre eigene. Phillips nickte ihr zu. Er hatte bereits den Lichtschalter in der Hand, und ein Blick auf den Projektor zeigte ihr, dass er fertig eingestellt und betriebsbereit war. Sie setzte sich brav auf die vordere Kante des Stuhls.

»Wir werden dir jetzt zwei sehr kurze Filme zeigen«, erklärte Milton. »Lass mich dir zuerst etwas darüber erzählen. Ein Ire namens Kevin Jason ist vor ein paar Tagen in meine Wohnung eingebrochen. Wir haben ihn wegen Einbruchs verhaftet. Er hat eine Wohnung in Kingsdown Mansions …«

»Kingsdown Mansions? Ist das nicht dort, wo Mrs. Tolly gefunden wurde?«

»Ja, genau. Wir haben Jasons Wohnung durchsucht und drei Filme gefunden. Zum Glück ist Roy hier ein Experte für solche Dinge.«

»Ich bin nur Amateur, Inspektor«, erklärte Phillips mit gezwungener Bescheidenheit. »Kein Experte.«

»Jedenfalls haben wir sie uns angeschaut. Einer der Filme, den wir dir gleich zeigen werden, beweist, dass Harry Brent ein Freund von Sam Fielding war, ein sehr guter Freund, würde ich sogar sagen.« Carol blickte Milton an. Er sah die Verärgerung in ihren Augen, fuhr aber fort. »Aber der andere Film ist eigentlich derjenige, der uns wirklich interessiert, und den werden wir dir zuerst zeigen. Fertig, Roy?«

»Ja, ich bin bereit.«

»Moment mal«, sagte Carol. »Hat dieser Mann, dieser Jason, diese Filme aufgenommen?«

»Ich denke schon, aber wir wissen es nicht genau – nicht mit Sicherheit. Sie wurden offensichtlich aufgenommen, ohne dass die Betroffenen – also die Leute im Film – es bemerkten.«

Phillips ergänzte: »Ich könnte mir vorstellen, dass die Aufnahmen von der Rückbank eines parkenden Autos oder vielleicht eines Lieferwagens gemacht wurden.«

»Film ab, Roy.«

Phillips schaltete das Licht neben der Tür aus, ging zum Projektor und setzte ihn in Gang. Nach einem kurzen Flackern und ein paar verschwommenen Formen, die über die Leinwand liefen, wurde das Bild schärfer. Carol beugte sich aufmerksam vor. Sie erkannte sofort die Straße in Kensington, in der sie Harry Brent zum ersten Mal begegnet war. Die Kamera konzentrierte sich auf die Fassade des Reisebüros. Der

Name *Harry Brent Ltd.* war deutlich über dem Eingang zu erkennen. Fast augenblicklich fuhr ein Taxi an die Bordsteinkante heran und hielt an. Eine Frau stieg aus, gefolgt von einem Mann. Sie stand da und wartete, während er in seiner Tasche nach Kleingeld kramte, um das Taxi zu bezahlen.

Carol drehte sich zu Milton um, dessen Gesicht durch den flackernden Film ungleichmäßig beleuchtet wurde. »Das ist Jacqueline Dawson. Und der Mann bei ihr ist Mr. Fielding.«

Milton nickte. Er betrachtete den Film aufmerksam. Fielding hatte das Taxi bezahlt und zeigte mit der Hand, dass der Fahrer das Wechselgeld behalten konnte. Er nahm Jacqueline Dawsons Arm und begleitete sie in den Laden. Der Film war zu Ende.

»Die nächsten Aufnahmen wurden offensichtlich an einem anderen Tag gemacht. Versuch dich zu erinnern, wann das war, Carol.«

Nach einem kurzen Flackern wurde der Film wieder klar. Das Motiv war wieder die Fassade von *Harry Brent Ltd.*, aber aus einem anderen Blickwinkel aufgenommen. Offensichtlich war das Wetter schlechter. Einige der Reiseplakate im Schaufenster waren ausgetauscht worden. Auf der Straße waren verschiedene Autos geparkt. Diesmal war das Fahrzeug, das ins Bild kam, ein Privatwagen. Auch er hielt gegenüber dem Reisebüro. Es war ein zweisitziger Sportwagen der Marke *M. G. Midget*. Der Fahrer, der einen kleinen, schief sitzenden Filzhut und einen kurzen Regenmantel mit Gürtel trug, stieg aus dem Auto, schlug die Tür zu und ging nach einem kurzen Blick nach rechts und links zügig auf das Reisebüro zu. Als er die Tür erreichte, öffnete sie sich und eine junge Frau kam heraus. Carol zuckte zusammen, als sie sich selbst erkannte. Das Mädchen aus dem Film kannte offensichtlich den Sportwagenbesitzer, denn sie begrüßte ihn mit einem Lächeln. Er hob seinen Hut ab. Sie standen einen Moment lang da und unterhielten sich. Sie lachte über einen Witz, den er machte. Dann setzte er seinen Hut wieder auf und ging weiter in den Laden. Sie trat an den Rand des Bürgersteigs, starrte die Straße hinunter und hob dann den Arm, als ob sie ein Taxi rufen wollte. Der Film war zu Ende.

Phillips stand auf, um das Licht einzuschalten. Carol blinzelte in der plötzlichen Helligkeit und lehnte sich in ihrem Stuhl zurück. Es hatte sie erschrocken, sich selbst zu sehen, und sie war es immer noch. Ohne ein Wort zu sagen, hatte Phillips begonnen, den ersten Film aus dem Projektor zu nehmen und einen neuen einzulegen. Milton war aufgestanden und blickte auf Carol herab.

»Weißt du noch, wann das aufgenommen wurde?«

»Ja, natürlich. Es war vor etwa drei Wochen. Letzten Samstag vor drei Wochen, glaube ich. Aber warum sollte mich jemand filmen wollen?«

»Wer war der Mann?«, fragte Milton und ignorierte ihre Frage. »Der Mann, mit dem du gesprochen hast?«

»Sein Name ist Rainer. Mark Rainer. Er ist ein Freund von Harry.«

»Und von Jacqueline Dawson?«

»Jacqueline Dawson?«

»Ja. Sie waren zusammen auf dem Markt. Wir haben sie heute Morgen gesehen – kurz bevor wir Jason festgenommen haben.«

Unsicher darüber, ob sie Harry mit der Identifizierung von Mark Rainer nicht geschadet hatte, sah sie Milton mit einem besorgten Stirnrunzeln an.

»Ist das wahr, Alan?«

»Ja, das ist wahr. Erzähl uns, was du über Mark Rainer weißt.«

»Er ist ein Freund von Harry, ein ziemlich alter Freund, soviel ich weiß. Wir haben vor etwa vier oder fünf Wochen zusammen zu Abend gegessen. Das war das erste Mal, dass ich ihm begegnet bin.«

»Was macht er?«

»Ich glaube, er arbeitet für *Thomas Cook* oder *American Express* oder so etwas in der Art. Er übernimmt manchmal kleine Schauspielrollen, hat er mir erzählt. Er ist ein recht amüsanter Mensch und verrückt nach Sportwagen. Das ist so ziemlich alles, was ich dir über ihn erzählen kann.«

»Ist er verheiratet?«

»Ich glaube nicht. – Nein, ich bin sicher, dass er es nicht ist.«

»Wohnt er in London?«

»Ich weiß es wirklich nicht.«

Milton warf einen Blick auf Roy, um zu sehen, wie er vorankam, und erkannte, dass er noch Zeit für ein paar Fragen hatte.

»Carol, hatte Sam Fielding ein Boot, einen Kabinenkreuzer namens *Horizon*?«

»Ja, das hatte er.« Carol beantwortete die Frage eifrig. Dies war ein sichereres Terrain. Sie konnte Harry nicht schaden, wenn sie Fragen über ihren toten Arbeitgeber beantwortete. »Er hatte es in Marlow liegen und fuhr an den Wochenenden hin. Aber er hat es verkauft.«

»Wann?«

»Oh, vor einigen Monaten. Am Ende der Sommersaison.« Milton sah ein Nicken von Phillips, das andeutete, dass er mit dem nächsten Film fertig war. Er ging zur Tür und legte den Finger auf den Lichtschalter.

»Carol, was würdest du sagen, wenn ich dir sage, dass er deinen Verlobten nach Marlow eingeladen hat?«

»Harry? Aber das kann er doch nicht getan haben! Er kannte Harry nicht, bis ich ihm …«

Ihre Stimme verstummte. Sie blickte von Milton zu Phillips, dann auf den Film im Projektor, schließlich wanderten ihre Augen zu der noch leeren Leinwand. Sie saß da, starrte hinauf und betete, dass das, was sie sehen würde, nicht zu schwer zu verkraften sein würde. Milton betrachtete sie von der Seite und spürte, wie ihm ein Kloß im Hals steckte. Abrupt schaltete er das Licht aus.

»Film ab, Roy.«

»Bitte schön«, sagte Milton, als er seinen Wagen am Eingang zu Fieldings Firma anhielt, »ich hatte dir doch versprochen, dass du um halb sechs wieder hier bist. Es ist aber erst zwanzig nach fünf.«

»Danke.« Carol machte keine Anstalten, die Tür des Wagens zu öffnen.

»Du siehst besorgt aus, Carol.«

Sie warf ihm einen kurzen, bitteren Blick zu. »Überrascht dich das? Du hast es endlich geschafft, Alan.«

»Was geschafft?«

»Du hast es geschafft, mich davon zu überzeugen, dass der Mann, den ich heiraten werde, ein Lügner ist. Du hast mir bewiesen, dass …«

»Jetzt warte doch mal!« Milton unterbrach die wütende Carol knapp. »Darum ging es mir doch nicht. Ich bin nicht an Harry Brent interessiert, weil er dein Verlobter ist! Ich interessiere mich nur für ihn, weil er auf seltsame Weise in den Mord an Fielding verwickelt ist.«

»Glaubst du, er wusste, dass Sam Fielding ermordet werden würde?«

»Ich glaube, er wusste, dass die Gefahr bestand, ja.«

Milton beugte sich vor und stellte den Motor ab. »Carol, ich möchte dich noch etwas ganz anderes fragen. Sei bitte ehrlich zu mir. Neulich Abend habe ich dir von Barbara Smith erzählt. Ich habe dir erzählt, was sie gesagt hat, kurz bevor sie starb.«

»Und?« Carol, die ahnte, was kommen würde, konnte den Trotz nicht aus ihrer Stimme heraushalten.

»Hast du weitererzählt, was ich dir gesagt habe? Harry, meine ich.«

»Nein, das habe ich nicht. Aber …« Sie zögerte, denn sie wusste, dass er ihr Gesicht im Rückspiegel beobachtete. »Er wusste, dass wir über ihn gesprochen haben. Er hat es im Auto gespürt, als wir zum Bahnhof fuhren. Am nächsten Morgen tauchte er im Büro auf. Er sagte, er sei beunruhigt, weil er wisse, dass wir am Abend zuvor über ihn gesprochen hätten.«

»Und weiter?«

»Es war eine schwierige Situation, Alan. Ich musste ihm etwas sagen. Ich sagte ihm, dass du seine Geschichte über das Mädchen nicht glaubst. Ich sagte ihm, dass du dir sicher bist, dass er ihr schon einmal begegnet war. Aber ich habe ihm nicht erzählt, was sie gesagt hat, dass sie seinen Namen erwähnt hat. Das habe ich nicht, wirklich nicht, Alan …«

Als sie zu ihm aufblickte, um ihm im Spiegel in die Augen zu schauen, sah sie einen Ausdruck auf seinem Gesicht, den sie nie zuvor gesehen hatte. Er wurde schnell durch seine übliche, eher strenge Förmlichkeit ersetzt, aber nicht bevor sie begriffen hatte, dass diese Situation, die für sie schmerzhaft war, auch für ihn nicht viel weniger schmerzhaft war.

»Carol, was weißt du wirklich über Harry Brent? Du hast ihn zufällig kennengelernt, er hat dir erzählt, er käme aus Market Weldon, er hat dich zum Essen eingeladen und dann – schwupps – wart ihr schon verlobt.«

»Ich habe mich in ihn verliebt. Wenn man in jemanden verliebt ist, vertraut man ihm.«

»Vertraust du ihm noch?«

»Ich weiß es nicht.« Sie öffnete die Tür und drehte sich auf ihrem Sitz herum, um auszusteigen. Er legte ihr eine Hand auf den Arm.

»Carol, warte einen Moment. Wann siehst du ihn wieder?«

»Heute Abend. Wir gehen zusammen essen. Deshalb fahre ich ja nach London.«

»Du isst heute Abend mit Harry in London?«, wiederholte Milton.

»Ja.«

»Ich dachte, er wäre im Ausland, in Italien oder sonst wo.«

»Nein. Wie kommst du bloß darauf?«

Milton zuckte mit den Schultern, als sei die Angelegenheit nicht von Bedeutung.

»Ich weiß es nicht. Ich dachte, du hättest so etwas gesagt.« Der Druck seiner Finger auf ihrem Arm verstärkte sich ein wenig. Ausnahmsweise hatte sie nicht das Bedürfnis, sich von ihm zu lösen. Im Gegenteil, es widerstrebte ihr ein wenig, die behagliche Sicherheit des kleinen Wagens zu verlassen.

»Wenn etwas passiert, Liebling … Wenn du dir wegen irgendetwas Sorgen machst, egal wie unbedeutend es auch scheinen mag – du weißt immer, wo du mich findest.«

Sie blickte sich um und ihr Gesicht wurde weicher. Ganz behutsam löste sie ihren Arm und schob die Autotür weit auf.

»Danke, Alan.«

Sie drehte sich nicht um, als sie über die Freifläche zum Bürogebäude eilte, aber sie wusste, dass er nicht wegfahren würde, bevor sie das Gebäude betreten hatte.

Die Tage des kleinen italienischen Restaurants waren gezählt. Es befand sich in unmittelbarer Nähe des neuen Hochhaus der Post in einer jener kleinen Straßen östlich des Portland Place, deren Gebäude abgerissen und die neu bebaut werden sollten. Die angrenzenden Häuser und Geschäfte waren in einem sehr schlechten Zustand, da ihre Vermieter nicht bereit waren, Geld für abbruchreife Gebäude auszugeben. Viele der Häuser waren bereits geräumt worden. Keine hundert Meter entfernt umgab ein Bauzaun einen Trümmerhaufen, der einmal eine Reihe von Häusern im Regency-Stil gewesen war und der bald eine hoch aufragende Monolithsäule aus Beton sein würde. Signor Ruffo Silvani hatte jedoch die Absicht, bis zur letzten Minute durchzuhalten. Seine fröhlich bemalte Fassade mit ihren Blumen war der einzige fröhliche Farbtupfer in der ganzen Gegend. Er war zunächst als Kriegsgefangener nach England gekommen und hatte nachdem er die Feindseligkeiten gegen jene, die ihn gefangenen genommen hatten, beiseitegeschoben hatte, beschlossen, seine Zukunft im Land seiner ehemaligen Gegner aufzubauen. Er hatte seine Frau und vier Kinder mit nach London geholt. Nach und nach wurden sie, sobald sie alt genug waren, in den Restaurantalltag miteinbezogen, was die Belastung für Ruffo und seine Frau verringerte. Jeden Monat wurde der Gewinn sorgfältig geprüft und ein wenig mehr zu dem Notgroschen hinzugefügt, den Signor Silvani ansparte. Im Laufe der Jahre war er zu einer stattlichen Summe angewachsen. Als die Abrissbagger anrückten, zogen Signor Ruffo Silvani und seine Signora nicht in eines der neuen Gebäude an der Euston Road um. Vielmehr wollte er sich den Traum ihres Lebens erfüllen und in die Villa zurückkehren, die sie mit ihren Ersparnissen auf dem Hügel über seiner Heimatstadt errichtet hatten und nach der das Restaurant *San Remo* benannt war.

Gleichzeitig verlangte der Berufsstolz, dass die Standards auf dem gewohnten Niveau gehalten wurden, damit die Stammkundschaft, die sich das *San Remo* aufgebaut hatte, nicht enttäuscht wurde.

Mr. Brent war einer der Lieblingskunden von Signor Silvani. Er drückte ein paar Mal auf die Hupe seines Jaguars, und Pietro, der älteste Sohn von Signor Silvani, kam nach alter Gewohnheit die zwei Stufen von der Tür des Restaurants herunter. Brent machte den Fahrersitz frei und Pietro schlüpfte in den Wagen. Brent ging in das Restaurant und wusste, dass der junge Italiener sein Auto sicher in der nahegelegenen Seitenstraße parken würde.

»Ich habe Ihren üblichen Tisch reserviert, Mr. Brent«, begrüßte Signor Silvani seinen Kunden mit respektvoller Höflichkeit, seine pummeligen Hände waren beredt in ihren Gesten und in seinem dunklen, leicht glänzenden Gesicht zeichnete sich ein Lächeln ab.

»Ich bin leider etwas spät dran, Mr. Silvani. Ist mein Gast schon erschienen?«

»Die junge Dame? Nein, Mr. Brent, noch nicht.«

Hinter dem schmutzigen Fenster im ersten Stock eines Hauses, das fast gegenüber dem *San Remo* lag, hatte Reg Bryer die Ankunft von Brent beobachtet. Nervös warf er den Stummel seiner Zigarette weg und tötete sie mit dem Fuß aus. Auf dem Boden lagen bereits ein halbes Dutzend Kippen. Er zog die leere Teekiste heran, die das einzige Möbelstück im Raum war, und setzte sich darauf. Zum zwanzigsten Mal schaute er auf seine Uhr. Es war fast zehn nach neun. Filey war wieder spät dran. Wenn er kam, sollte er die Lage so nehmen, wie er sie vorfand. Wahrscheinlich würde er sich beschweren, weil Reg ihn nicht direkt gegenüber dem Restaurant einquartiert hatte, aber dass dieses Haus leer war, war ein Glücksfall. Er hatte nur so tun müssen, als wäre er dumm genug, etwas Geld in dieses Haus investieren zu wollen und der Vermieter hatte ihm die Schlüssel und die Erlaubnis zur Besichtigung gegeben. Er hatte den Hintereingang ausgekundschaftet und die Tür offengelassen. Er und Filey wollten so schnell wie möglich davonkommen, sobald die Sache erledigt war.

Zur Sicherheit prüfte er das Fenster noch einmal und vergewisserte sich, dass es sich leicht öffnen und schließen ließ. Er hatte die alten Gewichtsschnüre des Schiebefensters allerdings reparieren müssen, damit es sich leicht öffnen ließ. Das war ein wesentlicher Faktor für die reibungslose Ausführung des Auftrags, aber er erwartete nicht, dass Filey ihm dafür danken würde. Er hatte das Fenster gerade wieder geschlossen, als er ein Taxi vor dem *San Remo* vorfahren sah. Ein Mädchen mit blondem Haar und einer sehr wohlgeformten Figur stieg aus. Seine Augen verengten sich, als er sah, wie sie den Fahrer bezahlte und dann in das Restaurant ging.

Harry saß bereits am Ecktisch und besprach mit Signor Silvani eine Auswahl an Weinen. Er stand auf, als Carol erschien. Pietro eilte lächelnd herbei, um ihr den Mantel abzunehmen.

»Es tut mir schrecklich leid, Harry.« Carol schien sich über die Verspätung zu ärgern und nickte etwas nervös als Antwort auf die tiefe Verbeugung des Inhabers. »Der Zug hatte zehn Minuten Verspätung und dann habe ich einfach kein Taxi bekommen …«

»Das macht doch nichts, Carol!« Brent legte einen Arm um ihre Schulter und küsste sie auf die Wange. »Ich war sowieso auch spät dran.«

»Ich hätte mit dem Auto kommen sollen«, beeilte sich Carol zu sagen. »Eric wollte es.«

Pietro zog den Tisch heraus, so dass sie auf den Platz neben Brent rutschen konnte. Er nahm seinen Platz neben ihr wieder ein.

»Wie geht es Eric?«

»Es geht ihm gut. Er lässt dich grüßen. Das heißt, ich sagte zwar, dass es ihm gut geht, aber eigentlich tut es das nicht. Er ist im Moment etwas besorgt.«

»Oh?« Harry musterte sie verstohlen und fragte sich, warum sie so nervös war. Auch sie hatte eine gewisse Unruhe an sich, die ihm sofort aufgefallen war, als sie das Restaurant betreten hatte. »Worüber macht er sich Sorgen?«

Carol blickte zu Pietro und Signor Silvani auf, die immer noch aufmerksam um sie herumstanden.

»Wir bestellen dann gleich«, sagte Brent. »In der Zwischenzeit können Sie uns zwei trockene Martinis bringen.«

Signor Silvani verstand den Wink schnell. Als sie allein waren, wiederholte Brent seine Frage leise.

»Er ist besorgt, weil die Polizei bei ihm war. Zweimal, um genau zu sein. Sie stellen ihm immer wieder Fragen über diese Jacke.«

»Welche Jacke?«

»Die Sportjacke, die du dir von ihm geliehen hast … Du erinnerst dich, du bist eines Nachmittags nass geworden und hast dir eine Jacke geliehen.«

Brent legte die Weinkarte weg. »Ja, natürlich erinnere ich mich. Weißt du, das ist sehr merkwürdig. Dein Ex-Freund, Inspektor Milton, hat mich auch danach gefragt …«

»Ich wünschte, du würdest Alan nicht ständig meinen Ex-Freund nennen«, sagte Carol knapp.

»Oh, das tut mir leid.« Er legte eine Hand auf die ihre und lächelte. »Du bist heute Abend aber sehr empfindlich, mein Schatz. Bist du sicher, dass es Eric ist, der sich Sorgen macht, und nicht du?«

»Nun, wenn Eric sich Sorgen macht, mache ich mir natürlich auch Sorgen.«

»Ja, aber worüber genau macht er sich Sorgen? Er hat mir die Jacke geliehen und ich habe sie zurückgegeben.«

»Aber das ist es ja gerade. Eric sagt, du hast sie nicht zurückgegeben.«

Ein kurzes Schweigen trat ein. »Er sagt, ich habe sie nicht zurückgegeben?«

»Ja.«

»Aber ich dachte, das hätte ich.« Er sah wirklich betroffen aus. »Ich war mir ziemlich sicher, dass ich … Möglicherweise habe ich es doch nicht getan. Vielleicht habe ich die Jacke noch. Sag Eric, ich schaue noch mal nach.«

Er zuckte mit den Schultern und schlug erneut die Weinkarte auf.

»Harry, ich glaube, du verstehst nicht. Die Polizei hat die Jacke. Sie wurde in Richmond in der Wohnung gefunden, in der Mrs. Tolly ermordet wurde. Natürlich will die Polizei wissen, wie sie dorthin gekommen ist.«

»Ich habe sie jedenfalls nicht dorthin gebracht«, versicherte er ihr mit einem Lachen. »Ich kannte Mrs. Tolly gar nicht.«

»Nein, aber Eric schon.«

»Großer Gott! Du willst mir doch nicht sagen, dass die Polizei den guten alten Eric verdächtigt?«

»Ich weiß nicht, ob sie ihn verdächtigen oder nicht, aber sie wollen wissen, wie seine Jacke in Mrs. Tollys Wohnung gekommen ist, und ehrlich gesagt kann ich es ihnen nicht verdenken.«

»Ich auch nicht.« Brent bemerkte die Schärfe in Carols Stimme und blieb selbst bewusst ruhig und sachlich. »Aber offensichtlich sind sie auf der falschen Fährte. Ich war nicht dort und ich kann mir auch nicht vorstellen, dass Eric dort war.«

»Nein, natürlich war er nicht dort!« Carol zog ihre Hand zurück, scheinbar um ihre Handtasche zu öffnen und ein Taschentuch herauszunehmen. »Harry, bist du sicher – ganz sicher …, dass du sie zurückgegeben hast?«

»Nein, ich sagte doch, ich bin mir nicht sicher – nicht hundertprozentig. Ich dachte, ich hätte es.« Ihre Fragen schienen ihn mehr zu amüsieren als zu beunruhigen. Er lächelte immer noch beruhigend und tätschelte ihre Hand. »Mach dir keine Sorgen, Carol. Hör zu, ich werde mit deinem Ex… – ähm – mit Milton darüber sprechen. Ich werde ihm sagen, dass ich mir nicht ganz sicher bin, ob ich die Jacke wirklich zurückgegeben habe. Hilft das?«

»Dann werden sie anfangen, dich zu verhören«, sagte Carol unglücklich.

»Kein Problem! Das ist für mich in Ordnung. Solange du aufhörst, dir Sorgen zu machen.«

Zum ersten Mal sah sie ihn wirklich an. Er drückte ihre Hand ein wenig und sah, wie sie sich leicht entspannte. Sie wandte den Blick nicht ab. Wie immer, wenn sich ihre Blicke trafen, spürte sie eine gewisse Zärtlichkeit.

»Zwei trockene Martinis, Sir.«

Pietro kam mit zwei Gläsern auf einem Tablett zurück.

144

Sie waren außen schon durch die warme Luft beschlagen.

»Wunderbar. Ich denke, wir können jetzt bestellen.«

»Sehr gut, Sir. Mr. Silvani wird Ihre Bestellung selbst aufnehmen.«

Das Warten ging Reg Bryer langsam auf die Nerven. Ein halbes Dutzend weiterer Stummel lag auf dem Boden und die Zeiger seiner Uhr waren auf zwanzig nach neun vorgerückt. Von Filey war immer noch nichts zu sehen. Einmal, vor zwanzig Minuten, war er sich sicher gewesen, das Schließen einer Tür im Haus und die Bewegung nackter Füße in einem der oberen Stockwerke zu hören, aber er hatte einfach nicht den Mut, nachzusehen. Es war kurz vor halb zehn, als er die Knattergeräusche eines leistungsstarken Motorrads auf der Straße unter ihm hörte. Er beugte sich nach vorne und sah den Fahrer, der sich durch den Verkehr schlängelte. Er trug eine schwarze Lederjacke und einen Helm, unter dem sein langes Haar hervorlugte. Auf dem hinteren Gepäckträger war ein Geigenkasten festgeschnallt. Er fuhr an der Hausfassade vorbei und bog in die Seitenstraße ein. Bryer verließ das Zimmer und ging zur Haustür, um seinen Komplizen hereinzulassen.

Filey kam gerade zur Tür, als Bryer sie öffnete. Er nahm seinen Helm ab und schüttelte sein langes Haar. Er war ein Mann, dessen Alter schwer zu schätzen war. Er hatte ein dünnes, unbarmherziges Gesicht und einen schmallippigen Mund. Aber trotz der tiefen Falten auf seiner Stirn waren die Bewegungen seines Körpers jugendlich und athletisch.

»Du hast dir ganz schön Zeit gelassen«, beschwerte sich Bryer, schloss und verriegelte die Tür.

Filey hatte bereits begonnen, die schmucklose Treppe hinaufzusteigen und hielt seinen Geigenkasten in einer Hand. »Ist Jason oben?«

»Jason konnte nicht kommen.«

»Warum nicht?«

»Die Polizei hat ihn aufgegriffen, sie halten ihn immer noch fest.«

»Wann ist das passiert?«

»Heute Vormittag. In Market Weldon.«

»Dieser verdammte Idiot.«

»Jeder kann einen Fehler machen, Filey.«

»Nicht in unserer Branche, Bryer.«

Sie erreichten den ersten Stock. Filey zögerte und sah sich die Türen an. Bryer schob sich an ihm vorbei und öffnete die Tür zum vorderen Zimmer.

»Hier hinein.«

»Gott, was für ein Saustall! Haben sie denn keine Möbel zurückgelassen?« Filey ging zum Fenster und starrte einen Moment lang auf die gegenüberliegenden Häuser. »Ich dachte, es liegt direkt gegenüber dem Eingang zum *San Remo*.«

»Das hier ist doch so gut wie gegenüber, verdammt.«

Filey reagierte auf Bryers Ausruf mit einem strengen Blick. Der Pförtner wich zurück.

»Hast du die Gewichtsschnur repariert?«

»Ja, sie läuft jetzt einwandfrei.«

Filey zog die Teekiste heran und stellte sie direkt vor das Fenster. Er legte den Geigenkasten darauf, schnappte die Verschlüsse auf und nahm ein Schnellfeuergewehr der Marke *Waldo-Fleischer* heraus.«

»Sind sie schon da?«

»Ja. Sie sind jetzt beide da drin. Brent ist gegen zehn vor neun gekommen, das Mädchen etwa zwanzig Minuten später. Sie müssen jetzt fast fertig sein. Du hast es ziemlich genau geschafft.«

Filey nahm das Gewehr liebevoll aus seiner Halterung und untersuchte das Visier.

»Diese Sorte Leute braucht eine gute Stunde für eine Mahlzeit. Wir haben noch viel Zeit. Ich nehme an, es ist nur Brent, den er will.«

»Nein«, sagte Bryer nervös. »Brent und das Mädchen.«

Filey warf ihm einen überraschten Blick zu. »Brent *und* das Mädchen. Bist du dir da sicher?«

»Natürlich bin ich mir sicher. Das hat er gesagt, Filey. Erst Brent und dann das Mädchen, wenn du sie kriegen kannst.«

»Oh, ich krieg sie schon«, sagte Filey mit einem dünnen Lächeln. »Das ist nur nicht die Art von Dingen, bei denen

146

man einen Fehler machen möchte, das ist alles.«

»Er hat es jedenfalls so gesagt«, wiederholte Bryer.

Filey nickte. Er öffnete das Fenster ein paar Zentimeter und ging in die Hocke, um seine Sichtlinie zu überprüfen. Er blickte einen Moment lang auf die leeren Fenster der gegenüberliegenden Häuser. Dann stellte er den Geigenkasten auf den Boden und legte das Gewehr oben auf den Teekasten. Er zog es vorsichtig ein wenig nach rechts, dann kniete er sich dahinter. Er hob das Gewehr auf und stützte sich mit den Ellbogen auf die Teekiste, um das Ende des Laufs durch das teilweise geöffnete Fenster zu schieben. Er stützte seine Wange auf den Kolben und zielte auf den Eingang des *San Remo*. Seine dünne, empfindsame Hand stellte langsam den Fokus des Zielfernrohrs ein. Er betätigte den Bolzen und es gab ein knackiges, metallisches Geräusch, als eine Patrone in den Verschluss rutschte. Er setzte das Gewehr vorsichtig ab und stand auf.

»Jetzt brauchen wir nur noch zu warten«, sagte er zu dem nervösen Bryer. »Behalte das Restaurant im Auge, dann hast du wenigstens etwas zu tun.«

»Bist du sicher, dass du keinen Likör möchtest?«, fragte Brent und unternahm einen letzten Versuch, den Abend zu retten. Trotz des sorgfältig ausgewählten Menüs und eines besonders guten Weins wirkte Carol immer noch besorgt und fühlte sich unbehaglich. Ihr Gespräch war oberflächlich und banal gewesen, so als wären sie zwei Menschen, die sich zum ersten Mal trafen und feststellten, dass sie nur wenig miteinander gemeinsam hatten. Der Tisch war abgeräumt und zwei kleine Tassen mit sehr starkem italienischen Kaffee waren vor sie hingestellt worden. Als er sah, wie sich Brent eine Zigarette in den Mund steckte und anzündete, hatte der aufmerksame Pietro schnell einen Aschenbecher geholt.

»Ja, ich bin mir ganz sicher.«

»Warum nicht einen Brandy?«

»Nein, danke, Harry.«

Sogar Signor Silvani hatte gespürt, dass die Dinge nicht allzu gut liefen, und warf dem Paar ab und zu einen verstohlenen Blick zu.

»Wann geht dein Zug?«

»Um elf Uhr dreißig.«

Brent schaute auf seine Uhr. »Dann hast du jede Menge Zeit. Von hier sind es nur zehn Minuten bis zum Bahnhof. Ich setze dich natürlich dort ab.«

Carol nickte, noch bedrückter bei dem Gedanken, dass sie sich in dieser Situation von ihm verabschieden musste.

»Wo ist dein Wagen? Ich habe ihn nicht gesehen.«

»Es steht gleich um die Ecke in der Burton Street.«

»Oh.«

»Pietro parkt ihn immer für mich. Er liebt es, mit dem Wagen zu fahren.«

»Ich verstehe.«

Er beobachtete sie schweigend, während sie ihren Kaffee trank. Sie stellte die Tasse ab und griff nach ihrer Handtasche.

»Also dann, danke, Harry.«

»Wofür?«

»Für das Abendessen.«

Er lächelte etwas bitter. »Einen kurzen Moment lang dachte ich, du würdest sagen »für den sehr schönen Abend«. Das ist doch die übliche Formulierung. Aber es war kein sehr schöner Abend, nicht wahr, Carol?«

Eine Sekunde lang sah es so aus, als wolle sie aufstehen und ihn zurücklassen, dann fasste sie einen plötzlichen Entschluss, stellte entschlossen ihre Handtasche ab und drehte sich zu ihm um.

»Warum hast du mich angelogen, Harry? Warum in aller Welt hast du mir nicht gesagt, dass Mr. Fielding ein Freund von dir war?«

»Er war kein Freund von mir«, sagte Brent schlicht und einfach. »Ich bin ihm nur zweimal begegnet. Das erste Mal, als …«

»Lüg doch nicht, Harry! Bitte lüge nicht. Ich weiß, dass du ein Freund von ihm warst. Ich kann nur nicht verstehen, warum du mir nichts davon erzählt hast. An dem Abend im *Falstaff*, als ich euch einander vorstellte, habt ihr so getan, als wärt ihr euch fremd, als hättet ihr euch nie zuvor gesehen.

Aber warum? Warum, Harry?«

Er zog an seiner Zigarette und drückte sie dann im Aschenbecher aus. »Wer hat dir gesagt, dass ich ein Freund von Sam war?«, fragte er leise. »Mrs. Tolly?«

»Mrs. Tolly?«

»Ja. Sie hat uns eines Abends zusammen in einem Café gesehen. Die Chancen standen hundert zu eins, aber leider … War es Mrs. Tolly?«

Bei seinen Augen, die sie so ernst und aufmerksam ansahen, hätte sie ihm niemals die Unwahrheit sagen können, selbst wenn sie es gewollt hätte.

»Nein.«

»Wer hat es dir dann gesagt?«

Sie zögerte und fragte sich, was Alan sagen würde, wenn er wüsste, wie viel sie ihrem Verlobten erzählte. »Ich habe ein paar Aufnahmen gesehen …«

»Aufnahmen?«, wiederholte Brent. »Von mir und Sam Fielding?«

»Ja. Jemand hat Filmaufnahmen von dir und … Harry, warum habt du und Mr. Fielding mir nicht gesagt, dass ihr euch kennt?«

Er beantwortete die Frage nicht. Sie war ein wenig erschrocken über seine Reaktion auf diese Enthüllung. Sein Verhalten war sehr eindringlich geworden. Jeder Sinn schien geschärft worden zu sein. Sogar seine Stimme war anders. Er sprach leise, aber mit eindringlicher Autorität. »Carol, erzähl mir von diesen Aufnahmen. Wo hast du sie gesehen?«

»Ein Freund von mir hat sie mir gezeigt.«

»Wann?«

Carol antwortete nicht. Es war schrecklich zu wissen, dass sie sich in einer Situation befand, in der sie einen der beiden Männer verraten musste, vielleicht sogar beide.

»Wann, Carol?« Brent wiederholte seine Frage in einem Ton, der kein Ausweichen zuließ.

»Heute Nachmittag.«

»War es der Inspektor?« Ihr Schweigen sagte ihm, dass er den Nagel auf den Kopf getroffen hatte. Er ergriff ihren Arm und senkte seine Stimme noch mehr. »Carol, das ist schrecklich wichtig. Erzähl mir von diesen Aufnahmen. Was hast du darauf gesehen?«

Er reagierte nicht wie ein Schuldiger, der bei einer hinterhältigen Lüge ertappt wurde, sondern so, als ginge es um mehr als seine eigene persönliche Sicherheit.

»Ihr wart auf einem Boot – Mr. Fieldings Boot – irgendwo auf dem Fluss. Ihr habt miteinander geredet. Es war offensichtlich, dass ihr gut befreundet wart …«

Als er sah, dass sie sich entschlossen hatte, ihm alles zu sagen, löste er seinen Griff um ihren Arm. »Weiter.«

»Es gab auch noch andere Aufnahmen, die vor deinem Büro aufgenommen wurden – Mr. Fielding, der mit Jacqueline Dawson aus einem Taxi stieg und in derselben Straße mit Mark Rainer sprach …«

»Mark Rainer und Jacqueline Dawson?« Er schien über diese Information entsetzt zu sein. »Woher hat Milton diese Aufnahmen? Wer hat sie ihm gegeben?«

»Das weiß ich nicht, Harry.«

»Aber du musst es wissen«, sagte Brent. »Du musst es einfach wissen, Carol!«

Sie hatte jedoch das Gefühl, dass sie schon zu viel gesagt hatte. Es hatte alles nur noch schlimmer gemacht. Er hatte sich, zumindest in Gedanken, noch weiter von ihr entfernt als zuvor. »Ich weiß nicht, woher er sie hat.«

Sie wusste, dass er ihr Gesicht forschend anstarrte, aber sie tat so, als sei es ihr wichtig, den Spiegel aus ihrer Handtasche zu holen und ihr Make-up zu überprüfen. Er überlegte ein paar Sekunden und klopfte dann scharf auf den Tisch. Pietro kam herbeigeeilt.

»Die Rechnung, bitte, Pietro. So schnell Sie können. Und bringen Sie den Mantel von Miss Vyner mit. Wir müssen sofort los.«

»Um Himmels willen, hör auf, auf und ab zu laufen«, sagte Filey zu Bryer, »erst beschwerst du dich, weil ich nicht pünktlich um neun Uhr aufgetaucht bin. Jetzt jammerst du, weil es sich herausgestellt hat, dass ich zu früh war.«

»Sie sind schon seit fast zwei Stunden da drin. Der Laden muss jetzt fast leer sein.«

»Ich habe dir doch gesagt, dass diese Leute eine, zwei Stunden damit verbringen können, einen Happen zu essen.«

Filey nahm einen Kamm heraus und begann, ihn durch sein schütteres Haar zu fahren. Im Gegensatz zu Bryer war er Nichtraucher, aber er kaute unaufhörlich mit seinen Zähnen auf einem Kaugummi. Bryer kehrte zum Fenster zurück und nahm die Beobachtung des Restauranteingangs wieder auf. Filey entspannte sich absichtlich und hielt seine Augen von jeglichem hellen Licht fern, das seine Sicht im kritischen Moment beeinträchtigen könnte.

»Da kommt gerade jemand raus!«, rief Bryer aus. »Ich glaube, es ist die Frau. Ja, sie ist es. Sie kommen jetzt, Filey!«

Fileys Kiefer bewegten sich noch ein wenig schneller. Mit schnellen und geschmeidigen Bewegungen brachte er sich hinter der Teekiste in Position. Bryer öffnete das Fenster einen Spalt und der Schütze steckte den Lauf seines Gewehrs hindurch. Durch sein rechtes Auge konnte er den Eingang des Restaurants aus der Nähe sehen. Das Mädchen stand da, knöpfte den Mantel zu und wartete darauf, dass der Mann zu ihr auf den Bürgersteig stieß. Filey konzentrierte sich auf den Haupteingang des *San Remo* und nahm Brent ins Visier, als dieser herauskam, den Gürtel seines Kamelhaarmantels festzog und den Kragen hochschlug. Er ging auf das Mädchen zu und nahm sie am Arm, wobei er ihr offensichtlich sagte, in welche Richtung sie gehen sollte. Einen Moment lang standen sie beide ganz still. Filey wusste, dass dies seine Chance war. Der Punkt, an dem sich die Linien im Visier des Zielfernrohrs kreuzten, befand sich genau auf Brents linker Brust und das Gewehr war so ruhig, als ob es in einen Schraubstock gespannt wäre. Er legte die Spitze des rechten Zeigefingers an den Abzug.

In diesem Augenblick wurde die gesamte Zielfläche verdunkelt.

Filey kam es so vor, als habe das sich rächende Schicksal zugeschlagen und er sei erblindet. Blinzelnd ließ er das Gewehr sinken und starrte durch den Spalt zwischen dem Fensterbrett und dem Fenster hinaus.

»Was zum Teufel …?«

Ein großer, schlichter Lieferwagen, wie er normalerweise für Möbeltransporte verwendet wird, war die Straße hinuntergefahren und hielt nun genau gegenüber dem *San Remo* an. Die beiden Beobachter konnten den Hinterkopf des Fahrers sehen, der sich aus dem Fenster des Wagens lehnte und mit dem Mann und dem Mädchen auf dem Bürgersteig sprach.

»Es ist alles in Ordnung«, sagte Bryer. »Er fragt nur nach dem Weg. Er fährt gleich weiter.«

Der Fahrer hatte sich sogar schon aufgerichtet. Das Geräusch eines knirschenden Getriebes tönte zu ihnen hoch, dann wurde Gas gegeben. Filey hob sein Gewehr auf, als der Wagen sich langsam vorwärts bewegte. Er würde den Schuss schnell abgeben müssen. Er spähte bereits durch das Zielfernrohr, als die Zielfläche wieder frei war, doch zu seinem Erstaunen starrte er auf einen leeren Bürgersteig. Sowohl das Mädchen als auch der Mann waren verschwunden.

»Ich werd nicht mehr.«

»Sie sind gewarnt worden«, sagte Bryer. In seiner Stimme lag bereits ein Hauch von Panik: »Sie müssen einen Tipp bekommen haben, Filey. Wir sollten lieber schnell von diesem verdammten Ort verschwinden!«

Carol war jetzt mehr verwirrt als wütend. Die Dinge geschahen so schnell um sie herum, dass sie sich nur noch von der Flut der Ereignisse mitreißen lassen konnte. Sie versuchte immer noch, sich einen Reim auf den außergewöhnlichen Vorfall auf der Straße zu machen. Harry schien plötzlich den Verstand verloren zu haben. Und war das nicht Mark Rainer gewesen, der den Möbelwagen gefahren hatte?

Harry hatte sich schnell mit Pietro unterhalten, der Schwierigkeiten hatte, zu verstehen, was er genau wollte. »Aber ich habe Ihren Wagen in der Burton Street abgestellt, Mr. Brent. Durch den Hintereingang kommen Sie in die Fulton Street.«

»In die Fulton Street will ich auch«, erklärte Brent. »Und ich will nicht durch den Haupteingang dorthin gehen. Seien Sie ein guter Junge und bringen Sie uns durch die Küche hinaus.«

Pietro zuckte typisch italienisch mit den Schultern. »*Eh, per carità!* Wenn es das ist, was Sie wollen – hier entlang, bitte.«

Brent drehte sich um und griff erneut nach Carols Arm. Diesmal löste sie sich aus seinem Griff.

»Moment mal, Harry! Was genau soll das alles? War das nicht Mark Rainer im Wagen? Warum hast du mich so zurück hereingezerrt?«

»Im Haus gegenüber war jemand mit einem Gewehr. Wir mussten uns im Schutze des Möbelwagens hierher zurückabsetzen.«

»Ein Gewehr? Du meinst … Man hat auf dich gewartet?«

Brent nickte. »Auf uns«, korrigierte er sie. »Hör zu, es tut mir leid, Carol, aber ich kann es jetzt einfach nicht erklären. Bitte tu, worum ich dich bitte.«

Erschrocken folgte sie ihm durch die Schwingtür, die vom Hauptraum in die Küche führte. Der Chefkoch, der sein Tagewerk endlich beendet hatte, saß an einem Tisch und schwitzte über einem großen Glas Bier. Pietro führte sie durch einen Gang, der mit leeren Kartons, Obstkisten, Weinflaschen und einer Reihe von Mülltonnen übersät war.

»Das ist die Fulton Street«, sagte er und fügte dann mit einem letzten Versuch, Brent zur Vernunft zu bringen, hinzu: »Wenn Sie links und dann rechts abbiegen, finden Sie Ihr Auto.«

»Schon gut, Pietro«, beruhigte ihn Brent. »Ich weiß, was ich tue.«

Er steckte dem Kellner einen Pfundschein zu. Pietro bedankte sich mit einem Lächeln und kehrte ins Restaurant zurück. Fast sofort tauchten die Scheinwerfer eines Autos aus der von ihm angegebenen Richtung auf. Der schwarze Jaguar beschleunigte auf sie zu, bremste scharf und hielt in der Mitte der schmalen Straße an. Harry lief zur Fahrerseite, während Mark Rainer ausstieg und den Motor laufen ließ.

»Da bist du ja, Harry. Wir sehen uns dann später.«

»Gut! Und danke, Mark.«

»Komm nicht mehr hierher.« Rainer blickte zu Carol, die auf dem Bordstein stand und beide Männer beobachtete. Mit leiser Stimme fügte er hinzu: »Du hast da ein Problem, Harry.«

»Ja, ich weiß. Aber ich werde schon damit fertig.«

»Das hoffe ich. Ich hoffe wirklich, dass du damit fertig wirst, Harry, denn wenn du es nicht schaffst, weiß ich einfach nicht, was …«

»Es ist mein Problem, Mark! Geh mir damit nicht auf die Nerven und mach dir keine Sorgen.« Er war sich bewusst, dass er gegenüber dem Mann, der ihm gerade das Leben gerettet hatte, die Beherrschung verloren hatte, riss sich zusammen und gab Rainer einen freundlichen Klaps auf die Schulter: »Wer war es heute Abend eigentlich? Unser Freund Filey?«

»Ja. Glücklicherweise haben wir einen Verbindungsmann. Die Information kam nur leider im letzten Moment. Steh jetzt hier nicht herum, ich rufe dich dann später an.«

Ohne ein weiteres Wort machte Rainer auf dem Absatz kehrt und ging schnell in die Richtung, aus der er gekommen war. Harry öffnete Carol die Tür des Wagens.

»Steig ein, Carol.«

Sie war nicht mehr in der Lage zu protestieren und hatte keine andere Wahl, als zu tun, was er sagte. Sie lehnte sich in dem bequemen Sitz zurück und spürte, wie er sich gegen ihren Rücken drückte, als Harry den Wagen beschleunigte.

»Hat wirklich jemand versucht, dich zu töten?«

»Ja.«

»Wer?«

»Ein Mann namens Filey. Er ist ein Experte im Umgang mit dem Scharfschützengewehr. Er war in dem Gebäude gegenüber dem Restaurant. Mir kam vor, ich hätte ein Gesicht durch das offene Fenster eines scheinbar leeren Hauses gesehen, kurz bevor der Möbelwagen anfuhr.«

»Aber warum? Warum sollte dich jemand umbringen wollen?«

Harry wurde langsamer, bevor er in eine größere Straße einbog. Sein Blick wechselte von links nach rechts. Die Reifen quietschten, als er um die Ecke fuhr.

»Fileys Leute glauben, dass ich etwas weiß.«

»Worüber?«

»Über jemanden in Market Weldon.«

»Jemanden in Market Weldon?«

Der Wagen bog in die Euston Road ein. Alle Ampeln standen auf grün. Harry nahm die Überholspur und rauschte an dem langsam fließenden Verkehr vorbei.

»Ist das der schnellste Weg zum Bahnhof?«

»Carol, du hast mich gebeten, dir die Wahrheit zu sagen, dir eine Erklärung für alles zu geben.«

»Ja.«

»Dann komm mit in meine Wohnung und ich werde genau das tun. Ich erzähle dir von heute Abend, ich erzähle dir von Sam Fielding, ich erzähle dir, wie Barbara Smith ins Bild passt …«

»Aber was ist mit dem Zug? Den werde ich dann verpassen.«

»Mach dir keine Sorgen um den Zug. Ich fahre dich nach Hause.« Er streckte eine Hand aus und legte sie auf ihr Knie. »Bitte, Liebling. Tu das für mich. Ich hatte einen höllischen Tag. Es ist nur fair, wenn du mich um eine ausführliche Erklärung bittest, mir auch die Chance zu geben, es richtig und ausführlich zu machen.«

Seine Stimme war sanft und seine Berührung wie immer elektrisierend. Es war schwer, jemandem zu widerstehen, der so entschieden und sicher in seinen Handlungen war.

»Na gut, Harry.«

Niemand sagte mehr etwas, bis Harry – der schnell, aber konzentriert fuhr – den Jaguar in eine ruhige Straße in Chelsea gelenkt hatte. Seine Wohnung, zu der ein Aufzug führte, lag im obersten Stockwerk. Er öffnete die Tür und führte sie ins Wohnzimmer.

»Gib mir deinen Mantel.« Er war beschützerisch und besorgt. Sie hatte endlich das Gefühl, dass sie ihn falsch eingeschätzt hatte und dass in wenigen Augenblicken alle ihre Zweifel an ihm ausgeräumt sein würden. »Setz dich, Carol, in der Zwischenzeit mixe ich uns einen Drink.«

Sie setzte sich in einen der niedrigen, modernen Sessel und versuchte, ihr Make-up zu erneuern, da ihr ihr Gesicht durch die Ereignisse des Abends älter geworden schien. Hinter sich hörte sie, wie Harry ihren Mantel in den Flur trug und dann begann, mit den Flaschen und Gläsern in seinem Cocktailschrank zu klappern. Es schien, als ob er eine Menge einschenken, umrühren und schütteln musste. Schließlich kam er mit zwei Gläsern auf einem Tablett zu ihrem Sessel herum.

»Das ist deiner«, sagte er und reichte ihr den etwas dunkleren. »Das Zeug ist ziemlich stark, deshalb habe ich deinen etwas schwächer gemacht.«

»Was ist da drin?« Sie griff nach oben und nahm das dünne Glas. Das Eis klirrte gegen den Rand, als sie es vom Tablett hob.

»Ach, alles Mögliche«, sagte Harry. »Zum Wohl! Sag mir, ob es dir schmeckt.«

Er hob sein Glas und nahm einen großen Schluck. Carol nippte zögernd an ihrem Getränk.

»So trinkt man das aber nicht«, protestierte Harry lachend. »Du musst es runterkippen, dann wirkt es.«

Um ihr kühles Verhalten von vorhin wieder gutzumachen, lächelte sie ihn an und legte ihren Kopf zurück, um einen langen Schluck zu nehmen.

»Na, schmeckt's?«, fragte Harry und beobachtete sie aufmerksam.

»Hm.« Carols Stimme war unsicher. »Es ist ein bisschen zu bitter für mich.«

Kapitel fünf
Tolly überlegt es sich anders

Milton war todmüde, als er in den frühen Donnerstagmorgen-
stunden endlich in seine Wohnung zurückkehrte. Der Mittwoch war ein verdammt harter Tag gewesen. Der Fall, der
sich noch lange nicht aufgeklärt hatte, war noch komplexer
und verwirrender geworden. Was ihn noch mehr belastete,
war das Wissen, dass es sich hier nicht um einen gewöhnli-
chen Mordfall handelte, bei dem die Lösung durch geduldige
Rekonstruktion der dem Verbrechen vorausgehenden Ereignisse erreicht werden konnte. In diesem Fall hatte er es mit
einer Situation zu tun, die sich ständig weiterentwickelte und
veränderte. Der Mord an Sam Fielding war nicht der Höhepunkt spannungsgeladener Geschehnisse gewesen, sondern
vielmehr der Ausgangspunkt. Umgeben von Lügen, falschen
Zeugen und gefälschten Beweisen fühlte sich Milton ein wenig wie ein Baumeister, der versuchte, ein Fundament auf
Treibsand zu errichten. Und doch hatte er dieses Gefühl der
Dringlichkeit, diese Vorahnung, dass ein weiterer Mord bevorstand, dass die skrupellosen Kräfte, mit denen er es zu tun
hatte, wieder zuschlagen würden – und vielleicht nicht nur
einmal. Das Schlimmste war jedoch seine persönliche Einbin-
dung in die Angelegenheit. Es gab Momente, in denen er sich
ernsthaft fragte, ob er aus Sorge um Carol den ganzen Fall zu
sehr aus der Nähe betrachtete. Er war nicht wirklich distanziert genug.

Keine dieser Sorgen hinderte ihn daran, in dem Moment
einzuschlafen, in dem er sich ins Bett legte. Er hatte den Wecker auf sechs Uhr morgens gestellt, was ihm fünf Stunden
Schlaf bescherte.

Eine Zeit lang ignorierte er das penetrante Klingeln, das
ihn allmählich aus seinen Träumen riss. Er wusste, dass es

nicht nahe genug war, um vom Wecker zu kommen. Außerdem war der Ton anders. Langsam setzte sich jedoch der Teil seines Gehirns durch, der nie wirklich zur Ruhe kam, und zwang ihn zum Aufwachen. Da bemerkte er, dass jemand an der Haustürklingel mit Nachdruck läutete – und dies wahrscheinlich schon seit einiger Zeit.

Er knipste die Nachttischlampe an und schielte auf die Uhr. Es war noch nicht ganz fünf Uhr. Er griff nach seinem Morgenmantel, schob seine Füße in die Pantoffeln und ging zur Wohnungstür. Dabei schaltete er das Licht ein, als er am Schalter vorbeiging. Unten auf der Straße hatte der Besucher immer noch den Finger auf dem Klingelknopf.

»Schon gut! Schon gut!«, rief Milton. »Ich komme ja.«

Er schlurfte die Treppe hinunter, schloss die Haustür auf und öffnete sie. Er blickte in das Gesicht von Eric Vyner, der sehr betrübt und besorgt aussah. Es war offensichtlich, dass er nicht im Bett gewesen war. Er trug noch immer dieselbe Kleidung, die er auf dem Markt angehabt hatte.

»Eric! Gütiger Himmel. Mit dir hatte ich nicht gerechnet.«

»Darf ich reinkommen, Alan?«

»Ja, natürlich! Was ist los? Was ist passiert?«

Vyner stieg die Treppe hinauf. Milton schloss die Tür und folgte ihm nach oben.

»Es tut mir furchtbar leid, dass ich dich so aus dem Bett geholt habe. Es tut mir leid.«

»Das ist schon in Ordnung, Eric. Du würdest es nicht tun, wenn du keinen guten Grund dafür hättest.«

Vyner ging halb benommen ins Wohnzimmer und wandte sich dem Inspektor zu.

»Ich mache mir Sorgen, Alan. Schreckliche Sorgen.«

»Man muss kein Detektiv sein, um das zu erkennen. Worüber machst du dir Sorgen?«

»Ich bin sicher, dass Carol etwas zugestoßen ist. Sie ist gestern Abend nach London gefahren und nicht mehr zurückgekommen.«

»Vielleicht hat sie in der Stadt übernachtet?«

Vyner schüttelte den Kopf. »Nein, das hat sie nicht,

Alan. Das ist ja genau der Punkt. Ich habe mit Harry gesprochen. Er hat sie in den Zug gesetzt.«

»In welchen Zug?«

»In den letzten. In den Zug um 23.30 Uhr. Ich war am Bahnhof. Ich hatte ihr gesagt, dass ich sie abholen würde – aber sie war nicht im Zug!«

»Hm, vielleicht ist sie im Zug eingeschlafen?« Schon während er diesen Vorschlag machte, wusste Milton, dass er unwahrscheinlich war. Er war sich bereits sicher, dass dies die Bestätigung der Vorahnung war, die er gespürt hatte. Aber er versuchte, kalt und distanziert zu bleiben, um alle plausiblen Erklärungen auszuschließen. »Dieser bestimmte Zug fährt weiter nach Dalesbury.«

»Ja, das weiß ich. Ich komme gerade von dort. Er hielt in Middleton, Roxby, Market Weldon, Railsford und dann in Dalesbury. Ich habe jeden Bahnhof überprüft. Sie war nicht in dem Zug, Alan.«

Zu aufgeregt, um sich zu setzen, ging Vyner durch den Raum und betrachtete die Gegenstände, die darinstanden, ohne sie zu sehen. Milton beugte sich vor, um den elektrischen Kamin einzuschalten. Vyner hatte einen Hauch von kalter Morgenluft mitgebracht.

»Gut, Eric. Fangen wir ganz am Anfang an. Wann hast du sie zuletzt gesehen?«

»Gestern Nachmittag. Ich war ein paar Minuten im Büro. Sie nahm den Zug um 18.10 Uhr, aß mit Harry im *San Remo* zu Abend und dann nahm er sie offenbar mit nach …«

»Im *San Remo*?«

»Ja. Es ist ein kleines Restaurant in London. Harry mag es sehr gerne, er geht oft dorthin.«

Vyner hielt inne und fragte sich, warum Milton so überrascht geschaut hatte.

»Ich verstehe. Erzähl weiter.«

»Nach dem Abendessen – so Harry – hat er sie zum Bahnhof gefahren. Sie waren ein paar Minuten zu früh, also saßen sie in seinem Auto und unterhielten sich.«

»Was ist dann passiert?«

»Er hat sie in den Zug gesetzt, zumindest sagt er das.«

»Glaubst du ihm nicht?«

Vyner begegnete Miltons Blick abwehrend. »Doch, natürlich glaube ich ihm!«

»Aber …?«

»Nun, wenn er sie in den Zug gesetzt hat, was zum Teufel ist dann mit ihr passiert?«

Milton öffnete eine Schublade seines Schreibtisches und nahm einen Schreibblock und einen Bleistift heraus.

»Ich werde alle Bahnhöfe noch einmal überprüfen lassen. Wir können eine sehr genaue Beschreibung herausgeben. Was hatte sie an?«

Vyner legte eine Hand an seine Stirn. »Oh, Gott. Jetzt lass mich nachdenken.«

»Hatte sie nicht ein dunkelblaues Kleid mit roten Punkten an?«

»Ja. Das ist richtig. Und ich glaube, sie hatte eine Pelzstola. Du erinnerst dich bestimmt daran.«

»Das sollte ich«, stimmte Milton mit einem schiefen Lächeln zu. »Ich habe sie ihr immerhin letztes Weihnachten geschenkt. Meinst du, sie hat einen Hut getragen?«

»Nein. Ein Kopftuch vielleicht, falls es regnete, aber keinen Hut.« Milton schrieb weiter. Ohne aufzuschauen, fragte er: »Was hat Harry gesagt, als du ihm gesagt hast, dass sie nicht im Zug war?«

»Er war fassungslos, er konnte es einfach nicht verstehen. Übrigens habe ich versprochen, ihn zurückzurufen. Er sagte, er würde auf den Anruf warten. Kann ich mal dein Telefon benutzen?«

Milton fügte der Beschreibung, die er aufgeschrieben hatte, noch ein paar Worte hinzu und riss das Blatt vom Block ab. Er stand auf und machte sich auf den Weg zu seinem Schlafzimmer.

»Ja. Geh nur und mach deinen Anruf. Ich ziehe mich inzwischen an.«

»Alan!«

»Ja?«

»Was glaubst du, was mit Carol passiert ist?«

Milton drehte sich in der Tür seines Schlafzimmers um.

160

Vyners Sorge um seine Schwester hatte etwas fast Mitleid Erregendes an sich, aber Milton wollte ihn nicht wissen lassen, wie berechtigt seine Beunruhigung war.

»Wir wissen ja gar nicht, ob ihr überhaupt etwas *passiert* ist, Eric. Vielleicht gibt es eine ganz einfache Erklärung. Aber wenn du mit Harry Brent sprichst, sag ihm, dass ich ihn sehen will. Sag ihm, ich erwarte ihn um neun Uhr in meinem Büro.«

Brent erschien pünktlich und folgte damit der Vorladung des Inspektors. Er parkte seinen Jaguar um zehn vor neun vor dem Polizeirevier von Market Weldon und war fünf Minuten vor der vereinbarten Zeit in Miltons Büro. Milton war derjenige, der zu spät kam. Er fand Brent in seinem Büro sitzend vor, wo er in einer alten Zeitschrift blätterte.

»Es tut mir leid, dass ich Sie habe warten lassen, Mr. Brent.«

Als Brent aufstand, stellte Milton nicht ohne Genugtuung fest, dass auch er unter Schlafmangel litt und deutliche Anzeichen von Anspannung zeigte.

»Das ist schon in Ordnung. Ich bin ein bisschen früher gekommen.«

»Sieht so aus, als ob es einer dieser Vormittage wird, an denen alles zusammenkommt. Ich habe gerade erfahren, dass einer meiner Beamten niedergefahren wurde und der Lenker Fahrerflucht begangen hat. Ich würde mir gerne ansehen, wo es passiert ist. Haben Sie Lust auf einen Spaziergang? Es ist nur ein paar Minuten entfernt – und wenigstens haben wir so vom Telefon Ruhe.«

Brent nickte zustimmend. Keiner der beiden Männer sprach ein Wort, bis sie das Polizeirevier verlassen hatten und in Richtung High Street schritten.

Dann sagte Brent: »Gibt es Neuigkeiten von Carol?«

»Nein. Leider nicht. Wissen Sie, es fällt mir sehr schwer zu glauben, dass sie gestern Abend den Zug genommen hat.«

»Selbstverständlich hat sie den Zug genommen. Ich habe sie doch zum Bahnhof gebracht.«

»Keiner hat sie am Bahnhof gesehen. Niemand scheint sich daran zu erinnern, dass sie in den Zug ein- oder ausgestiegen ist. Wie auch immer, lassen Sie mich Ihre Geschichte hören. Wann sind Sie im *San Remo* angekommen?«

»Etwa zehn vor …« Brent sah zu dem Inspektor hinüber. »Woher wissen Sie, dass wir im *San Remo* zu Abend gegessen haben?«

»Eric hat es mir erzählt«, antwortete Milton gleichmütig. »Sie müssen es wohl ihm gegenüber erwähnt haben, als er Sie angerufen hat.«

»Oh, ja, das ist richtig. Das habe ich wohl.«

»Berichten Sie weiter.«

»Ich kam gegen zehn vor neun dort an. Carol war spät dran – etwa eine Viertelstunde, würde ich sagen. Wir aßen zu Abend und verließen das Restaurant gegen Viertel vor elf. Ich habe sie zum Bahnhof gefahren und sie hat den Zug genommen.«

»Haben Sie sie in den Zug einsteigen sehen?«

»Ähm – nein. Das habe ich nicht.«

»Woher wissen Sie dann, dass sie ihn genommen hat?«

»Aber sie muss ihn genommen haben, denn …«

Milton blieb stehen, drehte sich zu Brent um und zwang den anderen Mann, ihm direkt in die Augen zu sehen. »Ich will wissen, was passiert ist, ich will genau wissen, was am Bahnhof passiert ist.«

»Wir … Wir hatten einen schlimmen Streit im Restaurant und saßen eine Weile im Auto, um über alles zu sprechen. Gegen zwanzig nach elf stiegen wir beide aus dem Auto aus und gingen zum Bahnhof. Ich habe mich von ihr verabschiedet und bin dann nach Hause gefahren.«

Sie gingen weiter, jetzt etwas langsamer. Milton sagte: »Wo haben Sie sich verabschiedet – auf dem Bahnsteig?«

»Nein. Am Bücherstand. Ich bin nicht auf den Bahnsteig gegangen. Sie aber schon. Ich stand da und sah ihr nach.«

»Aber Sie haben nicht gesehen, wie sie in den Zug gestiegen ist?«

»Nein. Das habe ich nicht.« Brent zögerte, wie ein Mann, der gezwungen ist, schmerzhafte Enthüllungen zu machen. »Ich war zu durcheinander.«

»Durcheinander?«

162

»Ja. Ich sagte es Ihnen doch bereits. Wir hatten einen Streit.«

»Worum ging es bei diesem Streit genau?«

»Muss ich Ihnen das erzählen?«

»Sie müssen mir gar nichts erzählen, Mr. Brent, wenn Sie nicht wollen.«

Milton schaute über seine Schulter und wartete auf eine Lücke im Verkehrsstrom, damit sie die Straße überqueren konnten.

»Um Himmels willen, hören Sie auf, mich Mr. Brent zu nennen! Sie beschuldigte mich, ein Lügner zu sein, sie sagte, sie wisse genau, dass ich ...« Brents Verzweiflung wuchs ihm über den Kopf. »Hören Sie, was zum Teufel spielt es für eine Rolle, worum es bei dem Streit ging? Ich versuche nicht, Ihnen etwas vorzumachen oder etwas zu vertuschen. Ich habe es Ihnen doch schon gesagt. Wir hatten einen Riesenkrach und haben Schluss gemacht.«

Milton trat plötzlich vom Bordstein ab, wich hinter einem Lieferwagen und vor einem entgegenkommenden Auto aus, und zwar auf eine Art und Weise, die für einen Polizeibeamten nicht gerade vorbildlich war. Brent musste sich beeilen, um mit ihm Schritt zu halten.

»War Carol aufgewühlt?«, fragte der Inspektor, als sie wieder sicher auf dem Bürgersteig standen.

»Ja.« Brent schien von der Frage überrascht zu sein. »Natürlich war sie das.«

»Sehr aufgewühlt?«

»Sehr. Das waren wir beide. Deshalb bin ich auch nicht mit ihr auf den Bahnsteig gegangen. Normalerweise tue ich das, aber gestern Abend – tja, also ... hatten wir uns verabschiedet. Ich konnte es einfach nicht mehr ertragen ...«

»Wenn Sie sagen, sie haben Schluss gemacht – meinen Sie damit, dass ...«

»Genau das meine ich«, rief Brent in einem plötzlichen Ausbruch von Wut aus. »Aus und vorbei! Ein für alle Mal!«

Direkt hinter ihnen verlangsamte ein Auto, dessen Fahrer diskret auf die Hupe drückte. Milton drehte sich verärgert um und sah das besorgte Gesicht von Sergeant Phillips, der ihn aus dem Heckfenster eines Polizeiautos anschaute.

»Inspektor!«

»Mein Gott, Phillips! Was ist das, ein Überfall?«

»Ich dachte mir, dass ich Sie in dieser Straße finden würde. Wir haben Neuigkeiten, Sir.«

»Kann das nicht warten? Ich bin in zehn Minuten wieder auf dem Revier.«

»Es ist ziemlich dringend. Es betrifft auch Mr. Brent.«

Das Polizeiauto hatte am Bordstein angehalten. Milton öffnete die Tür und wandte sich an Harry. »Wir können unser Gespräch später zu Ende führen. Steigen Sie ein und hören wir, was Phillips zu sagen hat.«

Die beiden Männer bückten sich, um auf den Rücksitz des Wagens zu klettern, während Phillips zur Seite rutschte, um Platz für sie zu machen. Er hielt ein lose eingewickeltes braunes Papierpaket auf seinem Knie. Die Autotür schlug zu und der Fahrer drückte aufs Gas.

»Ich fürchte, wir haben Neuigkeiten was Miss Vyner betrifft, Sir.«

Phillips sah Milton an und begann nach seinem zustimmenden Nicken, das braune Papierpaket auszupacken.

»Das sind die von Carol!«, rief Brent, der neben Phillips saß.

»Ja«, sagte Phillips, breitete das Papier aus und balancierte die Gegenstände auf seinem Knie. »Miss Vyners Handtasche und ihre Schuhe.«

»Wo haben Sie sie gefunden?«, fragte Milton angespannt.

»Sie wurden in Kingston gefunden – in der Nähe des Flusses. Ein kleines Mädchen hat sie auf dem Weg zur Schule gefunden.«

»In Kingston?«, wiederholte Brent. Er wandte sich an Milton. »Sie muss den Zug auf dem gegenüberliegenden Bahnsteig genommen haben, den um 23.25 Uhr. Dieser fuhr nach Kingston.«

Milton starrte auf die Schuhe und die Handtasche, die mit Schlamm verschmiert waren und an denen kleine Grashalme klebten.

164

»Es sei denn, sie wurde dorthin gebracht«, sagte er hölzern. »Wird der Fluss schon durchsucht, Phillips?«

»Ja. Die Froschmänner sind schon vor Ort.«

Milton war sichtlich bemüht, seine Gefühle zu kontrollieren. Er beugte sich vor. »Fahrer, bringen Sie uns so schnell wie möglich zurück zum Bahnhof.«

»Hören Sie, Inspektor«, sagte Brent, »was meinten Sie mit »Es sei denn, sie wurde dorthin gebracht«. Wollen Sie damit sagen, dass …«

»Ich will gar nichts sagen«, schnauzte Milton. Er hatte sich gegen Brent gerichtet. Zum ersten Mal wurde die Feindseligkeit zwischen den beiden Männern schmerzlich deutlich. »Im Moment wäre ich sogar froh, wenn man mir mehr sagen würde, Mr. Brent.«

Der Vormittag schien endlos zu sein. Jede halbe Stunde rief Milton in Kingston an, aber die Antwort war immer die gleiche: Die Froschmänner der Polizei hatten nichts gefunden, was mit Carol in Verbindung gebracht werden konnte. Und obwohl die Themseverwaltung und die weiter flussabwärts gelegenen Polizeistationen alarmiert worden waren, gab es keine Meldung über den Fund einer Leiche. Milton hatte den Moment hinausgeschoben, in dem er Eric Vyner die Nachricht überbringen musste. Er war zwar in der Lage, seine eigenen Emotionen unter Kontrolle zu halten, aber Vyners Verzweiflung war derart, dass er die Gefahr sah, dass er seine eigenen Gefühle nicht mehr halten konnte. Gegen Mittag ließ es sich nicht mehr aufschieben. Er nahm einen Polizeiwagen und wies den Fahrer an, ihn zur Becklehurst-Farm zu bringen.

Am Tor vor der Auffahrt, die zum Haus führte, musste der Fahrer stark bremsen. Aus der Einfahrt kam ein anderes Fahrzeug, eine große Ford-Limousine mit einem Anhänger. Als das Auto vorbeifuhr und den Polizeiwagen nur um Haaresbreite verfehlte, sah Milton das Gesicht von Mr. Tolly, der ihn vom Fahrersitz aus anstarrte. Er nickte dem Inspektor als Zeichen, dass er ihn gesehen hatte, kurz zu und war dann verschwunden.

Vyner war den ganzen Vormittag zu Hause geblieben

und hatte sich in Reichweite des Telefons aufgehalten. Er musste das herannahende Polizeiauto gehört haben, denn er war schon auf halbem Weg die Treppe vor dem Haus heruntergekommen, als Milton ausstieg.

»Gibt es etwas Neues von Carol?«

»Wir haben ihre Handtasche gefunden, Eric – und ihre Schuhe.«

Vyners Lippen zitterten. »Wo?«

»Ein kleines Mädchen hat sie gefunden, in der Nähe des Flusses, in Kingston.«

»Oh, mein Gott!«, flüsterte Vyner. Er sah wild um sich. »Ich hole den Wagen raus! Ich fahre dorthin!«

Milton musste ihn am Arm festhalten, um ihn zu bändigen.

»Eric, warte mal, ich stehe in ständigem Kontakt mit Kingston. Glaub mir, es hat keinen Sinn, dorthin zu fahren! Es gibt absolut nichts, was du dort tun kannst.«

»In Ordnung, Alan«. Er schüttelte den Kopf und ließ die Schultern hängen. »Wie du meinst.«

»Hast du Harry heute Vormittag gesehen?«, fragte Milton.

»Nein – und das verstehe ich überhaupt nicht. Natürlich habe ich erwartet, dass er sich meldet, aber das hat er nicht. Er hat mich nicht einmal angerufen. Ist er zurück nach London gefahren?«

Der Polizeifahrer hatte den Wagen leise gewendet und ihn ordentlich in der Einfahrt geparkt. Im Inneren des Hauses begann eine große Standuhr zwölf Uhr zu schlagen.

»Ja, ich glaube. Eric, Harry zufolge hatten er und Carol gestern Abend einen Streit. Sie waren beide sehr aufgewühlt. Es scheint so, als hätten sie Schluss gemacht …«

»Sie haben ihre Verlobung gelöst?«, sagte Vyner überrascht. »Das wusste ich nicht.«

»Das wollte ich dich fragen. Hat Harry den Streit nicht erwähnt, als er mit dir am Telefon sprach?«

»Nein, hat er nicht.«

»Bist du sicher?«

»Ja, ich bin mir ganz sicher.«

»Danke, Eric.« Milton drehte sich zum Auto um. »Sobald ich etwas höre, melde ich mich bei dir. Mach dir in der Zwischenzeit nicht zu viele Sorgen.« Mit einem Griff an die Tür fragte er dann noch lässig über die Schulter: »War das nicht Harold Tolly, den ich gerade aus dem Tor herausfahren sah?«

Vyner, der in seinen eigenen Gedanken versunken war, schien die Frage zunächst nicht zu bemerken. Dann zuckte er leicht und konzentrierte sich wieder auf die Realität: »Tolly? Ach, ja. Er braucht ein paar Pflanzen für einen seiner Verkaufsstände. Er dachte, ich könnte ihm vielleicht helfen.«

»Hast du ihm von Carol erzählt?«

»Ich habe gesagt, dass ich mir Sorgen mache, weil sie gestern Abend nicht nach Hause gekommen ist. Habe ich einen Fehler gemacht? Hätte ich es nicht erwähnen sollen?«

»Oh, das macht nichts, Eric«, beruhigte ihn Milton.

Vyner jedoch zog noch immer die Stirn in Falten, als der Inspektor in den Wagen schlüpfte und sich wegfahren ließ.

Milton bemerkte den großen Ford, der auf der gegenüberliegenden Straßenseite der Polizeistation geparkt war. Er hatte die gleiche Farbe wie jener, der auf der Becklehurst-Farm fast mit dem Polizeiauto zusammengestoßen wäre, aber es war kein Anhänger daran befestigt.

»Ist das nicht der Wagen, der uns fast angefahren hat, Benson?«

Der Fahrer wartete, bis eine Fahrzeugkolonne vorbeigefahren war, bevor er auf den Polizeiparkplatz einbog, und schaute auf das Nummernschild.

»Ja, Sir. Dieselbe Nummer.«

»Hm. Dann hat er sich aber beeilt, um hierher zu kommen.« Milton überprüfte, ob es beim Empfangssergeant Neuigkeiten gab, holte einen Stapel Papiere aus seinem Fach und schob sich durch die Schwingtür mit der Aufschrift »Männer«. Er wusste, dass er seine Chance nutzen sollte, solange er noch konnte. Sobald er in diesem Büro war …

Er wusch sich gerade die Hände, als die Tür aufgestoßen wurde und Phillips hereinkam.

»Hallo, Roy! Gibt es Neuigkeiten aus Kingston?«

»Nein, nichts. Ich habe gerade wieder mit ihnen telefoniert. Es gab jedoch einen Anruf aus Dalcsbury. Die Verhandlung gegen Jason beginnt schon um halb drei, nicht um drei Uhr.«

»Das heißt, wir müssen gegen halb zwei von hier weg.«

»Ja. Und oben wartet noch ein Besucher auf Sie. Mr. Tolly.«

»Komische Sache das. Ich habe ihn gerade erst gesehen.«

»Um mit ihm zu reden?«

»Nein. Er verließ gerade Vyners Haus, als ich dort ankam. Was will er, wissen Sie das?«

»Das wollte er nicht sagen. Er besteht darauf, Sie zu sehen.«

Milton trocknete sich die Hände mit dem Handtuch ab und ging zur Tür.

Tolly wartete in seinem Büro unter Tomlins' wachsamen Augen auf ihn. Als wolle er eine ernsthaftere und konventionellere Haltung signalisieren, hatte er einen dunklen Anzug angezogen, der besser zur schwarzen Krawatte passte. Er stand respektvoll auf, als Milton das Büro bis zum Schreibtisch durchquerte.

»Sie wollten mich sehen?«

»Ja, wenn Sie ein paar Minuten Zeit für mich haben, Inspektor.«

»Danke, Tomlins.« Milton nickte dem Beamten zu, der unauffällig das Büro verließ. »Ich fürchte, ich habe nur ein paar Minuten für Sie, Mr. Tolly, ich habe sehr viel zu tun.«

Tolly trat näher an den Schreibtisch heran und griff in seine Brusttasche. Er holte ein postkartengroßes Foto heraus und reichte es Milton.

»Ich habe gestern Abend ein wenig aufgeräumt und bin durch einige Sachen von Phyllis – von meiner Frau gegangen. Ich habe dieses Foto in einer alten Handtasche von ihr gefunden. Ich dachte, es würde Sie vielleicht interessieren.«

Milton studierte das Foto, das einen Mann und eine Frau auf einem belebten Bürgersteig zeigte. Er glaubte, die Stelle wiederzuerkennen, denn sie befand sich am oberen Ende der

168

Lower Richmond Street, wo sie in den Piccadilly Circus mündete. Dies war ein bekannter Platz für Straßenfotografen und dieser hier hatte das Paar offensichtlich fotografiert, bevor sie ihn bemerkt hatten. Außerdem war er überzeugend genug gewesen, dass sie sein Bild kauften. Sie standen Arm in Arm, sehr eng beieinander und schauten sich auf eine Weise an, die auf eine sehr intime Beziehung schließen ließ.

»Haben Sie das schon jemandem gezeigt?«

»Nein.«

»Auch nicht Mr. Vyner?«

»Nein, ich sagte doch, ich habe es niemandem sonst gezeigt … Oh, ich verstehe, worauf Sie hinaus wollen.« Tolly schüttelte den Kopf. »Wegen des Fotos war ich heute Vormittag nicht bei Vyner.«

»Warum waren Sie bei ihm?«

»Ich brauche ein paar Pflanzen für einen meiner Stände und habe gehofft, dass er mir vielleicht helfen kann.«

Milton nickte und betrachtete erneut das Foto. »Wussten Sie, dass er mit Ihrer Frau befreundet war?«

»Nun, ich wusste natürlich, dass er Phyllis kannte – er hat sie durch seine Schwester kennengelernt. Aber wenn Sie mich fragen, dann deutet dieses Foto darauf hin, dass sie mehr als nur Freunde waren.«

»Ja. Ja, das tut es.« Milton klopfte mit dem Rand des Fotos gegen seine Handfläche. Dann sah er auf und sprach zügig. »Tja, danke, Mr. Tolly. Ich behalte das hier, wenn ich darf.«

»Ja, natürlich.« Tolly war von dieser plötzlichen Entlassung überrascht. Er beobachtete Milton, während der Inspektor sich auf die Papiere auf seinem Schreibtisch konzentrierte. Nach einem Moment blickte der Inspektor auf. »Gibt es sonst noch etwas, weswegen Sie mich sehen wollten?«

»Ja, da gibt es noch etwas. Ich habe es mir anders überlegt.«

»Es sich anders überlegt, Mr. Tolly?«

»Ja.« Tolly verlagerte sein Gewicht von einem Fuß auf den anderen und rieb die Knöchel der linken Hand mit der Handfläche der rechten. »Ich habe mich entschlossen, die

Wahrheit zu sagen. Es war absolut wahr, was Mrs. Green Ihnen neulich erzählt hat. Ich habe sie gebeten, den Füller für mich zu besorgen – Fieldings Füller. Ich habe ihr fünfzig Pfund dafür geboten.«

Tolly nahm den blau-goldenen Parker, den Milton schon kannte, aus der Tasche und legte ihn auf den Schreibtisch.

Milton beobachtete ihn. Tollys Hand zitterte leicht. »Warum wollten Sie den Füller?«

»Ein Bekannter von mir bat mich, ihn für sich zu besorgen. Er sagte, er würde eine Menge Geld dafür bezahlen.«

»Was nennen Sie eine Menge Geld?«

»Vierhundert Pfund – in bar.«

Milton rieb sich sein Auge, dass zu jucken begonnen hatte. Tolly stand wie ein Schuljunge vor dem Schreibtisch des Schuldirektors. »Wer war dieser Mann?«

Tolly schien nicht antworten zu wollen, also beschloss Milton, ihm zu helfen: »War es der Mann, den wir aufgegriffen haben – Kevin Jason?«

Tolly nickte.

»Wie gut kennen Sie Jason?«

»Ich kenne ihn kaum. Er hat sich mir eines Abends vorgestellt, im *The Crown* in Kingston. Er sagte, dass er gehört hatte, dass meine Frau früher für Fielding gearbeitet habe und eine Freundin von Mrs. Green sei. Wir unterhielten uns eine Weile. Er zahlte ein paar Runden. Ich dachte, er sei ein bisschen verrückt und ich nahm ihn nicht allzu ernst. Aber am nächsten Abend war er wieder im Pub und wir kamen wieder ins Gespräch. Da hat er mir den Vorschlag gemacht.«

»Hat er Ihnen gesagt, warum er den Füller haben wollte? Warum er bereit war, so viel Geld dafür zu bezahlen?«

»Nein, das hat er nicht. Ich fragte ihn, und er sagte, das dass seine Sache sei. Meine Sache sei es, den Füller zu besorgen. Ich glaube immer noch, dass er ein Spinner ist. Das verdammte Ding ist keinen Fünfer wert.«

Milton hob den Füller auf und hielt ihn Tolly vor die Nase. »Warum haben Sie mir das nicht gleich erzählt, Mr. Tolly?«

»Ich wollte nicht in Schwierigkeiten geraten. Und außerdem …«

»Was?«

»Jason hat mir zweihundert Pfund als Anzahlung gegeben. Ich dachte, ich wäre sie los, wenn ich Ihnen erzähle, was
wirklich passiert ist.«

»Verstehe.« Milton erhob sich vom Schreibtisch und
legte den Stift in die Schublade eines Stahlschranks. Tolly
folgte ihm mit den Augen.

»Ich habe Ihnen die Wahrheit gesagt, Inspektor. Es tut
mir nur leid, dass ich es nicht schon früher getan habe.«

»Mir auch, Mr. Tolly.«

Milton schloss den Schrank wieder und drehte sich zu
Tolly um, der ihn nun wieder selbstbewusst anlächelte.

»Inspektor, ich habe Ihnen jetzt einige Informationen
gegeben, vielleicht geben Sie mir nun auch welche.«

»Was wollen Sie wissen?«

»Was hat Jason Ihnen gesagt? Welche Geschichte hat er
Ihnen erzählt?«

»Er weigert sich, den Mund aufzumachen. Er will uns
nichts sagen.«

»Er weigert sich? Dann halten Sie ihn also immer noch
fest?«

»Ja. Er ist vor ein paar Tagen in meine Wohnung eingebrochen. Er war bewaffnet und hat mich bedroht. Der Fall
wird heute Nachmittag verhandelt.«

»Das habe ich nicht gewusst! Ich fasse es nicht! Deshalb
haben Sie ihn also mitgenommen!«

»So ist es.« Milton ging zur Tür und öffnete sie, um Tolly damit anzudeuten, dass er keine Zeit mehr für ihn hatte.
»Wenn Sie mich jetzt entschuldigen würden, Sir.«

Die sich öffnende Tür gab den Blick auf die statuenhafte
Gestalt von Phillips frei, der in aufmerksamer Haltung mit
dem Ohr an der Tür stand und mit dem Finger zum Klopfen
ansetzen wollte. Er richtete sich etwas verlegen auf und blickte vom Inspektor zu Tolly. Was auch immer er zu sagen hatte,
sein Verhalten ließ vermuten, dass es nicht für Tolly bestimmt
war.

»Ja, natürlich«, sagte Tolly. Er zögerte, als hätte er noch

etwas hinzufügen wollen, dann überlegte er es sich anders und ging hinaus, wobei er Phillips im Vorbeigehen grüßte.

Phillips schloss die Tür, behielt aber seine große Hand auf der Klinke. »Eine Nachricht kam eben durch. Von Jason.«

»Jason?«

»Er will Sie sehen, bevor der Fall zur Verhandlung kommt. Sie bringen ihn jetzt hierher.«

Milton und sein Sergeant sahen sich an, keiner von beiden wollte dem anderen zeigen, wie sehr sie hofften, dass dies der Durchbruch sein würde, auf den sie gewartet hatten.

»Wird er reden, Roy?«

»Ja. Ich habe das Gefühl, das er das wird.«

Der Wachtmeister, der Jason von seiner Zelle zu Miltons Büro begleiten sollte, hieß Tom Laidman. Er war ein wenig enttäuscht von der Polizei. Man hatte ihn nicht schnell befördert und sein Gehalt war im Vergleich zu dem seiner Kollegen, die in Fabriken gegangen waren oder sich selbständig gemacht hatten, nicht gerade üppig. Seine Kündigung war eingereicht und angenommen worden und nun musste er die vereinbarte Kündigungsfrist abwarten. Danach würde es ihm freistehen, eine lukrativere Beschäftigung anzunehmen, die es ihm ermöglichen würde, seine Frau und seine Familie mit fünf Kindern in einem Stil zu unterhalten, der den Vorstellungen von Mrs. Laidman eher entsprach.

Er rechnete bei dem Gefangenen nicht mit großen Schwierigkeiten.

Jason hatte ihm immer wieder versichert, dass ihn ein paar Tage in der Zelle zur Vernunft gebracht hätten. Von nun an würde er sich mit der Polizei gut stellen. Laidman konnte nicht umhin, sich über die übertriebene gute Laune des Iren zu amüsieren. Außerdem fand er es auch schmeichelhaft, zur Abwechslung »Officer« genannt zu werden.

Bei seiner Ankunft in der Polizeibezirksverwaltung meldete sich Laidman am Empfang, wo Tomlins gerade mit dem diensthabenden Sergeant sprach.

»Ich werde ihm sagen, dass Sie hier sind«, sagte Tomlins, »ich bin nicht sicher, ob er in einer Besprechung ist oder nicht. Sie können Ihren Mann in den Warteraum bringen.«

»In Ordnung«, sagte Laidman resigniert. Zu langes Warten würde bedeuten, dass er wieder zu spät zum Mittagessen aufbrechen würde. »Los, Ire, hier lang.«

Jason zeigte gewisse Anzeichen eines dringenden körperlichen Bedürfnisses, indem er sich erst auf einen Fuß und dann auf den anderen stellte.

»Wäre es jetzt zu viel verlangt, wenn ich vor dem Gespräch mit dem Inspektor das stille Örtchen aufsuchen dürfte? Ich würde ungern in seiner Gegenwart …«

Laidman konnte sich ein Lächeln nicht verkneifen. »Na gut. Die Herrentoilette ist dort drüben. Aber lassen Sie sich nicht zu viel Zeit.«

Jason wandte sich eilig der Tür mit der Aufschrift »Männer« zu. Als er sie aufstieß, rief Laidman ihm nach. »Und Sie brauchen nicht zu glauben, dass Sie da rauskommen. Selbst der kleine Däumling könnte sich da nicht durch das Fenster quetschen.«

Jason machte ein unhöfliches Zeichen mit den Fingern und verschwand durch die Tür, die zuschwang. Drinnen angekommen, änderte sich sein Verhalten. Mit einer schnellen, frettchenartigen Bewegung überprüfte er das Fenster und stellte fest, dass Laidman recht hatte. Aber durch einen glücklichen Zufall hatte er die Toilette für sich allein. Um sicherzugehen, stieß er die Türen der drei abschließbaren Wasserklosetts auf. Sie waren leer. Dann betrat er das mittlere und schloss die Tür hinter sich ab. Er stellte sich auf den Sitz und hob eine Hand, um oben auf dem Spülkasten nach etwas zu tasten. Seine tastenden Finger stießen auf ein kleines Päckchen. Er zog es vorsichtig herunter und setzte sich auf den Sitz, um es auszupacken. Es enthielt eine Automatikpistole und einen Zettel. Die Nachricht war kurz: »DU WIRST ABGEHOLT, UM ZWEI ODER DREI UHR AM CLARENCE GATE.«

Jason zerriss die Nachricht in kleine Stücke und spülte sie in der Toilette hinunter. Er legte die braune Papierverpackung wieder auf den Spülkasten. Seine Hände begannen zu zittern. Er war nicht glücklich darüber, wieder eine Waffe in den Händen zu halten. Der letzte Versuch, bewaffnete Gewalt anzuwenden, war gründlich schiefgegangen. Er durfte sich nicht noch einmal auf diese Weise erwischen lassen. Aber Befehl war Befehl und die Furcht vor dem Absender dieser knappen Nachricht war mindestens so groß wie seine Angst vor der Polizei.

Während er in der Kabine saß, war die Tür einmal aufgesprungen und ein Mann war hereingekommen. Er wartete, bis er wieder hinausgegangen war. Dann ging er mit der kleinen Automatik, die er in seiner rechten Hand hielt und in seiner Hosentasche versteckte, zur Schwingtür und stieß sie auf.

Laidman lehnte am Empfangspult und sprach mit Tomlins, der aus Miltons Büro zurückgekehrt war.

»Sie haben sich aber ganz schön zeitgelassen, Ire!«, sagte er.

»Hat der Inspektor schon Zeit für mich?«, fragte er und versuchte, den scherzhaften Ton beizubehalten.

»Noch nicht«, sagte Laidman. »Sie müssen sich noch ein wenig die Beine in den Bauch stellen. Gehen Sie bitte in diesen Warteraum. Nein, *nach* Ihnen.«

Erleichtert darüber, dass er die Haupteingangshalle nicht verlassen musste, ließ Jason sich in den Warteraum führen. Es war ein trostloser Ort mit gepolsterten Bänken an den Wänden und einem einfachen Tisch in der Mitte. Der Geruch von abgestandenem Zigarettenrauch lag in der Luft. Das Fenster, das auf einen Hinterhof hinausging, der von Garagen für die Polizeiautos gesäumt war, war fest verschlossen.

Im Raum angekommen, ging Jason schnell auf die andere Seite des Tisches, so dass er mit dem Rücken zum Fenster stand. Laidman schloss vorsichtig die Tür. Er schaute gerade auf seine Uhr, als er sich umdrehte und sah, wie Jason ihm von der anderen Seite des Tisches bedrohte. Er hatte seine Hand aus der Tasche genommen und richtete nun die Automatik auf ihn. Wenn seine Hand zitterte, bemerkte Laidman es nicht.

»Wo zum Teufel haben Sie die her?«

»Das spielt keine Rolle«, knurrte Jason. »Kommen Sie näher, aber versuchen Sie nicht, mir zu nahe zu kommen, sonst krieg ich 'nen Koller und durchlöchere Sie.«

174

Der plötzliche bedrohliche Ton in der Stimme des Mannes machte Laidman Angst. Einen Moment lang dachte er daran, sich schnell umzudrehen und die Tür aufzureißen, dann überlegte er es sich anders und ging langsam um den Tisch herum. Wenn er vielleicht nahe genug herankommen könnte, dann …

»Gut. Lösen Sie den Fensterriegel und schieben Sie den unteren Teil nach oben.«

Jason ging rückwärts um den Tisch herum, so dass er zwischen ihm und Laidman stand. Laidman, der den anderen Mann aus den Augenwinkeln beobachtete, löste den Fensterverschluss und schob den Rahmen hoch. Dabei warf er einen Blick auf den Hof, aber es war niemand zu sehen.

»Noch höher«, befahl Jason. »Okay, das genügt. Und jetzt weg vom Fenster.«

Laidman tat, wie ihm geheißen, wobei ihm widersprüchliche Überlegungen durch den Kopf gingen – seine Loyalität gegenüber der Truppe, seine Pflicht gegenüber seiner Familie und was seine Freunde sagen würden, wenn man ihn als Feigling brandmarkte. In einer solchen Situation hatte man nie genug Zeit zum Nachdenken. Dann wich er zur Seite des Tisches zurück. Jason eilte zum Fenster und stieg, immer noch seine Automatik auf Laidman gerichtet, mit einem Bein über die Fensterbank.

Ohne zu wissen, warum er es tat, stürzte Laidman nach vorne. Er hatte die verrückte Idee, das Fenster auf seinen Gefangenen herunterzulassen und ihn mit einem Bein draußen und einem Bein im Raum festzuhalten. Es gelang ihm nicht. Jason drückte ab. Laidman ging zu Boden und hielt die Hände krampfhaft vor seinen Bauch. Der kleine Ire sprang in den Hof hinunter, schlug das Fenster zu und rannte um die Ecke des Gebäudes. Eine Gasse trennte die Polizeistation von den neuen Büros der Stadtverwaltung. Als er vor dem Gebäude auftauchte, setzte er zu einem lockeren Spaziergang an. Jeder in Sichtweite starrte auf die Fassade des Polizeireviers und fragte sich, ob es sich bei dem, was zu hören gewesen war, um einen Schuss oder um eine Fehlzündung gehandelt hatte. Jason wandte sich in die andere Richtung und sein Schritt wurde immer schneller, je näher er der High Street kam.

Brent parkte seinen Jaguar in einer Seitenstraße in der Nähe des unteren Endes der St. James's Street, steckte acht Sixpence-Stücke in die Parkuhr und sah nach der Zeit. Es war drei Minuten vor eins. Er ging den westlichen Bürgersteig der St. James's Street hinauf, und zwar in einem solchen Tempo, dass er um Punkt eins vor der Tür des Westminster Clubs stand. Sir Gordon war ein Pünktlichkeitsverfechter. Der Eingang zu diesem berühmten und exklusiven Club war eine unauffällige Tür in einem formschönen, prächtigen georgianischen Haus. Der Portier, der in einer kleinen Loge saß und die Mittagsausgabe der *Evening News* auf dem Schoß hatte, blickte über seine Brille zu Brent auf.

»Guten Tag.«

»Guten Tag, Sir.«

»Ich bin mit Sir Gordon Town verabredet.«

»Ah, Mr. Brent?«

»Stimmt.«

Der Portier legte seine Zeitung beiseite und kam aus seinem kleinen Büro. »Sir Gordon erwartet Sie. Darf ich Ihnen Hut und Mantel abnehmen, Sir?«

Brent gab seinen Hut und Mantel ab und folgte dem Portier in den Hauptraum des Clubs. Gruppen von Männern in dunklen Anzügen standen da und unterhielten sich leise. Andere studierten die neuesten Informationen, die vom Fernschreiber ausgegeben wurden, oder überflogen die Aushänge an der Anschlagtafel. Viele Augen richteten sich auf den Fremden und musterten ihn mit der für die englische Oberschicht typischen Zurückhaltung. Der Portier führte Brent durch einen kurzen Gang in einen Raucherraum, der mit tiefen und mit schwarzem Leder bezogenen Stühlen ausgestattet war. Er wandte sich an einen Mann mit ergrauendem Haar, der in einer Ecke saß, und neigte den Kopf, um ihm leise ins Ohr zu sprechen.

»Mr. Brent, Sir.«

»Ah, Brent.«

Sir Gordon Town legte sein Exemplar der *Times* auf die

Lehne seines Stuhls und stand auf. Der Portier verschwand unauffällig.

Brents Gastgeber war ein großer, spitzbübisch aussehender Mann in den späten Fünfzigern. Er reichte Brent eine starke, kühle Hand.

»Schön, Sie zu sehen. Wie geht es Ihnen?«

»Mir geht es sehr gut, danke, Sir – alles in allem.«

Sir Gordons Augen ruhten ein paar Sekunden lang forschend auf ihm.

»Nur zu, setzen Sie sich doch. Was möchten Sie trinken?«

Brent hatte bemerkt, dass Sir Gordon ein hohes Glas mit sehr hellem Sherry zur Hälfte ausgetrunken hatte. Er sagte: »Kann ich einen trockenen Martini haben?«

Sir Gordons Blick winkte kurz dem Kellner, der aus einer dunklen Ecke des Raumes aufgetaucht war.

»Ist es möglich, einen trockenen Martini zu bekommen, Derek?«

Der Kellner lächelte müde und nachsichtig. »Wir werden unser Bestes tun, Sir.«

Sir Gordon schlug die Beine übereinander und hob sein Sherryglas.

»Bevor ich es vergesse, Brent. Eine Nachricht von Morgan. Er will Sie am nächsten Donnerstag um drei Uhr sehen, Ihre Auffrischungsspritze ist fällig.«

»Aber ich hatte doch erst vor ein paar Monaten eine«, protestierte Brent.

»Ja, ich weiß. Aber Sie kennen doch unseren Doktor – er leitet doch praktisch die ganze Abteilung. Leider ist er fürchterlich gewissenhaft.«

»Hören Sie, Sir – bitte sagen Sie Morgan, dass mit meiner Gesundheit alles in Ordnung ist. Glauben Sie mir, wenn ich das Gefühl habe, dass ich diesen Job nicht mehr machen kann, dann bin ich der Erste, der …«

»Sagen Sie es ihm doch, Brent. Sie sind in solchen Dingen viel besser als ich.« Er lächelte entwaffnend. »Aber wir haben uns nicht getroffen, um über Ihre Reflexe zu sprechen, so ausgezeichnet sie auch sind, mein Lieber. Wie ich von

Rainer hörte, haben Sie ein Problem?«

»Ja, Sir.«

»Ist es das Mädchen?«

»Zum Teil«, gab Brent zu, fügte aber schnell hinzu: »Wie auch immer, dafür übernehme ich die volle Verantwortung, Sir.«

»Wenn es also nicht Miss Vyner ist, was ist es dann?«

Brent lehnte sich in seinem Stuhl nach vorne und warf einen Blick auf die anderen Anwesenden im Raum. Keiner war nahe genug, um das Gespräch belauschen zu können. Sir Gordon hatte sich die abgelegenste Ecke des Clubs ausgesucht.

»Die Sache spitzt sich zu. Mit ein bisschen Glück können wir diesen Mistkerl in ein oder zwei Tagen festnehmen.«

»Und?«

»Ich möchte mit Inspektor Milton über Fielding sprechen. Ich möchte ihm die ganze Geschichte erzählen.«

»Milton? Das ist der Mann von der örtlichen Kriminalpolizei?«

»Ja. Habe ich Ihre Erlaubnis, Sir?«

Sir Gordon steckte eine Zigarette in eine Halterung und holte ein Feuerzeug aus seiner Westentasche.

»Glauben Sie, dass es notwendig ist, ihm die ganze Geschichte zu erzählen?«

»Ja, das glaube ich. Er ist intelligent, er ist kompetent und er ist sehr gewissenhaft.«

»Ach herrje! Das hört sich an wie Morgan«, sagte Sir Gordon und löschte die Flamme seines Feuerzeugs.

»Wenn wir ihn nicht ins Bild setzen, kann es Probleme geben, Sir.«

»Was für Probleme?«

»Nun – angenommen, er nimmt im falschen Moment eine Verhaftung vor.«

Sir Gordon nickte und betrachtete die glühende Spitze seiner Zigarette. »Ja, das ist ein Punkt, den man wirklich bedenken sollte.«

»Außerdem«, fuhr Brent fort, »hat er einige Informationen, die ich brauche. Ich weiß schon, dass Sie sie auch für

178

mich auch besorgen können, indem Sie zum Polizeipräsidenten gehen, wenn es nötig ist. Aber die Dinge spitzen sich zu und wir können jeden Moment Miltons Hilfe brauchen – und die kriegen wir dann ganz spontan.«

»Was ist mit Miss Vyner?«

»Das hängt von Ihnen ab, Sir.«

»Ich dachte mir schon, dass Sie das sagen würden. Nennen Sie das Verantwortung zu übernehmen?«

»Sie scheinen zu vergessen«, erwiderte Brent, »dass das Mädchen Ihre Idee war.«

»Ich habe vorgeschlagen, dass Sie sich mit ihr anfreunden sollen – mehr nicht.«

»Ich habe mich doch mit ihr angefreundet.«

»Ja, aber dabei ist es nicht geblieben, oder, Brent?«

Brent hätte unvorsichtigerweise mit einer energischen Antwort parieren können, aber in diesem Moment erschien der Kellner mit einem Glas auf einem Silbertablett.

»Ihr trockener Martini, Sir.«

Brent nahm ihn, trank einen Schluck und fand ihn erstklassig. Als der Kellner sich aus dem Blickfeld entfernt hatte, fragte er: »Nun, habe ich Ihre Erlaubnis, mit Milton zu sprechen?«

»Wenn Sie mit Milton sprechen, dann können Sie ebenso gut dem Mädchen alles erzählen – das wissen Sie genauso gut wie ich.«

»Ja, Sir.«

»Dann müssten Sie ihr die ganze Geschichte erzählen, von Anfang an.«

»Ja, Sir.«

»Ist es das, was Sie wollen, Brent?«

»Ja, das ist es«, sagte Brent unverblümt. »Ich denke, es ist an der Zeit, dass ich offen zu ihr bin. Das wäre nicht zuletzt mal eine nette Abwechslung.«

Sir Gordon betrachtete Brent durch den leichten Dunst des Zigarettenrauchs. Auf seinem Gesicht war die Andeutung eines Lächelns zu sehen.

»Wir haben unsere Probleme, nicht wahr, Brent?«

»Ich nehme an, die Antwort ist nein«, sagte Brent düster.

Mit einem Seufzer stellte er das Glas ab und griff nach seinen eigenen Zigaretten.

»Mein lieber Freund, Sie sollten wirklich keine voreiligen Schlüsse ziehen. Ich weiß, wie Sie und Ihre Freunde in der Abteilung über mich sprechen, aber ich habe auch menschliche Gefühle. Wir besprechen das beim Mittagessen.«

Kevin Jason hatte es nicht geschafft, die Verabredung um zwei Uhr einzuhalten. Es erschien ihm zu riskant, den Bahnhof in Market Weldon zu benutzen, deshalb hatte er einen Lastwagenfahrer, der an der Shell-Tankstelle an der London Road tankte, überredet, ihn bis Hammersmith mitzunehmen. Von dort hatte er die U-Bahn nach Regent's Park genommen. Jetzt war es fünf vor drei und er begann sich Sorgen zu machen. Da er wusste, dass eine Beschreibung von ihm an alle Polizeistationen gegangen sein musste, gefiel es ihm nicht, so lange an einer Stelle stillzustehen. Jeden Moment konnte ein Streifenwagen vorbeifahren. Während er auf und ab ging, überlegte er, ob er es wagen sollte, die Automatikpistole, die er immer noch in der Hosentasche hatte, wegzuwerfen. Ein einfacher Lieferwagen kam die Straße herunter und er blieb stehen und beobachtete ihn aufmerksam. Er bog in eine Seitenstraße ein, bevor er ihn erreichte.

Es waren sieben Minuten vergangen, als er einen weiteren Lieferwagen sah, der mit einer Geschwindigkeit von zwanzig Meilen pro Stunde vorbeifuhr. Er war sich sicher, dass es dieser sein musste. Als er sich näherte, sah er die vertrauten Züge von Reg Bryer am Steuer. Jason ging auf die Straße hinaus, ein erleichtertes Lächeln auf dem Gesicht. Der Wagen verlangsamte ein wenig, aber es war offensichtlich, dass Reg nicht stehen bleiben würde. Jason konnte seinen komischen Gesichtsausdruck nicht verstehen. Der Lieferwagen fuhr an ihm vorbei, ohne anzuhalten, und die Aufschrift *Wäscherei Westdown* prangte nur wenige Zentimeter vor seiner Nase. Jason begann, dem Lieferwagen auf der Fahrbahn hinterherzulaufen. Der hintere Teil des Lieferwagens war mit einem Rollladen verschlossen, der plötzlich hochgeschoben wurde. Als er sah, wie er geöffnet wurde, glaubte Jason zu verstehen, was sie vorhatten. Sie würden ihn auf den Wagen hieven, ohne anzuhalten. Er lief noch schneller und versuchte, mit dem Lieferwagen Schritt zu halten. Hielt Reg ihn etwa für einen olympischen Sprinter?

Die hintere Klappe war nun vollständig geöffnet und gab den Blick auf eine Person frei, die sich im Inneren des Wagens befand. Aus zehn Metern Entfernung hatte Jason keine Schwierigkeiten, die Gesichtszüge von Filey zu erkennen. Filey hatte ein Gewehr in der Hand. Er hob es und zielte auf Jason. Zu überrascht, um in Deckung zu gehen, blieb Jason stehen und hob seine Arme in einer pathetischen, flehenden und auch kapitulierenden Geste hoch. Er war ein perfektes Ziel für Filey. Das Gewehr zuckte in seiner Hand und die Kugel traf Jason in die Brust. Er kippte nach vorne. Nur um sicherzugehen und um seine Treffsicherheit zu beweisen, verpasste Filey dem auf dem Boden liegenden Körper eine weitere Kugel. Er ließ den Rollladen herunter, als der Wagen schneller wurde.

Jason war noch nicht tot, aber er wusste, dass er es bald sein würde. Menschen waren rundherum und unterhielten sich aufgeregt.

»Nicht bewegen«, sagte jemand. »Warte, bis der Krankenwagen kommt.«

Kein Krankenwagen konnte so schnell herbeieilen, dass er ihm noch sein Leben retten konnte. Er wusste das. Er machte ein Zeichen mit seiner Hand.

»Er will etwas sagen«, sagte eine harte Frauenstimme.

Jemand sprach dicht an seinem Ohr. »Was ist los, alter Knabe? Was wollen Sie sagen?«

»Das mussten sie nicht tun«, murmelte Jason. »Ich hätte den Mund nicht aufgemacht …«

»Ist schon gut, alter Knabe. Versuchen Sie, nicht zu sprechen.«

Es war eine enorme Anstrengung gewesen, wieder wach zu werden. Bevor sie die Augen öffnete, hatte Carol eine Reihe ungewöhnlicher Eindrücke wahrgenommen: das Rauschen des Stadtverkehrs im Hintergrund, eine Geruchsspur auf dem

Kissen, die nicht ihre eigene war, die ungewöhnlich weiche Matratze, auf der sie lag. Sie wusste instinktiv, dass sie zu lange geschlafen hatte. Sie hätte schon vor Stunden aufstehen müssen. Sie rollte sich auf den Rücken und öffnete die Augen. Das Zimmer war ihr völlig fremd. Es enthielt zwar die übliche Einrichtung eines Schlafzimmers, aber es fehlte jegliche persönliche Note. Offensichtlich war es das Gästezimmer von jemandem. Sie kämpfte sich in eine halb sitzende Position, starrte um sich und suchte im Gedanken nach einer Erklärung.

Dann erinnerte sie sich. Wie sich ihr Kopf zu drehen begann, wie sie schläfrig und wackelig auf den Beinen wurde, an Harry, der sich mit einer seltsamen Mischung aus intensivem Interesse und Besorgnis über sie beugte. Aber so ein Zimmer gab es in seiner Wohnung nicht.

Jemand hatte sie ausgezogen, sie in einen Morgenmantel gewickelt und ins Bett gelegt. Sie konnte sehen, wie ihre Kleidung ordentlich auf einem Stuhl in der Nähe lag. Ihre Uhr war noch um ihr Handgelenk geschnallt. Sie starrte sie an und dachte, dass die Zeiger, die auf Viertel nach elf zeigten, lügen mussten. Doch eine dünne, winterliche Sonne schickte Lichtstrahlen durch die Vorhänge.

Ihr Mund war trocken. Sie schwang ihre Beine aus dem Bett und taumelte zum Waschbecken. Sie spülte sich das Gesicht mit kaltem Wasser ab und trank aus dem Zahnputzbecher. Danach fühlte sie sich ein wenig klarer im Kopf.

Die Tür des Zimmers war von außen verschlossen. Sie klopfte, rief »Harry!«, wagte aber nicht, zu viel Lärm zu machen. Keiner antwortete. Sie taumelte zurück zum Bett und ließ sich müde darauf fallen.

Plötzlich drehte jemand den Schlüssel im Schloss. Fasziniert sah sie zu, wie sie sich öffnete. Die Frau, die eintrat, war gut gekleidet. Ihr Gesichtsausdruck war von freundlicher Besorgnis geprägt.

»Schön, Sie sind aufgewacht. Geht es Ihnen gut?«

»Ich kenne Sie doch«, sagte Carol, die sich bewusst war, dass sie undeutlich sprach. »Wo habe ich Sie schon einmal gesehen?«

»Mein Name ist Jacqueline Dawson. Vielleicht haben Sie

mich schon auf der Bühne gesehen. Wir haben vor ein paar Wochen in Market Weldon gespielt.«

»Aber wie? Warum? Ist das Harrys Wohnung?«

»Nein. Es ist meine. Sie wurden gestern Abend von Harry und Mark Rainer hierhergebracht.«

»Ich verstehe das nicht. Hat man mir etwas verabreicht? Ich fühle mich furchtbar benommen.«

Die Frau war ins Zimmer gekommen und hatte die Vorhänge zurückgezogen. Sie musterte Carol mit fachkundigen Augen.

»Ich mache Ihnen jetzt eine große Tasse schwarzen Kaffee. Das wird Ihren Kopf frei machen.«

»Ja. Das wäre nett.«

Carol ließ ihren Kopf zurück auf das Kissen fallen, schloss die Augen und hörte, wie sich der Schlüssel im Schloss drehte. Sofort schlief sie wieder fest ein. Als sie das nächste Mal die Augen öffnete, war sie wach. Jacqueline hatte den Kaffee gebracht und ihn auf dem Nachttisch abgestellt. Carol griff nach ihm und stellte fest, dass er eiskalt war. Ihre Armbanduhr zeigte ihr, dass es zehn nach zwei war.

Richtig wütend stand sie aus dem Bett auf, wusch sich gründlich und zog sich schnell an. Sie brachte ihr Haar und ihr Gesicht so gut sie konnte mit den Dingen, die sie in ihrer Handtasche hatte, in Ordnung und klopfte dann gebieterisch an die Tür. Es kam keine Antwort. Sie legte ihr Ohr an die Tür. Irgendwo in der Wohnung hörte sie eine Frau sprechen – den langen Pausen nach zu urteilen, wahrscheinlich am Telefon. Dann hörte sie, wie der Hörer aufgelegt wurde und dann das Klappern von hohen Absätzen, die sich ihrer Tür näherten.

Carol trat zurück. Als Jacqueline dieses Mal hereinkam, schloss sie die Tür und lehnte sich mit dem Rücken dagegen, sie nickte in Richtung Kaffee.

»Sie haben so fest geschlafen, dass ich dachte, ich stelle den Kaffee einfach ab«, sagte sie. »Sie sehen jetzt besser aus. Es gibt etwas zu essen, wenn Sie wollen.«

»Ich würde viel lieber wissen, was das alles soll«, sagte Carol wütend. »Sie haben mich gegen meinen Willen hierhergebracht und mich eingeschlossen.«

»Miss Vyner, ich weiß, dass es für Sie sehr schwer zu glauben sein muss, aber wir haben Sie nicht ohne guten Grund hierhergebracht.«

»Aus welchem Grund?«

»Das können Sie Harry fragen. Er ist auf dem Weg hierher. Das war er am Telefon.«

»Ich frage aber Sie, Miss Dawson! Was ist letzte Nacht passiert? Ich will es jetzt wissen!«

»Harry hat Ihnen ein Getränk mit einem Beruhigungsmittel gegeben. Er wollte Sie nur schläfrig machen, damit er und Mark Sie ohne viel Aufhebens hierher nach Esher bringen konnten …«

»Nach Esher?«, antwortete Carol. »Ich bin also in Esher?«

Jacqueline nickte. »Leider sind Sie ohnmächtig geworden. Das hat ihm Angst gemacht – schreckliche Angst.«

»Recht so!«, stimmte Carol trocken zu. »Ich reagiere sehr schlecht auf solche Dinge. Aber warum wollte er mich überhaupt hierherbringen? Ich verstehe das nicht …«

»Jemand hat letzte Nacht versucht, Harry zu töten, wie Sie sicher wissen. Zum Glück sind sie gescheitert. Aber Harry war sich sicher, dass sie wieder versuchen würden, ihn zu kriegen, vielleicht auf andere Weise, vielleicht über Sie …«

»Über mich?«

»Ja.« Jacqueline trat von der Tür weg. Sie konnte sehen, dass Carols ganzer Zorn verflogen war. »Aber das können sie jetzt nicht mehr. Sie brauchen sich keine Sorgen zu machen.«

»Woher wissen Sie das?«

»Weil der betreffende Mann glaubt, dass Sie tot sind, Miss Vyner. Er glaubt, Sie seien letzte Nacht in der Themse ertrunken.«

Kapitel sechs
Der dritte Mann

Es war kurz vor vier, als Brent Esher erreichte. Er parkte seinen Wagen vor dem umgebauten Herrenhaus, in dem Jacqueline ihre Wohnung hatte. Es gab hier keinen Aufzug, daher musste er die drei Stockwerke zu Fuß hochlaufen. Auf sein Klingeln hin öffnete sie fast sofort.

»Harry! Schön, dich zu sehen. Wie ist das Mittagessen gelaufen?«

»Nicht allzu schlecht. Du kennst ja den alten Blaubart. Ich habe mich ganz schön abmühen müssen, aber am Ende habe ich bekommen, was ich wollte.«

»Das wird die Dinge viel einfacher machen.«

Sie schloss die Tür hinter ihm und folgte ihm in ihr fröhliches kleines Wohnzimmer. Er warf Mantel und Hut auf einen Sessel.

»Wie geht es der Patientin?«

»Als sie schlief, gab es keine Probleme, aber als sie schließlich aufwachte, war die Hölle los.«

Harry lächelte verschmitzt. »Also keine schlimmen Nachwirkungen?«

»Nein. Diesbezüglich brauchst du dir keine Sorgen zu machen.«

»Wo ist sie jetzt?«

Jacqueline nickte in Richtung des Gästezimmers. »Immer noch da drin. Wahrscheinlich hört sie jedes Wort, das wir sagen. Man kann in dieser Wohnung alles hören.«

Harry straffte die Schultern. »Tja, dann muss ich die Suppe jetzt wohl auslöffeln. Gott sei Dank habe ich die Erlaubnis, sie ins Bild zu setzen.«

»Dann bist du also bereit?« Jacqueline hob amüsiert eine Augenbraue und nahm den Schlüssel, der auf dem Tisch lag.

Carol war kühl und zurückhaltend, als sie aus dem Zimmer kam. Sie hatte mehr als genug Zeit gehabt, sich zurechtzumachen. Sie war ein wenig blass, vielleicht vor Schreck, vielleicht vor Wut. Harry fand, dass er sie noch nie so umwerfend gesehen hatte.

Bevor einer der beiden etwas sagen konnte, klingelte das Telefon. Harry machte eine ungeduldige Geste, aber Jacqueline ging schnell zum Telefon und hielt sich den Hörer ans Ohr.

»Esher 68901.«

Sie hörte zu und drückte dann den Hörer auf die Brust. »Es ist für dich, Harry. Alan Milton.«

»Alan!«, rief Carol aus und ging zum Telefon. »Kann ich mit ihm sprechen?«

»Nein, Carol, bitte.« Harry stellte sich zwischen Carol und Jacqueline. »Es ist furchtbar dringend. Ich habe vor einer Stunde versucht, ihn zu erreichen, aber er war nicht da. Ich habe diese Nummer hinterlassen.«

Jacqueline gab Harry den Hörer. Sie musste Carols Arm festhalten, um sie zurückzuhalten.

Harry nahm den Hörer und sprach. »Milton? Brent hier. Können Sie mal eine Sekunde dranbleiben? Nicht auflegen.«

Er legte seine Hand über den Hörer. »Du kannst Carol dieses Gespräch über das Telefon in deinem Schlafzimmer mithören lassen. Aber um Himmels willen, sorg dafür, dass sie es nicht unterbricht. Wenn sie es doch tut, leg auf.«

In dem Bewusstsein, dass dies das Beste war, was sie sich erhoffen konnte, ließ Carol sich in Jacquelines Schlafzimmer führen. Sie und Jacqueline setzten sich auf die Kante des Himmelbetts. Jacqueline reichte ihr den Hörer, hielt aber den Finger auf der Gabel, um sie notfalls runterzudrücken.

Mit dem Hörer am Ohr konnte Carol Miltons Stimme am anderen Ende hören.

»Hallo? … Hallo?«

Eine andere Stimme, die wie die von Phillips klang, war gerade im Hintergrund zu hören, und Carol erkannte, dass Milton in seinem Büro sein musste.

»Wurde aufgelegt?«, fragte die Stimme.

»Ich glaube nicht.«

»Was ist das für eine Nummer, die Sie da anrufen?«

»Ich weiß es nicht. Es ist die Nummer, die Harry Brent hinterlassen hat. Eine Frau ging ans Telefon. Sie hörte sich für mich an wie …«

Abrupt und aus nächster Nähe meldete sich die Stimme von Harry Brent.

»Inspektor Milton? Hier ist Harry Brent.«

»Ja. Ich habe eine Nachricht auf meinem Schreibtisch, dass ich Sie unter dieser Nummer anrufen soll …«

»Das stimmt, Inspektor. Ich würde Sie gerne sehen – wenn möglich heute Abend.«

»Weshalb wollen Sie mich sprechen?«, fragte Milton misstrauisch. »Wegen Carol?«

Carols Lippen öffneten sich und Jacquelines Finger spannte sich über der Gabel an. Brent ignorierte die Frage des Inspektors.

»Wäre Ihnen acht Uhr recht?«

Milton zögerte nicht lange. »Ja, acht Uhr, Mr. Brent. Wo möchten Sie sich treffen?«

»Können wir uns in Ihrer Wohnung treffen?«

»Ja, das geht. Kommen Sie allein?«

»Ich komme allein.«

»Und Sie können mir im Moment keine anderen Informationen geben?«

»Leider nicht. Aber ich möchte, dass Sie Chief Superintendent Stenton von Scotland Yard anrufen. Seine Durchwahlnummer ist 34. Irgendwann vor halb sieben.«

»Chief Superintendent Stenton?«, wiederholte Milton sichtlich erstaunt.

»Ja. Er erwartet einen Anruf von Ihnen. Wir sehen uns um acht Uhr.«

Carol hörte, wie Harry einhängte. Im selben Moment drückte Jacqueline die Gabel nach unten. Sie nahm Carol den Hörer aus der Hand und legte ihn wieder auf.

Als sie ins Wohnzimmer zurückkehrten, zündete sich Harry eine Zigarette an, stand am Fenster und blickte nachdenklich auf die blattlosen Bäume, die das Haus umgaben.

»Warum willst du Alan sprechen?«, fragte Carol. Sie war völlig verwirrt von diesem schnellen Aufeinanderfolgen von Ereignissen. »Und warum bittest du ihn, Scotland Yard anzurufen?« Sie blickte von Jacquelines wachem Gesicht zu Harrys Rücken. »Arbeitest du … Arbeitest du mit der Polizei zusammen?«

Harry drehte sich um und trat in die Mitte des Raumes. Sein Gesicht war sehr ernst.

»Carol, hast du schon von D. I. 5 gehört?«

»D. I. 5? Aber ja, natürlich.«

»Nun, ich arbeite für D. I. 5. Miss Dawson und Mark Rainer auch.« Er deutete auf das Sofa, ein viktorianisches Stück mit hoher Rückenlehne, das mit pfirsichfarbenem Samt bezogen und mit einem halben Dutzend bunter Kissen geschmückt war. »Setz dich. Ich möchte dir etwas über Sam Fielding erzählen.«

Carol folgte ihm und setzte sich hin. Harrys Verhalten hatte sich völlig verändert. Der Charme war durch eine ruhige Ernsthaftigkeit ersetzt worden, die sie ein wenig beängstigend fand.

»Ich würde das gerne für den Inspektor auf Band aufnehmen«, sagte er zu Jacqueline.

Jacqueline öffnete die Schublade ihres Schreibtisches und holte ein kleines, kompaktes IBM-Tonbandgerät heraus. Sie steckte ein Kabel in eine der Steckdosen, stellte das Tonbandgerät auf einen Beistelltisch, Harry nahm ihr das Mikrofon ab und beugte sich vor, um das batteriebetriebene Gerät einzuschalten. Aber wenn er sprach, dann direkt zu Carol, obwohl sie das merkwürdige Gefühl hatte, dass Alan auch irgendwie mithörte.

»Vor einiger Zeit, Carol, erzählte Sam Fielding dem Luftfahrtministerium, dass er an einem neuen fotografischen Gerät arbeite, das eine revolutionäre Verbesserung gegenüber allem, was wir derzeit haben, darstellt. Das Ministerium untersuchte seine Behauptung, stellte fest, dass Fielding tatsächlich an etwas völlig Neuem arbeitete, und bat ihn, seine Arbeit unter seiner Aufsicht fortzusetzen. Sam weigerte sich, dies zu tun. Er bestand darauf, allein zu arbeiten.«

»Das kann ich mir gut vorstellen«, sagte Carol. »Hat das etwas mit der Kamera zu tun, von der ich dir erzählt habe?«

»Ja«, bestätigte Brent, »nur waren die Negative, die du gesehen hast, keine Doppelbelichtungen. Er hatte eine Methode entdeckt, um Lebewesen durch Massen von unbelebter Materie hindurchzufotografieren. Genauer gesagt war es weniger eine Fotografie als eine elektronische Aufzeichnung. Du kannst dir vorstellen, was das für die Spionage bedeutet, ganz zu schweigen von der fotografischen Luftaufklärung.«

Carol sagte leise: »Und wir haben uns immer darüber lustig gemacht.«

»Das brachte viele Schwierigkeiten mit sich«, fuhr Brent fort, wobei er klar und deutlich sprach, damit die Aufnahme verwertbar war. »Ein paar Leute hatten von der Erfindung gehört und versuchten – natürlich erfolglos – mit Fielding ins Geschäft zu kommen. Vor etwa drei Monaten erhielt der alte Knabe eine Nachricht von einer Person, die sich AX nannte. Sie war kurz und bündig und bot Sam Fielding zwei Alternativen an. Entweder er arbeitete mit AX zusammen oder AX würde ihn liquidieren.«

Jacqueline, die sich über die Rückenlehne des Sofas beugte und aufmerksam zuhörte, bemerkte: »Leider hat Sam die Warnung nicht ernst genommen …«

»Aber wir haben es getan.« Carol verspürte einen kleinen Anflug von Eifersucht, als sie den verständnisvollen Blick sah, den die beiden anderen austauschten. »Denn obwohl wir die Identität von AX nicht kannten …«

»War AX denn ein Mann?«, fragte Carol.

»Er *ist* ein Mann«, korrigierte Brent. »Er hat natürlich Komplizen. Wir wussten, dass er, wenn er die Erfindung nicht bekommen konnte, Interesse daran haben würde, dass niemand anderes sie bekommt. Ich habe Stunden mit Sam verbracht und versucht, ihn zu überreden, Market Weldon zu verlassen und in einem geheimen Forschungszentrum der Regierung zu arbeiten. Er weigerte sich – weigerte sich kategorisch, diese Möglichkeit auch nur in Betracht zu ziehen.«

Carol nickte. Das war typisch für Sam Fielding. Er war nicht nur stur wie ein Esel, sondern sein ganzes Leben war auch die Firma. Sie aufzugeben, wäre für ihn undenkbar gewesen.

»Also«, fuhr Brent achselzuckend fort, »hatten wir keine andere Wahl, als zu versuchen, ihm Schutz zu gewähren. Aber man kann einen Mann nicht vierundzwanzig Stunden am Tag beschützen, wenn er nicht bereit ist, mit uns zu kooperieren – und Sam Fielding war das nicht.«

Brent hielt inne, um seine Lippen zu befeuchten. Das Tonbandgerät drehte sich weiter. Jacqueline beugte sich vor, um die Geschichte fortzuführen. »AX wusste, dass Harry und ich uns mit Fielding angefreundet hatten. Er kam daher nicht von ungefähr zu dem Schluss, dass wir das gleiche Spiel spielten wie er. Er hätte sich nie träumen lassen, dass wir mit D. I. 5 in Verbindung stehen. Tatsächlich wusste er anfangs nicht, wer wir waren. Deshalb hat er diese Filme machen lassen, in der Hoffnung, uns identifizieren zu können.«

»Aber was ist mit Barbara Smith? Hat sie für AX gearbeitet?«

»Ihr richtiger Name war Worthing«, sagte Brent. »Sie war Neuseeländerin und kam vor etwa vier Monaten über den Nahen Osten und den Kontinent in dieses Land. Einem unserer Agenten zufolge wurde sie vor ihrer Ankunft hier drogenabhängig. AX wusste über Barbara Worthing Bescheid, ja, er wusste sogar eine ganze Menge über sie. Ein gutaussehendes Mädchen in einem solchen Zustand ist für einen Kriminellen immer von Interesse. Aber sie arbeitete nicht direkt auf Anweisung von AX.«

Brents Zigarette glomm im Aschenbecher und hatte das halbe Dutzend Stummel, das dort bereits lag, in Brand gesetzt. Er reichte Jacqueline das Mikrofon und beugte sich vor, um die kleine Flamme zu löschen. Jacqueline sagte zu Carol, die ihr Gesicht in Richtung Mikrofon drehte: »Als AX schließlich entschied, Sam Fielding zu töten, beschloss er, den Verdacht auf Harry Brent zu lenken. So konnte er zwei Fliegen mit einer Klappe schlagen. Er beauftragte einen seiner Männer, der sich Filey nannte, sich mit Barbara Worthing anzufreunden und sich ihr als Harry Brent vorzustellen. Natürlich dachte das Mädchen, das sei sein wirklicher Name. Sie hatte keinen Grund, etwas anderes anzunehmen.«

»Filey ist ein professioneller Killer«, fügte Brent hinzu. »Er ist völlig rücksichtslos und tut alles, wenn das Geld stimmt. Aus irgendeinem merkwürdigen Grund finden ihn die Frauen unwiderstehlich. Doch abgesehen von seinen körperlichen Reizen hatte Filey noch eine andere Macht über sie. Sie war auf ihn angewiesen, um sich mit Heroin zu versorgen. Das bedeutete, dass sie ihm völlig ausgeliefert war. Du kennst doch diese Süchtigen: Sie tun buchstäblich alles, um sich ihren nächsten Schuss zu sichern. Tja, du weißt, was dann passiert ist. Sie fuhr nach Market Weldon, besuchte den Friedhof, weil »Harry Brent«, alias Filey, es ihr aufgetragen hatte, und dann …«

»Aber man erschießt doch nicht einen völlig Fremden, nur weil jemand es einem sagt«, wandte Carol ein. »Auch nicht, wenn man drogensüchtig ist – oder?«

»Wer weiß, welche Geschichte Filey ihr erzählt hat? Wahrscheinlich war ein Schuss fällig und er hat dafür gesorgt, dass sie das Zeug nicht bekam. Sie muss in einem verwirrten Zustand gewesen sein. Vielleicht hat er ihr sogar vorgemacht, dass die Kugeln in der Pistole Platzpatronen waren und dass er Fielding nur das Fürchten lehren wollte …«

»Aber was ist mit dem Foto? Das Foto, das ins Büro geschickt wurde?«

»Unser Agent in Deutschland hat es geschickt. Barbara Worthing war von dort wegen Drogendelikten ausgewiesen worden. Als bekannt wurde, dass sie mit Filey verkehrte, musste ein Weg gefunden werden, um Fielding zu warnen. Wir wussten nicht, wie sie aussah, aber unserem Agenten gelang es, das Foto von einem Kontakt bei Interpol zu bekommen.«

»Die Warnung kam ein bisschen zu spät«, sagte Carol traurig. »Hätte ich das bloß alles gewusst, dann hätte ich ihn vielleicht beschützen können …«

»Das ist mir klar, Carol.« Ein Schatten der Reue zog über Brents Gesicht. »Im Nachhinein ist man immer klüger. Du musst verstehen, dass wir unter strengen Anweisungen arbeiten. Die Sicherheitsvorkehrungen sind sehr rigide. Wir dürfen anderen diese Dinge einfach nicht erzählen – egal wie eng unsere Beziehung zu ihnen ist.«

Carol erhob sich von der Couch und ging zum Fenster.

Brent warf einen besorgten Blick auf Jacqueline. Sie ging um das Sofa herum und schaltete das Tonbandgerät aus. Brent legte das Mikrofon weg und stellte sich hinter Carols Schulter.

»Ich weiß, was du denkst, mein Schatz.«

»Wirklich, Harry?«

»Du fragst dich, ob ich mich mit dir angefreundet habe, nur weil du für Fielding arbeitetest. Nun, die Antwort lautet: Ja.«

Carol drehte sich schnell um.

»Sam Fielding hat dir mein Reisebüro empfohlen, weil ich es ihm gesagt habe. Weil ich ihm gesagt habe, dass es wahrscheinlich sowohl für ihn als auch für mich von Vorteil wäre, wenn ich dich kennenlernen würde.«

»Na, wenigstens bist du ehrlich«, sagte Carol bitter, »wenn schon sonst nichts.«

Er legte seine Hände auf ihre Schultern und schaute ihr in die Augen.

»Ja, aber leider geschah dann etwas, womit ich nicht gerechnet hatte. Ich habe mich in dich verliebt.«

Carol sagte leise: »Hast du dich in mich verliebt, Harry? Hast du das wirklich?«

Milton ging in die Kochnische, um mehr Eis aus dem Kühlschrank zu holen. Die Schale war bereits am Boden festgefroren und er musste sie mit einem Messer herausbrechen. Er stellte die Schale unter den Wasserhahn und kippte dann die gelösten Würfel auf eine Untertasse. Harry Brent war ihm aus dem Wohnzimmer gefolgt, ein Glas Whisky in der Hand. Milton ließ ein paar Würfel in das Glas fallen und Brent schwenkte den Whisky um sie herum.

»Trinken Sie denn keinen mehr?«

Milton schüttelte den Kopf. »Ich bin kein großer Trinker. Das meiste Zeug hebe ich für meine Gäste auf.«

»Nun, ich muss sagen, ich bin froh darüber.«

192

Das Eis klirrte im Glas, als Brent es zurück ins Wohn-zimmer trug. Nachdem sie eine Stunde lang geredet hatten, waren die Männer froh, eine Weile aufzustehen. Das Ton-bandgerät, aus dem Brents Erzählung erklungen war, stand auf dem Tisch, an dem Milton gewöhnlich bei seinen einsa-men Mahlzeiten zu sitzen pflegte.

»Ich nehme es Ihnen nicht im Geringsten übel, dass Sie mich verdächtigt haben«, sagte Brent, »AX hat erstklassige Arbeit geleistet, um den Verdacht auf mich zu lenken. Allein die Theaterkarten müssen Sie davon überzeugt haben, dass ich das Mädchen – Barbara Smith, oder besser gesagt Wort-hing – kannte.«

»Nun, ich muss gestehen, dass ich erschüttert war, als Sie eine Karte für dieselbe Vorstellung hatten, für denselben Abend, für den Platz daneben. Obwohl mir natürlich klar war, dass die Karte beim Diebstahl der Brieftasche hineingelegt worden sein könnte. Aber erzählen Sie mir von Miss Dawson. Warum hat sie mir diese Nachricht geschickt?«

Brent nippte an seinem Whisky, Milton war sehr großzü-gig beim Einschenken gewesen und bei diesem kalten Wetter schmolz das Eis nur langsam. »Wir wollten, dass Sie nach Kingsdown Mansions fahren und etwas über Mrs. Tolly her-ausfinden.«

»Aber warum interessierten Sie sich für Mrs. Tolly?«

Brent lächelte. »Das ist eine gute Frage. Sie arbeitete für AX und beschattete mich – sie beschattete mich schon seit einiger Zeit. Eines Abends sah Fielding sie in einem Café. Ich war mit Sam da und sie saß direkt hinter uns. Er entdeckte sie, als er aufstand, um seine Rechnung zu bezahlen.«

»Aber sie hat mir von diesem Treffen erzählt.«

»Sie hat Ihnen ihre Version der Dinge erzählt. Ich wette, das hat den Verdacht noch mehr auf mich gelenkt, Inspektor.«

»Ja, in der Tat«, stimmte Milton zu und beide Männer lachten.

»Deshalb haben wir Sie nach Richmond geschickt. Wir dachten, es wäre an der Zeit, dass Sie ein wenig mehr über Mrs. Tolly erfahren. Wir wussten natürlich nicht, dass sie ermordet werden sollte.« Brent setzte sich auf die Armlehne des Sessels und wippte mit dem Bein. »Ich war in der Nacht, als es passierte, auch in Kingsdown Mansions. Ich konnte auch einen Blick auf den Mörder erhaschen. Leider war es ziemlich dunkel und ich habe ihn nicht erkannt, aber das weiß er nicht. Er denkt, dass ich ihn erkannt habe. Deshalb wollte ich Carol unbedingt von der Bildfläche haben. So sehr, dass die Leute dachten, sie wäre ertrunken. Nach dem Mordversuch vor dem *San Remo* wusste ich, dass AX versuchen würde, mich zum Schweigen zu bringen – auch wenn das bedeutete, dass er Carol dazu benutzen musste.«

Milton beobachtete Brent neugierig und erinnerte sich daran, was Chief Superintendent Stenton ihm über diesen außergewöhnlichen Mann und die Art seiner Arbeit erzählt hatte.

»Warum sind Sie an diesem Abend nach Kingsdown Mansions gefahren?«

»Reg Bryer hat mich interessiert, der Pförtner und Hausmeister. Ich hatte eine Ahnung, dass er in diese Affäre verwickelt ist, also habe ich seine Wohnung etwas durchsucht. Ich hatte übrigens recht. Er ist ein Komplize von Filey.«

Der Inspektor beschloss, seinen Vorsatz zu brechen und mit Brent einen Whisky zu trinken. Er ging zu dem Tisch, auf dem er die Getränke abgestellt hatte, schenkte einen bescheidenen Whisky ein und fügte reichlich Wasser hinzu. »Können Sie mir etwas mehr über diesen AX, wie er sich selbst nennt, erzählen?«

»Mehr kann ich Ihnen sonst nichts sagen. Wir haben ihn geschlagen, was Fieldings Forschungsprojekt betrifft. Wir haben alle Daten und Aufzeichnungen gesichert, vierundzwanzig Stunden bevor der arme alte Junge erschossen wurde. Aber wir wissen immer noch nicht, wer AX ist.«

»Weiß er, dass Sie bekommen haben, was Sie wollten?«

»Nein. Er glaubt, dass wir das nicht haben. Und wir haben ihn darin bestärkt, weiter so zu denken.«

»In der Hoffnung, dass er aus der Deckung kommt?«

»Ja, deshalb auch die Idee mit dem Füller. Aber leider ist die Sache fehlgeschlagen. Nach dem Mord gab einer unserer

Leute vor, er wolle Sam Fieldings Füller haben. Er fuhr nach Market Weldon und erkundigte sich diskret danach. Er suggerierte natürlich, dass der Füller etwas Wichtiges enthielt, das mit Sams Arbeit zu tun hatte. AX wollte kein Risiko eingehen und so kontaktierte Tolly auch Mrs. Green innerhalb weniger Stunden deswegen.«

»Aber was war der Plan? Was dachten Sie, würde passieren?«

»Wir dachten, dass Tolly den Stift an unseren Mr. AX weitergeben würde. Deshalb haben Jacqueline und Mark Rainer am Mittwochmorgen seinen Stand auf dem Markt beobachtet.« Brent schaute auf seine Uhr und stand auf. »Ich fürchte, ich muss jetzt gehen. Ich habe Carol versprochen, bei Eric vorbeizuschauen, bevor ich wieder nach London fahre. Er wird schon ganz krank vor Sorge sein.«

»Weiß Eric, dass sie in Sicherheit und in Esher ist?«

»Nein«, sagte Brent ernst. »Er weiß es nicht, und wir wollen nicht, dass er es weiß. Wir wollen nicht, dass es irgendjemand weiß. Jedenfalls nicht im Moment.«

»Na gut, wenn Sie es so wollen.«

Milton beobachtete nachdenklich, wie Brent seinen Drink austrank und das Glas auf dem Tisch abstellte. Er nickte dem Inspektor anerkennend zu, nahm seinen Mantel und seinen Hut und ging zur Tür.

»Gute Nacht, Inspektor. Und danke.«

Milton machte keine Anstalten, ihn zur Tür zu begleiten. Er erwiderte: »Gute Nacht.« Dann, als Brent bereits im Flur war und die Wohnungstür öffnete, rief er ihm nach: »Grüßen Sie Carol von mir.«

»Mache ich«, kam Harry Brents Stimme zurück. »Das mache ich gerne.« Dann knallte die Tür fest ins Schloss.

Es war viel später, als Brent gedacht hatte, als er endlich die Becklehurst-Farm erreichte. Nachdem er Milton verlassen hatte, war er versucht gewesen, direkt nach Esher zurückzufahren, aber da er Carol versprochen hatte, ihren Bruder zu besuchen, fühlte er sich verpflichtet, dieses Versprechen zu halten. Außerdem gab es etwas, das er Vyner fragen wollte.

Das Haus lag in völliger Dunkelheit, als er vorfuhr und wie üblich auf dem freien Platz vor dem Haus parkte. Er stellte den Motor ab, schaltete die Scheinwerfer aus und blieb einen Moment sitzen, um seine Augen an die Dunkelheit zu gewöhnen. Dann stieg er aus und betrachtete das Haus. Vielleicht hatte Vyner nicht mehr mit ihm gerechnet und war früh zu Bett gegangen. Das tat er manchmal, wenn er wusste, dass er am nächsten Morgen sehr früh aufstehen musste. Aber unter den gegebenen Umständen war das unwahrscheinlich.

Brent ging zur Haustür und versuchte sie zu öffnen, aber sie war verschlossen.

Er betätigte den Türklopfer und drückte lange auf die Klingel. Irgendwo auf der Rückseite des Hauses begann ein Hund zu bellen. Dann erinnerte er sich: Donnerstag war Olives freier Abend.

Er ging die Treppe herunter und ging in Richtung Garage. Das bedeutete, dass er an jener Stelle vorbeikam, an der er fünf Tage zuvor von einem Ziegelstein niedergestreckt worden war. Er machte deshalb einen großen Bogen um die immergrünen Büsche, die seinem Angreifer Deckung geboten hatten. Die Garagentore standen offen und der Kombiwagen war nicht da. War Eric, der der letzte Mensch auf der Welt war, der für sich selbst kochte, irgendwohin zum Essen gefahren? Wenn ja, dann würde er sicherlich bald wieder da sein. Brent kehrte zu seinem Wagen zurück, zündete sich eine Zigarette an und schlug den Kragen seines Mantels hoch. Es lag ein Hauch von Kälte in der Luft. Vor dem Morgengrauen konnte es vielleicht sogar noch Frost geben.

Seine Augen hatten sich inzwischen an die Dunkelheit gewöhnt und die Umrisse der heruntergekommenen Nebengebäude, die das alte Haus umzäunten, zeichneten sich nun deutlicher am Nachthimmel ab. Die große Scheune war sogar noch älter als das Haus selbst. Carol hatte protestiert, als Eric sie mit Wellblech neu bedeckte, aber er hatte darauf hingewiesen, dass das Holz inzwischen zu stark von Käfern befallen war, um das Gewicht des ursprünglichen Ziegeldachs zu tragen. Das Wellblech war noch nicht verwittert und selbst in diesem schwachen Sternenlicht schimmerte es matt.

Als er so dastand und die Ereignisse der letzten Woche Revue passieren ließ, wurde ihm klar, dass er seit dem Mord an Fielding zum ersten Mal die Gelegenheit hatte, innezuhalten und nachzudenken. Es war eine Erleichterung gewesen, Carol die Wahrheit zu sagen, aber er wusste, dass es seine Aufgabe sein würde, ihr Vertrauen in ihn wiederherzustellen. Es war so wichtig, dass sie seinen Rat befolgte, bis er sich der Identität von AX absolut sicher war.

Es war erstaunlich, wie viele Geräusche er in der Stille, die zunächst herrschte, wahrnehmen konnte. Der Hund hatte aufgehört zu bellen, aber von irgendwo hinter dem Haus ertönte plötzlich das Quieken eines Ferkels. Wahrscheinlich war es ein Fall von »Wenn Mama sich umdreht, drehen wir uns alle um« gewesen. Auf einem nahegelegenen Feld wieherte eine scheinbar verliebte Stute und die schattenhafte Gestalt einer Eule flatterte lautlos aus dem Stall. Ein paar Sekunden später hörte er sie von den Bäumen entlang der Einfahrt rufen.

Der metallische Knall aus Richtung der Scheune klang erschreckend laut. Es erinnerte Brent an das Geräusch einer angespannten Automatik, aber der Gedanke war sicher lächerlich. Trotzdem fragte er sich, ob ihn dort jemand beobachtete. Seine ungewöhnlich scharfen Ohren hatten das Geräusch von Füßen im Stroh wahrgenommen. Er bewegte sich langsam auf die Scheune zu. Dabei tauchte er von dem vergleichsweise hellen Bereich vor dem Haus in die Dunkelheit neben der Scheune ein. Jetzt, da er näherkam, konnte er sehen, dass das Tor offen war. Und er war sich nun auch sicher, dass sich jemand darin befand. Jemand, der gerade beschlossen hatte, seine Position zu ändern und dabei unglücklich gegen einen Balken gestoßen war. Wer auch immer es war, es musste ein Städter sein, jemand für den die Dunkelheit und die ländliche Stille ungewohnt war. Brent war sich sicher, dass der Unbekannte sich jetzt hinter der linken Scheunentür befand und möglicherweise versuchte, ihn durch den Spalt zwischen den Scharnieren zu beobachten.

Er bückte sich, hob einen Stein auf und versteckte sich hinter einem Baumstamm. Er befand sich in einer schwierigen Lage. Dass ihm jemand auf den Fersen war, wusste er jetzt.

Dass der Grund dafür war, ihn zu töten, war sehr wahrscheinlich. Brent war geschult und durchaus in der Lage, jemanden
mit bloßen Händen zu töten, aber er konnte es nicht tun, wenn
er sich nicht hundertprozentig sicher war. Es wäre fatal gewesen, wenn Vyner zurückgekommen wäre und einen seiner
Knechte mit einem gebrochenen Genick vorgefunden hätte.

Er rief laut: »Ist da jemand?« Seine Stimme hallte von
der Fassade des Hauses zurück und der Hund begann erneut
zu bellen. Ein plötzlicher Windhauch erfasste das offene Gar-
tentor und es schlug zu. Niemand antwortete jedoch aus dem
Inneren der Scheune.

Brent holte tief Luft und spannte seinen Körper an. Er
umklammerte den Stein fest und schwang den Arm mit ge-
strecktem Ellbogen, als würde er eine Granate schleudern.
Das Geschoss segelte über die Spitze des Scheunendachs und
landete mit einem ohrenbetäubenden Scheppern auf der
Rückseite des Dachfirsts. Dann schlitterte es geräuschvoll das
Wellblech hinunter und landete schließlich mit einem dump-
fen Knall auf der anderen Seite.

In diesem Moment stürzte Brent durch die offene Tür
und ließ sich inmitten des Strohs, das in der Mitte der Scheune verteilt war, zu Boden fallen. Er hatte sich darauf verlassen, dass der Bewaffnete in diesen entscheidenden Sekunden
abgelenkt war. Jetzt befand er sich mit seinem vermeintlichen
Angreifer im Inneren der Scheune. Der Lichteinfall hatte sich
zu seinem Vorteil verändert. Der andere Mann war nun zwischen ihm und der offenen Tür. Aber wusste der andere auch,
dass Brent in die Scheune gelangt war? Er lag absolut still da
und atmete kaum.

Nach vielleicht drei Minuten entdeckte er eine dunkle
Gestalt, die sich hinter der Tür bewegte. Sie kam zur Türöff-
nung und spähte unsicher hinaus. Die Waffe in der Hand, das
lange Haar undeutlich erkennbar.

Das machte die Entscheidung für ihn einfach. Töten oder
getötet werden. Aber Filey war zu selbstsicher geworden. Es
war ein Fehler gewesen, seine sicheren Gefilde – die Stadt –
zu verlassen.

Brent setzte zur Attacke an und stürzte auf ihn zu. Der

Angriff überraschte ihn völlig und er stürzte donnernd zu Boden. Der Killerinstinkt war jedoch stark und so löste er den Griff um die Automatikpistole nicht. Da er wusste, wo die Gefahr lauerte, packte Brent sein rechtes Handgelenk und drückte es fest nach unten, so dass Filey sich vor Schmerzen wand.

Brent erhöhte den Druck. »Lass die Waffe fallen!«

Kurz bevor das Ellbogengelenk brach, löste Filey seinen Griff um die Waffe. Brent warf sie ein paar Meter weit weg. Es lief besser, als er gehofft hatte. Es würde ihm gelingen, Filey lebend zu fassen. Er hielt Fileys rechte Hand zwischen dessen Schulterblättern und griff nach der anderen Hand. Sobald er das linke Handgelenk an der gleichen Stelle festhielt, konnte er mit einer Nylonkrawatte aus Filey einen sehr gefügigen Gefangenen machen.

Brent war in seine Aufgabe vertieft und sah daher die Gestalt nicht, die zur Tür der Scheune gekommen war und nun den Kampf in aller Ruhe beobachtete. Der Neuankömmling erblickte plötzlich die Automatik zu seinen Füßen und hielt inne, um sie mit seiner linken Hand aufzuheben, während seine rechte bereits ein langes Messer hielt. Beide Hände waren behandschuht.

Er wartete, bis Brent, der rittlings auf dem ächzenden Filey kniete, sich aufrichtete, dann stieß er das Messer langsam und leise in Harry Brents Rücken. Brent schaffte es noch, aufzustehen und nach dem Messer zu greifen, das in ihm steckte, bevor er schließlich nach vorne auf sein Gesicht stürzte.

Filey rollte sich auf den Rücken und schaute zu seinem Retter hoch. Langsam stand er auf und rieb sich die Handgelenke und Ellbogen.

»Gott!«, rief er aus. »Gut, dass du da warst.«

»Ja. Ein bisschen Glück war dabei«, sagte der andere Mann. »Willst du deine Pistole nicht wiederhaben?«

Er hatte die Waffe in seine rechte Hand genommen und hielt sie mit dem Lauf in Richtung Filey. Filey kam nach vorne, um sie zu nehmen. Als er nur noch einen Meter entfernt war, drückte der Neuankömmling den Abzug. Filey ging zu

Boden und hielt sich mit beiden Händen den Bauch.

Der dritte Mann warf die Automatik zwischen die beiden Leichen, drehte ihnen den Rücken zu und ging schnell aus der Scheune.

Das *Weldon Steak House* war nicht billig, aber es hatte länger geöffnet als die meisten Cafés und kleinen Restaurants in der Stadt. Da es also schon spät geworden war, bis er seine Aufzeichnungen zu Brents Enthüllungen fertig hatte, hatte Milton beschlossen, aus der Not eine Tugend zu machen und sich ein wirklich gutes Essen zu gönnen.

Als die Rechnung serviert wurde, bekam er einen leichten Schock. In seiner akribischen Art zählte er den genauen Betrag ab. Er rechnete gerade sorgfältig die zehn Prozent aus, die er als Trinkgeld geben wollte, als er aus dem Augenwinkel sah, wie Phillips sich seinem Tisch näherte.

»Hallo, Roy!«

»Wir haben überall nach Ihnen gesucht. Ich habe bei Ihnen angerufen, aber Sie haben nicht abgehoben …«

»Ich esse ab und zu«, verteidigte sich Milton milde. »Was ist los, Roy? Was ist passiert?«

Phillips zog den Stuhl auf der anderen Seite des Tisches hervor und winkte den Kellner weg. Er setzte sich und stützte sich mit den Ellbogen auf dem Tisch ab.

»Brent«, sagte er mit leiser Stimme. »Er wurde getötet, ermordet!«

Einen Moment lang war Milton fassungslos, unfähig, dies als Tatsache zu akzeptieren.

»Was? Er ist tot? Sind Sie sicher?«

»Ich bin mir absolut sicher«, sagte Phillips mit grimmiger Miene. »Ich habe ihn gesehen. Der Arzt war noch da, als ich ging.«

»Aber er war bei mir, erst vor einer Stunde oder so. Er sagte mir, er wolle Eric Vyner treffen und dann zurück in die Stadt fahren.«

»Es war Eric, der ihn gefunden hat. Soweit ich weiß, war Eric nicht da, als er auf der Farm ankam. Genauer gesagt …«

Phillips hielt inne und runzelte ungeduldig die Stirn, als

der Kellner kam und die Untertasse mit den Scheinen und dem Kleingeld aufhob. Mit einem unpersönlichen »Vielen Dank, Sir« brachte er sie zur Kasse.

»Am besten fangen Sie am Anfang an«, sagte Milton, »Was ist passiert? Wo genau wurde er getötet? Und wie?«

»Er wurde erstochen. Eric fand ihn in der Scheune, der großen Scheune neben dem Haus. Es lag noch ein anderer Mann neben ihm, ein Mann namens Filey. Er war auch tot. Man hat ihm in den Bauch geschossen.«

»Aber was zum Teufel ist passiert, Roy?«

Phillips beobachtete Milton mit neugierigem Interesse. Ihm war klar, dass der Inspektor seit dem Fielding-Mord unter großem Druck stand, aber er war sich immer ziemlich sicher gewesen, dass der phlegmatische Milton weit davon entfernt war, zusammenzubrechen. Jetzt war er sich nicht mehr so sicher. Milton hatte diese letzte Nachricht sehr persönlich getroffen.

»Ich glaube, Harry Brent und Filey gingen aufeinander los und Filey wurde im Kampf erschossen. Dann, im letzten Moment …«

Phillips hielt inne. Das Paar am Nachbartisch hatte seine Rechnung bezahlt und ging an seinem Stuhl vorbei.

»… das ist aber nur meine Meinung, nur eine Theorie von mir …«

»Erzählen Sie!«

»Ich glaube, im letzten Moment ist plötzlich noch eine dritte Person aufgetaucht.«

Milton nickte. »Ja, das scheint mir durchaus plausibel.«

»Eric erzählte mir, dass er Harry heute Abend erwartet hatte, dass er aber einen Anruf von Harold Tolly erhielt und deshalb nach Market Weldon fahren musste. Als er zurückkam, sah er Harrys Auto auf dem Hof. Er wusste, dass Harry nicht im Haus sein konnte, weil die Türen verschlossen waren. Die Haushälterin hat heute Abend frei. Mein Gott, Sie können sich vorstellen, wie er sich fühlte! Eric ist fertig, komplett fertig.«

Milton starrte Phillips einen Moment lang an, dann schob er abrupt den Tisch von sich weg und stand auf.

»In Ordnung, Roy. Lassen Sie uns rausfahren und uns die Sache ansehen. Dann möchte ich Ihnen dort das Kommando überlassen. Sie wissen, was zu tun ist?«

»Warum, wo wollen Sie hin?«, fragte Phillips geschmeichelt, aber auch überrascht.

»Wenn ich mit Vyner gesprochen habe, fahre ich nach Esher.«

»Esher.«

»Dort ist Carol. Jemand muss ihr das mit Harry Brent sagen.«

»Es ist ein Schock«, erklärte Jacqueline. »Der menschliche Verstand kann nur eine bestimmte Menge auf einmal verarbeiten. Sie hat in den letzten Tagen so viel Schreckliches erlebt, so viele Überraschungen und Wendungen, dass sie einfach nicht mehr kann. Ihr Gehirn kann diese Schocknachricht einfach nicht mehr aufnehmen. Die Reaktion kommt später – und dann …«

Milton sprach mit Jacqueline Dawson in ihrem Wohnzimmer. Er hatte Carol die Nachricht so behutsam wie möglich beigebracht und erwartet, dass sie ihm wütend die Leviten lesen würde, weil er es zugelassen hatte, oder dass sie zusammenbrach und sich die Augen aus dem Kopf weinte. Sie hatte weder das eine noch das andere getan. In dem Moment, in dem sie Milton sah, schien sie zu ahnen, was für Neuigkeiten er brachte. Sie lauschte steinern seinen stockenden, unterbrochenen Sätzen und sah dann, als er geendet hatte, Jacqueline an.

»Ich glaube, ich möchte eine Weile allein sein.«

»Ja, meine Liebe, natürlich. Warum gehen Sie nicht in Ihr Zimmer?«

Jacqueline legte ihr einen Arm um die Schultern, führte sie in das Zimmer, in dem sie früher eingesperrt war, schloss die Tür und kehrte dann zu Milton zurück.

»Kann ich irgendetwas tun, um zu helfen?«, fragte Milton. Jacqueline blickte nachdenklich auf die geschlossene Tür. »Es hat nicht viel Sinn, wenn sie hierbleibt. Sie wird jetzt wohl kaum schlafen können, außerdem wird es hier ganz schön rund gehen. Ich muss Mark Rainer anrufen und Sir Gordon Town benachrichtigen lassen.«

»Vielleicht weiß er es schon«, warf Milton ein. »Ich habe eine Nachricht an Chief Superintendent Stenton geschickt. Soweit ich weiß, arbeitet er mit Ihren D.-I.-5-Leuten zusammen.«

»Gut. Das sollte reichen. Sie haben sich während der ganzen Angelegenheit wirklich fabelhaft verhalten, Inspektor Milton. Harry sagte, er dachte, Sie wären …«

»Es ist Carol, um die ich mir Sorgen mache«, schaltete sich Milton ein. »Sie hat ja nur Eric, ihren Bruder, und ich bin mir nicht sicher, ob er …«

»Sie braucht etwas, das sie ablenkt. Herumsitzen und grübeln ist das Letzte, was sie tun sollte. Es muss doch irgendetwas geben, was sie in Market Weldon tun könnte. Ihre alte Arbeit vielleicht?«

»Es gibt da auch etwas. Aber nicht ihren alten Job«, sagte Milton. Er bewegte sich auf die geschlossene Tür zu. »Danke für die Anregung.«

Carol stand mit dem Rücken zum Zimmer und starrte durch die halb zugezogenen Vorhänge in die dunkle Nacht hinaus. Sie drehte sich um, als sie ihn klopfen und eintreten hörte. Ihr Gesicht war totenbleich, aber ihre Augen waren noch immer trocken.

»Ich wünschte, ich könnte mehr tun, Carol.«

»Es ist sehr nett von dir, Alan, dass du so schnell vorbeigekommen bist. Ich weiß das zu schätzen. Aber ich habe nachgedacht – warum hat Eric das Haus verlassen, wenn er eine Verabredung mit Harry hatte? Wenn er auf der Farm geblieben wäre, wäre das nie passiert.«

»Ich denke, es wäre doch passiert, Carol. Dieser Mann war fest entschlossen, Harry zu töten, wenn nicht heute Abend, dann ein anderes Mal.«

»Wie geht es Eric? Er muss furchtbar durcheinander sein.«

»Ja. Es war natürlich auch für ihn ein großer Schock. Er hat schließlich Harry und den anderen Mann – diesen Filey – gefunden. Ich sagte ihm übrigens, dass es dir gut geht. Jetzt, wo Harry … Es hatte keinen Sinn mehr, so zu tun, als ob du ertrunken wärst. Er fragte mich, ob ich dich zur Becklehurst-Farm mitnehmen würde.«

»Danke.« Sie bewegte den Kopf, um ihn freizubekommen. »Ich suche nur meine Sachen zusammen. Immerhin muss ich nicht packen.«

Sie nahm ihre Stola vom Bett und begann, die Kosmetikartikel, die auf dem Schminktisch lagen, in ihre Handtasche zu legen.

»Carol, glaub mir«, sagte Milton unbehaglich, »das mit Harry tut mir aufrichtig leid. Ich … Ich weiß einfach nicht, was ich noch sagen soll.«

»Es gibt nichts, was du sagen kannst, Alan. Es gibt nichts, was irgendjemand sagen kann.«

Er bemerkte ihren Gürtel, der über die Rückenlehne eines Stuhls hing. Er nahm ihn und gab ihn ihr, wobei seine Hand die ihre nur kurz berührte.

»Carol, das ist nicht der richtige Zeitpunkt, um darüber zu sprechen, aber …« Er zögerte, und sie hielt inne, um ihn anzusehen, »… dieser Fall wird mir jetzt aus den Händen genommen, daran besteht kein Zweifel. Es wird wahrscheinlich sehr schnell gehen. Ich habe da so eine Ahnung, Carol. Es ist nur eine Vermutung, aber …«

»Was, Alan?«

»Ich glaube, ich weiß jetzt, wer Harry getötet hat. Ich denke, wenn sie mir Zeit geben und du bereit bist, mir zu helfen, Carol … Ich glaube, ich kann den Bastard überführen.«

Carol ließ den letzten Gegenstand in ihre Tasche fallen und schnappte den Verschluss zu.

»Natürlich helfe ich dir, Alan.« In ihren Augen flackerte bereits neues Leben auf. »Natürlich werde ich das. Aber wie? Was soll ich tun?«

Er deutete auf den einen Sessel im Zimmer. »Setz dich und ich erkläre es dir.«

Wie Milton erwartet hatte, rückte der Mord an einem D.-I.-5-Agenten den ganzen Fall in ein anderes Licht. Er verbrachte den größten Teil des folgenden Tages damit, die von Chief Superintendent Stenton entsandten Beamten voll ins Bild zu setzen. Er hatte jedoch Erfolg mit seinem Antrag, die Befugnis zu erhalten, dieser persönlichen Vermutung weitere achtundvierzig Stunden lang nachzugehen.

Es dauerte bis zum Abend, bis er Mr. Tolly aufspüren konnte. Er saß im Schankraum des *The Bear* in Market Weldon und aß ein paar Sandwiches. Vor ihm stand ein Bierkrug und er war in die Abendzeitung vertieft, die einen Bericht über die neuesten Entwicklungen in den Morden von Market Weldon enthielt. Er bemerkte Milton erst, als der Inspektor auf den freien Platz neben ihm rutschte und sein Glas auf den Tisch stellte.

»Guten Abend, Mr. Tolly!«

Tolly zuckte sichtlich zusammen, fand aber schnell wieder zu seiner Fassung zurück. Er hatte die schwarze Krawatte abgelegt und trug eine jener neuen geblümten Seidenjacken. »Oh, hallo, Inspektor. Das ist verdammt lustig. Ich habe gerade über Sie gelesen! Mein Gott, was ist denn gestern Abend bei Vyner passiert?«

»Es steht alles da«, sagte Milton und deutete auf die Zeitung. »Ich kann Ihnen nicht mehr sagen als die Reporter.«

»Das Außergewöhnliche, Inspektor, ist, dass ich Eric Vyner gestern gesehen habe. Er war bei mir, bis …«

»Ja, ich weiß. Deswegen wollte ich Sie sprechen. Ich habe gehört, Sie haben ihn angerufen und er hat Sie gebeten, ihn in Market Weldon zu treffen.«

»Nein.« Tolly kaute heftig und schluckte den großen Bissen Rindfleischsandwich, den er in den Mund gesteckt hatte, hinunter. »Er hat mich angerufen.«

»Er hat Sie angerufen?«

»Richtig. Er hatte versucht, ein paar Pflanzen für mich zu organisieren. Deshalb rief er mich gestern Abend an und sagte, dass er sie bekommen hätte. Wir begannen, uns über das Geschäft zu unterhalten und dann … Nun, um es kurz zu machen, wir fingen an, über den Preis zu feilschen, also lud ich ihn zu mir auf einen Drink ein.«

»Um wie viel Uhr war das?«

»So gegen halb neun, würde ich meinen.«

»Sie meinen, es war etwa halb neun, als er bei Ihnen eintraf?«

»Nein. Da habe ich ihn angerufen. Er kam gegen neun Uhr in mein Cottage.«

»Und wie lange blieb er?«

»Oh, ich würde sagen, etwa eine Stunde. Vielleicht ein bisschen länger.«

Tollys gleichmäßige Zähne wollten in ein beträchtliches Stück seines zweiten Rindfleischsandwichs beißen, doch bevor er es tat, legte er es wieder zurück. »Aber Sie glauben doch nicht etwa, dass Vyner etwas mit dieser Sache zu tun hat?«

»Das wissen wir nicht, Mr. Tolly. Aber ich bin sehr froh zu hören, dass Sie nicht so denken. Im Moment sind Sie eine sehr wichtige Person für ihn.«

»Ich? Wichtig?« Tolly schaute überrascht an sich herunter. »Wieso denn?«

»Laut dem medizinischen Bericht wurde Brent gegen halb zehn getötet, wenn Sie also die Wahrheit sagen …«

»Natürlich sage ich die Wahrheit.«

»… wenn Sie die Wahrheit sagen, ist Vyner entlastet.«

»Jetzt verstehe ich, worauf Sie hinauswollen!«, sagte Tolly aufgeregt. »Sie meinen – ich bin sein Alibi.«

Milton nickte und nahm sein eigenes Glas in die Hand. »Das ist richtig, Mr. Tolly. Sie sind sein Alibi.« Dann fügte er als Nachsatz hinzu: »Und er ist natürlich das Ihre.«

Am nächsten Morgen musste sich Carol immer wieder ins Gedächtnis rufen, dass dies ihr letzter Arbeitstag bei Fielding war. Was war das für eine letzte Woche gewesen! Sie war immer noch durcheinander von der raschen Abfolge der Ereignisse und wusste, dass sich ihr normales Arbeitstempo auf die Hälfte reduziert hatte. Ihre Gedanken schweiften immer wieder von der Arbeit ab, die sie zu erledigen versuchte. Jetzt, wo sich vier Tasten ihrer Schreibmaschine ineinander verklemmt hatten, zog sie den misslungenen Brief heraus und warf ihn in den Papierkorb. Sie griff nach einer Zigarette und zündete sie an, wobei ihr bewusst wurde, dass sie das Rauchen einschränken sollte. Im Moment lebte sie von einem Tag zum anderen und scheute immer wieder den Gedanken an die Zukunft.

Das Telefon auf ihrem Tisch schrillte und sie nahm den Hörer ab.

»Miss Vyner am Apparat. Kann ich Ihnen helfen?«

»Carol, hier ist Eric.«

Carols Herz begann schnell zu schlagen. Sie musste sich sehr anstrengen, um ihre Stimme normal zu halten.

»Oh, hallo, Eric. Von wo aus sprichst du?«

»Ich bin auf der Farm, Carol. Es tut mir leid, dass ich dich störe, ich weiß, dass du sehr beschäftigt bist, aber ich dachte, ich lasse dich besser wissen, dass Olive heute Abend nicht da sein wird. Ihrem Bruder geht es schlechter.«

»Mein Gott, das tut mir leid. Danke, Eric, dass du mir Bescheid gesagt hast.« Sie setzte die Zigarette an ihre Lippen und zog tief daran. »Eric … Ich hätte gern einen Rat von dir, wenn du einen Moment Zeit hast.«

»Ja, natürlich.«

»Ich war heute Morgen in Mr. Fieldings Büro, um die Schubladen zu leeren, und habe dabei einen Schlüssel gefunden.«

»Tatsächlich?«

»Es stellte sich heraus, dass er zu einer Urkundenkassette in seinem privaten Arbeitsraum gehörte. Du weißt schon, seine Werkstatt, das Allerheiligste.«

»Ja. Ich weiß, was du meinst.«

»Mr. Fielding hat mir die Urkundenkassette schon vor langer Zeit gezeigt und – vielleicht sollte ich dir das gar nicht erzählen.«

»Doch, sprich weiter, Carol.« Vyners Stimme zeigte offensichtliches Interesse. »Was ist damit?«

»Ich habe einen Umschlag darin gefunden. Darauf steht »dringend« und er ist an jemanden namens Foster im Luftfahrtministerium adressiert.«

»Im Luftfahrtministerium?«

»Ja. Was soll ich deiner Meinung nach damit machen?

Soll ich es dem Ministerium schicken oder der Polizei übergeben?«

»Übergib es der Polizei«, sagte Vyner nach einem Moment. »Damit kannst du nichts falsch machen, Carol. Ruf Alan an und erzähl ihm alles.«

»Ja, ich denke, du hast wahrscheinlich recht. Das werde ich tun. Danke dir, Eric. Wir sehen uns später.«

Sie legte den Hörer auf und starrte darauf, hin- und hergerissen zwischen Erleichterung, Enttäuschung und Ungewissheit. Sie hatte ihre Zigarette zu Ende geraucht, sich eine neue angezündet und war auf halbem Weg zu einem zweiten Versuch, den schwierigen Brief zu schreiben, als sich ihre Tür öffnete und Milton hereinkam. Er trug einen dunkelblauen Mantel, einen grauen Hut und hatte eine Aktentasche bei sich. Er stellte die Aktentasche auf der Kante ihres Schreibtisches ab.

»Ich bin spät dran, Carol. Es tut mir furchtbar leid, aber ich bin gerade erst aus London zurückgekommen.«

Er ist müde, dachte sie. Wie viel länger kann er unter so starkem Druck durchhalten? Dann sagte sie laut: »Leider hast du die Vorstellung verpasst, ich habe eben erst den Hörer aufgelegt.«

»Wie ist es gelaufen?«

»Ich denke, ganz gut. Ich habe versucht, überzeugend zu klingen.«

»Ich bin mir sicher, das hast du, Carol.« Er warf ihr einen prüfenden Blick zu. »Du scheinst heute in besserer Form zu sein. Hast du letzte Nacht etwas Schlaf bekommen?«

»Ein paar Stunden«, sagte sie und versuchte zu lächeln.

Milton nahm die Aktentasche in die Hand und öffnete sie. »So, jetzt werden wir bald wissen, ob meine Vermutung richtig war oder nicht. Hier ist der Umschlag.«

Der Umschlag war an beiden Enden mit Siegellack verschlossen und trug ein rotes Etikett mit der Aufschrift »Privat und vertraulich«. Der Adressat war ein Mr. A. F. Foster, Abteilung TZ 95 im Luftfahrtministerium. Der Umschlag schien prall mit wichtigen Dokumenten gefüllt zu sein.

»Tja«, sagte Carol und wog ihn in ihren Händen. »Das

sieht wirklich wichtig aus! Wie bist du mit dem Chief Superintendent zurechtgekommen?«

»Gar nicht so schlecht.« Milton setzte sich auf die Kante ihres Schreibtisches. »Er hat mir die Leviten gelesen und dann gesagt, er würde mir vierundzwanzig Stunden geben, um ...«

Er unterbrach den Satz, weil das Telefon klingelte.

»Das muss es sein«, sagte Carol leise. »Ich habe angewiesen, dass keine anderen Anrufe durchgestellt werden.«

Milton nickte. »Okay, Carol. Los jetzt.«

Er rückte etwas näher, in der Hoffnung zu hören, was der Anrufer sagte. Carol sammelte alle Kräfte und nahm dann den Hörer ab.

»Miss Vyner am Apparat. Wie kann ich Ihnen ...?«

»Carol, hier ist noch einmal Eric.« Carol hielt den Hörer ein wenig von ihrem Ohr weg. Vyners durchdringende Stimme war für den lauschenden Milton deutlich zu vernehmen. »Tut mir leid, wenn ich störe.«

»Gar nicht, Eric. Ist etwas los?«

»Nichts, nichts. Es ist nur so, dass ich einen Anruf von Alan bekommen habe.« Carol blickte zu Milton auf, der leicht den Kopf schüttelte. »Er will mich sehen«, fuhr Vyner fort, »und er kommt gegen ein Uhr hierher. Ich dachte, wenn du zum Mittagessen nach Hause kommst, könntest du den Umschlag mitbringen und ihn ihm dann geben.«

»Das ist eine sehr gute Idee, Eric«, nickte Carol und sah Milton in die Augen.

»Fahr gar nicht erst mit dem Bus, Carol. Nimm dir ein Taxi.«

»Ja, in Ordnung. Jetzt musst du mich aber entschuldigen, Eric. Wir haben hier gerade furchtbar viel zu tun.«

»Ja, natürlich«, sagte Vyner, etwas weniger ängstlich. »Und versuche bitte, pünktlich da zu sein, ja?«

»Ich werde mein Bestes tun. Wiederhören, Eric.«

Langsam legte Carol den Hörer auf. Milton richtete sich auf und sie sprach über ihre Schulter zu ihm.

»Nun ... Es hat geklappt.«

Carol konnte sehen, wie Eric sie vom Wohnzimmerfenster

aus beobachtete, als sie ihr Taxi bezahlte. Es fuhr weg und sie machte sich auf den Weg zur Haustür. Mehrere Autos, darunter ein roter Austin-Healey, waren auf dem Platz geparkt, und ein bewundernder Pfiff aus Richtung der Scheune ließ sie unwillkürlich den Kopf drehen. Ein riesiger Lastwagen wurde vor das offene Tor der alten Scheune geparkt. Eine kleine Gruppe von Landarbeitern holte Strohballen aus dem Inneren der Scheune und stapelte sie auf den Lastwagen. Der Pfiff kam von einem jungen, riesigen Mann mit einem prächtigen Körperbau, der mit weit gespreizten Beinen auf der immer größer werdenden Last stand. Selbst bei diesem Winterwetter war er nur mit einem Unterhemd bekleidet, und seine Haut war von der Anstrengung, mit der er die Ballen in die Höhe hievte, schweißnass. Er sah aus wie Richard Burton, dachte Carol, aber er war eine Spur zu selbstzufrieden. Sie schüttelte den Kopf und lief die Treppe zur Haustür hinauf.

Als sie mit dem Brief in der Hand das Wohnzimmer betrat, stand Eric neben der Tür, die zum Arbeitszimmer führte. Er hatte es geschafft, seiner Pfeife etwas Leben zu entlocken, aber das schien ihn offensichtlich nicht sehr zu beruhigen. Er schien sich merkwürdig unwohl zu fühlen.

»Hallo, Carol.«

»Wo ist Alan?« Carol sah sich überrascht im Zimmer um. »Ist er noch nicht da?«

»Nein, und ich fürchte, er wird auch nicht kommen. Ich habe vor zehn Minuten einen Anruf erhalten. Er muss wegen einer wichtigen Angelegenheit nach London fahren.«

»Oh! Oh, ich verstehe.«

Vyner blickte in den Pfeifenkopf und stupste ihn mit dem Daumen an. »Er sagte, er würde sich morgen früh mit mir in Verbindung setzen.« Er zündete ein Streichholz an, steckte es in die Pfeife und blinzelte Carol über die züngelnde Flamme hinweg an: »Ist das – ist das der Brief, den du erwähnt hast?«

Carol nickte.

»Ich lege ihn besser in den Safe, Carol.«

»Ja, ich denke, das solltest du tun, Eric.«

Ihre nervösen Blicke trafen sich kurz, als sie ihm den Umschlag reichte. Er nahm ihn, wog ihn nachdenklich in seiner Hand und trug ihn dann durch die Tür, die zu seinem Arbeitszimmer führte. Er schloss sie hinter sich, Carol ging schnell zum Fenster, das nach vorne hinausging. Auf dem großen Lastwagen türmte sich der Strohballenstapel noch höher. Sie wartete, den Blick auf die Hausecke gerichtet, um die herum sich die Fenstertüren des Arbeitszimmers ihres Bruders befanden. Sie sah Mr. Tolly auftauchen – eine flinke, selbstbewusste Gestalt in einer schillernden karierten Sportjacke. Er hatte den Umschlag in die im Futter eingearbeitete Tasche gesteckt und knöpfte das Jackett fest zu.

»Dieser Schweinehund! Er hat direkt hinter der Tür gewartet«, sagte Eric hinter ihr. Sie hörte, wie er schnell zum Telefon ging und zu wählen begann.

»Ich hoffe bei Gott, dass ich die richtige Nummer habe«, murmelte er.

»Rufst du Alan an?«

»Ja, er wartet auf den Anruf, er ist in der Telefonzelle gegenüber der Einfahrt. Ah, jetzt läutet es …«

Carol beobachtete Tolly, der nach einem freundlichen Winken zu den Männern, die neben der Scheune arbeiteten, in den roten Austin-Healey kletterte. Der Anlasser surrte und der Motor gab ein leises Schnurren von sich.

Hinter ihr sagte Eric plötzlich: »Alan? Bist du das? … Es ist so weit. Er fährt jetzt.«

Er legte sofort auf und kam zu Carol ans Fenster.

»Jetzt«, sagte er, »wollen wir mal sehen, wie Tolly sich aus dieser Sache herauswindet.«

Das Ende der Fahrt war für Tolly dramatisch und schnell. Er lächelte vor Freude, als er den Umschlag in seiner Tasche spürte. Er war jetzt so gut wie in Sicherheit und durch damit. Eine schnelle Fahrt zum Londoner Flughafen, ein Flugzeug zum Kontinent, und um Mitternacht würde er eine ordentliche Summe Geld in der Tasche haben. Er schaltete einen Gang höher und beugte sich vor, um das Autoradio einzuschalten.

Seine Hand erreichte den Knopf jedoch nie. Stattdessen trat sein Fuß auf das Bremspedal. Ein Streifenwagen hatte sich vor ihm in die Einfahrt geschoben, mit der wahnsinnig respektvollen Bedächtigkeit der britischen Polizei. Die Ein-

fahrt war zu eng, als dass zwei Autos hätten durchfahren können. Die Ausfahrt war blockiert.

Mit blockierten Rädern kam der Austin-Healey zum
Stillstand. Das Getriebe krachte, als Tolly den Schalthebel in
den Rückwärtsgang drückte. Mit einem Blick über die Schulter begann er, wie verrückt rückwärts die Auffahrt hinaufzu-
fahren, wobei sich der Wagen von einer Seite zur anderen
schlängelte, während er darum kämpfte, die Kontrolle über
ihn zu behalten.

Das Polizeiauto holte unweigerlich schnell auf. Tolly,
dessen Augen nun wild wurden, blickte sich um und erkannte,
dass er sich damit keinen Gefallen getan hatte. Mit einem
Ruck am Lenkrad drehte er den Wagen zur Seite, so dass er
den Weg blockierte. Er riss die Schlüssel aus dem Zünd-
schloss, öffnete das Handschuhfach und griff nach der Pistole,
die er am Morgen dorthin gelegt hatte. Dann stürzte er sich
aus dem Auto und rannte geduckt in Richtung des Hofs vor
dem Haus.

Das Polizeiauto bremste kurz vor dem verlassenen Austin-Healey ab und kam zum Stehen. Die Türen öffneten sich
und vier Männer stiegen aus – Milton, Phillips und zwei Uniformierte namens Smithson und Lunt. An der Spitze des
Quartetts sprang Milton über die Motorhaube des Austin-
Healey. Im selben Moment färbte sich die Windschutzscheibe
plötzlich schneeweiß, weil sie von einem Geschoss durch-
bohrt wurde. Von einem Baum am Rande des Hofs hatte Tolly den ersten Schuss abgefeuert. Die Genauigkeit des Schus-
ses aus dreißig Metern Entfernung gab Milton zu denken. Er
warf sich flach auf den Boden und rief den anderen Beamten
zu, sie sollten hinter dem Wagen in Deckung gehen. Lunt
hatte ihn nicht gehört. Er schlich die Allee hinauf, weil er
glaubte, dass die Bäume ihm genügend Deckung geben würden.

»Zurück, Lunt!«, rief Milton. Es war zu spät. Die zweite
Kugel von Tolly traf den Uniformierten am Arm. Er ging zu
Boden und krümmte sich. Phillips sprang über den Koffer-
raum des Wagens und rannte los, um ihm zu helfen.

Milton fluchte. Er schien von tollkühnen Helden umgeben zu sein.

Durch die beiden Schüsse, die schnell hintereinander folgten, bemerkten die Landarbeiter erst, dass etwas passiert war. Sie ließen ihre Strohballen fallen und starrten auf die wild aussehende Gestalt von Tolly. Der zweite Schuss, dem Lunts Schmerzensschrei gefolgt war, hatte sie davon überzeugt, dass dies kein Spiel war.

Tolly stand auf dem Hof und wägte seine Fluchtchancen ab. Es gab nur einen Weg, der Hoffnung bot, und das war der Weg neben der Scheune, der in ein dichtes Waldgebiet führte, das Eric Vyner wegen der hervorragenden Fasanenjagd, die es bot, bewirtschaftete. Wenn er bloß in diesen Wald gelangen könnte … Aber der Lastwagen stand quer über dem Weg und versperrte ihn fast vollständig.

Tolly fasste einen Entschluss und handelte zügig. Er schoss eine weitere Kugel in Richtung der Polizisten und drehte sich dann um, um auf die nun regungslose und klaffende Gruppe von Landarbeitern zuzulaufen. Er fuchtelte bedrohlich mit der Waffe herum.

»Bleibt vom Lastwagen weg!«, befahl er ihnen. »Na los, los, los – oder es knallt!«

Fünf der sechs Männer wichen ohne zu zögern aus dem Weg. Der sechste, ein eigensinniger und etwas schwachsinniger Jugendlicher, gehorchte eher widerwillig. Gerade als er dem entgegenkommenden Tolly am nächsten war, stürzte er sich plötzlich auf ihn. Tolly schoss augenblicklich. Die Kugel traf den jungen Mann in den Oberschenkel. Er fiel zu Boden, wälzte sich und schrie vor Schmerz. Der Rest der Gruppe drehte sich um und stand Tolly in einem wütenden, aber hilflosen Halbkreis gegenüber.

Tolly bedrohte sie mit der Waffe und ging rückwärts auf den Lastwagen zu.

Vom Wohnzimmerfenster aus beobachtete Carol die ganze Szene. Die Gruppe verängstigter Landarbeiter, die sich im Halbkreis um Tolly versammelt hatte, die Polizei, die sich vorsichtig die Auffahrt hinaufbewegte, und den einen entscheidenden Faktor, den der flüchtige Bösewicht übersehen hatte. Hoch oben auf der turmhohen Ladung des Lastwagens war der athletische Arbeiter unbemerkt geblieben. Er stand auf den Strohballen und blickte aus einer Höhe von vier Metern auf Tolly herab, der sich mit jedem Schritt weiter in seine Richtung begab.

Unwillkürlich schweiften die Augen der Landarbeiter auf ihren Kollegen. Tolly spürte die Gefahr hinter sich und drehte sich um. In diesem Moment sprang der Mann los, landete direkt auf dem Bewaffneten und warf ihn mit einem rippenbrechenden Ruck zu Boden. Die anderen Arbeiter stürmten mit wütenden Schreien auf ihn zu …

Milton hatte sich bei der Auseinandersetzung mit Phillips wegen des Fensters durchgesetzt. Es war so weit wie möglich geöffnet und eine neblige Novembersonne schien in das Büro des Inspektors. Die Luft war frisch und es war leicht frostig. Milton ging zum Fenster und atmete tief ein. Phillips, der auf dem Stuhl neben ihm saß, schlug den Kragen seines Mantels hoch und war über den Luftzug zwischen Fenster und Tür beunruhigt.

»Er tötete seine Frau«, fuhr Milton mit seiner Erklärung fort, »weil sie aus der Reihe tanzte und zu viel redete, außerdem hatte sie viel zu viele Freunde. Tolly machte das nichts aus, aber es wurde zur Gefahr, als er in wirklich große Sachen wie die Fielding-Affäre verwickelt wurde.«

»Ja, das verstehe ich ja. Aber ich kann mir immer noch keinen Reim darauf machen, was in der Nacht, in der Harry Brent getötet wurde, passiert ist. Wir haben auf der Waffe seine Fingerabdrücke doch nicht gefunden.«

»Meine eigene Theorie ist, dass es Tolly war, der Filey mit dessen eigener Waffe erschoss. Tolly hatte Angst vor Filey. Er hatte den Verdacht, dass Filey ihn töten würde, wenn er die Gelegenheit dazu bekam. Je weniger von ihnen das Geld teilen mussten, desto besser. Also sah er wieder einmal seine Chance, Brent einen Mord anzuhängen.«

Milton ging zur Tür und öffnete sie, Tomlins stand draußen im Korridor.

»Ist sie noch beim Superintendent?«, fragte Milton.

Tomlins nickte. »Ich gebe Ihnen Bescheid, sobald sie

herauskommt. Keine Sorge, Sir.«

Milton schloss die Tür und ging zurück gesellte sich wieder zu Phillips. »Eric hatte – tja – ein mehr als freundschaftliches Verhältnis zu Mrs. Tolly. Er war ein recht häufiger Besucher in Kingsdown Mansions. Tolly kam dahinter und grub ein paar anzügliche Details aus. Er hatte genug, um Vyner zu erpressen, auch wenn es nicht finanzieller Natur war. Am Donnerstagabend rief Tolly Vyner an und bat ihn, zu seinem Cottage zu kommen. Eric fuhr hin, aber Tolly war natürlich nicht da. Er war auf der Farm und wartete auf Brent.«

Milton schaute besorgt auf die Uhr, lauschte einen Moment lang und ging dann zu seinem Schreibtisch.

»Vyner bekam Angst, so viel Angst, dass er beschloss, mir von seiner Beziehung zu Mrs. Tolly zu erzählen. Ich ging ein Risiko ein und stellte ihm mit Erics und Carols Hilfe eine Falle. Tolly wurde auf die Farm eingeladen und durfte absichtlich ein Telefongespräch mit Carol belauschen. Sie wissen, was passiert ist. Er sagte Eric, er solle sie zurückrufen und den Brief mitbringen.«

Phillips stand auf und ging auf den Nachtspeicherofen zu. Er lehnte sich mit seinem Hinterteil dagegen und rutschte dann geschickt weg.

»Ja. Aber wann haben Sie Tolly zum ersten Mal verdächtigt? Wann haben Sie begonnen, ihn für AX zu halten?«

»Als er sagte, er habe es sich anders überlegt und wolle mir jetzt die Wahrheit sagen. Ich hatte das ungute Gefühl, dass das nicht der wahre Grund für seinen Besuch bei mir war – ebenso wenig wie das Foto, das er mir vorlegte. Ich war überzeugt, dass beides nur Ausreden waren. Später, natürlich, als Jason geflohen war …«

»… erkannten Sie, dass Sie recht gehabt hatten«, beendete Phillips den Satz trocken. »Es war Tolly, der die Waffe versteckt hatte.«

»Ja, und das war der eigentliche Grund, warum er hierherkam. Er machte sich Sorgen wegen Kevin Jason, wahrscheinlich hatte er auch ein wenig Angst vor ihm. Tolly war das ängstlichste Mitglied dieses Quartetts, aber in Wirklichkeit das gefährlichste …«

Ein diskretes Klopfen an der Tür brachte Miltons Erklärungsfluss zum Stillstand. Er schaute erwartungsvoll auf, als Tomlins seinen Kopf zur Tür hereinsteckte.

»Miss Vyner ist gerade gegangen, Sir.«

»Gegangen?«, rief Milton aufgeregt. »Nimmt der Superintendent nicht eine Aussage von ihr auf?«

»Das ist schon erledigt, Sir. Die Aussage wurde abgetippt und sie hat sie unterschrieben.«

Milton ließ den Bleistift auf seinen Schreibtisch fallen. Sein Stuhl quietschte auf den Brettern, als er ihn zurückschob.

»Sie halten hier die Stellung«, rief er Phillips zu, als er zur Tür ging. »Ich werde nicht allzu lange brauchen.«

Phillips und Tomlins grinsten sich gegenseitig an. Phillips ging zum Fenster und schloss es fest. Dann standen die beiden Polizisten da und schauten durch die leicht regennasse Scheibe hinaus. Sie sahen, wie Carol aus dem Haupteingang des Polizeireviers trat und langsam den Weg zur Straße hinunterging. Sie blieb einen Moment lang stehen, als wüsste sie nicht, wohin sie gehen sollte, während der Wind durch das Haar wehte und den Regenmantel gegen ihre schlanke Figur drückte. Dann drehte sie sich um und ging unsicher in Richtung High Street.

Phillips stupste Tomlins an.

Milton war aufgetaucht, ohne Hut und Mantel, und lief den Weg hinunter. Sie sahen, wie er Carol einholte, sahen, wie sie stehen blieb und sich ihm zuwandte. Sie standen einen Moment lang da und unterhielten sich, wobei Carol zögerte und Milton auf sie einredete. Schließlich gab sie nach und drehte sich um, um mit ihm zurück zum Parkplatz zu gehen, wo sein Austin Mini wartete. Mit einer natürlichen, beschützerischen Geste ergriff er ihren Arm und ebenso natürlich ging sie neben ihm her.

ENDE

216

Harry Brent international
– Die fünf Verfilmungen
von Dr. Georg Pagitz

Wie im Vorwort erwähnt, basiert der Kriminalroman *Ein Mann namens Harry Brent* auf dem Originaldrehbuch zu dem 1965 gedrehten BBC-Sechsteiler *A Man Called Harry Brent.* Auf den folgenden Seiten wollen wir uns ansehen, wie die englische Originalfassung zustande kam und was es über die vier anderen Produktionen aus der BRD, aus Italien, Polen und Frankreich zu berichten gibt.

Zunächst wird jedoch für alle, die sich mit der Biographie Francis Durbridges bis dato nicht so beschäftigt haben, nochmals auf sein Leben und Werk eingegangen. Diese kurze Einführung habe ich bereits wortgleich in der Ausgabe von *Das Halstuch* (⇨ Band 29) verwendet.

Leben und Werk von Francis Durbridge

Francis Henry Durbridge (25. November 1912 – 10. April 1998) gilt als einer der erfolgreichsten Kriminalautoren des 20. Jahrhunderts und hatte eine lange, erfolgreiche Karriere, die sich über sechs Jahrzehnte erstreckte.

Durbridge, der wie alle männlichen Nachkommen bisher in der Familie den Vornamen Francis trug, war der Sohn eines erfolgreichen Managers bei der Kaufhauskette F. W. Woolworth, hatte eine ältere Schwester, und wollte immer schon Autor werden. Dies manifestierte sich bei dem glühenden Bewunderer von Edgar Wallace schon darin, dass er als Fünfzehnjähriger mit *The Great Dutton* sein erstes Theaterstück verfasste, das sehr lange und kompliziert war, wie er sich später erinnerte. Es wurde im Rahmen einer Veranstaltung seiner Schule (dem Bradforder Gymnasium) aufgeführt.

Im Familienkreis von Durbridge kursiert die Geschichte, dass einer seiner Lehrer ihn einmal fragte, was er denn später werden wollte und ein Mitschüler für Durbridge antwortete: »Er wird der nächste Edgar Wallace!«

Nach dem Schulabschluss inskribierte er sich an der Universität Birmingham für altenglische Literatur und begann schon bald damit, in Universitätsrevuen als Autor und Schauspieler mitzuwirken.

Nicholas Durbridge, Sohn des bekannten Krimiautors, berichtet über die Anfangsjahre: »Anfang 1932 begann mein Vater, ein Tagebuch zu schreiben. Es zeichnet das Bild eines jungen Autors nach, der nur jeden erdenklichen Weg beschreitet, um veröffentlicht zu werden, und der von Zeitungen, Verlegern, Agenten und der BBC Absage auf Absage erhält. Er war bereit, sich in allem zu versuchen, und korrespondierte häufig mit der BBC. Schließlich erhielt er den Auftrag für sein erstes Hörspiel: *The Three-Cornered Hat* für die BBC-Kinderstunde. Es wurde im Juli 1933 ausgestrahlt und er erhielt dafür die fürstliche Summe von eineinhalb Guineas, umgerechnet etwa 1,80 Euro. Er ließ nichts unversucht, und während er an weiteren Kindergeschichten arbeitete, sendete er Kabarettnummern, unterhaltsame oder musikalische Sketche, Theaterstücke und Artikel an alle möglichen Leute. Die meisten wurden abgelehnt, aber ein Mr. Charles Brewer von der BBC Birmingham erkannte ein gewisses Potential. Er beauftragte ihn mit seinem ersten Erwachsenenstück *The Word Woman*, das im Oktober 1933 produziert wurde. Die frühe Laufbahn vieler Schriftsteller ist häufig voller Rückschläge. Sein Tagebuch erwähnt, dass er mit seinem Vater über das »übliche Thema« sprach. Er war 20 Jahre alt, wohnte noch zu Hause und erhielt viele Absagen. Ich vermute, dass das übliche Thema war, dass er einer Arbeit nachgehen sollte. So ist es keine Überraschung, dass in dem Tagebuch ab 1934 Aufzeichnungen darüber zu finden sind, dass er in einem Büro tätig war. Nichts hielt ihn jedoch vom Schreiben ab, und so kam es im Oktober desselben Jahres dazu, dass er bei der Kritik seinen ersten ernsthaften Erfolg mit einem Hörspiel namens *Promotion* hatte, das in einem Warenhaus angesiedelt war. Mein Vater bezog sich darin auf tatsächliche Ereignisse, die ihm zu Ohren gekommen waren. Sein Vater war nämlich eine wichtige Führungskraft bei der bekannten Warenhauskette F. W. Woolworth. Das Stück war so erfolgreich, dass man es 1934 und 1937 erneut produzierte und er mit einer Fortsetzung namens *Dolmans* beauftragt wurde.«

Promotion wurde von dem Birminghamer BBC-Mann Martyn C. Webster (1902–1983) produziert und inszeniert. Dieser hatte Durbridge in einer der Theaterrevuen entdeckt und befunden, dass er ein fürchterlich schlechter Schauspieler war. Ihm gefielen jedoch die Texte, die er als Autor verfasst hatte und befand sie für gut. So kam sein Engagement zustande und Webster sollte bis 1968 alle Paul-Temple-Abenteuer inszenieren und produzieren.

Neben vielen weiteren Musikstücken (zu denen er die Handlung, nicht die Musik schrieb), Lustspielen und Beiträgen für die Kinderstunde konnte Durbridge im November 1934 endlich seinen ersten Krimi abliefern: *Murder in the Midlands* ging mit Hugh Morton, dem späteren ersten Paul Temple, auf Sendung. Mit *Murder at the Embassy* folgte 1937 sein zweiter Krimi (⇨ der Text ist unter dem deutschen Titel *Mord in der Botschaft* in dem Buch *Dreimal Tod im Radio*, Williams & Whiting, Band 25, enthalten).

Als Martyn C. Webster wenig später einen neuen Radio-ermittler wollte und Durbridge damit beauftragte, schlug die große Stunde des erst 25 Jahre alten Autors. Er erfand Paul Temple (in der Planungsphase hieß er noch Mark Conway). Als am 8. April 1938 die erste von acht Folgen der Serie *Send for Paul Temple* auf Sendung ging, war der Grundstein für Durbridges erfolgreiche Karriere gelegt. Acht Wochen lang rätselte man überall im Land, wer der große Hintermann sei, die BBC erhielt über 7.000 Fanbriefe innerhalb nur einer Woche, ein absoluter Rekord bis dato. Schon im November folgte die zweite Temple-Serie, die wieder mit ihren geschickten Wendungen und Cliffhangern am Ende jeder Episode Millionen Zuhörerinnen und Zuhörer wochenlang vor die Radiogeräte bannte. 1968 ging das letzte von über zwanzig Paul-Temple-Abenteuern auf Sendung. Die Hörspiele wurden erfolgreich in etliche Sprachen übersetzt und in viele Dutzend Länder verkauft: in die Niederlande, nach Frankreich, Italien, Israel, Griechenland, Norwegen, Schweden oder Finnland – um nur einige zu nennen. In Deutschland gelangten Temples Abenteuer mit der Stimme von René Deltgen zum Kult.

Temple wurde zu einem der ersten multimedialen Helden, trat in Filmen auf, auf der Bühne, in Romanen, Kurzgeschichten und Comics und später noch in einer eigenen TV-Serie.

Der Autor selbst hatte seine Figur ab einem bestimmten Zeitpunkt »satt«, wie er in mehreren Interviews in den 1970ern bestätigte, und wollte sich mit anderen Stoffen profilieren.

Neben den zahllosen Temple-Abenteuern schrieb Durbridge 17 weitere, meist mehrteilige, Radiokrimis und verfasste mit *Die Frau im Hintergrund / Back Room Girl* nach fünf Temple-Büchern seinen ersten Originalroman, der auf keiner Radioserie beruhte (⇨ erschien als Band 13 *Die Frau im Hintergrund*). Es war sein einziger Nicht-Whodunit und sein wohl ungewöhnlichster Roman, der einige Bezüge zum Zweiten Weltkrieg hatte.

Der Konflikten stets aus dem Weg gehende Autor war ein friedlicher Mann und musste nie für sein Vaterland dienen. Er war Pazifist und lehnte alle Kriege ab. Im Zweiten Weltkrieg konnten Kriegsdienstverweigerer an anderen Stellen fernab der Front eingeteilt werden, wenn man glaubhaft versicherte, dass man aufgrund seines Gewissens den Dienst an der Waffe nicht ausführen konnte. Durbridge konnte ein Gremium davon überzeugen und musste daher nicht zur Armee, sondern leitete während des Krieges eine Farm, auf der Lebensmittel angebaut wurden, und war außerdem Brandwächter bei der BBC in Birmingham, wo er nach Bombenangriffen auf etwaige Brände achten musste. Gleichzeitig konnte er auch in den Jahren 1939–1945 weiter an seinen Werken arbeiten.

Nach Etablierung des Fernsehens war Francis Durbridge ab 1952 derjenige Autor, der das Potential von serieller Erzählweise erkannte und mit *The Broken Horseshoe* die erste europäische Krimiserie und damit die horizontale Erzählweise in diesem Genre im TV begründete. Insgesamt 20 TV-Mehrteiler gehen bis 1980 auf sein Konto, die ersten wurden auch für das Kino verfilmt, die meisten in landeseigenen Produktionen quer durch Europa mit einheimischen, populären Darstellerinnen und Darstellern realisiert. In der BRD, in Italien, Frankreich, Schweden, Finnland und Polen flimmerten seine Straßenfeger in Eigenproduktionen über die Bildschirme.

In Deutschland, wo er mit Reißern wie *Das Halstuch*, *Melissa*, *Tim Frazer* oder *Das Messer* besonders populär war, wurde für Durbridge der Begriff ›Straßenfeger‹ erfunden. Die letzte Folge von *Tim Frazer,* Anfang 1963 in der ARD ausgestrahlt, erreichte die nie wieder gemessene Einschaltquote von 93%, bis heute ein Rekord. Zwischen 1959 und 1988 entstanden im deutschsprachigen Raum insgesamt 18 Fernsehkrimis und zwei Kinofilme nach Durbridge.

In den 1970ern wandte sich der Autor mehr und mehr seiner großen Liebe, dem Theater, zu und wurde zu einem erfolgreichen Dramatiker. Wie bei all seinen anderen Werken agierte er auch hier nach seinem Leitmotiv »Jeder lügt – nichts ist, wie es scheint«. Sein erfolgreichstes Stück war *Suddenly at Home* (dt.: *Plötzlich und unerwartet*), das fast zwei Jahre durchgängig im Londoner West End lief.

Als Francis Durbridge 1998 nach schwerer Zuckerkrankheit starb (er verlor dadurch beide Beine), hinterließ er ein aus über 200 Werken bestehendes Œuvre, darunter 21 (bzw. je nach Zählweise: 22) Paul-Temple-Hörspiele, 17 weitere Radiokrimis, 41 Romane, 20 mehrteilige Fernsehspiele, 12 Theaterstücke sowie unzählige weitere Hörspiele, (unverfilmte und verfilmte) Drehbücher, Kurzgeschichten und zahllose Paul-Temple-Comicstrips.

Privat lebte Francis Durbridge sehr zurückgezogen und las wenige Krimis. Seine Passion galt Theaterbesuchen, aber auch der Lektüre von Theaterstücken. Er liebte Reisen, vor allem auf den Kontinent (und hier besonders in die Schweiz), und gutes Essen. Seit 1940 war er mit Norah Elizabeth Lawley, einer Tochter aus reichem Hause, verheiratet. Mit ihr hatte er zwei Söhne, Stephen und Nicholas.

Durbridge war bei der Arbeit ein Perfektionist, manche Stoffe überarbeitete er über viele Jahrzehnte hinweg. Er besuchte die Proben seiner Theaterstücke, um an Details zu feilen. Von vielen Stoffen gibt es mehrere Versionen mit unterschiedlichen Figurennamen und oft auch anderen Tätern, weil Durbridge mit der Zeit eine andere Auflösung besser gefiel. Namen war für ihn besonders wichtig, er hatte stets ein Notizbuch bei sich, in denen er Einfälle und Namen notierte.

Ansonsten war Durbridge ein eher zurückgezogener Mann, arbeitete zu Hause acht Stunden täglich in seinem Büro über der Garage und hatte nur wenige enge Freunde. Sein großer Erfolg – gerade in Deutschland – war ihm geradezu unheimlich. Als er starb, dachte er, er und sein Werk würden vergessen werden. Dass über 25 Jahre später seine Stücke immer noch aufgeführt, Teile seiner Werke erst- oder neuaufgelegt und sogar neue Temple-Serien produziert werden, beweist das Gegenteil. Nicht umsonst adelte ihn die *Times* mit folgendem Vergleich: »Was Agatha Christie für den Roman war, war Francis Durbridge für das Hörspiel und das Fernsehen.«

Die 20 Fernsehserien von Francis Durbridge

Wie erwähnt, verfasste Francis Durbridge ab 1952 im Jahrestakt eine sechsteilige Serie für die BBC, die jeweils über sechs Wochen das Land in Atem hielt. Die ersten Produktionen wurden noch live ausgestrahlt und die Darstellerinnen und Darsteller wussten bis zur letzten Folge selbst nicht, wer von ihnen der Täter war.

Ab 1959 vermarktete Durbridge seine Serien auch im Ausland. Beginnend mit Deutschland folgten bald auch Schweden, Finnland, Italien, Frankreich und Polen. Überall wurden seine Serien zum Publikumsmagneten und Tagesgespräch unter den begeisterten Zuschauerinnen und Zuschauern.

Zwischen 1952 und 1980 verfasste Durbridge folgende Serien:

1. *The Broken Horseshoe*
   15. März 1952 – 19. April 1952, 6 Folgen, Regie: Martyn C. Webster, Verfilmung des Stoffs für das Kino als *The Broken Horseshoe* (1953), Regie: Martyn C. Webster
   ⇨ Originalmanuskript *Das zerbrochene Hufeisen* (Band 16)

2. *Operation Diplomat*
   25. Oktober 1952 – 29. November 1952, 6 Folgen, Regie: Martyn C. Webster, Verfilmung des Stoffs für das Kino als *Operation Diplomat* (1953), Regie: John Guillermin
   ⇨ Originalmanuskript *Operation Diplomat* (Band 17)

3. *The Teckman Biography*
   26. Dezember 1953 – 30. Januar 1954, 6 Folgen, Regie: Alvin Rakoff, Verfilmung des Stoffs für das Kino als *The Teckman Mystery* (1954, dt. Synchronfassung: *Der Fall Teckmann*), Regie: Wendy Toyle
   ⇨ Originalmanuskript *Die Teckman-Biographie* (Band 18)

4. *Portrait of Alison*
   16. Februar 1955 – 23. März 1955, 6 Folgen, Regie: Alan Bromly, Verfilmung für das Kino als *Portait of Alison,* Regie: Guy Green
   ⇨ Romanfassung *Porträt von Alison* (*Portrait of Alison,* Band 23)

5. *My Friend Charles*
   10. März 1956 – 14. April 1956, 6 Folgen, Regie: Alan Bromly, Verfilmung für das Kino als *The Vicious Circle* (1957, dt. Synchronfassung: *Interpol ruft Berlin*), Regie: Gerald Thomas
   ⇨ Romanfassung als *Mein Freund Charles* (*My Friend Charles,* Band 24)

6. *The Other Man*

20. Oktober 1956 – 24. November 1956, 6 Folgen, Regie: Alan Bromly, Filmrechte verkauft, Film aber nie produziert, Verfilmungen des Drehbuchs in der BRD (*Der Andere,* 1959, Regie: Joachim Hoene) und in Italien (*Lungo il fiume e sull'acqua*, 1973, Regie: Alberto Negrin)

Romanfassung als *Der Andere* (*The Other Man*)

7. *A Time of Day*

13. November 1957 – 18. Dezember 1957, 6 Folgen, Regie: Alan Bromly, Filmrechte verkauft, Film aber nie produziert, Verfilmungen des Drehbuchs in der BRD (*Es ist soweit*, 1960, Regie: Hans Quest), in Italien (*Paura per Janet*, 1963, Regie: Daniela D'Anza) und Polen (*W biały dzień*, 1971, Regie: Jan Bratkowski)

Romanfassung als *Es ist soweit* (*A Time of Day*)

8. *The Scarf*

9. Februar 1959 – 16. März 1959, 6 Folgen, Regie: Alan Bromly, Filmrechte verkauft, Film aber nie produziert, Verfilmungen des Drehbuchs in der BRD (*Das Halstuch,* 1962, Regie: Hans Quest), in Schweden (*Halsduken*, 1962, Regie: Hans Lagerkvist), Finnland (*Huivi*, 1962, Regie: Juhani Kumpulainen), Italien (*La sciarpa*, 1963, Regie: Guglielmo Morandi), Frankreich (*L'écharpe*, 1966, Regie: Abder Isker) und Polen (*Szal*, 1970, Regie: Jan Bratkowski). Die zweite Geschichte der BBC-Serie *Breakaway* (*The Local Affair,* dt. Synchrontitel: *Noch ein Fall*, DVD-Titel: *Die Handschuhe*, 1980, Regie: Michael E. Briant) ist ein Remake von *The Scarf* mit einigen Änderungen (dazu später mehr)).

⇨ Romanfassung als *Das Halstuch* (*The Scarf,* Band 29)

The World of Tim Frazer

15. November 1960 – 14. März 1961, 18 Folgen, drei in sich abgeschlossene Abenteuer, wobei Abenteuer 1 in Folge 7 zu Ende geht und Abenteuer 2 in Folge 7 startet und in Folge 13 endet und Abenteuer 3 in Folge 13 startet. Die einzelnen Folgen hatten keine Übertitel, die Abenteuer 2 und 3 wurden erst im Nachhinein betitelt.

9. *The World of Tim Frazer I*

15. November 1960 – 27. Dezember 1960, 6½ Folgen, Regie: Alan Bromly, Verfilmungen des Drehbuchs in der BRD (*Tim Frazer,* 1963, Regie: Hans Quest) und in Italien (*Traffico d'armi nel golfo*, 1977, Regie: Leonardo Cortese)

Romanfassung als *Tim Frazer* (*The World of Tim Frazer*)

10. *The World of Tim Frazer II – The Salinger Affair*

27. Dezember 1960 – 7. Februar 1961, 6½ Folgen, Regie: Terence Dudley, Verfilmungen des Drehbuchs in der BRD (*Tim Frazer – Der Fall Salinger,* 1964, Regie: Hans Quest) und in Frankreich (*La mort d'un touriste* (dt. DDR-Synchronfassung: *Der Tod eines Touristen*), 1975, Regie: Abder Isker)

Romanfassung als *Tim Frazer – Der Fall Salinger* (*Tim Frazer Again*)

11. *The World of Tim Frazer III – The Melynfforest Mystery*

7. Februar 1961 – 14. März 1961, 5½ Folgen, Regie: Richmond Harding, Verfilmung des stark überarbeiteten Drehbuchs (inklusive Änderung der Figurennamen und des Täters) in der BRD (*Das Messer,* 1971, Regie: Rolf von Sydow)

Romanfassung als *Tim Frazer weiß Bescheid* (*Tim Frazer Gets the Message*)

⇨ Originalmanuskript *Tim Frazer und das Rätsel von Melynfforest* (Band 22), deutsches Originalmanuskript *Das Messer* (Band 21)

12. *The Desperate People*

24. Februar 1963 – 31. März 1963, 6 Folgen, Regie: Alan Bromly, Verfilmungen des Drehbuchs in der BRD (*Die Schlüssel,* 1965, Regie: Paul May) und in Polen (*Desperaci,* 1974, Regie: Anna Minkiewicz)

Romanfassung als *Der Schlüssel* (*The Desperate People*)

13. *Melissa*

26. April 1964 – 31. Mai 1964, 6 Folgen, Regie: Alan Bromly, Verfilmungen des Drehbuchs in der BRD (*Melissa,* 1966, Regie: Paul May), in Italien (*Melissa,* 1966, Regie: Daniele D'Anza), Schweden (*Melissa,* 1966, Regie: ?), Finnland (*Melissa,* 1966, Regie: ?), Frankreich (*Mélissa,* 1968, Regie: Abder Isker) und Polen (*Melissa,* 1970, Regie: Jan Bratkowski). Die BBC drehte 1974 ein Remake unter dem Titel *Melissa,* Regie: Peter Moffatt. 1997 verfilmte Channel 4 den gleichnamigen Roman als Fünfteiler, allerdings sehr frei: *Melissa,* Regie: Bill Anderson)

Romanfassung als *Melissa* (*My Wife Melissa*)

14. *A Man called Harry Brent*

22. März 1965 – 26. April 1965, 6 Folgen, Regie: Alan Bromly, Verfilmungen des Drehbuchs in der BRD (*Ein Mann namens Harry Brent,* 1968, Regie: Peter Beauvais, mit neuem Ende), in Italien (*Un certo Harry Brent,* 1970, Regie: Leonardo Cortese), Polen (*Harry Brent,* 1972, Regie: Andzrej Zakrzewski) und Frankreich (*Un certain*

Richard Dorian, 1973, Regie: Abder Isker)
⇨ Romanfassung als *Ein Mann namens Harry Brent* (*A Man Called Harry Brent*, Band 31)

15. *A Game of Murder*
26. Februar 1966 – 2. April 1966, 6 Folgen, Regie: Alan Bromly, Verfilmungen des Drehbuchs in der BRD (*Die Kette*, 1977, Regie: Rolf von Sydow), in Italien (*Giocando a golf una mattina*, 1969, Regie: Daniele D'Anza), Frankreich (*La mort d'un champion*, 1972, Regie: Abder Isker) und Polen (*Brutalna gra*, 1976, Regie: Anna Minkiewicz)
Romanfassung als *Die Kette* (*A Game of Murder*, Band 34)

16. *Bat Out of Hell*
26. November 1966 – 24. Dezember 1966, 5 Folgen, Regie: Alan Bromly, Verfilmungen des Drehbuchs in der BRD (*Wie ein Blitz*, 1970, Regie: Rolf von Sydow), in Frankreich (*À corps perdu*, 1970, Regie: Abder Isker), Italien (*Come un uragano*, 1971, Regie: Silverio Blasi) und Polen (*Jak błyskawica*, 1972, Regie: Jan Bratkowski)
⇨ Romanfassung als *Wie ein Blitz* (*Bat Out of Hell*, Band 32)

17. *The Passenger*
23. Oktober 1971 – 6. November 1971, 3 Folgen, Regie: Michael Ferguson, Verfilmung des Drehbuchs in Frankreich (*La passagère*, 1974/75, Regie: Abder Isker). Keine Verfilmung in der BRD, allerdings Synchronfassung des englischen Mehrteilers unter dem Titel *Die Spur mit dem Lippenstift*.
⇨ Romanfassung als *Die Anhalterin* (*The Passenger*, Band 12)

18. *The Doll*
25. November 1975 – 9. Dezember 1975, 3 Folgen, Regie: David Askey, Verfilmung des Drehbuchs in Italien (*Dimenticare Lisa*, 1976, Regie: Salvatore Nocita). Keine Verfilmung in der BRD, allerdings Synchronfassung des englischen Mehrteilers unter dem Titel *Die Puppe*.
Romanfassung als *Die Puppe* (*The Doll*)

Breakaway
11. Januar 1980 – 28. März 1980, 12 Folgen, zwei in sich abgeschlossene Abenteuer

19. *Breakaway – The Family Affair*
11. Januar 1980 – 15. Februar 1980, 6 Folgen, Regie: Paul Ciappessoni. Keine Verfilmung in der BRD, allerdings Synchronfassung des englischen Mehrteilers unter dem Titel *Auf eigene Faust – Eine Fami-*

lienangelegenheit, DVD-Titel: *Wer ist Mr. Hogarth?*
Romanfassung als *Wer ist Mr. Hogarth* (*Breakaway*)

20. *Breakaway – The Local Affair*
    22. Februar 1980 – 28. März 1980, 6 Folgen, Regie: Michael E. Briant. Remake von *The Scarf* mit zahlreichen Änderungen. Keine Verfilmung in der BRD, allerdings Synchronfassung des englischen Mehrteilers unter dem Titel *Noch ein Fall*, DVD-Titel: *Die Handschuhe*.

Die deutschen Verfilmungen der BBC-Serien im Überblick:

1. *Der Andere*
   5. Oktober 1959 – 16. Oktober 1959, 6 Folgen, Regie: Joachim Hoene

2. *Es ist soweit*
   21. Oktober 1960 – 7. November 1959, 6 Folgen, Regie: Hans Quest

3. *Das Halstuch*
   3. Januar 1962 – 17. Januar 1962, 6 Folgen, Regie: Hans Quest

4. *Tim Frazer*
   14. Januar 1963 – 25. Januar 1963, 6 Folgen, Regie: Hans Quest

5. *Tim Frazer – Der Fall Salinger*
   10. Januar 1964 – 20. Januar 1964, 6 Folgen, Regie: Hans Quest

6. *Die Schlüssel*
   18. Januar 1965 – 22. Januar 1965, 3 Folgen, Regie: Paul May

7. *Melissa*
   10. Januar 1966 – 14. Januar 1966, 3 Folgen, Regie: Paul May

8. *Ein Mann namens Harry Brent*
   15. Januar 1968 – 19. Januar 1968, 3 Folgen, Regie: Peter Beauvais

9. *Wie ein Blitz*
   9. April 1970 – 12. April 1970, 3 Folgen, Regie: Rolf von Sydow

10. *Das Messer*
    30. November – 4. Dezember 1971, 3 Folgen, Regie: Rolf von Sydow

11. *Die Kette*
    18. Dezember – 20. Dezember 1977, 2 Folgen, Regie: Rolf von Sydow

Großbritannien: *A Man Called Harry Brent* (1965)

A Man Called Harry Brent war bereits die vierzehnte Serie von Francis Durbridge, die der Autor für die BBC schrieb. Regisseur und Produzent war Alan Bromly, der seit Mitte der 1950er-Jahre alle Verfilmungen übernommen hatte und seit 1963 für große Geheimhaltung am Set sorgen musste, denn ab diesem Jahr wurden die britischen Durbridge-Krimis nicht mehr live ausgestrahlt, sondern – wie überall in Europa auch – vorab aufgezeichnet. Personen, die nicht an der Schlussszene beteiligt waren, erhielten das Drehbuch dafür ohnehin nicht und wer dabei war, musste sich unter Strafandrohung zum Stillschweigen verpflichten.

Die Ausstrahlung von *A Man Called Harry Brent* fand ab Ende März 1965 immer montags um 21.15 Uhr statt. Die BBC hatte diesmal jedoch für alle, die an diesem Termin nicht zusehen konnten oder eine Folge verpasst hatten, eine besondere Überlegung angestellt: BBC2 wiederholte am darauffolgenden Freitag um 20.00 Uhr immer die am Montag ausgestrahlte Folge.

Die *Radio Times* berichtete zum Start von *A Man Called Harry Brent* wie folgt: »Der Name Francis Durbridge, dieses produktiven Thriller-Autors, ist ein Synonym für komplexe kriminelle Rätsel, spannende Handlung, plötzliche unglaubliche Enthüllungen und eine absolute Beherrschung der Kunst des Cliffhangers. *A Man Called Harry Brent*, die Serie, die heute Abend beginnt, ist seine zwölfte [sic!] Fernsehserie. Zu seinem runden Dutzend gehören die drei rasanten Tim-Frazer-Geschichten und die rätselhafte *Melissa*, die kürzlich auf BBC2 zu sehen war. Ein Großteil der Handlung dieses Thrillers hing von der geheimnisvollen Melissa ab, in dieser neuen Serie gibt Harry Brent, ein Reisebüroinhaber, Rätsel auf. Er tritt unter etwas ungewöhnlichen Umständen in das Leben von Carol Vyner (Jennifer Daniel). Sie ist mit Detective Inspector Alan Milton (Gerald Harper) verlobt, als sie Brent kennenlernt. Sie fühlt sich von ihm angezogen und löst schließlich ihre Verlobung. Doch ihre Beziehung zu dem geheimnisvollen Brent führt zu immer beunruhigenderen Abenteuern. In der ersten Folge versucht sie, ihrem Chef, dem freundlichen Mr. Fielding (Gerald Young), bei der Suche nach einer Sekretärin zu helfen, die sie ersetzen soll, wenn sie heiratet. Eine Miss Barbara Smith (Audine Leith) ist eine der Bewerberinnen. Ihr Gespräch mit Fielding führt jedoch zu einer echten Durbridge-Überraschung. Der Regisseur dieser sechsteiligen Serie ist Alan Bromly, der schon für *Melissa* verantwortlich war und acht weitere Durbridge-Krimis inszeniert hat. Inspektor Milton, Carols Ex-Verlobter, wird von Gerald Harper gespielt, der zuletzt im BBC-Fernsehen in einer anderen von Bromley inszenierten Serie, *The Sleeper*, zu sehen war. Die Rolle der Carol wird von Jennifer Daniel gespielt, die auch in dem kürzlich erschienenen Film *The High Bright Sun* mitwirkte. In der Titelrolle ist Edward Brayshaw zu sehen.«

Der *Daily Mirror* schrieb nach der ersten Folge: »Die neue Francis-Durbridge-Serie auf BBC2 begann rasant mit einem Mord, einem Niederschlagen und einem Selbstmord. Alles war in echtem Durbridge-Stil, voller Wendungen, schnell und faszinierend. Ich bin sicher, dass diese Serie ein Gewinn für alle sein wird, die einen gut geschriebenen Krimi mögen.«

Bei späteren Wiederholungen (eine gab es 1968 in der BBC) nannte die *Sunday Times* die Serie »Vintage, das absolut okay ist«.

Eine wichtige Rolle in dieser Serie spielte Gerald Harper (Jahrgang 1931) als Alan Milton. Dieser Darsteller faszinierte Francis Durbridge so, dass er ihm die folgende Serie, *A Game of Murder* (deutsch: *Die Kette*) auf den Leib schrieb und auch die Titelrolle in seinem Theaterstück *Plötzlich und unerwartet* für ihn konzipierte, mit der er viele Hundert Vorstellungen im Londoner Westend erfolgreich war.

Die Titelmusik von *A Man Called Brent* war Trevor Duncans *Hysteria*. Wie immer wählte der Autor Durbridge selbst die Erkennungsmelodie aus. Dieses Prozedere hatte schon Tradition: Seit Beginn seiner Fernsehserien wurden ihm verschiedene Stücke vorgelegt und er entschied sich immer für jenes, das am besten für seinen aktuellen Krimi passte.

Seit 1960 hatte Durbridge außerdem das Privileg, dass seine Serien mit dem Intro »Francis Durbridge Presents« starteten, was eine einmalige Sache für einen Fernsehautor war.

Sehen wir uns an, was im Originalmehrteiler anders ist, vor allem im Vergleich zur deutschen Verfilmung. Zunächst sticht ins Auge, dass Mr. Fielding nicht Sam, sondern Thomas (kurz »Tom«) heißt. Für den Handlungsort wählte Durbridge wie so oft ein fiktives Städtchen, in diesem Falle nannte er es Market Weldon. Einzig die polnische Verfilmung übernahm diesen Namen, während die anderen Versionen auf existierende Orte zurückgriffen: Guildford (in der deutschen Fassung), Sevenoaks (in der italienischen Fassung) und Corbeilles (in der französischen Fassung).

Folgende Punkte wurden in der deutschen Fassung auch geändert:

• Der Inspektor fährt ohne Assistenten zu den Richmond Mansions und verständigt diesen auch nicht.

• Das erste Gespräch zwischen Mrs. Green und Carol ist ein Telefongespräch: Mrs. Green ruft aus einer Telefonzelle aus an, in der deutschen Fassung findet dieses Gespräch im Pub statt.

• Der Inspektor klärt den Irrtum mit dem Füllfederhalter nicht gleich in Fieldings Büro auf, sondern erst später im Pub, wo er sich zu Mrs. Green setzt und ihr die Vertauschung erklärt.

• Die Filmvorführung, in der der Inspektor Carol die Filmaufnahmen zeigt, auf denen Brent und Fielding zu sehen sind, finden in der Wohnung des Assistenten statt und nicht wie in der deutschen Fassung auf dem Revier.

• Ein anschließendes Gespräch zwischen Alan und Carol findet im Auto statt (»Harry ist ein Lügner«) und nicht auf dem Revier wie in der deutschen Fassung.

• Kevin Jasons »Befreiung« verläuft anders als in der deutschen Fassung. Im Original ist der Pistole ein Zettel mit einem Treffpunkt beigelegt. Nachdem sich Jason befreien kann, flüchtet er dorthin. Ein Wäschewagen taucht auf, Jason läuft hinterher, in der Meinung, dass er mitgenommen wird. Doch dann öffnet sich das Heck, Filey steht mit dem Gewehr im Wagen und erschießt Jason.

• Das Gespräch mit Sir Gordon Town findet in dessen Club, in einer Bibliothek statt, und nicht wie in der deutschen Fassung auf dem Golfplatz.
• Carols Flucht aus Jacqueline Dawsons Wohnung und die Suche durch Jacqueline und Harry fehlt gänzlich.
• In Folge 6 treffen sich Brent und der Inspektor zu einem offenen Gespräch in der Wohnung des Inspektors und nicht wie in der deutschen Fassung auf dem Polizeirevier.
• Nachdem der Täter fort ist, verständigt Eric den Inspektor, der in einer nahegelegenen Telefonzelle wartet, per Anruf.
• Am Ende gibt es ein Gespräch zwischen dem Inspektor und seinem Assistenten, das in der deutschen Fassung beinahe so zwischen Brent und seiner Verlobten stattfindet.

Bleibt zu erwähnen, dass die Originalfassung auch eine finnische Synchronfassung erhielt: *Mies nimeltä Harry Brent*. In sämtlichen Commonwealth-Ländern lief *Harry Brent* natürlich in englischer Sprache.

A Man Called Harry Brent

Großbritannien 1965

Ausstrahlung (BBC 2): 22.03.1965 – 26.04.1965
Folgen: 6 à ca. 25 Minuten, s/w
Buch: FRANCIS DURBRIDGE
Regie: ALAN BROMLY

Harry Brent . . . . EDWARD BRAYSHAW
Detective Inspector Alan Milton . . . . GERALD HARPER
Carol Vyner . . . . JENNIFER DANIEL
Eric Vyner . . . . BERNARD BROWN
Harald Tolly . . . . BRIAN WILDE
Barbara Smith . . . . AUDINE LEITH
Jacqueline Dawson . . . . JUDY PARFITT
Thomas Fielding . . . . GERALD YOUNG
Detective Sergeant Roy Philips . . . . PETER DUCROW
Tomlins . . . . CHRISTOPHER WRAY
Kevin Jason . . . . ALAN HOCKEY
Reg Bryer . . . . JOHN HORSLEY
Mrs. Tolly . . . . MARION MATHIE

Gladys . . . . PENNY LAMBIRTH
Bernard Wedgwood . . . . JOHN FALCONER
Olive . . . . WINIFRED DENNIS
Dr. Fess . . . . MICHAEL HARDING
Brian Filey . . . . MICHAEL WARREN
Sir Gordon Town . . . . RAYMOND HUNTLEY
Mario . . . . JOSEPH CUBY
Tony Moore . . . . JAMES LOCKER
Mrs. Green . . . . ANNA WING
Marktleute . . HARRY DAVIS, HUGH HALLIDAY, STEWART GUIDOTTI
Booth . . . . BRIAN CANT
Kellner . . . . RAY MARIONI, DAVID J. GRAHAME

Buch . . . . FRANCIS DURBRIDGE
Dramaturgie . . . . JOHN WILES
Titelmusik *Hysteria* komponiert von . . . . . . TREVOR DUNCAN
Kamera . . . . ARTHUR A. ENGLANDER
Schnitt . . . . VALERIE BEST
Szenenbild . . . . EVAN HERCULES
Produktion und Regie . . . . ALAN BROMLY
Eine Produktion der . . . . BBC

Episode 1: Montag, 22.03.1965   Episode 4: Montag, 12.04.1965
Episode 2: Montag, 29.03.1965   Episode 5: Montag, 19.04.1965
Episode 3: Montag, 05.04.1965   Episode 6: Montag, 26.04.1965

Allgemeiner Inhalt: *Thomas »Tom« Fielding betreibt in Market Weldon in der Nähe Londons eine Firma, die elektronische Geräte herstellt. Alles läuft bestens, aber er hat mit seiner Sekretärin Pech: diese will ihn wegen einer bevorstehenden Heirat bald verlassen. Fielding sucht eine neue Sekretärin und glaubt diese in der hübschen Barbara Smith gefunden zu haben. Doch während des Vorstellungsgesprächs zieht die junge Frau eine Waffe und erschießt Fielding. Sie wird verhaftet und kann sich in ihrer Zelle vergiften. Bevor sie stirbt, verlangt sie nach einem gewissen Harry Brent. Dieser Mann ist ausgerechnet der Verlobte von Fieldings scheidender Sekretärin Carol Vyner und taucht fortan bei den Ermittlungen von Inspektor Alan Milton, dem Exfreund von Carol, immer wieder als Hauptverdächtiger auf. So findet er heraus, dass Barbara Smith*

Blumen am Grab von Brents Eltern niedergelegt hat und dass sich Harry Brent und Tom Fielding schon sehr viel länger kannten, als Harry zugibt.

Episode 1: *The Flowers* **(Montag, 22.03.1965, 21.15 Uhr, 25'02''):** *Harry Brent fährt mit dem Zug nach Market Weldon, um seine Verlobte Carol Vyner zu besuchen, die als Sekretärin bei Tom Fielding arbeitet. Im Zug begegnet er einer jungen Frau, die er wenig später in Fieldings Büro wiedertrifft. Sie heißt Barbara Smith und bewirbt sich als neue Sekretärin. Doch während des Vorstellungsgesprächs kommt es zu einem fatalen Zwischenfall: Barbara zieht eine Pistole und erschießt Fielding. Alan Milton – Carols Ex – von der örtlichen Kriminalpolizei nimmt die Ermittlungen auf. Eine erste heiße Spur führt auf einen Friedhof, wo Barbara Blumen niederlegte, ehe sie zu dem Vorstellungsgespräch fuhr. Alan Milton staunt nicht schlecht darüber, wo die Blumen liegen: am Grabe von Harry Brents Eltern. Dieser bestreitet jedoch, Barbara gekannt zu haben ...*
Cliffhanger: Der Arzt sagt zu Milton, dass er zu spät komme: Barbara Smith ist bereits verstorben, aber sie sei nochmals zu sich gekommen und habe mehrfach den Namen »Harry Brent« genannt.

Episode 2: *Jacqueline* **(Montag, 29.03.1965, 21.15 Uhr, 24'05''):** *Harry Brent wurde auf dem Hof seines zukünftigen Schwagers Eric Vyner niedergeschlagen. Dabei wurde ihm seine Brieftasche entwendet. Diese ist nun wieder aufgetaucht und darin befindet sich eine Theaterkarte für eine Vorstellung der Schauspielerin Jacqueline Dawson. Mysteriöserweise hatte auch die tote Barbara Smith eine Theaterkarte, die für die gleiche Vorstellung bestimmt war und ausgerechnet für den Platz neben Harry galt. Ehe Alan Milton sich mit Jacqueline darüber unterhalten kann, meldet sich Phyllis Tolly bei ihm. Die Frau des Händlers Harold Tolly erzählt ihm von einem Gespräch, das sie vor einiger Zeit in einem Londoner Café zwischen Tom Fielding und Harry Brent belauscht hatte. Zu diesem Zeitpunkt hat Brent, wie er angibt, Fielding aber noch gar nicht gekannt ...*
Cliffhanger: Alan Milton bricht die Tür zur Wohnung in den Kingsdown Mansions auf und findet die ermordete Phyllis Tolly.

Episode 3: *The Pen* **(Montag, 05.04.1965, 21.15 Uhr, 25'04''):** *Phyllis Tolly hat in dem Appartementhaus Kingsdown Mansions unter einem anderen Namen eine Wohnung gemietet. Sie nannte sich dort Phyllis Stafford, wie der Inspektor von Hausmeister Reg*

Bryer erfährt. Mrs. Green, die Haushälterin von Tom Fielding, meldet sich unterdessen bei Carol Vyner mit einer ungewöhnlichen Bitte. Da sie demnächst nach Kanada reise und ihrem Schwiegersohn etwas mitbringen wolle, hätte sie gerne den Füllfederhalter zurück, den sie Tom Fielding geschenkt hat. Carol ist etwas verblüfft, willigt aber ein. Inspektor Alan Milton ist gerade zufällig anwesend, als Carol Mrs. Green den Füller übergeben will. Kurzerhand beschließt er, den Füller gegen seinen eigenen auszutauschen. Mrs. Green bemerkt dies nicht, obwohl sich die beiden Schreibgeräte völlig voneinander unterscheiden. Milton bohrt nach und erfährt von der verzweifelten Mrs. Green, dass Harold Tolly ihr 50 Pfund für den Füller geboten hatte. Wenig später können die Ermittler auf anderer Ebene zuschlagen: Kevin Jason, ein irischer Gangster, der irgendwie in den Fall verwickelt ist, kann festgenommen werden. In seiner Wohnung findet sich erstaunliches Material.
Cliffhanger: In der Wohnung Kevin Jasons findet Milton einen Schmalfilm, der schon vor längerer Zeit gedreht worden sein muss. Er zeigt Tom Fielding auf einem Hausboot – gemeinsam mit Harry Brent.

Episode 4: *The Problem* (Montag, 12.04.1965, 21.15 Uhr, 24'33''): *Der Filmfund beweist, dass Harry Brent seine Verlobte Carol angelogen hat: Tom Fielding und Harry Brent müssen sich seit Monaten gekannt haben. Harry Brent bestreitet dies jedoch weiterhin. Ein Telegramm verwundert den Inspektor. Darin steht, dass Brent »heute Abend, acht Uhr, in Positano eintreffen wird«. Brent in Italien? Er kann nicht wissen, dass damit ein italienisches Restaurant in London gemeint ist, in das Brent Carol am Abend ausführt. Das Essen verläuft nicht sehr harmonisch, zumal Harry zu dieser Zeit noch nicht weiß, dass im Haus gegenüber dem Lokal zwei Gangster warten, einer davon mit einem Gewehr, bereit ihn zu erschießen. Im letzten Augenblick kann Brent mit Carol durch die Hintertür verschwinden ...*
Cliffhanger: Brent bringt Carol in seine Wohnung und gibt ihr etwas zu trinken. Daraufhin sackt sie regungslos im Sessel zusammen.

Episode 5: *Tolly Changes His Mind* (Montag, 19.04.1965, 21.15 Uhr, 24'07''): *Nachdem Carol in Harrys Londoner Wohnung einen Drink konsumiert hat, verliert sie das Bewusstsein. Ihr Bruder Eric Vyner meldet sich verzweifelt bei Alan Milton, als sie nach längerer Zeit immer noch nicht zu Hause ist. Eine groß angelegte Suchaktion startet. Unterdessen wacht Carol in der Wohnung der Schauspiele-*

rin Jacqueline Dawson auf. Harry hat sie zu ihr gebracht, damit sie in Sicherheit ist. Bei Inspektor Milton erscheint am Vormittag Mr. Tolly, der ihm erklärt, dass ihm Kevin Jason eine Menge Geld geboten habe, wenn er ihm Tom Fieldings Füllfederhalter bringe. Als Kevin Jason wenig später aufs Revier gebracht wird, kommt es zu einem tödlichen Zwischenfall. Auf der Toilette kommt er in den Besitz einer Waffe. Damit kann er einen Beamten niederschießen und fliehen ...
Cliffhanger: Harry fährt hinter einem Wäschewagen her, der jenem gleicht, aus dem Kevin Jason erschossen wurde.

Episode 6: *The Third Person* **(Montag, 26.04.1965, 21.15 Uhr, 24'07''):** *Auf dem Gelände von Eric Vyners Farm kommt es nachts zu einem gefährlichen Zwischenfall. Harry Brent kann einen Gangster im Dunkeln überwältigen, aber es ist noch eine dritte Person anwesend, die Brent hinterhältig überfällt. Der Unbekannte rammt Brent ein Messer zwischen die Rippen. Miltons Ermittlungen laufen unterdessen auf Hochtouren. Er weiß nun, welche Rolle Harry Brent in der ganzen Sache gespielt hat ...*

BR Deutschland: *Ein Mann namens Harry Brent* (1968)

Francis Durbridge wurde im Jahr 1949 in der BRD schlagartig bekannt, als der damalige Nordwestdeutsche Rundfunk ab 7. November 1949 die zehnteilige Radioserie *Paul Temple und die Affäre Gregory* ausstrahlte. Das 1946 in England erstgesendete Originalhörspiel war auch schon erfolgreich in Frankreich (1947) und den Niederlanden (1947/48) gesendet worden und erfuhr weitere Adaptionen in Norwegen (1952), Schweden (1953), Dänemark (1954), Italien (1960) und Israel (1963), sowie erneut in Großbritannien (2013) und in Deutschland (2014).

Verantwortlich für diese Produktion war der damalige Hörspielchef des Nordwestdeutschen Rundfunks, Wilhelm Semmelroth (1914–1992), der sich in einem Radiointerview wie folgt daran erinnerte: »Durbridge kam zu mir in Form seines Agenten, eines Mr. Lynx – Lynx ist ja der Luchs – und so war dieser Mann auch, ich dachte zuerst, er wollte mir ein Auto verkaufen. Er kam aber und zeigte mir das erste Manuskript von Paul Temple. Ich las eines und es war sehr gut und dann haben wir es mit [René] Deltgen als Paul Temple gemacht und es war wunderbar.«

Der bis heute verschollene, live ausgestrahlte Zehnteiler, von Eduard Hermann und Fritz Schröder-Jahn abwechselnd inszeniert, sorgte wie in den anderen Ländern, in denen Temple schon Fuß gefasst hatte, dafür, dass sich ein treues Publikum gespannt Woche für Woche vor den Empfangsgeräten versammelte.

Mit *Gregory* wurde aber auch die Initialzündung zum Fortsetzungskrimi gegeben und die Begeisterung für Krimis entfacht, die beim deutschen Lesepublikum schon lange durch die Lektüre von Klassikern à la Edgar Wallace und Agatha Christie vorherrschte.

In den Folgejahren kam nicht nur jährlich ein neuer Temple-Fall ins Radio, sondern andere Autoren versuchten auch, die so erfolgreichen Abenteuer zu imitieren.

Nachdem Temple fast ein Jahrzehnt lang im Radio erfolgreich lief und zu einem der beliebtesten Hörspielermittler in Serie avancierte, war es für die Macher des relativ »neuen« Mediums Fernsehen klar, dass Durbridge auch auf den Bildschirm musste. Seit 1952 hatte der Autor Jahr für Jahr mit einem packenden Sechsteiler das britische Publikum begeistert. Nachdem die ersten fünf TV-Krimis auch mit anderem Stab und anderen Darstellerinnen und Darstellern für die Leinwand adaptiert worden waren, kamen so auch Synchronfassungen davon in deutsche Kinos, wie dies bereits mit drei der vier Temple-Spielfilme geschehen war.

Harvey Unna, der als Durbridges Agent auf dem Kontinent agierte, konnte das Skript von *The Other Man* (von der BBC 1956) verfilmt, 1959 an den Nordwestdeutschen Rundfunkverband verkaufen. Diese Vereinigung von NDR und WDR zum Zwecke eines gemeinsamen Fernsehprogramms hatte bereits Anfang desselben Jahres mit dem Krimivierteiler *Gesucht wird Mörder X* (1959, Buch: Harald Vock, Regie: Volker von Collande) den allerersten Fortsetzungskrimi des deutschen Fernsehens ausgestrahlt.

Für *Der Andere*, wie der deutsche Titel von *The Other Man* lautete, war John Olden als Produzent verantwortlich. In der Inszenierung des jungen Joachim Hoene (der für den erkrankten Olden als Regisseur einsprang) avancierte der zwischen dem 5. und 16. Oktober 1959 ausgestrahlte Krimi mit Albert Lieven in der Hauptrolle zu einem Publikumserfolg. Der Grund dafür lag in Durbridges Erzählart: feindosierte Spannung, immer wieder unerwartete Drehungen und Wendungen und natürlich atemberaubende Cliffhanger. Schnell war klar, dass Durbridge erneut auf den deutschen Bildschirmen erscheinen musste. Die Verantwortung wanderte innerhalb des noch bis 1961 existierenden Nordwestdeutschen Rundfunkverbandes von NDR und WDR von Hamburg nach Köln zum WDR, der bereits federführender Sender in der Produktion der Paul-Temple-Hörspiele war. Damit kam Durbridge im TV auch wieder in den Verantwortungsbereich jenes Mannes, der ihn auch ins deutsche Radio gebracht hatte, Wilhelm Semmelroth.

Fortan folgte Jahr für Jahr ein neuer Durbridge: 1960 flimmerte mit *Es ist soweit* (mit Jürgen Goslar, Eva-Ingeborg Scholz, Peter Pasetti und Siegfried Lowitz) der nächste Sechsteiler erfolgreich über die deutschsprachigen Bildschirme. Der vorläufige Höhepunkt wurde schließlich mit *Das Halstuch* (mit Heinz Drache, Albert Lieven und Dieter Borsche) erreicht, ausgestrahlt im Januar 1962. Die Hysterie und Begeisterung bei der Täterjagd waren phänomenal, Gaststätten ohne Fernsehapparat waren ohne Besucher, kulturelle Veranstaltungen wurden abgesagt und die Straßen waren leergefegt (alles dazu auf 150 Seiten in ⇨ Band 29 *Das Halstuch*).

Der Januar etablierte sich als Stammsendeplatz für die jährlichen Straßenfeger, so auch bei *Tim Frazer* 1963 (mit Max Eckard, Marianne Koch und Paul Klinger; hält mit 93% Einschaltquote bis heute den diesbezüglichen Rekord!), *Tim Frazer – Der Fall Salinger* 1964 (mit Max Eckard, Ingrid Ernest und Konrad Georg), *Die Schlüssel* 1965 (mit Harald Leipnitz und Albert Lieven) und *Melissa* 1966 (mit Günther Stoll, Siegfried Wischnewski und Ruth-Maria Kubitschek). Nebenbei war auch die Verfilmung des Drehbuchs *Julian* (⇨ Band 30 *Julian*) immer wieder beim WDR im Gespräch, doch dieser Neunzigminüter wurde nie realisiert.

Die kurzen Episoden des zweiten *Tim-Frazer*-Abenteuers sorgten für Diskussionen (mehr dazu in ⇨ Band 22 *Tim Frazer und das Rätsel von Melynfforest*), was dazu führte, dass fortan die Produktionen nur mehr als Dreiteiler auf Sendung gingen und auch der bisherige Stammregisseur Hans Quest – von dem Francis Durbridge sehr viel hielt – ausgetauscht wurde (offizieller Grund war eine Erkrankung, aus internen WDR-Kreisen hieß es jedoch, dass der neue Produktionschef Gerhard F. Hummel Paul May als neuen Regisseur durchsetzen wollte).

Während die Vorbereitungen zur deutschen Produktion von *Melissa* im Frühling 1965 liefen (Drehstart war erst am 5. Juli), wurde in Großbritannien der Sechsteiler *A Man Called Harry Brent* mit großem Erfolg ausgestrahlt. Marianne de Barde, Francis Durbridges deutsche Übersetzerin, berichtete dem Autor in einem Brief am 5. April jenes Jahres, dass der Chef der Hauptabteilung Fernsehspiel beim WDR, Dr. Günter Rohrbach, unbedingt dieses Drehbuch lesen wollte. Marianne de Barde: »[Rohrbach] sagte sogar, dass er sich für die nächsten Jahre wünscht, die Serien noch früher als bisher fertig zu haben, damit mehr Zeit für die Vorbereitung des Films bleibt.«

Im Jahr 1965 herrschte beim WDR also noch eine allgemeine Begeisterung für Durbridge, der dem Sender sensationelle Einschaltquoten bescherte. Dies änderte sich auch nicht bei *Melissa* (trotz ZDF-Konkurrenz: 72% bei Teil 1, 82% bei Teil 2 und 89% bei Teil 3), allerdings sollte die Freude an Durbridge dann plötzlich doch rasch abnehmen.

Doch der Reihe nach. Am 18. Januar 1966, kurz nach Ausstrahlung von *Melissa*, erhielt Francis Durbridge vom WDR folgenden Brief:

Die *Melissa*-Woche ist vorüber und wir atmen alle auf. Tagelang schien es in Deutschland nichts anderes zu geben, als eine schöne Frau, die man auf geheimnisvolle Weise umgebracht hat […]. Der Erfolg, den man fast bereits eine Massenhysterie nennen kann, war unerwartet und ungewöhnlich. Nicht einmal beim *Halstuch* hat es eine so starke publizistische Resonanz gegeben.

Wir alle wissen, dass dies in erster Linie Ihnen zu verdanken ist. […]

Wie Sie vielleicht gehört haben, ist der Täter von der Nachrichtenagentur *upi* einen Tag vor der letzten Folge bekanntgegeben worden. Leider waren einige Zeitungen so humorlos, diese Meldung zu drucken. Das hat den Erfolg nicht geschmälert, aber dennoch einigen Zuschauern sicherlich die Freude verdorben. Wir müssen uns für den *Harry Brent* einiges einfallen lassen, um eine Wiederholung dieses Verrats zu verhindern. Ich werde mich mit Vorschlägen bei Ihnen melden, sobald ich Gelegenheit hatte, mir die Sache genauer zu überlegen.

Was dann genau geschah, ist nicht genau zu rekonstruieren. *Ein Mann namens Harry Brent* ging jedenfalls nicht wie geplant 1966 in Produktion, obwohl man schon einen Vertrag dafür hatte. Vielleicht gab es plötzliche Zweifel daran, denn aus einem Brief vom 11. Juni 1966 an die Übersetzerin Marianne de Barde geht hervor, dass sich Durbridge und Rohrbach trafen und dass der WDR-Vertreter Interesse an zwei anderen Durbridge-Stoffen bekundet hatte: *The Broken Horseshoe* (⇨ Band 16 *Das zerbrochene Hufeisen*) und *Bat Out of Hell* (⇨ Band 32 *Wie ein Blitz*). Beide schienen dem WDR nicht zu gefallen, auch nicht das Drehbuch zu *A Game of Murder* (⇨ Band 34 *Die Kette*), das Durbridge dem WDR gemeinsam mit *Bat Out of Hell* vorgelegt hatte. Bis zum September 1966 hatte er jedoch keine Antwort darauf erhalten. Deshalb nahm er an, dass der Sender daran nicht interessiert sei. Sein Agent Harvey Unna schrieb daher am 12. September 1966 folgenden Brief an Dr. Günter Rohrbach vom Kölner Sender:

Sehr geehrter Herr Dr. Rohrbach,
   ich bin seit einiger Zeit besorgt über die Verzögerungen, die bei der Entscheidung über die beiden Serien *Bat Out of Hell* und *A Game of Murder* von Francis Durbridge eingetreten sind. Ich wollte dies mit meinem Klienten besprechen, der sich, wie Sie wissen, im Ausland aufhielt, um an seiner von der europäischen Rundfunkunion beauftragten internationalen

Radioserie zu arbeiten, die er vor einigen Monaten zu schreiben beauftragt wurde [Anmerkung: Hierbei handelte es sich um *La Boutique*].

Ich hatte nun die Gelegenheit, meinen Auftraggeber zu treffen, und das Ergebnis unseres Gesprächs ist das, was ich jetzt schreibe: Wir sind der festen Überzeugung, dass es nach so vielen Jahren äußerst erfolgreicher Zusammenarbeit in jeder Hinsicht und insbesondere in Bezug auf die öffentliche Resonanz ein schwerer Fehler wäre, eine Fortsetzung dieser Beziehung auf einer Grundlage zu betreiben, bei der eine Seite nicht voll und ganz von den Verdiensten und dem nachhaltigen Erfolg überzeugt ist.

Mit anderen Worten, und um es in einen geschäftsmäßigeren Rahmen zu bringen, denken wir, dass aus Ihrer ausstehenden Entscheidung offensichtlich ableitbar ist, dass es bei Ihnen oder bei anderen Personen in Ihrer Organisation Zweifel an den Serien gibt. Wir möchten daher das Angebot zurückziehen und Sie bitten, die Manuskripte zurückzusenden.

Wir sind natürlich sehr dankbar für die gute Arbeit, die der WDR in den vergangenen Jahren geleistet hat, und wir wünschen Ihnen viel Erfolg mit *Ein Mann namens Harry Brent*, der nächstes Jahr ins Fernsehen kommt.

Daraus leitet sich ab, dass *Harry Brent* gedreht werden musste, weil die Rechte schon erworben waren. Dennoch entschied man, Durbridge ein Jahr auf Eis zu legen, auch wegen der großen Erwartungshaltung, die durch die Presse stets extrem hochgespielt wurde. Stattdessen setzte man 1967 auf eine Eigenproduktion. Auf dem Stammplatz im Januar zeigte man nun *Der dritte Handschuh*, einen Zweiteiler von Stefan Murr (gemeinsames Pseudonym von Dr. Bernhard und Charlotte Horstmann) in der Inszenierung des renommierten TV-

Regisseurs Dr. Eberhard Itzenplitz. Dieser spannende Krimi-reißer spielte diesmal nicht in London, sondern in Hamburg und hatte mit Willi Rose als Hauptkommissar Ketterle einen sympathischen Ermittlertyp.

Doch zurück zur plötzlichen Entscheidung des WDR, keine Durbridges mehr zu produzieren. Der Autor hatte in einem Brief vom 13. September noch ergänzt, dass auch er keine Zusammenarbeit mehr wünsche, falls der WDR nicht überzeugt von seiner Arbeit sei. Schließlich erhielt er folgenden Brief vom 28. September 1966 von der Hauptabteilung Fernsehspiel:

Lieber Mr. Durbridge,

es ist nach den vielen Jahren erfolgreicher Zusammenarbeit zwischen Ihnen und dem Westdeutschen Rundfunk nicht leicht, einen Schlussstrich zu ziehen. Ich habe daher in den vergangenen Wochen sehr geschwankt zwischen dem Unbehagen an den beiden Serien, die Sie uns angeboten hatten und mit denen ich mich – wie Sie wissen – nicht recht habe anfreunden können, und der Hemmung, von einem Autor Abschied nehmen zu sollen, dem wir immerhin einige der größten Erfolge des deutschen Fernsehens verdanken. Sie haben mir mit der noblen und selbstbewussten Geste eines erfolgreichen Autors diese letzte Entscheidung abgenommen. Ich habe das Gefühl, dass diese Trennung zu einem Zeitpunkt, in dem der Erfolg noch nicht schal geworden ist, für Sie wie für uns die beste Lösung ist. Ich habe versucht, Ihnen in einem früheren Brief zu erklären, warum es für Durbridge in einem Lande so schwer ist, in dem er es bisher doch scheinbar so leicht hatte. Wir brauchen diesen Punkt nicht erneut zu diskutieren. Es wird sich vermutlich in der Zukunft ohnehin zeigen, ob ich recht hatte oder nicht, da Sie ja auf den deutschen Markt nicht werden verzichten wollen.

Harry Brent wird also unser letzter Durbridge sein. Wir werden versuchen, ihn so gut zu machen, dass wir alle bedauern werden, dass es der letzte war. In diesem Zusammenhang habe ich noch eine Bitte, und ich hoffe, Sie werden sie uns trotz der veränderten Verhältnisse nicht abschlagen. Wir sind der Meinung, dass wir unserem Publikum den Tod Harry Brents ersparen sollten. Dieses Motiv würde ganz sicher den Erfolg wesentlich beeinträchtigen. Nach unserer Auffassung würde es genügen, wenn Harry Brent in der betreffenden Szene so schwer verletzt würde, dass er ins Krankenhaus muss. Allerdings würde dann eine Schlussszene mit Carol an seinem Krankenbett notwendig sein. Bitte denken Sie doch mit Wohlwollen über diesen Vorschlag nach. Sie würden uns und dem deutschen Publikum einen großen Gefallen damit tun.

Wie nach der Lektüre des Romans nun bekannt ist, stirbt der Titelheld Harry Brent am Ende, weil er kurz vor der Klärung vom unbekannten Mörder in einer Scheune erstochen wird.

Der Grund, weshalb man seitens des WDR auf diese Wendung verzichten wollte, könnte sein, dass man Joachim Fuchsberger als Harry Brent geplant hatte.

Nachdem der Regisseur Paul May (eigentlich Paul Ostermayr, 1909–1976), der *Die Schlüssel* und *Melissa* gedreht hatte, im Sommer 1967 für die Lisa-Film-Produktion *Mittsommernacht* engagiert wurde und diesem Kinofilm den Vorzug gab, musste ein neuer Regisseur gefunden werden.

Kurt Wilhelm (1923–2009), der eine maßgebliche Rolle beim jungen deutschen Fernsehen gespielt und zahlreiche Operetteninszenierungen dafür gemacht hatte, wurde zunächst für *Harry Brent* engagiert. Wilhelm hatte in seiner Zeit beim Bayerischen Rundfunk auch schon häufiger mit Joachim Fuchsberger zusammengearbeitet und war auch privat gut mit ihm befreundet (sein Bruder, der Filmkomponist Rolf Wilhelm war Fuchsbergers erster Trauzeuge gewesen, Kurt Wilhelm war Fuchsbergers Trauzeuge bei dessen zweiter Eheschließung). 1956 entstand beim BR die Krimikomödie *Smaragden-Geschichte* unter Wilhelms Regie mit Fuchsberger in der Titelrolle. Im Mai 1960 drehten beide für den Nordwestdeutschen Rundfunkverband Köln (später: WDR) den erfolgreichen Krimifünfteiler *Zu viele Köche* nach Rex Stout, der im Februar/März 1961 zum großen Straßenfeger wurde.

Beide waren also prädestiniert für die Umsetzung des neuen Durbridge. Nun hatte Joachim Fuchsberger in seinem Vertrag jedoch stets eine Klausel, wonach er nur positive Rollen spielen sollte. Dem widersprach auch, dass er als Protagonist am Ende starb. Dies könnte daher der Grund dafür gewesen sein, dass der WDR Durbridge darum bat, das Ende umzuschreiben. Der Autor war darüber nicht besonders erfreut, stimmte aber letztlich zu und schrieb am 12. Oktober 1966 folgenden Brief an den WDR:

Sehr geehrter Herr Dr. Rohrbach,

vielen Dank für Ihr freundliches Schreiben vom 28. September. Ich bitte um Entschuldigung, dass ich Ihnen nicht früher geantwortet habe. Ich hatte sehr viel zu tun und war auch einige Tage verreist.

Ich habe mir nun Ihre Bitte hinsichtlich des Todes von Harry Brent in meiner Serie genau überlegt. Natürlich bin ich der Meinung, dass mein jetziges Ende das richtige für die Geschichte ist, sonst hätte ich es natürlich nicht in dieser Form geschrieben. Da es Ihnen aber offensichtlich sehr am Herzen liegt, Ihren Zuschauern den Tod dieser Figur zu ersparen, werde ich Ihnen in dieser Angelegenheit natürlich helfen und die vorgeschlagene Änderung für Sie vornehmen. Ich hoffe, dass ich Frau de Barde das überarbeitete Ende innerhalb der nächsten drei oder vier Wochen zukommen lassen kann. Wenn möglich, auch früher.

Ich denke, dass es in Anbetracht dieser Änderung des Endes in der deutschen Fassung der Geschichte eine gute Idee wäre, wenn Sie den Titel der Serie und auch die Namen der Hauptfiguren ändern würden. Ich schlage dies deshalb vor, weil die Serie in mehreren anderen Ländern unter dem jetzigen Titel *A Man Called Harry Brent* und natürlich mit meinem ursprünglichen Ende mit großem Erfolg gezeigt wurde. Aber das ist allein Ihre Sache. Ich werde Ihnen zusammen mit dem neuen Material eine Liste mit den Namen der neuen Figuren zusenden, nur für den Fall, dass Ihnen diese Idee zusagen sollte.

Es war das erste Mal, dass Durbridge für eine seiner Produktionen solche Zugeständnisse machte. Nach *Ein Mann namens Harry Brent* änderte er für den deutschen Sprachraum auch noch *Bat Out of Hell* in erheblichem Rahmen, denn *Wie ein Blitz*, im Herbst 1969 vom WDR produziert, hatte um fast eine halbe Stunde mehr Szenen (dazu mehr im kommenden Band Nr. 32) und auch *Das Messer* (⇨ Band 21) war eine völlig überarbeitete Version eines BBC-Drehbuchs samt neuem Täter.

Am 15. November 1966 antwortete der WDR auf Durbridges Brief:

Lieber Herr Durbridge,

[…] Ich habe mich sehr darüber gefreut, dass Sie unserem Wunsche, den Schluss der Fernsehserie *A Man Called Harry Brent* zu ändern, entsprechen wollen. Was die Änderung der Namen angeht, so haben wir die gleiche Überlegung hier angestellt, mit dem Ergebnis, dass wir zumindest die beiden Namen von Eric Vyner und Harold Tolly austauschen wollten. Aber vielleicht wäre es sogar besser, ganz neue Namen zu erfinden und auch den Titel neu zu fassen. Da wir mitten in den Produktionsvorbereitungen stecken, wäre es wichtig für uns, wenn wir Ihre Änderungen möglichst bald erhalten könnten.

Durbridge antwortete darauf:

Meiner Meinung nach ist eine vollständige Namensänderung erforderlich, sobald irgendeine Änderung vorgenommen werden soll. Ich hoffe, Sie stimmen zu.

Als neue Namen schlug er vor:

Harry Brent – Martin Lewis
Eric Vyner – George Conway
Harold Tolly – Sam Booth
Alan Milton – James Wallace
Carol Vyner – Jane Conway

Wie ersichtlich, gefiel dem WDR die Titeländerung zu *Ein Mann namens Martin Lewis* nicht und er änderte nur die Namen der anderen Figuren, wobei die Figur Harald Tolly nicht zu Sam Booth wurde, sondern wohl von der WDR-Redaktion in William Brother umbenannt wurde.

Diesbezüglich muss festgehalten werden, dass die Figurennamen Francis Durbridge stets ganz besonders am Herzen lagen (vgl. meinen Artikel *Nomen est Omen – Namen, Titel und Orte bei Francis Durbridge* in ⇨ Band 6 *Mitten ins Herz*). Hier überließ der Autor nichts dem Zufall. Nicht umsonst führte er stets ein kleines Notizbuch bei sich, in dem er Namen und Titel notierte, die ihm gefielen. Wenn er ein neues Werk anging, griff er darauf zurück. Innerhalb der eigenen Familie verriet er wenig über die aktuellen Plots, lotete jedoch häufig aus, was man von dem einen oder anderen Namen hielt.

Was nun die Umbenennung des Inspektors in *Ein Mann namens Harry Brent* betrifft, so hat diese einen besonders interessanten Hintergrund. Francis Durbridge war ein großer Bewunderer und Fan des britischen Kriminalschriftstellers Edgar Wallace (1875–1932). Schon in seiner Schulzeit meinte einer seiner Nebensitzer auf die Frage des Lehrers, was Durbridge werden wollte: »Er wird der nächste Edgar Wallace«. In den frühen Schaffensjahren äußerte Durbridge einmal den Wunsch, »nur halb so gut sein zu können« wie Wallace. Besonders sein erstes Werk *Send for Paul Temple* (als Roman unter dem Titel *Paul Temple und der Fall Max Lorraine* 2021 bei Pidax erschienen) strotzt nur so von Anspielungen auf diesen Autor. Im bekanntesten Werk des 1932 verstorbenen Briten, *The Ringer / Der Hexer*, heißt die Hauptfigur Milton, genau so, wie der spätere Inspektor in Durbridges *Ein Mann namens Harry Brent*. Es ist nun sicherlich kein Zufall, dass diese Figur, als sie in Wallace umbenannt wird, ausgerechnet den Namen des Verfassers von *Der Hexer* erhält.

Neben dem Namen und dem Ende, in dem Harry Brent überlebt und am Krankenbett seiner Verlobten Carol noch einige Umstände des Falls erklärt, änderte Francis Durbridge auch einen Cliffhanger. Im Original bestand die Serie bekanntlich aus sechs Folgen à 25 Minuten, die in der BRD zu drei Folgen à ca. 60 Minuten zusammengefasst wurden. Am Ende der fünften Episode in der BBC-Fassung gab es eine Szene, die in der deutschen Fassung entfällt. Stattdessen gibt es in der neuen Drehbuchversion eine Unterbrechung jener Szene, in der Carol/Jane in der Wohnung der Schauspielerin Jacqueline Dawson aufwacht. Jane ergreift die Flucht, fährt zum Bahnhof und kehrt dann – während Harry und Jacqueline sie suchen – vor lauter Angst, in den Zug zu steigen, wieder in Jacquelines Wohnung zurück. Diese etwas mehr als fünfminütige Szene ersetzt einen optischen Cliffhanger, auf den Durbridge sehr stolz war und der auch in der Romanfassung fehlt, da er – wie gleich zu sehen sein wird – in geschriebener

Form nicht diese Wirkung und auch gar keinen großen Sinn hätte.

Nachdem Jacqueline Dawson Carol sagt, dass der große Hintermann denkt, sie habe Selbstmord begangen (hier endet Kapitel 5 des Romans), gibt es eine Sequenz in der Harry Brent mit seinem Wagen auf die Straße biegt. Vor ihm fährt ein Wäschereiwagen. Man weiß, dass aus einem ähnlichen Wagen heraus wenig zuvor Kevin Jason erschossen wurde. Aber ist es auch derselbe Wagen? Wird Harry gleich dasselbe Schicksal ereilen? Das Publikum musste einer Woche warten, denn hier war Episode 5 zu Ende. Zum besseren Verständnis hier die fehlenden Szenen aus dem Originaldrehbuch:

ROEHAMPTON VALE, LONDON. AUSSEN.

HARRY BRENT fährt in seinem E-Type-Jaguar in Richtung Esher. Es ist etwa halb vier Uhr nachmittags. Ein Lieferwagen biegt von einer Tankstelle auf die Hauptstraße ein und sorgt einen Moment lang für eine vorübergehende Verkehrsbehinderung. Der Lieferwagen nutzt die Situation plötzlich aus und rast mit zunehmender Geschwindigkeit auf die Umgehungsstraße von Kingston zu. HARRY schafft es, den restlichen Verkehr zu überholen, wird aber schließlich von dem Lieferwagen selbst aufgehalten, der nun eindeutig die Mitte der Straße in Beschlag nimmt. Der Lieferwagen weigert sich, zur Seite zu fahren und der Jaguar ist gezwungen, langsamer zu werden. Während HARRY vor sich hinflucht und ungeduldig darauf wartet, dass der Fahrer des Lieferwagens ausweicht, können wir durch die Windschutzscheibe des Jaguars einen Blick auf das Fahrzeug werfen. Wir können deutlich den Schriftzug auf den Fensterläden am Heck des Lieferwagens erkennen: »Westdown Laundry«. Es ist derselbe Schriftzug wie auf jenem Wagen, aus dem Kevin Jason erschossen wurde.

ENDE EPISODE 5

EPISODE 6:

ROEHAMPTON VALE, LONDON. AUßEN.

Harry Brents E-Type-Jaguar fährt weiter hinter dem Lieferwagen mit der Aufschrift »Westdown Laundry« durch Roehampton Vale. Hinter ihnen fährt ein Polizeiauto vor. Es fährt mit enormer Geschwindigkeit an Harrys Auto vorbei und bremst etwa zwanzig oder dreißig Meter vor dem Lieferwagen bis zum Stillstand ab. Zwei UNIFORMIERTE POLIZISTEN *springen aus dem Auto und winken den Lieferwagen an den Straßenrand.* HARRY *blinkt und überholt den Lieferwagen. Er wirft einen Blick auf die Polizisten, als er vorbeifährt. Die Polizisten gehen zu dem Lieferwagen und öffnen die Beifahrertür. Der Fahrer des Lieferwagens ist* BEN *– ein glatzköpfiger Mann Anfang vierzig. Er sieht verwirrt aus.*

BEN: Was ist los?

1. POLIZIST: Würden Sie bitte aussteigen? Wir würden gerne einen Blick in den Wagen werfen

BEN: Okay.

BEN klettert aus dem Wagen und geht zum hinteren Teil. Er öffnet die Rollläden des Wagens. Der Lieferwagen ist leer, bis auf drei große Pappkartons mit der Aufschrift »Westdown Laundry«.

2. POLIZIST: Wo wollen Sie hin?

BEN: Ich fahre zurück nach Westdown. Ich habe gerade ein paar Sachen bei *Langham* abgeliefert.

2. POLIZIST: Bei *Langham*? Dem Tuchgeschäft in der Putney High Street?

BEN: Ja, genau. (*Verwirrt*) Was ist denn los?

2. POLIZIST: Wie heißen Sie?

BEN: Armitage. Ben Armitage. Hören Sie – was soll das alles?

Der 1. POLIZIST *hat den Wagen untersucht und kehrt zu* BEN *zurück.*

1. POLIZIST: Ein Mann wurde in der Nähe des Richmond Parks erschossen. Jemand meldete, dass er einen Lieferwagen – einen wie diesen – in der Nähe gesehen hat.

BEN: Grundgütiger!

2. POLIZIST: Arbeiten Sie für die Wäscherei *Westdown*?

BEN: Ja, und für *Fletcher*, die chemische Reinigung. Es ist die gleiche Firma. Ich bin seit acht Jahren dabei.

2. POLIZIST: Zeigen Sie mir Ihren Führerschein und Ihren Versicherungsnachweis.

BEN kramt in seiner Tasche, holt eine Brieftasche heraus und legt seinen Führerschein und seinen Versicherungsschein vor. Die POLIZISTEN sehen sie sich an.

Diese Szene fehlt in der französischen Fassung, kommt jedoch in der italienischen und polnischen vor. Danach geht die Handlung in Jacqueline Dawsons Wohnung weiter und es kommt zu einigen Erklärungen in dem Fall.

Die Änderungen, die Durbridge am Drehbuch durchführte, wurden in Köln wohlwollend aufgenommen. Das neue Brent-Ende erreichte Marianne de Barde im Dezember und so schrieb sie am 12. Dezember 1966 an Durbridge:

Ich hätte schon vor Tagen schreiben sollen, um die Ankunft des neuen Endes von *Harry Brent* zu bestätigen. Ich mag den Trauben essenden Alan sehr – ein charmantes Ende – und Dr. Rohrbach scheint das auch so zu sehen: Er klang sehr glücklich diesbezüglich, auch darüber, Harry Brent am Leben gelassen zu haben. Kurt Wilhelm, so höre ich, arbeitet jetzt an den ersten Vorbereitungen für die Produktion.

Auch Dr. Günter Rohrbach antwortete Durbridge (14. Dezember 1966):

Lieber Mr. Durbridge,

ich […] höre erst heute, dass Sie so liebenswürdig waren, uns den neuen Schluss für *Harry Brent* zu schicken. Frau de Barde hat ihn bereits übersetzt. Wir sind alle sehr glücklich damit und finden, dass – einmal ganz abgesehen von der Frage, ob es richtig ist,

Harry Brent am Leben zu lassen – dieses Ende noch reizvoller als das Ihres Originals ist. Besten Dank für die neuen Namen, die heute ankamen, sie erreichten uns gerade noch rechtzeitig, bevor wir das Produktionsexemplar abschreiben lassen wollten. Somit ist nun alles in bester Ordnung. Was uns jetzt noch fehlt, ist eine gute Produktion, auf die wir hoffen und für die wir die Vorbereitungen mit großer Sorgfalt treffen.

Problemlos ging *Harry Brent* jedoch nicht in Produktion, den Joachim Fuchsberger und der Regisseur Kurt Wilhelm sprangen ab. Fuchsberger unterschrieb einen Vertrag bei der Konkurrenz, dem ZDF. Der Mainzer Sender hatte schon seit einiger Zeit erkannt, welches Potential in mehrteiligen Krimis lag und war dazu übergegangen, selbst welche zu produzieren. 1965 hatte man schon den Dreiteiler *Diamanten sind gefährlich* (Regie: Hermann Kugelstadt, mit Reinhard Kolldehoff und Peer Schmidt) auf Sendung geschickt, für 1967 hatte man die Verfilmung eines Drehbuchs von Durbridges Landsmann Victor Canning in petto, den Dreiteiler *Verräter* (Regie: Dr. Michael Braun, mit Chariklia Baxevanos und Karl-Michael Vogler). Der Münchner Produzent Helmut Ringelmann allerdings hatte dem ZDF mit den beiden Krimireihen *Die fünfte Kolonne* und *Das Kriminalmuseum* schon traumhafte Einschaltquoten mit grandios besetzten Episoden verschafft. Nun war er auf die Idee gekommen, gemeinsam mit Herbert Reinecker Durbridge Konkurrenz zu machen und für das ZDF eigene Dreiteiler zu produzieren. So konzipierte er *Der Tod läuft hinterher*, der 1967 in Großbritannien und Frankreich von Regisseur Wolfgang Becker gedreht werden sollte. Es gelang Ringelmann, für die Titelrolle Joachim Fuchsberger zu gewinnen, der nun seinen Part als Harry Brent nicht mehr spielen konnte. Der Produzent hatte rund um Fuchsberger eine äußert prominente Besetzung versammelt: Marianne Koch, Gisela Uhlen, Pinkas Braun, Marianne Hoppe, Josef

Meinrad, Ernst-Fritz Fürbringer und viele andere. Ausgestrahlt wurde der Dreiteiler zwischen Weihnachten und Silvester 1967, wobei Teil 3 83% Einschaltquote erreichte. Dem ZDF, das den Krimi auch bundesweit auf 13.000 Plakaten beworben hatte, war ein sensationeller Erfolg gelungen.

Der WDR musste nun einen neuen Hauptdarsteller und einen neuen Regisseur finden. Mit Peter Beauvais (1916–1986) holte man einen Spielleiter, der bereits viele große Fernsehspiele mit Erfolg inszeniert hatte, bisher aber keine Krimierfahrung hatte. Er sollte dem letzten Durbridge eine besondere Note geben. Durch ihn kam auch die Verpflichtung von Paul Verhoeven, Gert Haucke, Dirk Dautzenberg, Erland Erlandsen und Ilsemarie Schnering (Beauvais' damaliger Frau) zustande, mit denen er zuvor schon oft zusammengearbeitet hatte und die er immer wieder beschäftigte. Mit den 900.000 D-Mark-Budget ging der Regisseur laut Aussage eines Involvierten recht großzügig um, was zur Verstimmung mit der Produktion sorgte.

Die weibliche Titelrolle spielte Brigitte Grothum (Jahrgang 1935), ihr neuer Partner als undurchsichtiger Harry Brent wurde Günther Ungeheuer (1925–1989), mit dem sie kurz zuvor schon in einem anderen Englandkrimi, der vor Ort in London gedreht wurde, vor der Kamera gestanden hatte. Im Herbst 2024 erzählte sie, dass für sie von Anfang an Günther Ungeheuer als Partner feststand und dass Sie von einer ursprünglichen Verpflichtung Joachim Fuchsbergers als Harry Brent nichts wusste: »Dass Blacky die Rolle spielen sollte, war mir nicht bekannt. Mein Partner war von Anfang an Günther Ungeheuer. Ich habe mich mit ihm hervorragend verstanden. Er war ein Schatz, ein grandioser Schauspieler, ein toller Kollege und ein Typ zum Verlieben. Seine Wirkung auf Frauen war legendär! Wir haben uns sehr darüber gefreut, dass wir nach *Freitag muss es sein* in *Ein Mann namens Harry Brent* wieder zusammengeführt wurden.« Im am 24. Februar 1967 vom ZDF ausgestrahlten Thriller *Freitag muss es sein* (Regie:

Korbinian Köberle) hatte Brigitte Grothum Ungeheuers Freundin gespielt. In diesem Krimi gibt es eine interessante Parallele zum Durbridge-Reißer: Hier machte sich Brigitte Grothum in ihrer Rolle an Günther Ungeheuer heran, um ihn für ihren Plan zu gewinnen, in *Ein Mann namens Harry Brent* war es umgekehrt. In beiden Filmen fällt der Satz: »Ich konnte ja nicht ahnen, dass ich mich in dich verlieben würde.« In *Freitag muss es sein* sagt Brigitte Grothum dies zu Günther Ungeheuer, in *Harry Brent* ist es andersherum.

Über Günther Ungeheuer äußerte sich Dirk Dautzenberg, der im Film Sergeant Roy Phillips spielte, später so: »Ungeheuer hatte eine eiskalte Ausstrahlung, war es aber privat nicht. Er hat mich immer überzeugt, er war so kalt und faszinierte immer.«

Die Besetzung des eher unscheinbaren Peter Ehrlich (1933–2015) als Inspektor war insofern bemerkenswert, da der Ermittler ein eher unauffälliger Typ sein sollte, den Ehrlich wunderbar verkörperte. Ein weiterer Coup des WDR war, dass man für einen Gastauftritt in der dritten Folge den renommierten Regisseur Helmut Käutner (1908–1980) als Sir Gordon Town verpflichten konnte.

Kommen wir zu den Dreharbeiten von *Ein Mann namens Harry Brent* zurück. Diese starteten im März 1967 und liefen zehn Wochen lang bis Mai. Die ersten zwei Wochen reiste das Team nach London und Guildford (das das fiktive Market Weldon ersetzte) für die Originalaußenaufnahmen vor Ort. Dabei kam es zu einem kleinen Problem: Die Filmrollen mit den fertigen Aufnahmen wurden gestohlen. Schon machte sich die Angst breit, dass man alles umsonst gedreht hatte und nochmal neu anfangen musste, doch dann tauchten die Rollen mit einem Brief der Diebe wieder auf.

Die Dreharbeiten am Londoner St.-Pancras-Bahnhof gestalteten sich auch herausfordernd: Immerhin musste das Team bei vollem Betrieb drehen. Um komplizierte Kamerafahrten zu vermeiden, setzte man Kameramann Dieter Naujeck in einen Rollstuhl und schob ihn durch den Bahnhof. Regisseur Peter Beauvais erlaubte sich dabei (zu sehen ungefähr in der Hälfte des dritten Teils) einen Cameoauftritt als Mann mit Sonnenbrille.

Nach zwei Wochen England ging es ins Kölner Studio, wo man chronologisch die Innenaufnahmen mit mehreren Kameras im Ampex-Verfahren aufzeichnete.

Ein wichtiges Thema war bei Durbridge immer jenes der Geheimhaltung. 1962 hatte bekanntermaßen der Kabarettist Wolfgang Neuss in einem Zeitungsinserat den Täter in *Das Halstuch* verraten, eine spielverderberische Presseagentur hatte den Täter von *Melissa* vor dem letzten Teil entlarvt.

Zwar bestand immer die Gefahr, dass jemand Bekannte oder Verwandte in Großbritannien hatte, die das Ende verraten konnten, aber diesmal ging der WDR trotzdem auf Nummer sicher. Die bereits in dem Brief vom 18. Januar 1966 von Dr. Rohrbach an Francis Durbridge angekündigten Maßnahmen sahen so aus, dass alle an der Produktion beteiligten Personen folgende Zeilen unterschreiben mussten:

Ich habe zur Kenntnis genommen, dass sich der WDR bei Zuwiderhandlungen alle Schadensersatzansprüche gegen mich vorbehält. Unterschrift – Name.

Im Schrank 229, im zweiten Stock des Kölner Fernsehens, verschloss Produktionsleiter Joachim Glaser die Auflösung.

Offizielle Begründung des WDR, warum *Ein Mann namens Harry Brent* nun der letzte Durbridge sein sollte, war, dass man mit dem »besten Film« aufhören wollte, was die Presse auch aufgriff und vom »besten Durbridge, den es je gab« sprach.

254

Sehen wir uns nun an, was die damalige Presse vor, während und nach der Ausstrahlung zu dem Dreiteiler schrieb.

Durbridge 1967 schon gelöst:
Ein Mann namens Harry Brent wurde in England gejagt
(*Westfälische Nachrichten*, 17. Januar 1966)

Auch der Mörder des nächsten Durbridge-Krimis *Ein Mann namens Harry Brent*, der im Herbst 1967 auf den Bildschirmen des Deutschen Fernsehens gejagt wird, ist in England bereits bekannt. Der Fernsehdirektor des Westdeutschen Rundfunks, Dr. Hans-Joachim Lange, sagte auf eine dpa-Anfrage, die britische BBC habe die Kriminalserie um Harry Brent bereits gesendet.

Die Kriminalserien von Francis Durbridge könnten in Großbritannien und in Deutschland aus dem ganz einfachen Grund nicht zum selben Zeitpunkt gesendet werden, weil der Autor einen Exklusivvertrag mit der BBC habe. Durbridge sei nicht bereit, eigens eine Serie für das Deutsche Fernsehen zu schreiben, obwohl der Erfolg in Deutschland viel größer als in England sei.

WDR-Fernsehdirektor Lange will prüfen, ob Durbridge die in zwei bis drei Jahren fällige Serie »Unter dem Eindruck seiner treuen Kunden in Deutschland« zuerst für das Deutsche Fernsehen freigibt oder ob sie eventuell gemeinsam mit der BBC gezeigt werden kann. In Großbritannien wurden die Serien im Abstand von einer Woche in sechs Fortsetzungen zu je einer halben Stunde ausgestrahlt. Das deutsche Publikum lehnt nach Langes Worten diese Sendeweise ab. Für das Deutsche Fernsehen arbeite Durbridge seine Krimis jeweils auf drei Fortsetzungen um. So wie die Serien angelegt seien, könne auch für das Deutsche Fernsehen keine neue Lösung entwickelt werden, weil Durbridge »von der ersten Minute an auf den Schluss hinschreibt.«

Das Deutsche Fernsehen werde auch nicht ewig Dur-bridge-Krimis senden, kündigte Lange an. Die Entscheidung hänge immer davon ab, was Durbridge anbiete. Der WDR habe schon einmal eine Pause von zwei Jahren eingelegt, er habe auch einige Serien ausgelassen. Im Augenblick aber sei der WDR »natürlich wieder ganz zufrieden mit dem Nachhall«.

Günther Ungeheuer schätzt das »Ungeheure«
(*Westfälische Nachrichten*, 10. Juni 1967)

»Ob es an meinem Gesicht liegt?« meint der Schauspieler und schneidet eine Grimasse. »Oder an meinem Namen? Jedenfalls heiße ich nicht nur Ungeheuer, sondern soll auch immer wieder Ungeheuer spielen.«

Wenn man seine Rollen durchgeht, muss man ihm recht geben. Nicht nur auf der Bühne musste er vor allem Bösewichte oder zumindest Ganoven darstellen, sondern auch im Film und beim Fernsehen. Eben erhielt er vom WDR den Vertrag für eine neue, große Fernsehaufgabe. Er wird die Hauptrolle in dem neuen Durbridge spielen, der den Arbeitstitel *Ein Mann namens Harry Brent* trägt. »Natürlich«, seufzt Ungeheuer, »handelt es sich wieder um eine recht zwielichtige Gestalt«.

Der nächste Durbridge kommt gewiss: Im Kölner WDR-Studio herrscht seit einiger Zeit geheimnisvolles Treiben
(*Westfälische Nachrichten*, 29. Juli 1967)

Es ist so weit: Im Studio des WDR beginnt wieder das geschäftige, geheimnisvolle Treiben, das zusammen mit misstrauischen Wächtern vor den Türen, wortkargen Skriptgirls und noch schweigsameren Schauspielern darauf hindeutet, dass ein neuer Durbridge gedreht wird. Natürlich enthalten auch die Verträge aller Beteiligten die üblichen Schweigeklauseln, deren Bruch mit hohen Konventionalstrafen bedroht wird. [Anmerkung: Den Unterlagen zufolge war *Ein Mann namens Harry Brent* zur Zeit des Erscheinens des Artikels schon in der Postproduktionsphase.]

256

Trotz aller Vorsichtsmaßnahmen ist aber doch durchgesickert, dass es in dem neuen Durbridge, dessen Arbeitstitel *Ein Mann namens Harry Brent* lautet, fünf Leichen geben wird. Der erste Tote liegt schon nach sechs Minuten auf dem Teppich, dahingestreckt von einem hübschen Mädchen. Barbara Frey, die so mir nichts dir nichts ein Schießeisen aus der Tasche zieht und ihren Chef über den Haufen knallt, ist froh, dass sie einmal kein braves Mädchen zu spielen braucht. Dafür sehen wir sie dann in der letzten Folge [sic!] der dreiteiligen Serie, die im nächsten Januar gesendet werden soll, auf einer Bahre wieder.

Ähnlich zwielichtig sind die Rollen der beiden anderen weiblichen Wesen, die dem Krimi erst die rechte Würze geben. Anneliese Römer spielt eine Dame, die hinter ihrer Eleganz gewiss manchen dunklen Punkt verbirgt und Brigitte Grothum ist die mit allen Wassern gewaschene Verlobte Harrys.

Und damit wären wir bei der Hauptperson des Spionagekrimis, dem hintergründigen Gentlemen Mr. Brent. Günther Ungeheuer spielt mit gekonntem Pokergesicht den Reisebüroleiter, der nicht nur Trips, sondern auch Tipps vermittelt. Ihm gegenüber werden es die beiden Vertreter des Rechts, Kommissar [sic!] Wallace (Peter Ehrlich) und sein cleverer Assistent (Dirk Dautzenberg) bis zur letzten Minute sehr schwer haben.

Damit niemand vor Aufregung einen Herzinfarkt bekommt, hat sich Regisseur Peter Beauvais etwas Besonderes ausgedacht. Er will die Spannung mit lustigen Gags auflockern. Er fand eine Reihe Situationen, die voll skurrilen, angelsächsischen Humors stecken.

Wolfram Schaerf, der sich drehbuchgemäß auf der Flucht in stinkende Fische stürzen musste, reagierte allerdings nach wiederholten Proben ausgesprochen sauer auf diesen »lustigen« Einfall seines Regisseurs. Mehr als die Tatsache, dass es diesmal aufregend und komisch zugleich zugehen soll, wollte allerdings auch Peter Beauvais nicht verraten. Ein bisschen Geheimnistuerei heizt eben die Spannung an.

5 Leichen in 3 Stunden
(*Hörzu*, 3/1968)

Deutschlands Kinobesitzer jammern schon seit Drehbeginn. Sie wissen: Wenn das Fernsehen einen neuen Durbridge bringt, bleiben Säle leer. Vor rund neun Monaten fuhr das Team des Westdeutschen Rundfunks nach London. Dort begann die Produktion des siebten [sic!, richtig: achten] Durbridge Schockwerks. Am Montag, Mittwoch und Freitag sägt nun der Schockexperte aus England wieder an unseren Nerven. Laut Mitteilung des Westdeutschen Rundfunks zum letzten Mal. *Ein Mann namens Harry Brent* soll dreimal eine Stunde lang die Krimianhänger nicht schlafen lassen. Die Meinung der Beteiligten: Der beste Durbridge, den es je gab.

Produktionsleiter Joachim Glaser vom Kölner Fernsehen verlässt seit etwa einem Dreivierteljahr sein Büro nicht, ohne besonders sorgfältig abzuschließen. Denn der Schrank in Zimmer 229, II. Stock, birgt wertvolle Papiere.

Mehr als dreißig Schauspieler und andere Mitarbeiter mussten sich schriftlich verpflichten, absolutes Stillschweigen zu bewahren. Andernfalls: »Ich habe zur Kenntnis genommen, dass sich der WDR bei Zuwiderhandlungen alle Schadensersatzansprüche gegen mich vorbehält.« Unterschrift.

Die Kölner sind durch Schaden klug geworden. Bereits zweimal hatten »Spielverderber« die Meuchelpointe vorher verraten. Sehr zum Missfallen der rund zwanzig Millionen Amateur-Kriminalisten vor den Bildschirmen.

Dieses Mal soll keiner sagen können, er sei am logischen Denken gehindert worden. Obwohl ja Logik nicht gerade die stärkste Seite von Herrn Durbridge zu sein scheint. Nach seinen letzten Mörderspielen beklagte sich das Publikum, weil zu viele Fragen ungelöst geblieben waren.

Die Kölner Fernseh-Verantwortlichen zogen aus der

immer schwächeren Zuschauerbewertung die Konsequenz. Der siebte Durbridge soll der letzte sein. »Wir glauben, jetzt Schluss machen zu müssen. Der Höhepunkt ist erreicht oder sogar schon überschritten.«

Gleichzeitig soll dem Krimimeister aus England ein besonders eindrucksvolles Ende bereitet werden. Die Dreharbeiten dauerten zehn Wochen. Vierzehn Tage brachte das ganze Team in London und Umgebung zu, um die typisch englische Atmosphäre möglichst originalgetreu einzufangen. Eine lange Liste prominenter Schauspieler wurde aufgeboten. Dazu ein sehr erfolgreicher Regisseur: Peter Beauvais – ein »seriöser« Fernsehspielleiter und ansonsten Verächter des Krimis – sagte vor einem halben Jahr zu seinem Reißer-Erstling: »Ich glaube, dass *Harry Brent* besser wird als alle seine Vorgänger.« Schauspieler und Drehteam bestätigen inzwischen diese optimistische Prognose. Man hört, dass Beauvais die fünf neuen Leichen und ihre Hersteller interessanter zeigt als seine Vorgänger. Sein Motto: Auch Mörder sind Menschen. Und noch ein neuer Zug beim letzten Durbridge-Streich: Es darf – zwischendurch – gelacht werden.

Durbridge kommt mit Ungeheuer
(*Bild und Funk*, 3/1968)

Was es mit diesem *Mann namens Harry Brent* eigentlich auf sich hat, bleibt Geheimnis bis zur Sendung. Wir wissen es auch nicht, obwohl wir mit dem Hauptdarsteller Günther Ungeheuer erst kürzlich einen langen, anregenden Abend in einem Künstlerlokal verbrachten. Einen Abend, der erst um Mitternacht ein jähes Ende nahm, als die Weiblichkeit an den Nachttischen den schließlich flüchtenden mit Augen und Ohren förmlich verschlang: Wie soll das erst werden, wenn das »Image« des neuen Durbridge-Helden sich den Zuschauer-Millionen so eingeprägt haben wird, dass er überhaupt keinen Schritt mehr unerkannt tun kann? […]

Noch mehr Tote bei Durbridge:
Ein Mann namens Harry Brent beginnt am 15. Januar
(*Westfälische Nachrichten*, 4. Januar 1968)

Köln. Der neueste Francis-Durbridge-Fernsehkrimi, *Ein Mann namens Harry Brent*, beschert dem Fernsehtote gewöhnten deutschen Publikum einen Mordrekord. Die leitenden Manager des zuständigen Westdeutschen Rundfunks in Köln waren am Mittwoch im Gespräch mit der Presse nicht in der Lage, die Durbridge-Toten die in den drei Folgen am 15., 17. und 19. Januar präsentiert werden, nachzuzählen.

Sparsam ist der WDR allerdings mit dem Geld umgegangen. Der dreiteilige *Mann namens Harry Brent* kostet insgesamt weniger als eine Million DM: Dr. Günter Rohrbach, Leiter der Hauptabteilung Fernsehspiel, hält Herrn Brent für eine der billigsten Fernsehproduktionen.

Im Mittelpunkt der Handlung steht ein geheimnisvoller Mann namens Harry Brent (Günther Ungeheuer). Von ihm weiß selbst seine Verlobte Jane Conway (Brigitte Grothum) kaum mehr, als dass er Leiter eines kleinen Londoner Reisebüros ist. Dieser Harry Brent scheint auf irgendeine Weise in einen mysteriösen Mordfall verwickelt, zu sein, der sich in Guildford, einem kleinen Städtchen in der Nähe von London, ereignet. Der Fabrikant Sam Fielding (Paul Verhoeven) wird mitten am Tag von einem unbekannten Mädchen in seinem Büro erschossen, während sich Harry Brent und seine Verlobte – diese ist Fieldings Chefsekretärin – im Nebenzimmer aufhalten. Warum wurde Sam Fielding umgebracht? Dem Fernsehpublikum wird nichts anderes übrigbleiben, als die Lösung abzuwarten – es sei denn, jemand hat Freunde in England. Dort ist der »Harry Brent«, der siebte Durbridge-Krimi, schon gezeigt worden.

Die wachsenden, teilweise weit überhöhten Erwartungen gegenüber Durbridge beunruhigen die Kölner Fernsehbosse erheblich, wie Dr. Rohrbach vor der Presse eingestand. Er kalkuliert daher eine gewisse, vielleicht allmählich wachsende

Zahl der Enttäuschten ein. Darüber hinaus erwartet der WDR, dass jüngere Durbridge-Schüler ihren Meister zusehends Konkurrenz machen. Bei dem jetzt fertiggestellten Durbridge-Krimi wurden vom WDR stärkere Eingriffe vorgenommen als bei allen vorherigen.

Unsere Fernsehvorschau: Ein Mann namens Harry Brent
(*Bieler Tagblatt*, 9. Januar 1968)

An drei Abenden der kommenden Woche dominiert der Kriminalfilm *Ein Mann namens Harry Brent* das Deutschschweizer Fernsehprogramm. Es ist dies bereits der siebente Durbridge-Krimi, und wie man aus vergangenen Jahren weiß, lassen sich die Sendeabende dieses Erfolgsautors selbst in den Abrechnungen von Gaststätten und Theatern erkennen. Die Ausgangslage lässt wiederum eine äußerst spannende Sendefolge erwarten: Selbst seine Verlobte weiß von ihm kaum mehr, als dass er Leiter eines Londoner Reisebüros ist. Auf irgendeine mysteriöse Weise scheint er in einen Mordfall verwickelt, wobei mitten am Tag ein Fabrikant von einem unbekannten Mädchen ermordet wird. Harry Brent wird bald zur Schlüsselfigur des geheimnisvollen Geschehens. Für Jugendliche nicht geeignet.

Leichen zum Lachen
(*Der Spiegel*, 3/1968)

Eine evangelische Kirchengemeinde in Duisburg-Hamborn ließ ihre Abendandacht platzen, die Schleswig-Holsteinische Landesbühne setzte die Operette *Maske in Blau* ab, und in der Hamburger Bürgerschaft sprachen Abgeordnete schneller. Gläubige, Theaterbesucher und Politiker hatten sich eine andere Abendunterhaltung vorgenommen: Sie wollten ein Kriminalspiel von Francis Durbridge sehen.

Mit den platten und unschlüssigen Krimiserien des britischen TV-Autors hatte das Deutsche Fernsehen von 1962 (*Das Halstuch*) bis 1966 (*Melissa*) alljährlich Millionen Zuschauer erregt. An Durbridge-Abenden waren bis zu 93 Prozent der deutschen Fernsehgeräte auf Empfang geschaltet. Dann freilich zeigten die Produzenten Überdruss – 1967 kam kein Stück des Engländers auf den deutschen Bildschirm.

Doch für diese Woche nun hat der Westdeutsche Rundfunk wieder einen Durbridge angekündigt. Titel: *Ein Mann namens Harry Brent* – eine 900.000-Mark-Produktion in drei Teilen und mit sechs Toten.

Die aufwendige Leichen-Schau bietet, wie immer, konventionelle Mord-Konstruktionen, diesmal um den Chef eines Londoner Reisebüros, den die Polizei als Auftraggeber einer Mord-Serie vermutet. Dank neuer Regie-Konzeption soll dennoch, so der Chef der WDR-Fernsehspiele, Günter Rohrbach, »alles ganz anders sein als sonst bei Durbridge«.

Wandel verspricht sich Rohrbach von dem in Krimi-Inszenierungen bisher ungeübten Regisseur Peter Beauvais (*Peter Schlemihl*), der »bewusst auf die alte künstliche Spannungsmache verzichtet«, dafür aber Realismus, Psychologie, Milieu-Charakteristik und Spaß ins Spiel bringe, so Rohrbach. Spaßig findet es der Regisseur beispielsweise, wenn ein Verbrecher über ein Polizistenbein stolpert und in eine Kiste voll geeister Fische fällt.

Mit solchen Zutaten soll der originale Durbridge seine Nachahmer und Nachfolger ausstechen. Das Zweite Deutsche Fernsehen nämlich hatte die Krimi-Pause im Ersten Programm zu ähnlichen Mord-Serien genutzt.

So bereitet die Mainzer TV-Anstalt für die nächste Zeit zumindest drei neue Kriminal-Reihen vor, nachdem sie im letzten Herbst bereits eine Trilogie *Verräter* gesendet hatte und im Dezember *Der Tod läuft hinterher* folgen ließ. Ihre jüngste Serie machten die Fernsehmanager durch 13.000 Plakate und einen Auftritt des *Tod*-Detektivs Joachim Fuchsberger in Vico Torrianis *Goldenem Schuß* so populär, dass sich *Bild* schon »wie in alten Durbridge-Zeiten« fühlte.

Trotzdem bleiben die Hüter des echten Durbridge gelassen. »Den Markenartikel«, sagt Rohrbach, »haben schließlich wir und nicht die anderen.«

»Harry Brent« –
Kriminalfolge von Francis Durbridge: An drei Abenden
(*Bieler Tagblatt*, 15. Januar 1968)

Ein Mann namens Harry Brent ist der siebente Durbridge-Krimi, den das Deutsche Fernsehen produziert. [...] Diesmal steht im Mittelpunkt der Handlung ein geheimnisvoller Mann namens Harry Brent (Günther Ungeheuer): Von ihm weiß selbst seine Verlobte Jane Conway (Brigitte Grothum) kaum mehr, als dass er Leiter eines kleinen Londoner Reisebüros ist. Dieser Harry Brent scheint auf irgendeine Weise in einen mysteriösen Mordfall verwickelt zu sein, der sich in Guildford, einem kleinen Städtchen in der Nähe von London, ereignet. Der Fabrikant Sam Fielding (Paul Verhoeven) wird mitten am Tag von einem unbekannten Mädchen in seinem Büro erschossen, während sich Harry Brent und seine Verlobte – diese ist Fieldings Chefsekretärin – im Nebenzimmer aufhalten. Warum wurde Sam Fielding umgebracht? Kriminalinspektor James Wallace (Peter Ehrlich) tappt lange im Dunkeln, ehe er diese entscheidende Frage beantworten kann. Eines ist ihm jedoch schon bald klar: Harry Brent ist eine Schlüsselfigur in dem geheimnisvollen Geschehen.

Neues Durbridge-Fieber ante portas?
(*Freiburger Nachrichten*, 15. Januar 1968)

Ein Mann namens Harry Brent ist der siebente Durbridge-Krimi, den das Deutsche Fernsehen produzierte. Die vorausgegangenen Titel waren: 1960 *Es ist soweit*, 1962 *Das Halstuch*, 1963 *Tim Frazer 1*, 1964 *Tim Frazer 2*, 1965 *Die Schlüssel* und 1966 *Melissa*. Diesmal steht im Mittelpunkt der Handlung ein geheimnisvoller Mann namens Harry Brent […]. Das Schweizer Fernsehen übernimmt alle drei Teile direkt vom Deutschen Fernsehen.

Alle rätseln um Harry Brent –
Millionen verfolgen den neuen Durbridge-Krimi
(*Westfälische Nachrichten*, 17. Januar1968)

Millionen saßen vor der Mattscheibe und spielten des deutschen Fernsehers schönstes Spiel: Einer war es, aber wer? Das ist die große Frage, mit der Francis Durbridge in seinem neuen Krimi *Ein Mann namens Harry Brent* in der ersten Folge die Zuschauer des Ersten Deutschen Fernsehens verwirrt.

Nur so viel weiß man: Sam Fielding (Paul Verhoeven) ist tot. Wurde er wirklich von Barbara Smith (Barbara Frey), die sich bei ihm um eine Stellung bewarb, erschossen? Gesehen hat es niemand. Vieles spricht dafür. Auch Phyllis Brother (Christiane Nielsen), ehemalige Angestellte bei Mr. Fielding, ist tot. Und Barbara Smith nahm sich das Leben. Schade, die beiden toten Damen wussten mehr, und die eine, die noch lebt, die Schauspielerin Jaqueline Dawson (Anneliese Römer), weiß Bescheid, darf aber nicht sprechen. Von der ahnungslosen Braut Harry Brents (Günther Ungeheuer) ist nicht viel für die Aufklärung des Verbrechens zu erhoffen, wenn sie tatsächlich ahnungslos ist. Und Harry Brent, Titelfigur des ganzen Krimis, ist durch Theaterkarten, durch Erzählungen Phyllis Brothers und durch den Besuch von Barbara Smith am Grabe seiner Eltern stark belastet. Tut er nur so unschuldig, oder ist er wirklich der Täter, obwohl er es eigentlich nicht sein darf, weil so vieles dafürspricht? Oder hat er etwa einen Doppelgänger? Fragen über Fragen! Werden die Millionen Fernseher am Mittwoch bei der zweiten Folge klüger sein?

Diesen kriminalistischen Scharfsinn erwartet Francis Durbridge von seinem Publikum und auf die Deutschen kann er sich da verlassen, denn mit seiner und des Fernsehens Hilfe sind sie ein Volk von Kriminalisten geworden.

Am Rande vermerkt: *Ein Mann namens Harry Brent*
(*Berner Tagwacht*, 17. Januar 1968)

Diesmal bitten die Gentlemen nicht zur Kasse, sondern es ist

Harry Brent, der Millionen von Fernsehzuschauern in der Schweiz, in Deutschland und Österreich in Atem und Spannung hält. Es durbridget wieder diese Woche. *Ein Mann namens Harry Brent* ist ein dreiteiliger Kriminalfall von Francis Durbridge, der selten oft für Spannung vor dem Flimmerkasten gesorgt hat. Diese Woche gleich doppelt. Während sich am Montag von 2l bis 22 Uhr die Fernsehzuschauer zu fragen begannen, wer eigentlich Harry Brent sei, begann um 21.30 Uhr auch gleich noch das Radio mit einem Durbridge.

Wer also ist Harry Brent? Am Freitag um 22 Uhr werden wir es wissen. Aber vorher bleibt alles rätselhaft, so muss es sein, um die Leute vor den Kasten zu locken. Deutet der Name des Darstellers von Harry Brent, Günter Ungeheuer, auf den Mörder hin? Es gehört zur raffinierten Technik dieser Fernsehkrimis, dass sie verwirrend aufgebaut sind, dass sie alles offenlassen, dass sie wieder verwischen, wo man glaubte, einen Anhaltspunkt gefunden zu nahen. Wie dem auch immer sei, die Krimipsychose hat diese Woche wieder um sich gegriffen. Alles dreht sich um Harry Brent, zur Freude aller Krimifans, zum Leidwesen unzähliger anderer, zum Beispiel der Kinobesitzer und der Vereinspräsidenten, die ihre Leute nicht zur Versammlung bringen.

Ein Mann namens Harry Brent

(*Neue Zürcher Nachrichten*, 18. Januar 1968)
Gestern Abend ging der zweite Teil des von Francis Durbridge ersonnenen Kriminalspiels *Ein Mann namens Harry Brent* über den Bildschirm. Der erste war am Montag zu sehen gewesen: Er ließ die Hoffnung aufkommen, dass man es wieder mit einem »guten Durbridge« zu tun haben werde, eine Hoffnung, die man, nach der missglückten *Melissa*, kaum hatte hegen können. Der zweite Teil machte die Qualität der neuen Folge noch deutlicher: eine tragfähige Story, in deren Verlauf so viele Personen hineingemixt werden, dass sieh die Anzahl der Verdächtigen verwirrend mehren lässt

und der Kombinationslust des Zuschauers ein weites Feld offensteht; eine Inszenierung, die, ganz vom Filmischen her gestaltet, aus der Atmosphäre der Figuren und des Milieus lebt und einen guten, im Ton der Alltäglichkeit gehaltenen, szenisch knappen und in seiner Mehrdeutigkeit die Spannung schürenden Dialog dramatisch wirksam unterspielt, und die diesem Unterspielen schließlich auch die Charakterisierung der Figuren durch die Schauspieler genau einpasst.

Man ist überrascht: Francis Durbridge hat mit *Ein Mann namens Harry Brent* offensichtlich eine glückliche Hand gehabt. Liest man seine Kriminalromane, so kommt man meistens nur mühsam über die Strecke. Es scheint, dass er die entschiedenere Begabung für Kriminalspiele hat, deren Erfolg und Wirkung freilich maßgeblich von ihrer Realisierung auf dem Bildschirm abhängen. Die von der BBC produzierten Kriminalfilme Durbridges – es sind dreizehn an der Zahl sind – uns unbekannt. Die sechs Realisierungen, die das Deutsche Fernsehen bisher besorgt hat, haben wir dagegen alle gesehen, und wenn uns von diesen auch *Das Halstuch* in guter Erinnerung geblieben ist, so wird man ohne dabei einfach dem Eindruck des Neuen zu erliegen von der Inszenierung von *Ein Mann namens Harry Brent* durch Peter Beauvais sagen dürfen, dass es sich hier um die bisher beste handelt. Das kommt nicht von ungefähr: Peter Beauvais zählt zu den wenigen Regisseuren des Deutschen Fernsehens, die ein Gefühl für die filmischen Werte des Atmosphärischen haben; vor allem aber ist er imstande, beiläufige Geschichten im Klima des Menschlichen zu verdichten, Alltagsfiguren alltäglich erscheinen und sie doch dramatisch lebensvoll wirken zu lassen. Diese Qualität zeichnet gerade auch diesen Kriminalfilm wieder aus, der, obwohl von deutschen Darstellern gespielt – Günther Ungeheuer als Brent, Peter Ehrlich als Inspektor sowie Wolfgang Preiss und andere –, die Atmosphäre des Englischen, die die Atmosphäre der Handlung ist, in einem erstaunlichen Maße besitzt. Das zeigt sich nicht allein im Understatement des

Spielens, zeigt sich besonders in der Knappheit der Szenen, als deren Vorzug eben darum das Halbgesagte, der Verzicht auf überdeutliche Motivierungen anzumerken ist; Motivierung wie Spannung erfolgen weitgehend aus den Assoziationen (im Bild wie im Dialog), die dem Zuschauer erlaubt sind. Das Bildschirm-Kriminalrätsel ist in drei Teilen angelegt (den dritten wird man am kommenden Freitag zu sehen bekommen). Die Teilung in mehrere Folgen ist ein Effekt (und wohl auch ein Trick), zu dem die Fernsehdramaturgie Anlass gibt, ja durch den sich eine Fernsehdramaturgie erst eigentlich anwenden lässt. Selbstverständlich kann man Francis Durbridges Story in einem anderthalbstündigen Film, wie er für das Kino üblich ist, adaptieren, und es wäre sehr wahrscheinlich ein guter Kriminalfilm. Das Fernsehen muss den gleichen Stoff aus Gründen der Programmökonomie auf verschiedene Folgen verteilen: Es kommt dann mit seinem Stoffhunger über eine längere Strecke. Aber auch eine publikumspsychologische Überlegung steht hinter dieser Aufteilung, und sie ist wohl ausschlaggebend: auf eine kinoübliche Spieldauer beschränkt, würde die gleiche Story das Publikum zweifellos nicht in so großem Ausmaß an die Bildschirme locken. Das beweist sich etwa dadurch, dass Kriminalfilme, die für das Kino gedreht worden sind und diesem Durbridge wie anderen Fernsehfilmen weit überlegen sind, doch nie das Publikum in so großer Zahl zu fesseln vermögen, wenn sie vom Fernsehen ausgestrahlt werden. Es kann nicht übersehen werden, dass durch die sowohl programmökonomisch wie publikumspsychologisch begründete Aufteilung das Klima einer eigentlichen Massenpsychose geschaffen wird. Sie funktioniert auch bei *Ein Mann namens Harry Brent*. Die Leute bleiben zu Hause, auch jene, die sich kaum je damit bemühen würden, ins Kino zu einem Kriminalfilm zu gehen. Haben Kinokriminalfilme den gleichen massenpsychologischen Effekt, dann aus anderen Gründen: die Bond-Filme mit ihrem Aufwand (den das Fernsehen sich nie leisten kann), aber vor allem mit

ihrem Zynismus (der am Bildschirm als dem Familienkleinki-
no ohnehin verboten wäre) sind zum Beispiel ein Beweis
dafür.

»Harry Brent« fegt die Straßen leer:
Deutscher Krimi-Fernsehknüller gegen Zürcher Kino- und
Restaurantkassen
(*Neue Zürcher Nachrichten*, 19. Januar 1968)

Während Zürichs kulturelle Institute unbehelligt blieben, stahl
im »Schaugeschäft« die TV-Krimiserie *Ein Mann namens
Harry Brent* die Schau: Kinos, Dancings und Restaurants
beklagten am Montag und Mittwoch dieser Woche einen Besucherrückgang von bis zu 50 Prozent. Rund um die Stunden
von 21 bis 22 Uhr, in denen sich die Mattscheiben-Leichen zu
häufen begannen, fuhren auch die Trams der VBZ schlecht
besetzt. Während in populären Gaststätten mit TV-Apparat
die Bestellungen sich häuften, wurde in einem angesehenen
Zürcher Restaurant zwischen vielen leeren Tischen serviert.
Die Theater hingegen wiesen am Montag und Mittwoch volle
Zuschauerreihen auf – wenn auch zum Teil mit Hilfe von
Abonnementsbestellungen. Vor allem viele Kinos waren
schwer betroffen. »Diese katastrophalen Serienabende kennen
wir nun schon seit Jahren«, meinte ein Kinobesitzer. »Die
Durbridge-Krimis – das merkt man an der Kasse. Das Kulen-
kampff-Quiz dagegen überstehen wir spielend.«

Francis Durbridge im Nacken
(*Der Bund*, 19. Januar 1968)

Francis Durbridge – dies ein Hinweis für blutige Laien und
Banausen – ist der Mann, der eine Fernsehmasche erfand.
Indem man einen *Tim Frazer* oder eine *Melissa*, sonst ganz
alltägliche Kriminalspiele, zu Fortsetzung-folgt-Sendungen
streckt, wird das Fernsehvolk in fiebernde Detektive verwan-
delt und selbst dann an den Bildschirm gefesselt, wenn ansonsten keine Bereitschaft für das Kriminelle besteht. Nun ist

wieder eine solche Francis-Durbridge-Woche im Gang, und das pflegt unser Fernsehen in einen ähnlichen Aufruhr zu bringen wie der Spengler-Cup oder die Olympischen Spiele. So saß auch der zweiten Ausgabe der *Rundschau* der *Mann namens Harry Brent* im Nacken, so sehr, dass Unruhe auch das Redaktionsteam […] packte. […]

Durbridge schädigte die Wirte
(*Westfälische Nachrichten*, 19. Januar 1968)

Hamburg. Mit Wehmut im Herzen und Zorn in der Stimme polterte am Mittwochabend ein Gastwirt im Kölner, Stadtteil Nippes: »Wir gründen einen Berufsverband der Durbridge-Geschädigten.« Der Unmut des rheinischen Gastronomen richtete sich gegen einen *Mann namens Harry Brent*, der als geheimnisumwitterter Held auch im zweiten Teil einer Krimi-Serie Millionen Deutscher an diesem Abend in den heimischen Fernsehsessel zwang und von den abendlichen Stammtischen fernhielt.

Das Ränkespiel um die Person des bereits gekillten Firmenchefs Sam Fielding regte am Mittwochabend auch die Hamburger Bürgerschaft zur Eile an. Die erste Sitzung im neuen Jahr endete genau fünfzehn Minuten vor dem Beginn des Durbridge-Krimis. In der baden-württembergischen Universitätsstadt Freiburg fand eine CDU-Versammlung mit dem früheren Bundeskanzler Prof. Ludwig Erhard am Mittwochabend allerdings in einem überfüllten Saal statt. Erhard versäumte es nicht, sich unter Hinweis auf den Krimi bei den Zuhörern für ihr Erscheinen zu bedanken.

Was ein Mann nicht alles fertigbringt
(*Die Tat*, 20. Januar 1968)

Was ein Mann nicht alles fertigbringt: An drei Abenden in ein und derselben Woche führt sein Auftreten dazu, dass Kinos, Dancings und Restaurants einen Besucherrückgang von rund fünfzig Prozent beklagen und sich ihre Besitzer die Haare raufen, dass in den späten Stunden zwischen 20 und 22 Uhr die Straßen in Stadt und Land veröden, blaue, rote und grüne Trams einsam ihre Runden drehen (denn die Passagiere sind wie vom Erdboden verschwunden). Auch Verkehrsprobleme gibt es keine mehr, und Parkplätze sind gar vermehrt vorhanden: der Mann hält selbst unentwegte Automobilisten vom Fahrzeug fern. Seine Macht kennt scheinbar keine Grenzen: Er weiß das öffentliche, das private und selbst das Wirtschaftsleben am Montag, Mittwoch und Freitag auf ein absolutes Minimum zu reduzieren. Und schon werden Stimmen laut gegen den gewissen Mann namens Harry Brent der eine riesige Fernsehgemeinde an den Flimmerkasten fesselt. – Kleine Ursache, große Wirkung?

Televisor: So bringt man einen Krimi um
(Hörzu, 5/1968)

Was wir wussten, war dies: Francis Durbridge, englischer Autor, schreibt am Fließband. Peter Beauvais, deutscher Bühnen- und TV-Regisseur, ist ein Inszenator von hohen Graden, souverän und sensibel.

Was wir lernten, war das: Auch ein Durbridge kann einschläfern, auch ein Beauvais kann verdrießen.

Der Krimi – so scheint es – ist nun mal eine Kunstform für sich. Eine Kunstform, die ihre eigenen Gesetze hat, frei nach dem Hitchcock-Motto: »Wenn drei um einen Tisch sitzen und Kaffee trinken, ist das langweilig. Spannung ist, wenn der Zuschauer weiß: Unterm Tisch ist eine Bombe.«

In diesem Durbridge (*Ein Mann namens Harry Brent*) gab es keine Bomben, wohl aber saßen Menschen sattsam um Tische herum, ließen Filme laufen, zogen Jalousien auf und zu und palaverten zum unguten Schluss schier endlos, damit ein jedes Ding – von der Sache her war das durchaus begrüßenswert – auch seine Erklärung erhielt. Geredet wurde, wie Regisseur Beauvais das schon verschiedentlich in seinen Horst-Lommer-Inszenierungen zur Perfektion getrieben hatte:

270

nebenbei, wegwerfend, wie ich und du es auf der Straße tun, wenn wir uns übers Wetter unterhalten. Aber du und ich, wir sind in keine haarsträubenden Abenteuer verwickelt, und Durbridge ist kein Lommer. Krimi – das ist Fiktion, ist Märchen für Erwachsene und stirbt an allzu strenggenommenem Realismus. Auch unter den redlich bemühten Darstellern (Brigitte Grothum, Günther Ungeheuer, Peter Ehrlich) war keiner, der dem ungewürzten Eintopf noch Pfeffer hätte beimengen können. So bringt man einen Krimi um.

Telemax: Ein Mann namens Harry Brent
(*Hörzu Österreich,* 5/1968)

Ein Mann namens Harry Brent – Nach längerer Zeit wieder ein Durbridge! Er ist nach wie vor der Beste. Niemandem ist es bisher gelungen, auch nur annähernd die Wirkung dieser englischen Pfeife-Schreibe zu erreichen. Zwar ist es sehr modern und verbreitet, Herrn Durbridge bei jeder Gelegenheit eins auszuwischen. Seine Wirkung sei unlogisch, ein Hineinleger, er knüpfe Handlungsfäden, heißt es, ohne die Knöpfe wieder aufzumachen und die Knäuel zu entwirren, er sei auf Überraschungseffekte aus und führe sein Publikum an der Nase herum. Diese Vorwürfe sind bei genauer Betrachtung ziemlich stichhaltig – indes scheint auch das zu den Erfolgsrezepten dieses Autors zu gehören.

Das Publikum lässt sich liebend gern von den Fallen des Francis Durbridge fangen. Maßgeblich für das Gelingen seiner infantilen Dramen ist auch nicht die letzte Minute, sondern die ganze Zeit vorher: ob man da überrascht war, ob man sich da wohlig gefürchtet hat, ob es da manchmal unheimlich geworden ist.

Und Durbridge ist von einer derartigen literarischen und schriftstellerischen Anspruchslosigkeit, dass man nicht das Manuskript beurteilen kann, sondern nur die Wirkung auf die Zuschauer. Und die ist so, dass viele von Hysterie sprechen. Peter Beauvais hat das Krimi-Opus inszeniert, seine Schnitte sind hart, und er war offensichtlich um eine neue Machart bemüht. Aber die Handschrift des Engländers war stärker. Es blieb ein unverwechselbarer Durbridge.

Niemand war darüber böse, meint Ihr Telemax.

Es gibt unzählige Krimis, die viel spannender sind als Durbridge!
(Funkuhr, 5/1968)

Die Straßen waren nicht leergefegt! Die Autokolonnen waren so lang wie an jedem anderen Tag, und die Leute standen vor den Schaufenstern wie eh und je! Ihnen sei gesagt: Sie versäumten nichts! Francis Durbridge, der englische Altmeister der kriminalistischen Fernsehlangeweile, strickte den *Mann namens Harry Brent* nach alt »bewährter« Methode: schleppende Handlung, verwirrend viele Personen, undurchsichtiger Inhalt und viele Tote. Diesmal waren es sechs. Je mehr Tote, desto mehr Spannung, scheint Durbridge zu denken – und irrt gewaltig: Diese komische Krimikarikatur war so fade, dass man nur den Kopf schütteln kann, wenn man weiterhin solch dreigeteilte Pseudo-Spannung für das Fernsehprogramm planen sollte. Der Kritiker befragte nicht nur sich selbst, sondern auch Freunde und Nachbarn. Sie alle waren der Meinung: Ausgesprochen schlecht! Warum schreibt man einen solchen Krimi nicht für einen Abend? Vielleicht würde dann noch etwas Brauchbares daraus! Allerdings muss dann die Regie mehr Lichter setzen, als Peter Beauvais es tat. Die Schauspieler waren durchweg zufriedenstellend. Ausnahme: Brigitte Grothum mit entsetzlicher Mimik und Sprache!

Fernsehkritik: Spannung auf Raten
(Bild und Funk, 5/1968)

Ein Mann namens Harry Brent war der beste Durbridge, den es je gab, was nicht am Autor lag. Regisseur (Peter Beauvais) und Schauspieler waren es, die den Krimi als Kammerspiel sehenswert machten. Großartig der milchtrinkende Inspektor

Wallace (Peter Ehrlich), besser noch sein Assistent Philips (Dirk Dautzenberg). Aber auch Durbridge erreichte sein Ziel: Millionen waren gefesselt. Mehr wollte er nicht.

Stimmen zu Durbridge
(*Bild und Funk,* 5/1968)

– Das war der beste Durbridge, den es je gab! (Klaus H., Köln)

– Mir gefiel der Krimi *Ein Mann namens Harry Brent* so gut, weil er nicht so versponnen war wie beispielsweise *Tim Frazer.* (Olga D., Frankfurt)

– Die erste Folge dieses Krimis von Durbridge fand ich ein bisschen langatmig. Die beiden letzten Folgen aber waren prima. Meinetwegen könnte es jeden Monat einen geben. (Wolfgang B., Bingen)

– Es tut mir leid, dass ich nicht in den allgemeinen Lobgesang einfallen kann, den man allerorten über diesen Durbridge anstimmte. Ich bin mitten in den ersten beiden Folgen sanft entschlummert. (Jost K., Konstanz)

– Die beiden Kommissare fand ich zum Davonlaufen. (Grit K., Straßburg)

– Eines versteht Mister Durbridge brillant: Er bringt so viele Personen ins Spiel, die dann alle in irgendeiner Form verdächtig werden und sich als mögliche Täter anbieten. Und so bleibt es bis zum Schluss ein wirklich interessantes Puzzlespiel. (Rudi G., Kassel)

Briefe an *Hörzu*: Ein Mann namens Harry Brent
(*Hörzu,* 6/1968)

– Dieser bis zur letzten Szene liebeskranke Inspektor James mit seiner ewig mitfühlenden traurigen Stimme hatte auf mich eine mild einlullende Wirkung. Nur glaubte ich nicht einen Krimi zu erleben, sondern einem Trauerspiel beizuwohnen. (Hannelore H., Hamm)

– Peter Ehrlich spielte als Inspektor James keinen Supermann.

Er war ein Polizeibeamter mit kleinen liebenswerten Schwächen und viel menschlichem Bemühen. Das machte ihn glaubwürdig und sehr sympathisch. Man hätte ihm zum Schluss gern die kleine Jane gegönnt. (Irma S., Hamburg 61)

– Hervorzuheben sind Peter Ehrlichs dezent gespielter Wallace, Anneliese Römers beherzt agierende Jacqueline Dawson und Helmut Käutners herrlich trockener Sir Gordon Town. (Herbert K., Düsseldorf-Nord)

– Man bemühte sich, Klangwirkungen ins Stück zu bringen, wie sie im Alltag durch Überschneidung verschiedener Lautphänomene entstehen. Ein Treckergeräusch wurde so etwa durchaus nicht künstlich gedämpft, um einen Dialog hörbarer zu machen. (Borghild H., Minden)

– Mit einer Vielzahl von Personen, Helfershelfern und Mittelsmännern gelang es Durbridge einmal mehr, anregende Verwirrung zu stiften. An Verdächtigen herrschte kein Mangel. Aber eine ausgesprochen nervenzerrende Spannung spürte man nicht. Wer sich jedoch darauf verstand, die Zwischentöne dieses Krimis zu genießen, wurde blendend unterhalten. Dazu gab es eine Musik, die die Höhepunkte des Geschehens dezent markierte. (Günther F., Osnabrück)

– Das Alltagsmilieu, die Charaktere und der natürliche Umgangston waren von der Regie besonders sorgfältig herausgearbeitet worden. Dadurch erhielt die Serie eine eigene atmosphärische Spannung. Von Figur zu Figur gab es abgewandelte individuelle Dialoge. So realistisch und natürlich und bis in alle Kleinigkeiten genau haben wir noch keinen Durbridge erlebt. Das Stück war von der Regie so gut wie nicht aufgegagt. Es war ein Krimi auf leisen Sohlen, aufgenommen mit einer living Kamera. (Dr. Michael L., Hamburg)

Rückblende auf das Fernsehprogramm:
Ein Mann namens Harry Brent
(*Gong*, 6/1968)

Durbridge-Fieber herrschte allerorten. Am 15., 17. Und 19.

Januar präsentierte der WDR – wie in jedem Frühjahr – die neuesten kriminalistischen Einfälle Mister Durbridges. Unser Kritiker Rex Schreibt zu der dreiteiligen Krimi-Stotterserie: »Durbridge ist doch der Beste ... Zu dieser Feststellung musste man ehrlichweise kommen, als die großartige Erkennungsmelodie Hans-Martin Majewskis mit ihren aufreizenden hellen Signalen zum letzten Mal erklang. Und es war sicher auch einer der besten Einfälle des Autors, der hier in der Siebener-Reihe seit 1960 ausgestrahlt wurde. Ein Krimi von hohem Wahrscheinlichkeitsgrad, verwickelt, irreführend, aufregend, wenn auch mit einigen Längen konstruiert. Er wurde von dem sich erstmals auf diesem Gebiet versuchenden Peter Beauvais sauber inszeniert und von guten Darstellern getragen. Freilich das »aufklärende« Gespräch zwischen Wallace und Brent hätte man mit einem besseren Ton anbieten müssen.«

BF-Telekritik: Ein Mann namens Harry Brent
(*Burgenländische Freiheit,* 25. Januar 1968)
Dass sich die Österreicher mit der Zeit an alles gewöhnen, bewies der letzte Durbridge-Krimi. Einer Zeitung aus dem Jahre 1965, die mir zufällig in die Hände gefallen ist, entnehme ich nämlich, dass es damals – es wurde die Blutoper *Die Schlüssel* gesendet – zu Erscheinungen gekommen sein soll, die an mittlere Revolutionen und lückenhafte Generalstreiks erinnerten: Das Personal der Abendbetriebe wurde Opfer einer Massenepidemie, die Kinos waren verwaist und die Fernsehapparate der Kaffeehäuser wie Festungen belagert.

Nun, von all dem war diesmal nichts zu bemerken, und auch die Bouleveard-Zeitungen, die mit Prognosen und Schlagzeilen die laue Stimmung anheizen wollten, hatten wenig Erfolg. Das Leben blieb weitgehend normal und die Diskussion über den Täter in der Familie.

[Achtung, ab hier Spoiler!] Sind die Österreicher wirklich härter und abgebrühter geworden? Oder war der Krimi schlechter, fiel Herrn Durbridge weniger ein? Ich glaube, dass das letztere der Fall war. Mich jedenfalls enttäuschte der *Mann namens Harry Brent*, und der glatzköpfige Geschäfts-mann war mir schon in der zweiten Folge verdächtig, obwohl ich kein Kriminalist bin. Aber er war unter so vielen netten und sich liebenden Leuten der Unsympathischste und gefiel mir ganz und gar nicht. Geschieht ihm ganz recht, dass ihm Herr Durbridge den »Schwarzen Peter« zusteckte. Da haben sich die wenigsten Fernseher geärgert.

Der WDR konnte zufrieden sein: *Ein Mann namens Harry Brent* fuhr 82% Einschaltquote ein. Das ZDF zeigte an Dur-bridge-Abenden von Haus aus nur »leichtes« Programm, Wiederholungen oder uralte Spielfilme, da man wusste, dass der Großteil ohnehin den Krimi bei der Konkurrenz verfolgen würde. Am Abend des letzten Teils, am Freitag, dem 19. Ja-nuar 1968, lief ab 20.00 Uhr im ZDF Eduard Zimmermanns beliebte Fahndungsreihe *Aktenzeichen XY … ungelöst.* Um 21.00 Uhr startete in der ARD *Ein Mann namens Harry Brent.* Daran erinnerte in der ZDF-Sendung auch Zimmer-manns Assistent Peter Hohl, der um diese Zeit aufgeregt aus der Nachrichtenkabine kam. Hohl: »Ich will mich jetzt aber ganz kurzfassen: Es ist schon 21 Uhr vorbei« – (Eduard Zim-mermann sieht auf die Uhr und sagt »Oh Gott!«) – wir wollen uns nicht bei den Durbridge-Anhängern unbeliebt machen!« – Eduard Zimmermann antwortet »Das wollen wir natürlich nicht, meine Damen und Herren!« und beendet die Sendung daraufhin recht schnell.

Nicht nur *Ein Mann namens Harry Brent* wurde ein Er-folg, auch die Titelmusik. Sie erschien gemeinsam mit der Melodie der Horst-Pillau-Serie *Großer Mann, was nun?* als *Harry Brent Thema* bei Columbia auf einer Langspielplatte.

Ende April 1968 kam Francis Durbridge nach Deutsch-land. Beim WDR wurde ihm der Dreiteiler vorgeführt. In einem Brief am 27. Mai 1968 an Dr. Günter Rohrbach schrieb er: »Es war sehr schön, Sie in Köln wiederzusehen. Wie Sie bereits wissen, hat mir Ihre Fassung von *A Man Called Harry Brent* enorm gefallen.«

Interviews mit Brigitte Grothum, Peter Ehrlich und Wolfgang Preiss
(geführt von Dirk Brüderle)

Dirk Brüderle führte Anfang der 2000er-Jahre für ein geplantes Buch über die deutschen Durbridge-Krimis Interviews mit den Beteiligten von damals. Da dieses Projekt nie realisiert wurde, stellte er netter- und dankenswerterweise seine bis dato unveröffentlichten Gespräche mit Brigitte Grothum, Peter Ehrlich und Wolfgang Preiss für dieses Buch zur Verfügung.

Interview mit Brigitte Grothum
(geführt am 1. Februar 2002)

Frau Grothum, Sie drehten vor »Ein Mann namens Harry Brent« schon »Die Sommerfrische« von Carlo Goldoni mit Peter Beauvais. War dies ausschlaggebend für Ihre Besetzung im Durbridge-Krimi?

Das weiß ich nicht. Es entzieht sich meiner Kenntnis, wessen Idee es war, mich zu besetzen. Ich habe damals sehr viel mit dem WDR gemacht, sehr viele Fernsehspiele wie *Romeo und Julia* oder *Diener seines Herren*, wo Wilhelm Semmelroth noch der Spielleiter war. Ich glaube daher, dass die Idee, mich in *Harry Brent* zu besetzen vom WDR kam.

Wie war Regisseur Peter Beauvais?

Ich war nicht unbedingt die Lieblingsschauspielerin von Peter Beauvais. Ich bin gut mit ihm zurechtgekommen, aber ich würde nicht unbedingt sagen, dass ich sein Favorit war. Wir sind miteinander ausgekommen, aber es gab sicherlich Regisseure, mit denen ich lieber und besser zusammengearbeitet habe. Ich glaube auch, dass ich ihm vom Typ her nicht so hundertprozentig gut gefiel, wie ihm vielleicht andere gefallen hätten. Peter Beauvais hatte auch immer Taschentücher mit dabei, in die er beim Drehen biss. Das weiß jeder, der ihn kennt. Er hatte wenig Humor und war ehrgeizig. Ich hingegen war damals jung und locker und wir haben uns einen riesigen, unheimlichen Spaß beim Drehen von *Harry Brent* gemacht. Allerdings weniger mit Beauvais. Er war auch jemand, der Szenen sehr oft wiederholte. Wir haben oft zwanzig bis dreißig Klappen gedreht.

Hatten Sie bei diesem Straßenfeger eine besonders große Resonanz? Haben Sie bemerkt, dass der Dreiteiler besonders einschlug?

Nein, ich hatte vorher Gott sei Dank genau so viel zu tun und nachher auch. Ich kann nicht sagen, dass ich durch den Straßenfeger mehr zu tun hatte. Bei diesen Krimis war es so, dass die Leute mehr auf die Spannung achteten und nicht so sehr auf die Schauspieler bzw. die schauspielerischen Leistungen. Verwirklichen konnte man sich als Darsteller in anderen Stücken mehr. Die Rollen waren in diesen Krimis sehr schlicht gestrickt, es gab einen bösen Täter und ein armes Opfer. Das waren solche Strickmuster wie auch in den Edgar-Wallace-Filmen. Diese wurden auch von Durbridge bedient. Es gab keine Psychologie oder Ähnliches und es war daher keine große schauspielerische Herausforderung, aber es hat Riesenspaß gemacht, vor allem mit meinen Partnern.

Haben Sie Erinnerungen an ihre Partner in dem Dreiteiler?

Mit Günther Ungeheuer habe ich viel gearbeitet und wir hatten bei den Dreharbeiten eine »Riesengaudi«. Auch an Wolfgang Preiss habe ich die schönsten Erinnerungen. Mit ihm, Günther Ungeheuer und Gert Haucke hatten wir einen Riesenspaß und es war immer nur lustig. Peter Beauvais haben wir so hingenommen, wie er war. Er hat uns nicht groß gestört und es war nicht so, dass er die Stimmung kaputt gemacht hätte. Er war ja ein guter Regisseur und er passte gut auf, dass man nicht zu viel machte beim Spielen und korrigierte einen oft.

Können Sie noch etwas zu Günther Ungeheuer erzählen?

278

Mit Günther Ungeheuer war ich ganz eng befreundet. Wir haben uns geliebt, es war eine wunderschöne, große, platonische Freundschaft und wir hatten eine unglaubliche Affinität. Er war ein ganz toller, präziser Schauspieler. Er war immer unheimlich charmant zu Frauen.

War es für Sie ein Unterschied für das Fernsehen oder für das Kino zu drehen?

Natürlich, das war schon ein großer Unterschied. Damals drehte man beim Fernsehen noch nicht auf Film, sondern im Ampex-Verfahren. Da konnte man noch nicht schneiden, sondern drehte immer ganze Blöcke. Manchmal musste man bis zu vierzig Minuten durchspielen. Erst danach konnte man es nochmal machen, falls ein Fehler passiert war. Es war vielmehr Theater als Fernsehen. Man konnte sich daher besser in eine Rolle hineinleben. Ich mochte diese Fernsehproduktionen sehr gerne. Es war wunderbar für mich, weil im Film immer nur viele Szenen durcheinander gespielt und dann zusammengeschnitten wurden.

Wissen Sie noch etwas über die Dreharbeiten?

Ich weiß noch, dass ich mit Günther Ungeheuer durch London fuhr und wir in ein Spielcasino gingen. Er schimpfte furchtbar mit mir, weil ich mein Geld dort ausgab. Ich gewann dabei aber irre viel, weil ich aus Versehen die Chips verwechselt hatte. Die Atelieraufnahmen wurden beim WDR in Köln gemacht. Wir hatten damals unglaublich viel Zeit zum Drehen. Heute dreht man vielleicht siebzehn Minuten am Tag, damals höchstens zwei. Man hatte in jenen Jahren viel mehr Mühe, auch was Anschlussszenen betrifft. Die Maske hatte keine Eile, für die Lichtsetzung gab es viel mehr Zeit, es wurde spezielles Augenlicht für die Frauen gesetzt und es dauerte, bis alles ausgeleuchtet war. Es musste bei aller Spannung auch ästhetisch sein. Man arbeitete auch bis zu einem halben Jahr an so einem Dreiteiler. Damals wurden auch noch Proben gemacht und es gab vorher Besprechungen mit dem Regisseur, bei denen man die Charaktere und Figuren gemeinsam erläuterte.

Erinnern Sie sich, ob Sie zur Geheimhaltung per Vertrag mit Androhung einer Strafe verpflichtet waren?

Ja, wir durften auf keinen Fall irgendetwas sagen und nichts über die Rollen erzählen und auch nicht über den Inhalt.

Interview mit Peter Ehrlich
(geführt am 3. April 2002)

Erinnern Sie sich noch, wie Sie in die Produktion von »Ein Mann namens Harry Brent« kamen?

Ich erinnere mich nicht mehr genau, aber es muss wohl über meinen Agenten gelaufen sein. Der Regisseur war ursprünglich Kurt Wilhelm. Wir hatten aber noch nicht angefangen, mit ihm zu drehen. Ich weiß nicht mehr, warum sich das zerschlug, vielleicht lag es am Buch. Dann hat Peter Beauvais übernommen. Ich war da jedoch schon engagiert und hatte meinen Vertrag.

Welche Erfahrungen machten Sie mit Peter Beauvais als Regisseur?

Peter Beauvais war eine Kanone. Er war bei den Dreharbeiten so nervös, dass er ununterbrochen an *Tempo*-Taschentüchern kaute. Er war mit dem Buch beschäftigt, das wir ununterbrochen umschreiben mussten. Dieser Durbridge war nicht gerade von Logik gesegnet, daher kam es, dass wir die ganze Aufklärung und die ganze letzte Szene im Krankenhaus vollkommen ändern mussten. Während der Dreharbeiten wurden ununterbrochen Änderungen vorgenommen und daraus ergab sich, dass am Ende die Auflösung auch anders sein musste, als von Durbridge vorgeschrieben. In der Nacht vor dem letzten Drehtag saßen Beauvais und ich im Hotel zusammen und änderten die Texte bis halb ein Uhr morgens. Die Dreharbeiten am nächsten Tag waren umso schwieriger, weil man sich auf einen Text besinnen musste, der erst wenige Stunden zuvor geschrieben worden war. Ich habe wenig geschlafen, weil wir nachts den Text schrieben und ich ihn ja auch noch lernen musste. Dass Peter Beauvais überhaupt einen Durbridge gemacht hat, war ein Wunder. Er hat sich auch sehr viel Zeit genommen. Ich erinnere mich da an eine Episode: Wir drehten im Kölner Studio, fünf Stockwerke unter der Erde, und ich musste eine Tür mit der Schulter einrennen. Beauvais war dafür bekannt, Szenen bis zu zwanzig Mal zu drehen. Nach neun oder zehn Mal hatte ich eine wunde Schulter. Dann hörte er auf. (*Lacht*) Meistens nahm Beauvais dann die erste Aufnahme. Aber damals kam nach dem zehnten Mal eine ältere Frau auf mich zu, die ihre Katze für die Szene hergeliehen hatte und sagte zu mir im Kölner Dialekt: »Herr Ehrlich, wenn ich das gewusst hätte, hätte ich meine Katze nicht hergegeben«.

Wie gefiel Ihnen die Geschichte?

Ich sah vor Kurzem *Melissa* wieder und muss sagen, dass das Buch, das wir hatten, tausend Mal besser war als *Melissa*. Darin wurde ein Riesentheater gemacht: Ist sie tot? Ist sie nicht tot? Das ist doch lächerlich. Da war unsere Geschichte viel menschlicher und logischer. Beauvais hat mit dem Umschreiben eine wirkliche Verbesserung erreicht.

Haben Sie Erinnerungen an die Außenaufnahmen in England?

Ja, die waren sehr interessant. Wir haben an einem Fischmarkt gedreht und Wolfram Schaerf wurde immer in eine Kiste Fische gestoßen, bis die Szene passte. Das war kein großes Vergnügen für ihn. Da kam eine alte Dame auf mich zu und fragte mich, was wir hier machen. Ich sagte ganz stolz: »Wir drehen einen Film nach einem Buch von Francis Durbridge« und sie sagte: »Wie heißt der?« und ich: »Francis Durbridge«, darauf sie: »Ach, den kennt man hier gar nicht«. So populär wie bei uns in Deutschland war Durbridge in England gar nicht. Bei uns musste man nur den Namen sagen und jeder wusste, wer er war.

Welche Erinnerungen haben Sie an das Ensemble?

Das waren lauter Profis. Günther Ungeheuer führte ein sehr reges Nachtleben, war aber früh morgens beim Drehen wieder perfekt. Wolfgang Preiss war auch hervorragend, wie Ungeheuer ein hochrangiger Profi.

Hatten Sie eine Klausel, dass Sie über das Ende nichts verraten durften?

Das hatten wir, ja.

Wolfgang Preiss
(geführt am 31. März 2000)

Haben Sie markante Erinnerungen an »Ein Mann namens Harry Brent«?

Die markanteste Erinnerung war mit einem Auto: Ich bog in einer Szene mit dem Wagen auf die Straße und der Linksverkehr war herausfordernd. Der Verkehr war echt und wir drehten original und konnten die Leute nicht vorher warnen, dass jemand am Steuer saß, der mit dem englischen System des Linksfahrens nicht so vertraut war. Wir drehten die Szene zweimal, das erste Mal ging es so einigermaßen und beim zweiten Mal funktionierte es dann ganz gut. Die Szene selbst war nur ein kurzer Zwischenschnitt, aber das ist meine markanteste Erinnerung, denn ansonsten verliefen die Dreharbeiten reibungslos und sehr hübsch.

Wie war das Zusammenspiel mit den Kollegen für Sie?

Peter Ehrlich war neu in der Zusammenarbeit für mich, aber mit allen anderen war ich seit vielen Jahren vertraut: vor allem mit Brigitte Grothum und Günther Ungeheuer. Wir haben uns blendend verstanden.

Welche Erinnerungen haben Sie an Peter Beauvais?

Er war ein ausgezeichneter Regisseur, ein herrlicher Mensch, ein irrsinnig begabtes Kerlchen. Er gab präzise Anordnungen und Anweisungen. Es kamen oft ganz kleine Tipps und schon stimmte die Rolle für einen ganz.

1967, als der Dreiteiler gedreht wurde, gab es kaum einen deutschen Darsteller, der so viel in internationalen Filmen mitgewirkt hatte. War es denn etwas Besonderes für Sie, in einem Fernsehfilm mitzuspielen?

Diese internationalen Filme in jenen Jahren waren mit zwei Ausnahmen kleinere Rollen. Auf der anderen Seite, wenn Sie als Partner von Burt Lancaster oder Frank Sinatra spielen, dann hatte das schon eine gewisse Wirkung auf einen selbst. Die Rolle in *Ein Mann namens Harry Brent* war aber eine wirklich schöne. Sie war in dem Film eigentlich auch die interessanteste, denn George Conway ist der zweifelhafteste Charakter in der Geschichte. Bis zum Schluss weiß man nicht, ob er der Böse oder der Gute ist. Das war der Reiz dieser Rolle und dementsprechend habe ich sie sehr gerne angenommen. Ein zusätzlicher Grund war auch die Regie von Peter Beauvais. Ich hatte zuvor manche Operninszenierungen von ihm gesehen und es war ein gewisser Reiz für mich, unter Peter zu spielen.

Wie war die Resonanz im Vergleich zum Kino?

Die Filme, die ich mit Burt Lancaster oder Frank Sinatra gedreht habe, hatten ein beschränktes deutsches Publikum. Das Fernsehen kam jedoch ins Haus und auf Knopfdruck war der Durbridge da. Der Autor hatte einen phänomenalen Ruf, auch durch die vielen vorangegangenen Produktionen. Ich glaube auch, dass es zwischen der letzten und unserer Produktion eine ziemlich lange Pause gegeben hatte und dadurch das Interesse besonders groß war.

Mochten Sie die Art und Weise, wie damals Krimis in Deutschland gedreht wurden?

Wenn ich ganz ehrlich bin: nein. Es wurde auch immer in Bauten gedreht, die mit der Wirklichkeit nichts zu tun hatten. Man kann den Produktionen allerdings eine gewisse Qualität nicht absprechen – und man versteht sie im Gegensatz zu heutigen Krimis auch.

Ein Mann namens Harry Brent

BR Deutschland 1967

Ausstrahlung (ARD): 15.01.1968 – 19.01.1968, jeweils 21.00 Uhr
Folgen: 3 à ca. 60 Minuten, schwarz/weiß
Buch: FRANCIS DURBRIDGE
Regie: PETER BEAUVAIS

Harry Brent . . . . GÜNTHER UNGEHEUER
Inspektor James Wallace . . . . PETER EHRLICH
Jane Conway . . . . BRIGITTE GROTHUM
George Conway . . . . WOLFGANG PREISS
William Brother . . . . GERT HAUCKE
Sergeant Roy Phillips . . . . DIRK DAUTZENBERG
Phyllis Brother . . . . CHRISTIANE NIELSEN
Sam Fielding . . . . PAUL VERHOEVEN
Jacqueline Dawson . . . . ANNELIESE RÖMER
Barbara Smith . . . . BARBARA FREY
Reg Bryer . . . . ERLAND ERLANDSEN
Sir Gordon Town . . . . HELMUT KÄUTNER
Mark Rainer . . . . JOOST SIEDHOFF
Kevin Jason . . . . WOLFRAM SCHAERF
Mrs. Green . . . . ILSEMARIE SCHNERING
Filey . . . . JOHANNES GROSSMANN
Kellnerin Gladys . . . . SILVIA FENZ
Haushälterin Olive . . . . LILLY TOWSKA
Tom Laidman, Jasons Bewacher . . . . NIKOLAUS SCHILLING
Garderobiere . . . . ANNEMARIE SCHLAEBITZ
Tony, Inspizient im Theater . . . . ROLF NIEHUS
Polizist Tomlins . . . . GÜNTHER HOFFMANN
Arzt im Krankenhaus . . . . HEINZ ULRICH
Krankenschwester . . . . RETA RENA
Telefonistin im Telegraphenamt . . . . BARBARA SCHWERG
Bernard Wedgewood, Friedhofsgärtner . . . . HEINRICH FÜRST
Kellner im *San Remo* . . . . JOSEF QUADFLIEG
in weiteren Rollen . . . . HERMANN-JOSEF GEIGER
HEINZ FANGMANN
HEINZ RAUSCHENBERGER
ALFRED HANSEN
WALTER HOOR

Mann mit Sonnenbrille auf dem Bahnhof . . . . PETER BEAUVAIS
Sprecher der Zusammenfassungen . . . . ALF MARHOLM

Drehbuch . . . . FRANCIS DURBRIDGE
Deutsche Übersetzung . . . . MARIANNE DE BARDE
Musik . . . . HANS-MARTIN MAJEWSKI
Ton . . . . RICHARD KETTELHAKE, KARL MARNACH
Bildtechnik . . . . ROLAND FREYBERGER
Aufnahmeleitung . . . . FRED ILGNER, HEINZ RECHT
Regieassistenz . . . . HANSI KÖCK
Filmschnitt . . . . ANNE-MARIE GERHARDT
Bildschnitt . . . . EVA SCHMIDT
Kamera . . . . DIETER NAUJECK
Kameramänner . . . . OTTO HEINRICH, HELMUT HANDSCHEL,
. . . . .KARL WORM, KARL-HEINZ WALLOCH
Maske . . . . HORST BLANK, GERDA BEHRENDT
Kostüme . . . . DELA DUHM
Szenenbild . . . . JAN SCHLUBACH, WOLFGANG SCHÜNKE
Produktionsleitung . . . . JOACHIM GLASER
Produktion . . . . WILLI SEGLER
Regie . . . . PETER BEAUVAIS
Eine Sendung des . . . . WDR

Teil 1: Montag, 15.01.1968, 21.00 Uhr
Teil 2: Mittwoch, 17.01.1968, 21.00 Uhr
Teil 3: Freitag, 19.01. 21.00 Uhr

Allgemeiner Inhalt: *Guildford ist ein kleines Städtchen in der Nähe Londons. Der Fabrikant Sam Fielding sucht eine neue Sekretärin, weil seine derzeitige Arbeitskraft Jane Conway im Begriff ist, ihren Verlobten Harry Brent zu heiraten. Während eines Vorstellungsgesprächs wird Fielding plötzlich von einem drogensüchtigen Mädchen namens Barbara Smith erschossen. Inspektor Wallace, Janes Ex-Verlobter, nimmt die Ermittlungen auf. Doch egal in welche Richtung sie ihn auch führen, er stößt immer wieder auf einen Namen: Harry Brent. Er war mit der Mörderin im gleichen Zugabteil, sie brachte vor dem Mord Blumen zum Grab seiner Eltern und schrie seinen Namen, bevor sie bei einem Selbstmordversuch starb.*

Harry Brent ist auch in der Nähe, als ein zweiter Mord geschieht und er kannte Sam Fielding offenbar viel besser, als er zugibt ...

Teil 1 (Montag, 15.01.1968, 21.00 Uhr, 59'44''): *Sam Fielding braucht eine neue Sekretärin. In Barbara Smith scheint er diese gefunden zu haben. Das Vorstellungsgespräch verläuft äußerst positiv, bis die junge Dame plötzlich eine Pistole hervorholt und ihren zukünftigen Arbeitgeber erschießt. Bevor Barbara der Polizei Auskunft über die Beweggründe für die Tat geben kann, gelingt es ihr, sich in der Haft zu vergiften. Im Todeskampf ruft sie immer wieder einen Namen: jenen Harry Brents. Harry ist der Verlobte von Jane Conway, die Sam Fieldings scheidende Sekretärin ist. Egal in welche Richtung Inspektor James Wallace auch ermittelt: Er stößt immer wieder auf seinen Namen. Als er auch noch herausfindet, dass Barbara Smith vor der Tat mit Harry in einem Zugabteil gesessen hatte und dass sie auf dem Friedhof Blumen auf dem Grabe seiner Eltern hinterlassen hat, scheint der Fall für ihn klar. Spät abends meldet sich Phyillis Brother beim Inspektor und erzählt ihm, dass sie vor einiger Zeit ein Gespräch zwischen Sam Fielding und Harry Brent in einem Londoner Café belauscht hat. Zu diesem Zeitpunkt hat Brent, wie er angibt, Fielding aber noch gar nicht gekannt. Eine Spur bei den Ermittlungen führt Inspektor Wallace unter anderem zur Schauspielerin Jacqueline Dawson. In Brents gestohlener Brieftasche befand sich eine Theaterkarte für eine Vorstellung mit ihr. Nur seltsam, dass auch die Mörderin Barbara Smith, die Brent angeblich nicht kannte, eine Karte für die gleiche Veranstaltung hatte: für den Platz neben ihm.*

Cliffhanger: Inspektor Wallace findet Phyllis Brother ermordet in der Wohnung in Richmond auf.

Es spielen: Günther Ungeheuer (Harry Brent), Peter Ehrlich (James Wallace), Brigitte Grothum (Jane Conway), Wolfgang Preiss (George Conway), Paul Verhoeven (Sam Fielding), Anneliese Römer (Jacqueline Dawson), Christiane Nielsen (Phyllis Brother), Barbara Frey (Barbara Smith), Dirk Dautzenberg (Roy Phillips), Gert Haucke (William Brother), Wolfram Schaerf (Kevin Jason), Erland Erlandsen (Reg Bryer), Günther Hoffmann (Tomlins), Annemarie Schlaebitz (Garderobiere), Lilly Towska (Olive), Rolf Niehus (Inspizient Tony), Heinz Ulrich (Arzt), Reta Rena (Krankenschwester), Heinrich Fürst (Freidhofsgärtner Bernard Wedgewood)

Teil 2 (Mittwoch, 17.01.1968, 21.00 Uhr, 61'00'): *In einer Appartementanlage in Richmond, der so genannten Kingsdown Mansions,* *findet Inspektor Wallace die ermordete Phyllis Brother, die die Wohnung unter ihrem Mädchennamen gemietet hatte. Ihr Mann, William Brother, ist nicht besonders betroffen von dem Tod seiner Frau. Sie waren zwar verheiratet, aber jeder hat sein eigenes Leben gelebt. Inspektor Wallace macht unterdessen eine Jacke zu schaffen, die in der Wohnung der Ermordeten gefunden wurde. Wie Roy Phillips feststellt, gehört diese George Conway, dem Bruder seiner ehemaligen Verlobten. Dieser behauptet jedoch, die Jacke an Harry Brent weiterverliehen zu haben. Mrs. Green, die Haushälterin Sam Fieldings, bemüht sich unterdessen, den Füller, den sie ihrem Arbeitgeber angeblich zu Weihnachten geschenkt hat, zurückzubekommen. Unter Tränen gesteht sie Inspektor Wallace, dass Mr. Brother den Füller haben wollte. Wallace überwacht seinen Laden und kann dabei jenen Eindringling festnehmen, der zuvor in seine Wohnung eingebrochen war. In seiner Wohnung finden sich interessante Filmaufnahmen, die beweisen, dass Fielding und Harry Brent sich schon lange gekannt hatten ...*

Cliffhanger: Nachdem Jane in Harrys Wohnung einen von ihm zubereiteten Drink konsumiert hat, kippt sie ohnmächtig um.

Es spielen: Günther Ungeheuer (Harry Brent), Peter Ehrlich (James Wallace), Brigitte Grothum (Jane Conway), Wolfgang Preiss (George Conway), Christiane Nielsen (Phyllis Brother), Gert Haucke (William Brother), Dirk Dautzenberg (Roy Phillips), Günther Hoffmann (Tomlins), Paul Verhoeven (Sam Fielding), Anneliese Römer (Jacqueline Dawson), Erland Erlandsen (Reg Bryer), Wolfram Schaerf (Kevin Jason), Johannes Grossmann (Filey), Joost Siedhoff (Mark Rainer), Annemarie Schlaebitz (Garderobiere), Ilsemarie Schnering (Mrs. Green), Sylvia Fenz (Gladys), Josef Quadflieg (Kellner), Barbara Schwerg (Telefonistin), Alf Marholm (Sprecher der Zusammenfassung)

Teil 3 (Freitag, 19.01.1968, 21.00 Uhr, 61'21''): *Nach dem Treffen mit Harry Brent verschwindet Jane Conway spurlos. Ihr Bruder George, der Besitzer von Gut Becklehurst, verständigt Harry. Wenig später findet man nahe einem Fluss eine Frauenleiche, auf die die Beschreibung Janes passt. In Wirklichkeit ist Jane jedoch in der Wohnung der Schauspielerin Jacqueline Dawson, die ihr erklärt, was der Zweck für ihr Verschwinden von der Bildfläche war. Jane glaubt ihr kein Wort und kann flüchten. Dass sie sich damit in höchste Gefahr begeben hat, kann sie nicht wissen. Für Harry Brent* *wird es nun Zeit, gegenüber Inspektor Wallace die Karten offen auf den Tisch zu legen. Auf dem Gelände von Conways Gut kommt es nachts schließlich zu einem gefährlichen Zwischenfall. Harry Brent kann einen Gangster im Dunkeln überwältigen, aber es ist noch eine dritte Person anwesend ...*

Es spielen: Günther Ungeheuer (Harry Brent), Peter Ehrlich (James Wallace), Brigitte Grothum (Jane Conway), Wolfgang Preiss (George Conway), Gert Haucke (William Brother), Paul Verhoeven (Sam Fielding), Helmut Käutner (Sir Gordon Town), Anneliese Römer (Jacqueline Dawson), Dirk Dautzenberg (Roy Phillips), Christiane Nielsen (Phyllis Brother), Barbara Frey (Barbara Smith), Erland Erlandsen (Reg Bryer), Wolfram Schaerf (Kevin Jason), Johannes Grossmann (Filey), Günther Hoffmann (Tomlins), Joost Siedhoff (Mark Rainer), Annemarie Schlaebitz (Garderobiere), Heinrich Fürst (Bernard Wedgewood), Heinz Ulrich (Arzt), Reta Rena (Krankenschwester), Hermann-Josef Geiger (?), Sylvia Fenz (Gladys), Josef Quadflieg (Kellner), Heinz Fangmann (?), Barbara Schwerg (Telefonistin), Nikolaus Schilling (Tom Laidman), Heinz Rauschenberger (?), Alfred Hansen (?), Peter Beauvais (Mann mit Sonnenbrille), Alf Marholm (Sprecher der Zusammenfassung)

Italien: *Un certo Harry Brent* **(1970)**

1970, als in Italien *Harry Brent* über die Bildschirme flimmerte, war Francis Durbridge dort schon sehr bekannt.

1953 ging erstmals im Radio ein Hörspiel von ihm auf Sendung, der Achtteiler *Paul Temple, il romanzierepoliziotto*, ursprünglich aus dem Jahr 1946 (Original: *A Case for Paul Temple*). Die Jagd nach dem geheimnisvollen »Valentino« (im Original: »Valentine«) verfolgten Millionen jeden Mittwochabend zwei Monate lang, aber trotz der relativen Beliebtheit des Programms brach anders als in anderen Ländern keine Paul-Temple-Begeisterung aus (zwar folgten bis 1977 sechs weitere Temples, aber die Hauptfiguren wurden jedes Mal von anderen Sprechern und Sprecherinnen gesprochen). Erst sieben Jahre später, 1960, adaptierte die italienische RAI *Paul Temple and the Gregory Affair* aus dem Jahr 1946 unter dem Titel *Paul Temple e il caso Gregory*. Gregory war erfolgreich und so wurde im selben Jahr das einteilige Hörspiel *Preludio al delitto* nachgeschoben, das eine Überarbeitung des Hörspiels *The Caspary Affair* (1946) war, die Durbridge ursprünglich als Fernsehspiel namens *Julian* (⇨ Band 30) geplant hatte. 1961 folgte schließlich mit *Paul Temple e l'uomo di Zermatt* eine Adaption des Stoffs *Paul Temple and the Lawrence Affair* von 1956. 1961 kam Übersetzerin Franca Cancogni (1920–2022) laut den Unterlagen von Francis Durbridge in Italien sogar auf die Idee, aus Paul Temple ein Fernsehabenteuer zu machen. Der Autor lehnte dies in einem entschiedenen Brief rigoros ab und betonte, dass er – sollte es jemals so weit kommen – die Adaptionen nur selbst schreiben würde. Die von Cancogni geplanten 65-Minuten-Episoden, beginnend mit *Lawrence*, gefolgt von *Gregory* und *Valentine* wurden so in den Wind geschlagen.

Angespornt durch den Erfolg in anderen Ländern (vor allem in Deutschland) ließen sich die Verantwortlichen der RAI im Jahr 1963 trotz großer Zweifel dazu durchringen, das Skript von *The Scarf* einzukaufen, nachdem *The World of Tim*

Frazer zunächst noch ausgeschlagen worden und *The Scarf* gegenüber dem Manuskript zu *A Time of Day* (*Es ist soweit*) der Vorzug gegeben worden war.

Fernsehen war im Jahr 1963 in Italien noch etwas ganz Besonderes, relativ wenige Familien besaßen ein Gerät, weil es übermäßig teuer war. Um TV-Übertragungen verfolgen zu können, versammelte man sich in der Bar oder bei Bekannten und Verwandten, die ein Gerät besaßen – selbst wenn dieses nur auf Raten gekauft war oder gar nur gemietet wurde.

Wie erwähnt, hatte die Leitung der RAI starke Bedenken und wenig Vertrauen in einen Serienkrimi. Bis dato kamen Krimis aus dem Ausland, etwa Raymond Burr als Perry Mason. Ein Krimi dauerte zwischen 60 und 90 Minuten. Dass die Aufmerksamkeitsspanne des Publikums darüber liegen konnte, glaubten die Verantwortlichen der RAI nicht. Dass das Fernsehpublikum über Wochen hinweg konzentriert einen Krimi verfolgen würde, schien ein Ding der Unmöglichkeit. Progressive Kräfte in der Führungsetage setzten sich jedoch durch und so erwarb das staatliche italienische Fernsehen laut Durbridges Einnahmenbuch vom 16. September 1963 für 568 Pfund, 14 Schilling und 1 Pence die Rechte.

Eine Besonderheit sämtlicher italienischer Durbridge-Krimis (es gab insgesamt elf Verfilmungen) war, dass die halbstündigen Originalepisoden auf die Dauer von einer Stunde erweitert wurden. Dies geschah deshalb, weil es den Gepflogenheiten nicht entsprach, im Hauptabend nur 30-Minuten-Episoden zu zeigen.

La sciarpa wurde wie in den anderen Ländern zu einem phänomenalen Erfolg mit rund 80% Einschaltquote, die auch die letzten Skeptiker bei der RAI überzeugten. Zudem war die Sendung über Tage hinweg Gesprächsthema bei der Arbeit, in den öffentlichen Verkehrsmitteln, unter Freunden, in der Schule und innerhalb der Familie. Es ist daher nicht verwunderlich, dass insgesamt 10 italienische Durbridge-Verfilmungen folgten: *Paura per Janet* (1963, entspricht *Es ist soweit*), *Melissa* (1966), *Giocando a golf, una mattina* (1969, entspricht *Die Kette*), *Un certo Harry Brent* (1970), *Come un uragano* (1971, entspricht *Wie ein Blitz*), *Lungo il fiume e sull'acqua* (1973, entspricht *Der Andere*), *A casa una sera ...* (1976, entspricht *Plötzlich und unerwartet*), *Dimenticare Lisa* (1976, entspricht *Die Puppe*), *Traffico d'armi nel golfo* (1977, entspricht *Tim Frazer*) und *Poco a poco* (1980, entspricht *Dies Bildnis ist zum Morden schön*).

Anfang der 1970er-Jahre war Francis Durbridge in Italien auf seinem Höhepunkt. Nicht umsonst nannten italienischen Medien ihn »den Autor, der die Straßen Europas leerfegt«. 1969 verfolgten *Giocando a golf, una mattina,* basierend auf *A Game of Murder* und später in der BRD als *Die Kette* verfilmt, rund 20 Millionen begeisterte Zuschauerinnen und Zuschauer. Das machte weiteres Durbridge-Material dringend nötig, sodass die italienische Übersetzerin Franca Cancogni sich bei Durbridges Agentur meldete, mit der dringenden Bitte, weitere Stoffe zu erhalten. Sie brachte kurz zuvor auch das zweite Tim-Frazer-Abenteuer, das die RAI stets abgelehnt hatte, ins Spiel, um es als Musical für das Fernsehen zu verfilmen, was Durbridge allerdings vehement ablehnte.

Bei der neu anstehenden Verfilmung, gab es nun einen Wechsel: Daniele D'Anza, der die vorigen Mehrteiler (außer *La sciarpa*) als Regisseur verantwortet hatte, wurde durch Leonardo Cortese ersetzt.

Leonardo Cortese (1916–1984) stand vor dem Problem, dass *A Man Called Harry Brent* schon eine fünf Jahre alte Geschichte war, die man außerdem auch schon in der BRD verfilmt hatte. Um zu verhindern, dass der Täter in der italienischen Fassung bekannt wurde, wandte er einen Trick an. Alle Schlüsselszenen der Geschichte, in der die Identität des Täters aufgedeckt wird, wurden in Einzelsequenzen gefilmt, oft ohne Gegenüber. Die einzelnen Darsteller sprachen ihren Text alleine und isoliert von den anderen, oft in großem zeitlichen Abstand der Aufnahmen, und erst am Schneidetisch entstand daraus die finale Szene. Damit war auch gewährleistet, dass niemand etwas der Presse berichten und nicht einmal unabsichtlich den Namen des Täters verraten konnte. Der Regisseur erklärte damals diesbezüglich der italienischen Presse: »Bei *Un certo Harry Brent* haben wir damit begonnen, die in den Studios zu drehenden Szenen in fünf Blöcke aufzuteilen, um alle zu verwirren, so dass niemand, nicht einmal die Schauspieler, die 40 Seiten der letzten Episode der Serie zu Gesicht bekommt. Sogar die Namen einiger Verdächtiger wurden geändert, damit sie im Original nicht mehr zu erkennen sind. Wir mussten uns alle möglichen Tricks ausdenken, um zu verhindern, dass der Name des Mörders durchsickert. Keine leichte Aufgabe bei einer großen Fernsehproduktion, bei der zusätzlich zu den Darstellern noch 100 Techniker im Einsatz sind.«

Un certo Harry Brent wurde im Juni, Juli und August 1970 in den neuen Studios der RAI in Neapel (genauer gesagt: in Studio 2) gedreht. Drehschluss für die Innensequenzen war der 29. August. Die Außenaufnahmen wurden anschließend an Originalschauplätzen in London, Richmond Park und Sevenoaks gedreht. Das fiktive Market Weldon in der Originalstory wurde durch die kleine, real existierende Stadt Sevenoaks ersetzt. Für die Bahnhofssequenz am Beginn des Mehrteilers wurde die Londoner Victoria Station ausgewählt.

Ausgestrahlt wurde der Sechsteiler jeweils sonntags und dienstags im November und er fuhr mit 83% Einschaltquote die bis dato höchst gemessene Publikumsbeteiligung ein.

Wie bei den italienischen Durbridge-Verfilmungen üblich, wurden die sechs halbstündigen Folgen zu rund einstündigen Episoden erweitert. Dies geschah durch Verlängerung der Dialoge, zusätzliche Geh- und Fahrszenen sowie eine genauere psychologische Beleuchtung der Charaktere.

Besonders interessant ist der Vorspann der jeweiligen Episoden. Einerseits zeichnete der Künstler Dino Di Santo für die Zusammenfassungen wunderbare Skizzen des bisher Geschehenen, andererseits wurden im Vorspann die Schauspielerinnen und Schauspieler nur mit ihrem Rollennamen vorgestellt, untermauert von einem großartigen Titelsong des schottischen Sängers Donovan. Am Ende des Vorspanns erschien stets ein Schatten, unter dem »Mr. X« stand.

Wie schon in der deutschen Version wurden auch in der italienischen einige Namen geändert. Wir stellen hier die Namen der deutschen, englischen und italienischen Fernsehfassung gegenüber.

BBC	WDR	RAI
Harry Brent	Harry Brent	Harry Brent
Alan Milton	James Wallace	Alan Milton
Carol Vyner	Jane Conway	Susan Bates
Eric Vyner	George Conway	Albert Bates
Tom Fielding	Sam Fielding	Sam Fielding
Barbara Smith	Barbara Smith	Barbara Smith
Harold Tolly	William Brother	Peter Stone
Phyllis Tolly	Phyllis Brother	Vera Stone
Jacqueline Dawson	Jacqueline Dawson	Sarah Miles
Mrs. Green	Mrs. Green	Mollie Green
Mark Reiner	Mark Reiner	Max Reiner

Was den Tod des Protagonisten betrifft, so blieb die italienische Fassung der britischen Vorlage diesbezüglich treu. Ein fataler Fehler, denn Alberto Lupo (1924–1984), der die Rolle des Harry Brent spielte, war ein äußerst beliebter Darsteller. Einige Zuschauerinnen und Zuschauer konnten jedoch Fiktion und Realität nicht unterscheiden und nahmen es dem Darsteller des Täters übel, Harry Brent in seiner Rolle als Mörder in einer Scheune hinterrücks erstochen zu haben. Das Resultat war, dass er seine Telefonnummer ändern musste, denn er erhielt jeden Tag beleidigende Anrufe.

In der privaten Korrespondenz von Francis Durbridge

fand sich auch die Übersetzung einer Umfrage aus einer Zeitschrift, die allerdings nicht genannt wird, vermutlich war dies der *Radiocorriere*. Daraus gehen folgende Daten hervor.

Publikumsreaktion auf die Francis-Durbridge-Krimis

	Zuschauer in Mio.	%
1963 *La sciarpa*	5.8	80
1963 *Paura per Janet*	3.8	82
1966 *Melissa*	9.9	82
1969 *Giocando a golf una mattina*	15.1	80
1970 *Un certo Harry Brent*	18.8	83

War die Auflösung des Falls Ihrer Meinung nach klar?

	ja	halbwegs	nein
La sciarpa	68%	27%	5%
Paura per Janet	68%	29%	3%
Melissa	39%	49%	12%
Giocando a golf una ...	43%	46%	11%
Un certo Harry Brent	49%	42%	9%

Gefielen Ihnen die
Außenaufnahmen und Landschaften in *Harry Brent*?

enorm	23%
sehr	53%
halbwegs	23%
nicht sehr	1%
gar nicht	0%

Gefiel Ihnen das Ende in *Harry Brent?*

enorm	15%
sehr	30%
halbwegs	33%
nicht sehr	17%
gar nicht	5%

Alles zu den italienischen Verfilmungen lässt sich (in italienischer Sprache) in dem Buch *Francis Durbridge e la RAI* von Antonio Scaglioni nachlesen, das ebenfalls bei Williams & Whiting erschienen ist.

Un certo Harry Brent

Italien 1970

Ausstrahlung (RAI 1): 01.11.1970 – 17.11.1970
Folgen: 6 à ca. 60 Minuten, s/w
Buch: FRANCIS DURBRIDGE
Regie: LEONARDO CORTESE

Harry Brent . . . . ALBERTO LUPO
Alan Milton . . . . ROBERTO HERLITZKA
Susan Bates . . . . CLAUDIA GIANNOTTI
Albert Bates . . . . CARLO HINTERMANN
Barbara Smith . . . . STEFANELLA GIOVANNINI
Peter Stone . . . . FERRUCCIO DE CERESA
Vera Stone . . . . MARZIA UBALDI
Sam Fielding . . . . CARLO BAGNO
Sarah Miles . . . . VALERIA FABRIZI
Roy Philips . . . . ENZO GARINEI
Mollie Green . . . . FRANCA DOMINICI
Bryan Finley . . . . WALTER MAESTOSI
Max Rainer . . . . TINO SCHIRINZI
Kevin Jason . . . . ATTILIO CUCARI
Reg Bryer . . . . ENNIO BALBO
Gladys . . . . ANNAMARIA ACKERMANN
June . . . . LUCILLA GREGORETTI
Clayton . . . . MIRKO ELLIS
Taxifahrer . . . . BENITO ARTESI
Laidman . . . . FRANCESCO PAOLO D'AMATO
Olive . . . . NIETTA ZOCCHI
Dr. Collins . . . . MARIO LOMBARDINI
Tony Moore . . . . SERGIO REMONDI
Sir Gordon Town . . . . CORRADO ANNICELLI
Superintendent Stenton . . . . ADRIANO MICANTONI
Ralph . . . . FRANCO ANGRISANO
Cunningham . . . . GERARDO PANIPUCCI

Ben Armitag . . . . MARCO SCHIAVO
Polizeiarzt . . . . GIUSEPPE MANCINI
Fotograf . . . . CARLO VALLI
Kellner im *Portofino* . . . . .GIANCARLO PALERMO
Mike . . . . DINO CONTURSO
Mann in Sevenoaks . . . . ADOLFO FENOGLIO
Dienstbote . . . . ANTONIO FERRARA
Nachtwächter . . . . GINO MARINGOLA
Ein Polizist . . . . GERMANO TERRINONI
Solotänzer . . . . NORMAN DAVIS, BOB CURTIS

Drehbuch . . . . FRANCIS DURBRIDGE
Übersetzung ins Italienische . . . . FRANCA CANCOGNI
Drehbuchbearbeitung . . . . BIAGIO PROIETTI
Das Lied *Roots of Oak* von . . . . D. LEITCH
wird gesungen von . . . . DONAVAN
Das Lied *Un amico* von . . . . REID-CORTESE-GIACOBETTI
wird gesungen von . . . . VALERIA FABRIZI
Musikauswahl . . . . ALFREDO QUARANTA
Szenenbild . . . . NICOLA RUBERTELLI
Licht . . . . ANGELO SCIARRA
Kostüme . . . . GUIDO COZZOLINO
Produktionssekretärin . . . . ADRIANA CINQUEGRANI
Ausstattung . . . . ANTONIO CAPUANO
Szenenbild-Mitarbeit . . . . MARIO DI PACE
Studioassistenz . . . . IVIO PASQUALE ABBATE
Chef des technischen Stabs . . . . TULLIO SOVIERO
Bildtechnik . . . . SANTOLO JENGO
Tontechnik . . . . MICHELE DE LUCA, GIUSEPPE VELLECCO
1. Kameramann (Studio) . . . . FLORIDO VARZI
Kameramänner (Studio) . . . . GINO CALÒ,
. . . . GIANDOMENICO DE' MEDICI, PASQUALE PALMA
Kamera (Außenaufnahmen) . . . . UGO PICONE
Kameraführung . . . . BRUNO MAZZA
Kameraassistenz . . . . ANTONIO CERRA
Redaktionssekretärin . . . . LUCIANA MAGNASCIUTTI
Tontechnik (Außenaufnahmen) . . . . LUIGI TASSONI
Schnitt . . . . FRANCO RADICCHI
Aufnahmeleitung . . . . AMEDEO PUTHOD

Produktion . . . . BRUNO GAMBAROTTA
Regie . . . . LEONARDO CORTESE
eine Produktion der . . . . RAI

Teil 1: Sonntag, 01.11.1970   Teil 4: Dienstag, 10.11.1970
Teil 2: Dienstag, 03.11.1970   Teil 5: Sonntag, 15.11.1970
Teil 3: Sonntag, 08.11.1970   Teil 6: Dienstag, 17.11.1970

Allgemeiner Inhalt: *Sevenoaks ist ein kleines Städtchen in der Nähe Londons. Der Fabrikant Sam Fielding sucht eine neue Sekretärin, weil seine derzeitige Arbeitskraft Susan Bates im Begriff ist, ihren Verlobten Harry Brent zu heiraten. Während eines Vorstellungsgesprächs wird Fielding plötzlich von einem drogensüchtigen Mädchen namens Barbara Smith erschossen. Inspektor Alan Milton, Susans Ex-Verlobter, nimmt die Ermittlungen auf. Doch egal in welche Richtung sie ihn auch führen, er stößt immer wieder auf einen Namen: jenen Harry Brents. Er war mit der Mörderin im gleichen Zugabteil, sie brachte vor dem Mord Blumen zum Grab seiner Eltern und schrie seinen Namen, bevor sie bei einem Selbstmordversuch stirbt. Harry Brent ist auch in der Nähe, als ein zweiter Mord geschieht und er kannte Sam Fielding offenbar viel besser, als er zugibt ...*

Teil 1 (Sonntag, 01.11.1970, 58'16''): *Im Büro von Sam Fielding kommt es zu einem tragischen Zwischenfall: Barbara Smith, die sich bei ihm als Sekretärin bewirbt, nimmt aus ihrer Handtasche eine Pistole und erschießt Fielding. Inspektor Miltons Nachforschungen führen auf einen Friedhof. Dort macht er eine seltsame Entdeckung: Barbara Smith hat Blumen auf dem Grab von Harry Brents Eltern abgelegt, ehe sie Sam Fielding erschoss. Der Täterin gelingt es in ihrer Zelle, sich zu vergiften. Ehe sie stirbt verlangt sie noch dringend nach einem Mann namens Harry Brent.*
Cliffhanger: Die Mörderin verlangte – kurz bevor sie starb – immer nach einem Mann namens Harry Brent.

Teil 2 (Dienstag, 03.11.1970, 57'34''): *Eine Spur bei den Ermittlungen führt Alan Milton unter anderem zu der Schauspielerin Sarah Miles. In Brents gestohlener Brieftasche befand sich nämlich* *eine Theaterkarte für eine Vorstellung mit ihr. Nur seltsam, dass auch die Mörderin Barbara Smith, die Brent angeblich nicht kannte, eine Karte für die gleiche Veranstaltung hatte: auf dem Platz neben ihm. Spät abends meldet sich Vera Stone beim Inspektor und erzählt ihm, dass sie vor einiger Zeit ein Gespräch zwischen Sam Fielding und Harry Brent in einem Londoner Café belauschte. Zu diesem Zeitpunkt hat Brent, wie er angibt, Fielding aber noch gar nicht gekannt.*

Cliffhanger: Inspektor Milton findet Vera Stone ermordet in ihrer Wohnung auf.

Teil 3 (Sonntag, 08.11.1970, 58'16''): *Alle Spuren führen in ein Appartementhaus, in dem Vera Stone unter falschem Namen eine Wohnung gemietet hat. Als Inspektor Milton und sein Assistent Roy Philips dort auftauchen und aus einer Wohnung Schreie hören, brechen sie die Türe mit Hilfe des Hausmeisters Reg Bryer auf. Im Schlafzimmer finden sie die ermordete Mrs. Stone vor. Unterdessen versucht Mrs. Green, die Haushälterin Fieldings, an den Füllfeder-halter Sam Fieldings zu kommen. Es stellt sich heraus, dass Peter Stone den Füller haben wollte. Bei der Übergabe des Schreibgeräts kann ein Gangster festgenommen werden. In seiner Wohnung findet Milton schließlich einen Schmalfilm, der eindeutig beweist, dass Harry Brent seine Verlobte Susan angelogen hat: dem Film nach müssen sich Sam Fielding und Harry Brent seit Monaten gekannt haben.*

Cliffhanger: Auf dem Film ist zu sehen, dass Brent und Fielding sich schon kannten.

Teil 4 (Dienstag, 10.11.1970, 59'07''): *Harry Brent streitet weiter-hin ab, Sam Fielding schon lange Zeit gekannt zu haben, obwohl alles dagegenspricht. Bei einem überhaupt nicht harmonischen Abendessen mit seiner Verlobten Susan in dem Londoner Restaurant Portofino warten draußen schon zwei Killer, um Brent zu ermorden. Im letzten Augenblick kann Brent mit Susan durch die Hintertür verschwinden.*

Cliffhanger: Carol begleitet Brent in seine Wohnung und verliert nach dem Genuss eines Drinks, den ihr Brent zubereitet hat, das Bewusstsein.

Teil 5 (Sonntag, 15.11.1970, 49'24''): *Nachdem Susan in Harrys Londoner Wohnung einen Drink konsumiert hat, verliert sie das Bewusstsein. Ihr Bruder Albert Bates meldet sich verzweifelt bei Alan Milton, als sie nach längerer Zeit immer noch nicht zu Hause ist. Eine groß angelegte Suchaktion startet. Unterdessen wacht Susan in der Wohnung der Schauspielerin Sarah Miles auf. Harry hat sie zu ihr gebracht, damit sie in Sicherheit ist. Bei Inspektor Milton erscheint am Vormittag Mr. Stone, der ihm einige Hundertpfundnoten auf den Tisch legt und eine seltsame Erklärung abgibt.*
Cliffhanger: Harry Brent biegt auf die Straße, vor ihm fährt ein LKW. Aus einem LKW dieser Marke ist wenig zuvor auf einen Gangster geschossen worden. Ist es derselbe Wagen?

Teil 6 (Dienstag, 17.11.1970, 60'00''): *Auf dem Gelände von Albert Bates' Gut kommt es nachts zu einem gefährlichen Zwischenfall. Harry Brent kann einen Gangster im Dunkeln überwältigen, aber es ist noch eine dritte Person anwesend, die Brent hinterhältig überfällt und lebensgefährlich verletzt. Miltons Ermittlungen laufen unterdessen auf Hochtouren. Er weiß nun, welche Rolle Harry Brent in der ganzen Sache gespielt hat ...*

Polen: *Harry Brent* (1972)

Bemerkenswert ist, dass Durbridges Geschichten auch hinter dem Eisernen Vorhang erfolgreich waren. Die westdeutschen Verfilmungen wurden in der DDR mit gleich großem Enthusiasmus verfolgt, und Krimis, die in England spielten, waren im real existierenden Sozialismus genauso beliebt wie beim Klassenfeind. Einige Synchronfassungen der BBC-Verfilmungen liefen erfolgreich in Ungarn und der Tschechoslowakei und das DDR-Fernsehen synchronisierte in den 1970ern sogar die britische 1974er-Version von *Melissa* und den französischen Mehrteiler *La mort d'un touriste* (1975, dt. Titel: *Der Tod eines Touristen*, basierte auf dem zweiten Tim-Frazer-Abenteuer). Angespornt von dem Erfolg der Fortsetzungskrimis im Westen und der Freude an Cliffhangern produzierte der Deutsche Fernsehfunk eigene Fortsetzungskrimis mit Kritik am Kapitalismus: *Mord in Gateway* (1962), *Tote reden nicht* (1963), *Mord in Riverport* (1963) oder *Die Spur führt in den 7. Himmel* (1963) waren nur einige von einer ganzen Reihe ostdeutscher Straßenfeger. Vor allem die regelmäßig – fast jährlich – wiederkehrenden Abenteuer des Hamburger Privatdetektivs Weber (gespielt und geschrieben von Werner Toelcke) erfreuten sich großer Beliebtheit.

Das polnische Fernsehen beschloss, auf dem Erfolg Durbridges im Westen aufzuspringen und produzierte zwischen 1970 und 1976 insgesamt sieben Verfilmungen mit im Land beliebten Schauspielerinnen und Schauspielern. *Szal*, die polnische *Halstuch*-Version, machte im März 1970 den Auftakt, im selben Jahr folgte eine Adaption von *Melissa*, 1971 entstand *W biały dzień* (entspricht *Es ist soweit*), 1972 produzierte man *Harry Brent* (entspricht *Ein Mann namens Harry Brent*) und *Jak błyskawica* (entspricht *Wie ein Blitz*), 1974 *Desperaci* (entspricht *Die Schlüssel*) und 1976 *Brutalna gra* (entspricht *Die Kette*).

Beflügelt durch den Erfolg der Fernsehkrimis wurden auch zahlreiche Romane von Francis Durbridge auf Polnisch

300

übersetzt. An der Beliebtheit und Popularität lag es daher nicht, dass die Verfilmungen eingestellt wurden. Vielmehr lag das Problem darin, dass es dem polnischen Fernsehen nicht erlaubt war, Zahlungen für Fernsehrechte ins Ausland zu überweisen. Somit lag das Geld auf einem gesperrten Konto, auf das Durbridge – dem es hier so wie vielen westlichen Autoren erging – keinen Zugriff hatte. Nichtsdestotrotz verfügte eine Verordnung der britischen Regierung, dass all diese Gelder im Vereinigten Königreich zu versteuern waren, auch wenn über sie nicht verfügt werden konnte. Da Durbridge in jenen Jahren immer noch der erfolgreichste Radio- und Fernsehautor Europas war, musste er den höchsten Steuersatz von über 80% bezahlen. Da ihn jede polnische Produktion nur Geld kostete, beschloss er, keine weiteren Verfilmungen zu lizenzieren. Dies tat aber seiner Beliebtheit keinen Abbruch, den seine Mehrteiler werden bis heute wiederholt und 1985 entstand mit *Odwet* sogar eine Adaption seines Theaterstücks *Murder with Love* (weitere TV-Versionen: *Sang froid,* Frankreich 1972, *Kein Alibi für eine Leiche*, BRD 1986). Ob lizenziert oder nicht, ist nicht genau geklärt.

Harry Brent wurde innerhalb der Reihe *Kobra* zwischen 1. und 15. Juni 1972 am Donnerstagabend im 1. Programm als Dreiteiler ausgestrahlt, wobei immer zwei der 25minütigen BBC-Originalepisoden zu einer Episode zusammengefasst wurden. Gedreht wurde alles in Polen (und in schwarz/weiß), da Außenaufnahmen in England unmöglich waren. Die Verfilmung hält sich an das Originaldrehbuch, die Namen der Hauptfiguren wurden im Unterschied zu den anderen Versionen des Stoffs nicht verändert.

Der Dreiteiler war so erfolgreich, dass nur vier Monate später, im Oktober 1972, mit *Jak błyskawica* schon die nächste Durbridge-Verfilmung über die polnischen Bildschirme flimmerte.

Harry Brent

Polen 1972

Ausstrahlung (TVP 1): 01.06.1972 – 15.06.1972
Folgen: 3 à ca. 60 Minuten, s/w
Buch: FRANCIS DURBRIDGE
Regie: ANDRZEJ ZAKRZEWSKI

Harry Brent . . . . JÓZEF DURIASZ
Alan Milton . . . . JERZY KAMAS
Carol Vyner . . . . MARTA LIPIŃSKA
Eric Vyner . . . . TADEUSZ JANCZAR
Jacqueline Dawson . . . . MONIKA SOŁUBIANKA
Harold Tolly . . . . ANDRZEJ STOCKINGER
Phyllis Tolly . . . . BARBARA KLIMKIEWICZ
Barbara Smith . . . . ANNA NEHREBECKA
Roy Philips . . . . .TADEUSZ WIECZOREK
Olivia . . . . HALINA KOSSOBUDZKA
Tomlins . . . . HENRYK CZYŻ
Bernard Wegwood . . . . KONRAD MORAWSKI
Tony Moore . . . . EUGENIUSZ KAMIŃSKI
Gladys . . . . MIROSŁAWA KRAJEWSKA
Kellner . . . . JERZY DUKAY
Collins . . . . JERZY RADWAN
George Longfield . . . . JANUSZ ZAKRZEŃSKI
Telefonistin . . . . MIROSŁAWA MALUDZIŃSKA
Filey . . . . TADEUSZ PLUCIŃSKI
2. Kellner . . . . TADEUSZ BOGUCKI
Mark Reiner . . . . ANDRZEJ SZAJEWSKI
Sir Gordon . . . . JERZY KALISZEWSKI
? . . . . ZBIGNIEW ZAPASIEWIC

Drehbuch . . . . FRANCIS DURBRIDGE
Übersetzung ins Polnische . . . . KAZIMIERZ PIOTROWSKI
Szenenbild . . . . JANUSZ ZYGADLEWICZ
Produktion . . . . BARBARA BORYS-DAMIĘCKA
Regie . . . . ANDRZEJ ZAKRZEWSKI
Eine Produktion des . . . . POLNISCHEN FERNSEHENS TVP

Teil 1: Donnerstag, 01.06.1972
Teil 2: Donnerstag, 08.06.1972
Teil 3: Donnerstag, 15.06.1972

302

Allgemeiner Inhalt: *Market Weldon, in der Nähe von London: hier betreibt Sam Fielding eine Firma, die elektronische Geräte herstellt. Seine Sekretärin Carol will ihn wegen ihrer bevorstehenden Heirat mit Harry Brent bald verlassen. Fielding sucht eine neue Sekretärin, doch während eines Vorstellungsgesprächs zieht die junge Barbara Smith eine Waffe und erschießt ihn. Inspektor Milton, Carols Ex-Verlobter, nimmt die Ermittlungen auf. Eine erste Spur führt auf einen Friedhof, wo die Mörderin ein paar Blumen an einem Grab niederlegte. Dabei handelt es sich ausgerechnet um das Grab der Eltern von Harry Brent. Als die Täterin später Selbstmord begeht, ruft sie im Todeskampf einen Namen: Harry Brent. Egal in welche Richtung Milton ermittelt, er stößt immer wieder auf diesen Mann.*

Teil 1 (Donnerstag, 01.06.1972): *Barbara Smith erschießt ihren zukünftigen Arbeitgeber Sam Fielding bei einem Vorstellungsgespräch. Inspektor Alan Milton von der Kriminalpolizei Market Weldon nimmt die Ermittlungen auf. Er ist der Ex-Verlobte von Fieldings scheidender Sekretärin Carol Vyner, die nun mit Harry Brent zusammen ist. Doch was für ein Spiel treibt dieser Mann, der vorgibt, Besitzer eines Reisebüros zu sein? Immerhin legte die Mörderin Blumen am Grab seiner Eltern nieder, bevor sie Fielding erschoss ...*

Cliffhanger: Milton findet die ermordete Mrs. Tolly in der Wohnung in Richmond auf.

Teil 2 (Donnerstag, 08.06.1972): *Mrs. Tolly, die ein Gespräch zwischen Harry Brent und Sam Fielding belauscht hatte, wird in ihrem Appartement ermordet. Inspektor Milton und sein Assistent kommen leider zu spät. Seltsam ist jedoch, dass Mrs. Tolly unter falschem Namen dort wohnte. Was weiß der Hausmeister Reg Bryer? Und weshalb führt schon wieder eine Spur zu Harry Brent?*

Cliffhanger: Carol Vyner wird ohnmächtig, nachdem sie ein Getränk konsumiert hat, das Harry ihr zubereitet hat.

Teil 3 (Donnerstag, 15.02.1972): *Harry Brent hat Carol Vyner versprochen, sie in seiner Londoner Wohnung über alles aufzuklären. Doch Carol verschwindet spurlos. Ihr Bruder Eric macht sich große Sorgen. Hat Brent die junge Frau verschwinden lassen? Und wenn ja, weshalb? Als wenig später eine tote Frau im Fluss gefunden wird, hält Inspektor Milton den Atem an ...*

Frankreich: *Un certain Richard Dorian* **(1973)**

Francis Durbridge war in Frankreich schon seit den 1940er-Jahren bekannt. Sein Roman *Paul Temple and the Front Page Men* erschien dort mitten im Krieg unter dem Titel *La bande des oiseaux noirs* und 1947 produzierte Radio Paris *Paul Temple et l'affaire Grégory*, den wohl international erfolgreichsten Temple-Mehrteiler. Nach dem riesigen Erfolg von *Das Halstuch* 1962 in Deutschland, verkaufte Durbridge seinen Stoff *The Scarf* in die skandinavischen Länder und auch nach Italien. Dort waren die Krimis sehr populär und so wundert es nicht, dass auch das französische Fernsehen bei dem britischen Autor anklopfte.

Eine Besonderheit war, dass alle acht französischen Durbridge-Verfilmungen von ein und demselben Mann inszeniert wurden, dem aus Algerien stammenden Abder Isker (1920–2010). Außerdem spielte keiner der Krimis in England, sondern alle wurden nach Frankreich verlegt, was zur Folge hatte, dass auch alle Namen geändert werden mussten. Abgesehen davon sind die Verfilmungen alle sehr originalgetreu und folgen dem englischen Text beinahe Wort für Wort.

Den Anfang der Reihe von Durbridge-Verfilmungen machte 1966 *L'écharpe* (entspricht *Das Halstuch*), gefolgt von *Mélissa* (1968, entspricht *Melissa*), *À corps perdu* (1970, entspricht *Wie ein Blitz*) und *La mort d'un champion* (1972, entspricht *Die Kette*). All diese Filme wurden als Zweiteiler à ca. 90 bis 100 Minuten ausgestrahlt. Den populären Fortsetzungskrimis folgte 1972 schließlich auch die Verfilmung von Durbridges erstem Theaterstück *Murder with Love* unter dem Titel *Sang froid*, die nur ein Einteiler war.

Nachdem all diese Filme im Hauptabendprogramm liefen, konzipierte man die nächsten beiden Durbridges anders: Sie wurden in viele Teile zerstückelt und in Häppchen à 13 bis 14 Minuten um 19.44 Uhr vor den Hauptnachrichten um 20 Uhr ausgestrahlt. Die Konzeption der Durbridge'schen Geschichten machte dies einfach, da sie voller Wendungen und Drehungen sind und daher nicht unbedingt auf die ursprünglichen Cliffhanger hinarbeiten müssen.

Die französische Version von *A Man Called Harry Brent*

hieß *Un certain Richard Dorian* und wurde im November/Dezember 1973 in insgesamt 16 Folgen ausgestrahlt. Die Änderungen der Namen im Vergleich zur deutschen Version waren wie folgt:

Harry Brent	Richard Dorian
Inspektor James Wallace	Commissaire Francis Lubin
George Conway	Olivier Vergès
William Brother	Monsieur Lastenné
Jane Conway	Corinne Vergès
Sergeant Philips	Inspecteur Aubertin
Phillis Brother	Suzanne Lastenné
Kevin Jason	Mario Riva
Mrs. Green	Madame Bonnefoy
Jacquelin Dawson	Evelyne Simon
Barbara Smith	Nadine Morard
Sam Fielding	Antoine Ravier
Mark Rainer	Rémy Vasseur
Reg Bryer	Nicolas Poupin
Filey	Zubeck

Abder Iskers Verfilmung ist dem Original treu, aber in Mode, Einrichtung, Gebrauchsgegenständen und Fahrzeugen ganz klar den bunten 70er-Jahren verpflichtet. Die Besetzung ist interessanten und die Titelmusik gelungen. Die Charaktere sind allerdings teilweise recht unterschiedlich zur deutschen, italienischen und englischen Version besetzt, so der französische Harry Brent, Inspektor Wallace, aber auch Jane und George Conway. Vor allem der Darsteller des Monsieur Lastenné (im Roman Tolly) ist eine konträre Besetzung zu Gert Haucke in der deutschen Version und spricht außerdem mit breitem, südfranzösischem Akzent, während die Handlung im Norden Frankreichs spielt.

Auf *Un certain Richard Dorian* folgte noch 1974 *La passagère* (in 19 13-Minuten-Häppchen) und 1975 *La mort d'un touriste* (entspricht *Tim Frazer – Der Fall Salinger*). Von diesem Sechsteiler à rund 45 Minuten gab es auch eine DDR-Synchronfassung unter dem Titel *Der Tod eines Touristen*, die allerdings verschollen ist.

Un certain Richard Dorian

Frankreich 1973

Ausstrahlung (O.R.T.F.): 23.11.1973 – 11.12.1973
Folgen: 16 à ca. 13-14 Minuten, Farbe
Buch: FRANCIS DURBRIDGE
Regie: ABDER ISKER

Richard Dorian . . . . .VANIA VILERS
Commissaire Francis Lubin . . . . PIERRE MICHAËL
Olivier Vergès . . . . ALBERT SIMONO
Lastenné . . . . MARCO PERRON
Corinne Vergès . . . . MONIQUE BELLUARD
Inspecteur Aubertin . . . . CLAUDE BROSSET
Suzanne Lastenné . . . . ARLETTE DIDIER
Mario Riva . . . . YVES GABRIELLI
Madame Bonnefoy . . . . PAULETTE DUBOST
Zubeck . . . . MICHEL FORTIN
Nicolas Poupin . . . . GÉRARD DOURNE
Antoine Ravier . . . . GUY KERNER
Nadine Morard . . . . GÉNEVIÈVE TAILLANDIER
Dr. Voujour . . . . BÉRANRD DUMAINE
Rémy Vasseur . . . . JACQUES ROCCHESANI
Jansen . . . . RAOUL GUILLET
Mademoiselle Lefort . . . . MARTINE SYLVESTRE
Theaterdirektor . . . . GÉRARD MARD
Dumas . . . . GEORGES DUPUIS
Brigadier Blonchard . . . . DANIEL BRETON
Mädchen auf dem Bauernhof . . . . JOËLLE LINDEY

Buch . . . . FRANCIS DURBRIDGE
Übersetzung . . . . ABDER ISKER
Kämpfe/Stunts arrangiert von . . . . CLAUDE CARLIEZ
Musik . . . . ANDRÉ HOSSEIN
Szenenbild . . . . GILLES VASTER
Szenenbildassistenz . . . . JEAN-MICHEL DAMBREVILLE
Innendekoration . . . . PIERRE GERBER
Innendekorationassistenz . . . . ROBERT VOISIN
Kostüme . . . . EMMANELLE CORBEAU
Bildtechnik . . . . JACQUES DODU
Bildtechnikassistenz . . . . JEAN-CLAUDE GARASKI

Lichtpult . . . . ALBERT BOUDJMA, CHRISTIAN TERNON
Cheftechniker (Video) . . . . MARCEL ZINGRAFF
Spezialeffekte . . . . MAX DEBRENNE
Licht . . . . MARCEL DUPOUY
Kameramänner (Studio) . . . . JEAN-PIERRE CALINAUD
. . . . LUC GRIMAUD, CLAUDE MATHIS, DIDIER MINIER
Studioton . . . . DANIEL DURAND
Tonassistenz . . . . CHRISTIAN TISSERON
Bildschnitt . . . . MICHELINE FRESLON
Filmkamera . . . . YVON FAVREAU
Filmkameraassistenz . . . . DOMINIQUE SCHEFFER
Filmton . . . . MICHEL CHAMARD
Filmtonassistenz . . . . GUY JARRIGER
Aufnahmeleitung (Studio) . . . . CLAUDE BOULARD
Aufnahmeleitung (Außendreh) . . . . JEAN VUTCHKOVITCH
Filmschnitt . . . . PIERRE-MICHEL REY
Filmschnittassistenz . . . . DANIÈLE COHEN
Mischung . . . . CHRISTIAN LEPICIER
Studioleitung . . . . CATHERINE JOURDAN
Regieassistenz . . . . . JULES CHIASSELOTTI, JEAN-CLAUDE GIULIANI
Skript . . . . SIMONE DEFONTAINE
Photographische Leitung . . . . MARC FOSSARD
Herstellungsleitung . . . . JEAN LE COZ
Regie . . . . ABDER ISKER
Eine Produktion des . . . . . . FRANZÖSISCHEN FERNSEHENS O. R. T. F

Episode 1: Freitag, 23.11.1973   Episode 9: Montag, 03.12.1973
Episode 2: Samstag, 24.11.1973   Episode 10: Dienstag, 04.12.1973
Episode 3: Montag, 26.11.1973   Episode 11: Mittwoch, 05.12.1973
Episode 4: Dienstag, 27.11.1973   Episode 12: Freitag, 07.12.1973
Episode 5: Mittwoch, 28.11.1973   Episode 13: Samstag, 08.12.1973
Episode 6: Donnerstag, 29.11.1973 Episode 14: Sonntag, 09.12.1973
Episode 7: Freitag, 30.11.1973   Episode 15: Montag, 10.12.1973
Episode 8: Samstag, 01.12.1973   Episode 16: Dienstag, 11.12.1973

Allgemeiner Inhalt: *Corbeilles: Hier betreibt Antoine Ravier eine Firma, die elektronische Geräte herstellt. Alles läuft bestens, aber er hat mit seiner Sekretärin Pech. Diese will ihn wegen einer bevorstehenden Heirat bald verlassen. Ravier sucht eine neue Sekretärin* *und glaubt diese in der hübschen Nadine Morat gefunden zu haben. Doch während des Vorstellungsgesprächs zieht die junge Frau eine Waffe und erschießt Ravier. Sie wird verhaftet und kann sich in ihrer Zelle vergiften. Bevor sie stirbt, verlangt sie nach einem gewissen Richard Dorian. Dieser Mann ist ausgerechnet der Verlobte von Raviers alter Sekretärin Corinne Vergès und taucht fortan bei den Ermittlungen von Commissaire Francis Lubin, dem Exfreund von Corinne, immer wieder als Hauptverdächtiger auf. So findet er heraus, dass Nadine Morat Blumen am Grab von Dorians Eltern niederlegte und dass sich Richard Dorian und Antoine Ravier schon sehr viel länger kannten, als Dorian zugibt ...*

Episode 1 (Freitag, 23.11.1973, 19.44 Uhr, 12'36''): *Richard Dorian ist von Paris mit dem Zug nach Corbeil-Essonnes unterwegs, wo er seine Verlobte Corinne Vergès abholen will. Im Zugabteil begegnet er einem jungen Mädchen. Er ist überrascht, als sich dieses Mädchen im Betrieb von Monsieur Antoine Ravier als neue Sekretärin bewirbt. Diese Stelle hatte bisher Corinne inne und sie verlässt sie, weil sie Richard heiraten will. Während dem Vorstellungsgespräch zieht die junge Frau, sie heißt Nadine Morard, einen Revolver aus der Tasche und erschießt ihren zukünftigen Arbeitgeber Ravier ...*
Cliffhanger: Nadine Morard, die sich um die Sekretärinnenstelle beworben hat, erschießt den Industriellen Antoine Ravier.

Episode 2 (Samstag, 24.11.1973, 19.44 Uhr, 13'11''): *Nadine Morard wird festgenommen und kommt in Haft. Sie schweigt jedoch. Commissaire Francis Lubin, der Exfreund von Corinne Vergès, nimmt die Ermittlungen auf. Eine Spur führt auf einen Friedhof, auf dem Nadine vor der Tat Blumen an einem Grab niedergelegt hat. Der Kommissar staunt nicht schlecht, als er sieht, wer darin liegt: die bei einem Unfall verunglückten Eltern Richard Dorians. Dieser wird wenig später auf dem Gelände von Corinnes Bruder, einem Großbauer, niedergeschlagen ...*
Cliffhanger: Richard Dorian wird auf dem Gelände des Gutshofs von Monsieur Vergès niedergeschlagen.

Episode 3 (Montag, 26.11.1973, 19.44 Uhr, 12'55''): *Richard Dorian wird im Hof von Monsieur Vergès niedergeschlagen. Als er wieder erwacht, fehlt ihm die Brieftasche. Glücklicherweise wird diese bald wiedergefunden. Darin befindet sich eine Theaterkarte für eine Vorstellung im Theater von Mulin. Das Mysteriöse: auch*

308

die Mörderin Nadine Morard hatte eine Theaterkarte in der Briefta-
sche – für den Platz neben Dorian in derselben Vorstellung. Der
Verdacht auf den Verlobten von Corinne Vergès spitzt sich immer
mehr zu, denn Nadine Morard kann in der Haft Selbstmord begehen
und verlangt kurz davor nach einem Mann: einem gewissen Richard
Dorian ...
Cliffhanger: Commissaire Lubin erzählt Corinne und Richard, dass
Nadine Morard Selbstmord begangen hat.

Episode 4 (Dienstag, 27.11.1973, 19.44 Uhr, 13'33''): *Corinne*
bringt Commissaire Lubin ein Foto, das am Morgen im Büro in
einem Kuvert angekommen ist. Darauf ist Nadine Morard zu sehen,
auf der Rückseite steht eine eindeutige Warnung: »Passen Sie auf
diese Frau auf!«. Corinne erzählt außerdem, dass sich Dorian und
Ravier erst seit zehn Tagen kannten. Inspecteur Aubert stellt in der
Zwischenzeit Nachforschungen im Theater von Mulin an und macht
dort die Bekanntschaft einer Schauspielerin namens Evelyne Simon.
Wenig später erscheint Suzanne Lastenné in der Wohnung des Er-
mittlers. Sie erzählt, dass sie vor einiger Zeit in einem Pariser Café
zwei Herren zufällig beim Gespräch belauscht habe. Es handelte
sich dabei um Richard Dorian und den erschossenen Antoine
Ravier.
Cliffhanger: Madame Lastenné belauscht Richard Dorian und Antoine Ravier in einem Pariser Café. Ravier weiß, dass er in Lebensge-
fahr ist, nimmt das Risiko aber auf sich. Dorian sagt: »Ich hoffe, Sie
werden das nicht bereuen!«

Episode 5 (Mittwoch, 28.11.1973, 19.44 Uhr, 13'54''): *Madame*
Lastenné berichtet weiter, dass Monsieur Ravier, obwohl er von der
drohenden Gefahr wusste, ganz entspannt wirkte und, als er sie
beim Hinausgehen sah, mit ihr noch einen Kaffee getrunken habe.
Commissaire Lubins nächste Spur führt zu der Schauspielerin Eve-
lyne Simon, die allerdings weder Richard Dorian noch Nadine Mo-
rard zu kennen vorgibt. Sie spielt ihm jedoch eine Information zu,
die auf einer Zigarettenschachtel steht. Leider bemerkt Lubin dies
erst, als ihn ein Gangster in seiner Wohnung mit einer Waffe be-
droht und wissen will, was auf der Packung steht ...
Cliffhanger: Commissaire Lubin sieht sich die Packung Zigaretten
an und erkennt, dass darauf eine Adresse geschrieben steht.

Episode 6 (Donnerstag, 29.11.1973, 19.44 Uhr, 12'43''): *Com-*
missaire Lubin begibt sich zu der Adresse, die ihm die Schauspiele-

rin Evelyne auf eine Zigarettenschachtel gekritzelt hat. Als er vor
der Tür steht, ertönt eine Frauenstimme. Dann hört er Schreie, er
bricht die Tür auf und findet die ermordete Madame Lastenné, die
dort unter dem Namen Vaillant lebte. Ihr Mann, Monsieur Lastenné,
wusste von dem Appartement nichts. In der Wohnung wird auch ein
Mantel gefunden ...
Cliffhanger: Inspecteur Aubertin sagt, dass der Mantel, den man in
der Wohnung der Ermordeten gefunden hat, Olivier Vergès gehört,
dem Bruder von Corinne.

Episode 7 (Freitag, 30.11.1973, 19.44 Uhr, 13'22''): *Olivier
Vergès erklärt Commissaire Lubin, dass er den Mantel, den man in
der Wohnung der Ermordeten Madame Lastenné gefunden hat, vor
einigen Wochen Richard Dorian geliehen habe, als beide total
durchnässt vom Fischen kamen. Richard Dorian wiederum gibt an,
er habe den Mantel Olivier zurückgegeben. Unterdessen meldet sich
Madame Bonnefoy bei Corinne, die vorübergehend die Geschäfte in
Raviers Firma leitet. Sie möchte gerne einen Füller zurück, den sie
dem Ermordeten im Vorjahr geschenkt hatte. Da sie nach Afrika zu
ihrer Tochter reist, will sie das Schreibgerät ihrem Schwiegersohn
schenken. Corinne berichtet Lubin, dass Ravier an einer seltsamen
Erfindung bastelte, die – als er sie im Büro vorführen wollte – nicht
funktionierte ...*
Cliffhanger: Commissaire Lubin tauscht den Füller Antoine Raviers
gegen seinen eigenen aus.

Episode 8 (Samstag, 01.12.1973, 19.44 Uhr, 12'43''): *Madame
Bonnefoy gesteht Commissaire Lubin nachdem sie erfahren hat,
dass Madame Lastenné ermordet hatte, wer ihr den Auftrag gab,
den Füller des ermordeten Industriellen Antoine Ravier zu stehlen.
Es war Monsieur Lastenné. Lubin gibt Madame Bonnefoy den Auftrag, den Füller an Lastenné zu übergeben. Auf dem Markplatz, auf
dem besagter Herr einen Stand betreibt, überwachen er und Inspecteur Aubertin die Lage, bis sich ein Ganove zeigt, der den Füller
abholt. Es handelt sich dabei um jenen Mann, der bei Lubin nachts
eingedrungen war, um die Zigarettenschachtel mit der Adresse zu
holen. Er heißt Mario Riva.*
Cliffhanger: Der Ganove Mario Riva wird quer über das Marktge-
lände verfolgt und schließlich verhaftet.

Episode 9 (Montag, 03.12.1973, 19.44 Uhr, 13'39''): *In der Wohnung des verhafteten Ganoven Mario Riva finden die beiden Ermitt-*

ler Lubin und Aubertin interessantes Filmmaterial, das offensichtlich vor langer Zeit entstanden sein muss. Darauf sind der ermordete Antoine Ravier und Richard Dorian zu sehen. Die Aufnahmen beweisen, dass die beiden sich schon lange gekannt haben müssen. Unterdessen streitet Monsieur Lastenné ab, Mario Riva zu kennen. Zudem will er nichts von dem Auftrag wissen, den Füller des Ermordeten zu besorgen ...
Cliffhanger: Commissaire Lubin ruft Corinne Vergès an und teilt ihr mit, dass er ihr etwas Wichtiges zeigen muss. Damit meint er die Filmaufnahmen, die Richard Dorian und Antoine Ravier zeigen.

Episode 10 (Dienstag, 04.12.1973, 19.44 Uhr, 12'18''): *Commissaire Lubin spielt Corinne die Filmaufnahmen vor, die man in Mario Rivas Wohnung gefunden hat. Diese beweisen nicht nur, dass sich Dorian und Ravier seit mindestens einem Jahr gekannt haben, sondern zeigen auch interessante Bilder der Schauspielerin Evelyne Simon und von Rémy Vasseur, einem Freund Richard Dorians. Corinne ist nun auch überzeugt, dass ihr Verlobter ein Lügner ist. Sie erzählt dem Kommissar, dass sie Dorian am Abend in einem Pariser Restaurant treffen will ...*
Cliffhanger: Commissaire Lubin bittet Corinne vorsichtig zu sein und bietet ihr ihre Hilfe an.

Episode 11 (Mittwoch, 05.12.1973, 19.44 Uhr, 13'10''): *Corinne Vergès trifft ihren Verlobten Richard Dorian in einem Pariser Restaurant namens »Casablanca«. Dort kommt es zu Meinungsverschiedenheiten, weil Corinne Richard vorwirft, sie zu belügen. Einstweilen warten im Haus gegenüber zwei Ganoven, wovon einer ein Profikiller ist. Sie werden vom großen Unbekannten geschickt, der den Auftrag gegeben hat, Richard Dorian und Corinne Vergès an diesem Abend zu töten. Gerade als das Paar das Restaurant verlässt, fährt jedoch ein Lastwagen vor, der dem Mörder das Ziel versperrt. Richard und Corinne verschwinden durch den Hintereingang. Dorian verspricht seiner Verlobten, ihr alles in seiner Wohnung zu erzählen ...*
Cliffhanger: Corinne trinkt in Richard Dorians Wohnung ein Getränk und kippt danach ohnmächtig zur Seite.

Episode 12 (Freitag, 07.12.1973, 19.44 Uhr, 13'29''): *Olivier Vergès taucht früh morgens um fünf Uhr bei Commissaire Francis Lubin auf und teilt ihm aufgeregt mit, dass Corinne verschwunden sei. Richard Dorian habe sie zum Zug am Pariser Gare de Lyon*

gebracht, sie sei aber niemals angekommen. *Um neun Uhr morgens ist Dorian in Lubins Büro und berichtet ihm, dass Corinne und er sich getrennt haben. Inspecteur Aubertin platzt in das Gespräch mit ein paar Damenschuhen in der Hand, die aussehen wie jene von Corinne. Sie wurden aus der Seine gefischt. Was ist mit der jungen Frau geschehen?*
Cliffhanger: Monsieur Lastenné erscheint in Lubins Büro und zeigt dem Kommissar ein Foto, das seine ermordete Frau gemeinsam mit Olivier Vergès zeigt: Die beiden hatten demzufolge offenbar ein Verhältnis.

Episode 13 (Samstag, 08.12.1973, 19.44 Uhr, 14'35''): *Monsieur Lastenné gesteht, dass ihm der Gangster Mario Riva viel Geld dafür geboten habe, den Füller von Antoine Ravier zu besorgen. Er legt dem Kommissar das Geld dafür auf den Tisch. Der belastete Riva bittet wenig später um ein Gespräch mit dem Ermittler, ehe er dem Untersuchungsrichter vorgeführt wird. Dabei kann er, als er die Toilette aufsucht, an eine Pistole gelangen und flüchten. Doch als er sich in Paris endlich in Sicherheit glaubt, wird er erschossen. Richard Dorian hingegen sucht einen Mann in einem exquisiten Club auf ...*
Cliffhanger: Die Schauspielerin Evelyne Simon sagt zu Corinne Vergès: »Sie sind für die anderen tot. Sie haben sich heute Nacht selbst umgebracht.«

Episode 14 (Sonntag, 09.12.1973, 19.44 Uhr, 14'14''): *In der Wohnung der Schauspielerin Evelyne Simon erzählt Richard Dorian seiner Verlobten, dass er vom Staatsschutz und gemeinsam mit Evelyne und Rémy hinter einen großen Unbekannten her ist, der die neueste Erfindung von Monsieur Ravier für verbrecherische Zwecke nutzen wollte. Auch Commissaire Lubin wird reiner Wein eingeschenkt. Später begibt sich Richard Dorian in dunkler Nacht auf dem Gelände von Olivier Vergès Bauernhof in höchste Gefahr ...*
Cliffhanger: Richard Dorian sieht aus dem Stall Licht brennen und nähert sich ihm. Er weiß nicht, dass darin ein Mann mit einer Pistole auf ihn wartet.

Episode 15 (Montag, 10.12.1973, 19.44 Uhr, 13'15''): *Richard Dorian wird von dem Auftragskiller Zubeck im Stall von Olivier Vergès überfallen. Es kommt zum Kampf, dabei löst sich ein tödlicher Schuss, Zubeck bricht tot zusammen. Doch Dorian hat nicht damit gerechnet, dass noch ein zweiter Mann im Hintergrund ge-*

lauert hat. Dieser zieht ein Messer und sticht Richard damit nieder.
Dorian stirbt. Lubin und Corinne sind über diese fatale Wendung
entsetzt. Sie interessiert besonders, warum Olivier Vergès, der mit
Richard verabredet war, weggefahren ist und Dorian im Dunkeln
warten ließ ...
<u>Cliffhanger</u>: Commissaire Lubin sagt zu Lastenné, dass nicht nur er
Oliviers Alibi sei, sondern Olivier auch das seine.

Episode 16 (Dienstag, 11.12.1973, 19.44 Uhr, 13'57''): *Com-*
missaire Lubin glaubt zu wissen, wer der geheimnisvolle Mister X
ist. Von seinem Chef erhält er 24 Stunden Zeit, um ihn zu überfüh-
ren, andernfalls wird ihm der Fall aus den Händen genommen. Mit
einem Trick – einem fingierten Brief – gelingt es Lubin den perfiden
Mörder aus der Reserve zu locken, allerdings nicht ohne eine große
Schießerei und ein weiteres Todesopfer verhindern zu können ...

Interview mit Francis Durbridge: *Lesen Sie gern Krimis*?
Die *Hörzu Österreich* brachte in der Ausgabe 2/1968 ein Interview mit Francis Durbridge zum Start von *Ein Mann namens Harry Brent*. Es trug den Titel *Hörzu fragte Francis Durbridge: Lesen Sie gern Krimis?*

Wegen ihres letzten Krimis Melissa wurden Skatabende und Kongresse verlegt. Nun läuft Ein Mann namens Harry Brent. Um neue Komplikationen zu vermeiden: Wer ist der Mörder?
Sie erwarten doch hoffentlich keine Antwort. Wer gut aufpasst, weiß es sicher schon nach der zweiten Folge.
Ihnen wird oft der Vorwurf gemacht, Sie bluffen in Ihren Krimis. Zu viele Fragen bleiben unbeantwortet.
Dieser Vorwurf wird auch gegen Agatha Christie und Edgar Wallace erhoben. Nicht, dass ich mich mit ihnen vergleichen will, aber: Wenn jemand den Täter nicht herausgefunden hat, dann sucht er oft Zuflucht in der Ausrede, der Autor habe gebluntt.
Welche Ihrer Serien halten Sie selbst für die beste?
Immer die letzte. Also diesmal *Harry Brent*.
Lesen Sie viel Krimis?
Nein. Ich lese meist ganz andere Bücher. Biografien, Schauspieler oder Bücher übers Theater.
Was lesen Sie zum Beispiel jetzt?
Die Autobiografie Harold Macmillans [des ehemaligen britischen Premierministers].
Wären Sie gern Scotland-Yard-Inspektor geworden?
Nein, ich wollte Schriftsteller werden und bin es geworden.
Wo finden Sie Ihre Themen – in den Polizeiakten?
Nie. Ich setze mich an den Schreibtisch und tüftele sie aus. Eine gute Zeitungsstory ergibt nicht unbedingt ein gutes Fernsehspiel.
Wie viele Personen haben Sie schon am Schreibtisch sterben lassen?
Keine Ahnung. Ich habe nie versucht, sie zu zählen.
Wie lange schreiben Sie an einer Fernsehserie?
Das lässt sich unmöglich beantworten. Es kann drei Mo-

nate oder auch sechs Monate dauern. Es kommt darauf an, wie die Sache läuft.

Ist die Suche nach dem Mörder das Entscheidende bei Ihren Krimis?

Das allein genügt nicht. Dieser Faktor wird schwer übertrieben. Wenn nämlich das Publikum zur Hälfte das Interesse verloren hat, weil das Stück in anderer Hinsicht nicht lebendig genug ist, dann will gar keiner mehr wissen, wer der Mörder ist. Das Problem ist, die Zuschauer von Anfang bis Ende zu fesseln.

Sie haben doch Volkswirtschaft studiert. Wie kamen Sie zum Krimi?

Volkswirtschaft studiert – das ist übertrieben. Das habe ich nur so an der Universität getan neben englischer Literatur. Ich studierte nicht zu Ende, sondern begann für Zeitungen, Magazine und Rundfunk zu schreiben. Ich schrieb am Anfang auch Musicals und viele Hörspiele, die keine Krimis waren. Aber dann fand ich, dass mir Krimis am besten liegen. Wie es dazu kam, ist heute schwer zu sagen.

Hat Scotland Yard Sie jemals um Rat gebeten?

Nein.

Waren Sie schon einmal in Scotland Yard?

Ich habe es gesehen, ja.

Von außen oder von innen?

Jetzt wird's knifflig. Nach Ihren Fragen zu urteilen, sollten Sie Krimis schreiben, nicht ich!

Sie sind verheiratet und haben Kinder?

Ja, meine Frau heißt Norah, wir haben zwei Söhne von 19 und 26 Jahren.

Hilft Ihnen Ihre Familie bei Ihrer Arbeit, etwa durch Inspiration?

Nur so, wie alle Familien irgendwie im Geschäft mithelfen.

Haben Sie deutsche Fernsehinszenierungen Ihrer Werke gesehen?

Ja. Das ganze *Halstuch* und Teile von *Es ist soweit* und *Tim Frazer*.

Und waren Sie zufrieden?

Sehr. Ich hoffe, dass *Harry Brent* auch so gut wird.

Diese Serie ist in England schon gelaufen. Wie war die Reaktion?

Sehr gut. Auch die Kritiken waren gut. Aber die Fernsehzuschauer sollen selbst entscheiden.

Sprechen Sie etwas deutsch?

Leider kein Wort.

Ihr Landsmann Edgar Wallace rauchte Zigaretten, Ihr französischer Krimikollege Pfeife. Und Sie?

Ich bin Nichtraucher.

Und wie steht's mit dem Trinken?

Ich trinke gern ein Gläschen. Am liebsten französischen Wermut.

Was ist das Rezept Ihres Erfolgs?

Man muss hart arbeiten und braucht auch ein bisschen Glück dazu. Ich möchte nicht meine eigene Arbeit loben, aber ich glaube, der Erfolg in so vielen Ländern liegt an den interessanten Charakteren und dem starken Faden, der sich durch meine Storys zieht. Aber ein Rezept? Nein, ich schreibe einfach, was mir Freude macht, und hoffe, dass es auch anderen gefällt.

Wird es nach Harry Brent *bald einen neuen Durbridge geben?*

Sogar zwei. Ich arbeite an einem neuen Fernsehkrimi und einem für die Bühne. Titel habe ich noch nicht, die kommen immer erst später.

Schlussbemerkung und Danksagung

Wie schon bei den 150 Seiten über *Das Halstuch* habe ich auch in diesem Artikel darauf verzichtet, auf Filmographien der Beteiligten einzugehen, da diese leicht im Internet recherchierbar sind.

Mein Dank gilt **Nicholas Durbridge** für die zahlreichen Auskünfte und vor allem für die Privatkorrespondenz und die Tagebucheintragungen seines Vaters.

Weiterer Dank gilt **Michael Linane** von Williams & Whiting sowie **Melvyn Barnes** und **Antonio Scaglioni**. Melvyn hat das englische Standardwerk über Francis Durbridge geschrieben, Antonio ein Buch über die italienischen Verfilmungen. In all den Jahren war der Austausch mit ihnen eine große Bereicherung und Freude.

Dirk Brüderle hat mir freundlicherweise seine Anfang der 2000er-Jahre geführten Interviews mit Brigitte Grothum, Peter Ehrlich und Wolfgang Preiss zur Verfügung gestellt, die hier erstmals erscheinen und unglaublich wertvolle Zeitdokumente sind. Allerherzlichsten Dank!

Brigitte Grothum war so freundlich, mit mir im Oktober 2024 noch einige Erinnerungen an *Ein Mann namens Harry Brent* zu teilen. Besonderen Dank dafür!

Schließlich großen Dank an **Jakob Oberdacher**. Mithilfe seiner Sammlung alter TV-Zeitschriften konnte ich schon in Zeiten vor Onlinearchiven zahlreiche zeitgenössische Berichte sammeln.

+ +
HINWEIS
+ +

Das englische Originaldrehbuch *A Man Called Harry Brent* von Francis Durbridge ist als Band 31 der englischen Durbridge-Editon von Williams & Whiting erschienen.

Die Durbridge-Edition
–Williams & Whiting –

Bei Williams & Whiting sind bisher einunddreißig Bände von Francis Durbridge erschienen. Sämtliche Bücher enthalten eine umfassende Einleitung und ein Nachwort mit vielen Hintergrundinformationen zu Francis Durbridge, den jeweiligen Geschichten und den Produktionsumständen der Verfilmungen bzw. Vertonungen.

Band 1   FRANCIS DURBRIDGE
Stichtag für Harry
Paul Temple und der vorausgesagte Mord
Vorwort, Nachwort und Übersetzung: Dr. Georg Pagitz

Ein junger Mann namens Peter Gibson sucht Superintendent Max Christian in Scotland Yard auf. Er berichtet, dass er in einem Café in Hampstead arbeitet und ungewollt bei der Arbeit zwei Frauen belauscht hat. Diese sagten, dass ein gewisser Harry Sherwood den Sechzehnten des kommenden Monats nicht überleben würde. Christian geht der Sache nach, muss aber feststellen, dass nichts von dem, was Gibson erzählt hatte, stimmt. Es gibt weder das Café, noch einen Mann dieses Namens. Am Sechzehnten des darauffolgenden Monats wird jedoch in einem Wohnwagen eine Leiche gefunden. Der Täter hat sein Opfer erstochen. Als Superintendent Christian den Toten sieht, glaubt er seinen Augen nicht: Es handelt sich dabei um den angeblichen Peter Gibson, der in Wirklichkeit Harry Sherwood hieß ...

Durbridge schrieb diese Geschichte als Fortsetzungsroman im Jahr 1960. Sie blieb jedoch unveröffentlicht und erscheint nun erstmals posthum.

Der Autor versuchte die Story auch als Filmtreatment deutschen Produzenten anzubieten und schrieb sie später zur Episode für eine *Paul-Temple*-TV-Folge um. Dieses Szenarium ist in dem Buch als *Paul Temple und der vorausgesagte Mord* enthalten, den Abschluss bildet eine Abhandlung über Durbridge und die Temple-TV-Serie.

Band 2   FRANCIS DURBRIDGE
Schritt ins Dunkel
Drehbuch für einen deutschen Spielfilm
Vorwort, Nachwort und Übersetzung: Dr. Georg Pagitz

In Soho geht ein gefährlicher Mörder um, der Barmädchen mit einem Messer tötet. Scotland Yard steht vor einem Rätsel. Zur gleichen Zeit befindet sich der wohlhabende Immobilienmakler Mike Hilton in einer existentiellen Krise: Nach dem Tod seiner Tochter und schwierigen Phasen in seiner Ehe verlässt ihn seine Ehefrau Ruth. Nach einer Reifenpanne nahe einem berüchtigten Pub in Soho lernt er die attraktive Selby Brooks kennen und verliebt sich in sie. Als er die junge Dame wenig später auf einem Hausboot besuchen will, findet er ihre Leiche. Mike Hilton gerät unter Mordverdacht. Zur Tatzeit half er einem kleinen Jungen dabei, dessen Papierdrachen aus einem Baum zu befreien. Doch dieses Alibi ist nichts wert, denn der Junge scheint spurlos verschwunden zu sein und gar nicht zu existieren. Gleichzeitig erfährt Mike von Scotland Yard, dass nichts von dem, was Selby ihm erzählt hatte, stimmte. Kann er sich aus dem Teufelskreis, in dem er sich befindet, befreien und den wahren Täter finden?

Die Hintergrundgeschichte zu diesem verschollenen Drehbuch ist ebenso spannend wie die Kriminalgeschichte selbst. Francis Durbridge verfasste das Skript 1961 und verkaufte es 1962 an einen deutschen Filmproduzenten. Letztlich wurde daraus der Spielfilm *Piccadilly null Uhr zwölf,* der bis auf vier Namen nichts mehr mit der Originalstory zu tun hatte. Im Vor- und Nachwort werden die Hintergründe analysiert und dank erst kürzlich aufgefundener Originalkorrespondenz von Francis Durbridge auch die Umstände und Gründe der Änderungen rekonstruiert.

Band 3   FRANCIS DURBRIDGE
Paul Temple muss her!
Ein Kriminalstück
Vorwort, Nachwort und Übersetzung: Dr. Georg Pagitz

Scotland Yard steht vor einem Rätsel. Eine gefährliche Verbrecherbande verunsichert London durch Kindesentführungen, Lösegelderpressungen und andererseits durch spektakuläre Juwelenraube. Die Ganoven operieren unter dem Namen »Die Schlagzeilenmänner«. Dies ist gleichzeitig der Titel des Romans einer unbekannten Autorin, deren Identität niemand kennt. Nachdem Sir Graham und seine Ermittler nicht weiterkommen, fordern die Zeitungen nach Unterstützung und titeln: »Paul Temple muss her!« Der erfolgreiche Kriminalschriftsteller und Privatermittler schaltet sich daraufhin ein und weiß bald, dass der große Hintermann ein Superverbrecher namens Max Lorraine ist. Aber wer der Verdächtigen versteckt sich hinter diesem Namen? Wer ist der gefährliche Schlagzeilenmann Nummer 1?

Dieses im Jahr 1943 in Birmingham uraufgeführte Theaterstück wurde seither nie mehr gespielt. Der Autor zeigt darin sein ganzes Können und liefert Drehungen, Wendungen und atemberaubende Cliffhanger im Minutentakt. Vier Personen sterben auf der Bühne, ebenso viele Leichen gibt es aus Erzählungen. Die *Birmingham Post* schrieb damals zur Uraufführung: »Leichen fallen aus Aufzügen, Schreie hallen durch die Nacht, aus einem unverdächtig aussehenden Grammophon kommen Schüsse und Blausäure findet ihren Weg in harmlose Whiskyfläschchen. Eigentlich haben wir A oder B als Täter verdächtigt, aber dann war es plötzlich X.« Bei dem Stück handelt es sich um eine geschickte Mischung aus Paul Temples ersten beiden Hörspielabenteuern.

Band 4   FRANCIS DURBRIDGE
Schöne Grüße von Mister Brix
Kriminalroman
Vorwort und Nachwort: Dr. Georg Pagitz

Geheimnisvolle und höchst mysteriöse Umstände haben den Ex-Inspektor Richard Grant und seine Frau Margret dazu veranlasst, vorübergehend wieder in den Dienst von Scotland Yard zu treten. In einem Fischerdorf namens Shorecombe war zuvor die Leiche einer gewissen Barbara Willis, Tochter eines feinen Londoner Hauses, aus dem Meer gezogen worden. Kurz darauf bekam ihr Verlobter Robert Brown eine Dia-mantenbrosche zugeschickt. Darauf stand: »Schöne Grüße von Mister Brix«. Wenig später finden die Grants in ihrer Garage eine weitere Leiche. Peggy Gillow, die in dem Fall undercover ermittelte, wurde erdrosselt. Auch ihr Vater bekam eine mysteriöse Karte von Mister Brix mit der gleichen sarkastischen Botschaft. Steckt hinter diesem Pseudonym jener gefährliche Ariman, dessen Fall Grant einst bearbeitete? Und wenn ja, wer von den zahllosen Verdächtigen ist dieser unheimliche Verbrecher?

Durbridge schrieb diesen Kriminalroman 1962 für den deutschen Markt. Er basiert auf dem legendären Hörspiel *Paul Temple und die Affäre Gregory* und erzählt dieses sehr werkgetreu nach, allerdings wurden die Charaktere umbenannt. Wer schon immer wissen wollte, worum es in diesem Fall geht und ihn in voller Länge erleben wollte, kann dies nun endlich tun.

Band 5   FRANCIS DURBRIDGE

Die gelbe Windmühle
Kriminalroman
Vorwort und Nachwort: Dr. Georg Pagitz

Susan Kelford, die vierjährige Tochter des reichen Sir Cedric Kelford, dem Präsidenten der Londoner Central Bank, wird entführt. Das Mädchen war gerade in einem Londoner Park, als eine kleine gelbe Spielzeugwindmühle ihre Aufmerksamkeit erregte und sie in die Hand ihres Entführers lockte. Dieser zerrte das Kind in seinen Wagen und suchte daraufhin rasch mit seinem Komplizen das Weite. Man fordert 10.000 Pfund Lösegeld von dem Multimillionär Kelford. Inspektor Houston von Scotland Yard macht drei Tage später eine grausige Entdeckung: Sein Sohn Dennis, der in Sir Cedrics Bank arbeitet, sitzt erschossen vor dem Fernsehgerät. In den Bildschirm ist eine gelbe Windmühle eingeritzt …

Die gelbe Windmühle erschien 1954 als Fortsetzungsroman in England. Im Jahr 1965 verfasste Francis Durbridge eine eigene Fassung für den deutschen Markt, die hier erstmals als Buch vorliegt.

Band 6   FRANCIS DURBRIDGE

Mitten ins Herz
Der Mann, der das Quiz gewann
Paul Temple und die flüchtige Miss Helvin
Vorwort und Nachwort: Dr. Georg Pagitz

Gary Mason, der berühmteste und beliebteste Schauspieler Englands, wird auf dem Gelände eines Londoner Filmstudios erschossen. Wer ist der Täter? Und hatte er tatsächlich Mason als Ziel auserkoren oder war dieser Mord ein Versehen und er galt eigentlich der überaus attraktiven schwedischen Nachwuchsschauspielerin Karin Lund? Diese legt ein seltsames Verhalten an den Tag, vor allem als sie zwei Tage später dem Journalisten Michael Collins begegnet, der Augenzeuge der Tat wurde und sich danach um die junge Frau gekümmert hatte. Diesmal ignoriert Karin den Reporter und ist in Begleitung eines mysteriösen Fremden. Als Journalist Collins in der darauffolgenden Nacht von einem weiteren Mord berichten soll, ist er schockiert, als er in der Leiche Karin Lund wieder erkennt. Sie wurde erstochen ...

Mitten ins Herz wurde 1955 als *The Man Who Beat the Panel* in Großbritannien als Fortsetzungsroman veröffentlicht. Durbridge überarbeitete diese Fassung für den deutschen Markt im Jahr 1962, erweiterte und verbesserte sie um viele Handlungsstränge und machte aus einem Nicht-whodunit einen Whodunit. Später entwickelte er daraus auch ein Skript für die *Paul-Temple*-Fernsehserie namens *The Elusive Miss Helvin*, das aber nie Verwendung fand. In dieser Ausgabe sind neben der deutschen Romanfassung auch erstmals die Übersetzungen der britischen Fortsetzungsgeschichte und des Szenariums enthalten. Titel: *Der Mann, der das Quiz gewann* und *Paul Temple und die vorsichtige Miss Helvin*, beide übersetzt von Dr. Georg Pagitz.

Band 7   FRANCIS DURBRIDGE

Sie wussten zu viel
Das Gesicht der Carol West
Vorwort und Nachwort: Dr. Georg Pagitz

Victor Merton, der Geschäftsführer der Absteige *High Dive* in Belhampton, zieht beim morgendlichen Schwimmsport die Leiche eines jungen Mädchens aus dem Hotelpool. Julia Nagy, eine aus Ungarn stammende Angestellte und Mister Cooper, ein Privatgelehrter, werden Augenzeugen des Vorgangs. Ein Notizbuch der Toten führt zu einer gewissen Carol West. Außerdem findet sich darin die Telefonnummer von Scotland-Yard-Superintendent Christian Stiller, der die Tote allerdings nicht kannte. Stiller übernimmt die Ermittlungen. Immer wieder wird er in deren Verlauf von einem Anrufer mit sanfter Stimme gewarnt. Wenig später wird auf den Superintendent ein Überfall verübt, kurz darauf ein Anschlag in Scotland Yard. Alle Spuren führen erneut in die zwielichtige Absteige *High Dive* ...

Francis Durbridge hatte diesen Roman 1959 als Fortsetzungsroman für die Zeitschrift *News of the World* geschrieben. 1963 überarbeitete er diesen für den deutschen Markt unter dem Titel *Sie wussten zu viel*, führte viele neue Handlungsstränge und Figuren ein und baute die Geschichte erheblich aus. Dieses Ausgabe enthält erstmals beide Fassungen, die deutsche erweiterte Version und die davon erheblich abweichende Originalfassung, die von Dr. Georg Pagitz erstmals unter dem Titel *Das Gesicht der Carol West* ins Deutsche übertragen wurde. In einem Vor- und Nachwort des Übersetzers wird auf die Hintergründe eingegangen sowie auf Durbridges meisterliche Fähigkeiten, alte Stoffe wiederzuverwerten.

Band 8   FRANCIS DURBRIDGE

Paul Temple und der Fall Valentine
Skript für ein achtteiliges Hörspiel
Vorwort, Nachwort, Übersetzung: Dr. Georg Pagitz

London, 1946: Seit einigen Wochen wird das Westend von einer geheimnisvollen Selbstmordserie junger Frauen erschüttert. Scotland Yard ist ratlos und kann nur herausfinden, dass es wohl um Drogen und einen geheimnisvollen Hintermann namens »Valentine« geht. Für Sir Graham Forbes ist eines klar: Das ist ein Fall für Paul Temple! Der bekannte Detektiv und Schriftsteller ist zunächst jedoch gar nicht daran interessiert. Erst als eine junge Frau spurlos aus seinem Wagen verschwindet, lässt er sich doch überreden. Dann geht alles blitzschnell: Auf die Temples wird im eigenen Schlafzimmer ein Mordanschlag verübt, eine geheimnisvolle Botschaft führt Paul und Steve zu einem mysteriösen Kapitän in eine Kneipe am Fluss und schließlich findet sich eine deutliche Warnung von Valentine bei einer Leiche in einer Zahnarztpraxis. Es gibt zahllose Verdächtige und undurchsichtige Gestalten und der gefährliche Unbekannte schlägt immer wieder zu.

Dieses Buch beinhaltet das vom englischen Originalmanuskript übersetzte Temple-Abenteuer, das 2021/22 Grundlage für die neue Pidax-Hörspielproduktion Paul Temple und der Fall Valentine war. In einem Vor- und Nachwort des Übersetzers werden interessante Hintergrundinfos geliefert. Außerdem wird auf die unterschiedlichen Versionen, die im Laufe der Jahre von diesem Stoff entstanden sind, eingegangen.

Band 9 　　　FRANCIS DURBRIDGE

Zwei Fälle für Paul Temple: McRoy/Westfield
Zwei einteilige Hörspiele
Vorwort, Nachwort, Übersetzung: Dr. Georg Pagitz

Der Fall McRoy: Paul Temple und Steve sind in Italien und befinden sich gerade auf der Weiterreise in die Schweiz, als sie auf dem Mailänder Bahnhof zufällig den Ex-Ermittler Harry McRoy treffen. Gemeinsam tritt man die Weiterfahrt an. Im Zug erzählt Harry von einem rätselhaften Auftrag und bittet Paul, einen Koffer mit geheimnisvollem Inhalt an Sir Graham Forbes zu überbringen, wenn ihm etwas zustoßen sollte. Ehe man Basel erreicht, überschlagen sich die Ereignisse und es gibt Tote …

Der Fall Westfield: Vor Jahren wurde aus dem Hause des Herzogs von Westfield Schmuck im Werte einer Dreiviertelmillion Pfund gestohlen. Es gab keine Spuren und Scotland Yard legte den Fall damals auf Eis. Paul Temple interessiert sich für die Sache, zumal es bald auch eine neue Spur zu geben scheint, als man in einem Londoner Hotel eine Leiche findet. Bei den Sachen des Toten werden ein Fahrschein für eine Fähre und ein Rezept eines gewissen Dr. Schumann gefunden. Temple geht der Sache nach …

Dieses Buch enthält die beiden Originalmanuskripte zu den 2021/22 neu produzierten Temple-Hörspielen von Pidax und HNYWOOD. In einem umfangreichen Vorwort werden die Hintergründe beleuchtet, zudem enthält dieser Band vollständige Stab- und Besetzungslisten sämtlicher Adaptionen und einige exemplarische Beispiele, wie im Fall McRoy dramaturgische Anpassungen vorgenommen wurden.

Band 10 　　　FRANCIS DURBRIDGE

Paul Temple und der Fall Dr. Belasco
Skript für ein achtteiliges Hörspiel
Vorwort, Nachwort, Übersetzung: Dr. Georg Pagitz

Als Paul und Steve nach einem Tanzabend anlässlich Steves Geburtstag nach Hause kommen, werden sie schon von Sir Graham erwartet. Dieser hat Philip Kaufman von der Kopenhagener Polizei mitgebracht. Sie erklären, dass der berüchtigte Dr. Belasco seine Aktivitäten vom Kontinent nach England verlegt hat. Niemand kennt das Gesicht dieses gefährlichen Mannes, der das Verbrechen organisiert und für Schutzgelderpressungen aber auch Mord verantwortlich ist. Sir Graham und Kaufman bitten Temple um Hilfe. Bald schon soll der Kanadier Ross Morgan in England ankommen. Er ist ein Handlanger Dr. Belascos. Temple soll ihn im Auge behalten, doch dann gibt es einen unerwarteten Zwischenfall: Bei der Zugfahrt nach London kommt es zu einem Unfall und Morgan stirbt. Der Kanadier kann Temple jedoch noch einen wichtigen Hinweis geben. Bei seinen Sachen findet Temple ein Feuerzeug. Dieses ähnelt jenem, das Steve an ihrem Geburtstag irrtümlich von einem Mr. Nelson eingesteckt hat ...

Francis Durbridge verfasste *Paul Temple and Steve*, so der Originaltitel dieses in der Chronologie gesehenen achten Falls, im Jahr 1947. Dieser band enthält ein informatives Vorwort, einen Artikel über die Paul-Temple-Comic-Serie und Francis Durbridges für die Radio Times geschriebene Einleitung zu dem Fall.

Band 11   FRANCIS DURBRIDGE
Paul Temple und die Marquis-Morde
Kriminalroman
Vorwort, Nachwort, Übersetzung: Dr. Georg Pagitz

In London sorgt ein skrupelloser Mörder, der sich »Der Marquis« nennt, für Angst und Schrecken. Ein halbes Dutzend Personen – lauter renommierte Damen und Herren – musste schon ins Gras beißen und kein Ende ist in Sicht. Scotland Yard in Form von Sir Graham Forbes ist ratlos. Doch diesmal ist es nicht der Chefkommissar, der Paul Temple um Hilfe bittet, sondern das Innenministerium. Ein anonymer Brief des Marquis an Temple sorgt schließlich dafür, dass sich der schreibende Detektiv in die Ermittlungen einschaltet. Er trifft eine Privatdetektivin, die dem großen Unbekannten auf der Spur ist. Doch auch sie wird wenig später tot aus der Themse gezogen. Alle Spuren führen zu einem Ägyptologen namens Sir Felix Reybourn. Ist er der Marquis? Und wenn nicht, wer von den zahlreichen Verdächtigen ist es dann? Temple und seine Frau Steve setzen sich zahllosen Gefahren aus, ehe Paul den gefährlichen Mörder endlich überführen kann ...

Dieser Krimi ist der letzte nicht übersetzte Paul-Temple-Roman und erscheint nun erstmals in deutscher Sprache – fast 80 Jahre nach seinem Entstehen! Ein packender, typischer Temple voller Cliffhanger, Drehungen und Wendungen, verdächtiger Figuren und natürlich mit der obligatorischen Cocktailparty. Das Buch enthält eine informative Einleitung und ein umfassendes Nachwort, in dem die multimediale Auswertung des Stoffs, der auf einem Durbridge-Hörspiel von 1942 beruht, beleuchtet wird. 1952 entstand auch eine Verfilmung mit John Bentley und Christopher Lee.

Band 12   FRANCIS DURBRIDGE
Die Anhalterin
Kriminalroman
Vorwort, Nachwort, Übersetzung: Dr. Georg Pagitz

Der Spielwarenfabrikant David Walker nimmt in seinem eleganten Wagen eine hübsche junge Anhalterin namens Judy Clayton mit. Als das Benzin ausgeht, macht sich Walker zu Fuss auf den Weg zu einer Tankstelle. Als er zurückkommt, ist die junge Frau spurlos verschwunden. Einige Tage später taucht Kriminalinspektor Denson bei Walker auf und teilt ihm mit, dass Judy nur wenige Meter von der Stelle, an der David die Panne hatte, ermordet aufgefunden wurde. Zahlreiche Indizien deuten daraufhin, dass Walker die Frau schon länger kannte, obwohl dieser das bestreitet. Im Laufe der Ermittlungen gibt es weitere Tote und neben einem Lippenstift spielen auch ein Schlüsselbund und eine Sofortbildkamera eine wichtige Rolle ...

Dieser Kriminalroman aus dem Jahr 1977 liegt erstmals in einer deutschen Übersetzung vor. Er basiert auf Francis Durbridges Originaldrehbuch zu dem 1971 gedrehten BBC-Dreiteiler *The Passenger*, der synchronisiert unter dem Titel *Die Spur mit dem Lippenstift* ausgestrahlt wurde. Im ausführlichen Vor- und Nachwort des Übersetzers wird auf die Entstehungsgeschichte eingegangen und auch erklärt, wieso 1971 in der BRD keine deutsche Verfilmung dieses Stoffs entstand. Auszüge aus Durbridge-Interviews, Hintergründe über die Miniserie und deren französische Adaption sowie ein 2015 geführtes, exklusives Interview mit dem Regisseur Michael Ferguson, der *The Passenger* inszenierte, runden diesen Band ab.

Band 13   FRANCIS DURBRIDGE
Die Frau im Hintergrund
Kriminalroman
Vorwort, Nachwort, Übersetzung: Dr. Georg Pagitz

Torcombe, an der Küste von Cornwall. Der ehemals als Kriminalreporter in der Fleetstreet tätige Roy Burton hat sich hierher zurückgezogen, um an einem Buch zu arbeiten. Gemeinsam mit Hund Angus lebt er in einer einfachen Hütte an der Küste. Eines Tages nähert er sich bei einem Spaziergang einer verlassenen Zinnmine und wird niedergeschlagen. Als er wenig später erwacht, erzählt ihm eine gewisse Karen Silvers, dass er sich in der Mine befinde. Sie leitet dort ein geheimes wissenschaftliches Projekt der Regierung. Es geht um den Bau einer Atomrakete, die so stark ist, dass sie ganz London oder New York zerstören könnte. Die Wissenschaftlerin erklärt, dass die Arbeiter in der Mine allerdings nichts davon wissen oder nur soviel als nötig. In der Umgebung scheint sich der gefährliche Kriminelle Fabian Delouris zu befinden, der schon einen Mitarbeiter entführt hat. Gemeinsam mit gefährlichen deutschen Ex-Nazis will er die Rakete stehlen und damit die Weltherrschaft erlangen. Karen und ihr Vorgesetzter, Chefinspektor Leyland, bitten Roy daraufhin um seine Mithilfe bei der Bekämpfung der Organisation. Bald darauf werden auf Roy mehrere Mordversuche verübt und die Ehefrau und Tochter eines Pubbesitzers verschwinden spurlos. Alles deutet daraufhin, dass die kriminelle Organisation ihr Hauptquartier in einer verlassenen Abtei aufgebaut hat, zu der mehrere unterirdische Tunnel führen …

Die Frau im Hintergrund stellt unter mehreren Gesichtspunkten eine Besonderheit dar und liegt erstmals in deutscher Übersetzung vor. So ist es der einzige Kriminalroman von Francis Durbridge, der nicht nach dem Whodunit-Muster gestrickt und in dem der Täter von Anfang an bekannt ist. Eine spannende Abenteuergeschichte, in der die beiden Protagonisten gegen eine gefährliche, aus brutalen Nazis bestehende Organisation kämpfen, die die Weltherrschaft mit einer Atomrakete erzwingen will. Weltherrschaftsphantasien bewegten damals die Welt. Eine für den Autor untypische, aber spannende Geschichte mit interessanten und überraschenden Wendungen. Das Buch enthält ein interessantes Vorwort mit Hintergrundinformationen. Im Anhang werden sämtliche Bücher und Kurzgeschichten von Francis Durbridge aufgelistet und dessen Wirken als Romanautor beleuchtet. Inhaltsangaben und weitere Infos zu allen Romanen und Kurzgeschichten runden diese Ausgabe ab.

Band 14   FRANCIS DURBRIDGE
Vorsicht vor Johnny Washington!
Kriminalroman
Vorwort, Nachwort, Übersetzung: Dr. Georg Pagitz

Johnny Washington ist ein junger amerikanischer Gentleman, der nach Kent gezogen ist, um das Leben zu genießen. Eigentlich will er nur dem süßen Nichtstun nachgehen und seine Zeit mit Fischen verbringen, doch eine Serie von Verbrechen ruft ihn auf den Plan. Eine Bande Krimineller verübt diese nämlich unter seinem Namen und lässt am Tatort Visitenkarten mit dem Aufdruck »Mit besten Grüßen von Johnny Washington« zurück. Das kann der Amerikaner nicht auf sich sitzen lassen. Die Zeitungsreporterin Verity Glyn ermutigt Johnny dazu, sich auf den Fall zu stürzen. Gemeinsam mit dem geheimnisvollen Horatio Quince, einem pensionierten Lehrer, jagt er den mysteriösen Hintermann, der die Morde und Verbrechen organisiert und der sich hinter dem Decknamen »Grauer Elch« versteckt.

Dies ist der letzte nicht auf Deutsch übersetzte Roman von Francis Durbridge. Die Geschichte hat der Autor von seinem ersten Temple-Abenteuer entlehnt und sie überarbeitet. Neuer Protagonist ist Johnny Washington, der Held einer seiner Radioserien.

Band 15   FRANCIS DURBRIDGE
Zwanzig Minuten von Rom
Drehbuch für einen Fernsehkriminalfilm
Vorwort, Nachwort, Übersetzung: Dr. Georg Pagitz

Zwanzig Minuten von Rom entfernt liegt der Ort Tolero. Welche Rolle spielt er in einem mysteriösen Fall, in den der Wissenschaftler Geoffrey Ryder verwickelt ist? Der Mann steht unter Mordverdacht und besteht darauf, Alan Quinton vom MI5 zu sprechen. Nur ihm will er seine ganze Geschichte erzählen. Den Mann, den er ermordet haben soll, Walter Smedley, lernte er in einem teuren Pariser Nachtclub kennen. Er half ihm dort aus der Bredouille, woraufhin Smedley ihm anbot, während seiner eigenen Abwesenheit in seiner Londoner Wohnung unterzukommen. Ryder nimmt dankend an. Das ist der Beginn einiger mysteriöser Ereignisse. Welche Rolle spielt das goldene Zigarettenetui, das Smedley unbedingt wiederhaben will? Und warum befanden sich auf einem Mikrofilm Fotos von einer Fahrkarte für den Schlafwagen nach Rom und eine Aufnahme einer Landkarte, auf der der Ort Tolero eingezeichnet ist und auf der oberhalb handschriftlich die Notiz »Zwanzig Minuten von Rom« gemacht wurde?

Dieses unverfilmte Drehbuch stammt aus dem Jahr 1954. Es handelt sich dabei um eine ganz typische Francis-Durbridge-Geschichte mit jeder Menge Verwirrungen. Der Autor beweist hier, dass er nicht nur serielles Erzählen beherrscht, sondern auch innerhalb eines 90-Minuten-Films sein Publikum ganz schön raffiniert verwirren kann. Als übliche Zutaten gibt es einige überraschende Wendungen und die üblichen mysteriösen Gegenstände, wie ein goldenes Zigarettenetui und einen Mikrofilm, auf dem sich unerklärliche Fotografien befinden.

Band 16　　　FRANCIS DURBRIDGE
Das zerbrochene Hufeisen
Drehbuch für einen sechsteiligen Kriminalfilm
Vorwort, Nachwort, Übersetzung: Dr. Georg Pagitz

Dr. Mark Fenton behandelt im Londoner St. Matthews' Krankenhaus einen Mann namens Charles Constance. Er wurde bei einem Autounfall schwer verletzt, der Lenker beging Fahrerflucht. Constance liegt noch im Koma, als plötzlich eine gewisse Miss Freeman bei Fenton auftaucht, die sich für den Gesundheitszustand des Opfers interessiert. Als Constance erwacht, behauptet er, diese Frau nicht zu kennen. Noch erstaunter ist er über das zerbrochene Hufeisen, das sich auf einem Blumengesteck befindet, das sie ihm mitgebracht hat. Als der Mann wenig später entlassen wird und nicht zur Kontrolluntersuchung erscheint, stellt Fenton einen Brief zu, den Constance bei ihm hinterlassen hat. Dabei entdeckt er in einem Appartement die Leiche von Mr. Constance. Auf dem Spiegel befindet sich ein gemaltes zerbrochenes Hufeisen.

Mit dem Drehbuch zu diesem Sechsteiler legte Francis Durbridge 1952 den Grundstein als erfolgreicher Fernsehkrimiautor. Es war die erste von insgesamt zwanzig mehrteiligen Serien für die BBC, elf davon wurden auch in Deutschland verfilmt. *Das zerbrochene Hufeisen* war nicht darunter und erlebt somit seine deutschsprachige Premiere.

Band 17　　　FRANCIS DURBRIDGE
Operation Diplomat
Drehbuch für einen sechsteiligen Kriminalfilm
Vorwort, Nachwort, Übersetzung: Dr. Georg Pagitz

Der renommierte Arzt Dr. Mark Fenton wird von einer Unbekannten gebeten, einen Patienten zu behandeln. Fenton steigt in einen Krankenwagen ein und stellt fest, dass der Wagen leer ist. Ein weiterer Mann mit Pistole sitzt darin und erklärt, es handle sich um eine wichtige Operation. Die Reise, die Fenton in dem verdunkelten Wagen absolviert, dauert mehrere Stunden. Er wird in eine mysteriöse Villa gebracht wird. Dort ist in einem Raum ein Operationssaal aufgebaut worden und ein Deutscher namens Schröder erklärt, dass ein kranker Mann dringend operiert werden müsse. Es handelt sich dabei um den bekannten Diplomaten Sir Oliver Peters, der seit einiger Zeit spurlos verschwunden ist. Der Patient spricht im Fieber von einem »Goldenen Tal«. Assistiert wird Fenton von einer bildhübschen Krankenschwester. Nach der erfolgreichen Operation verliert er das Bewusstsein.

Operation Diplomat hat Durbridges ersten TV-Serienhelden zum Protagonisten, den Mediziner Dr. Mark Fenton, der bereits in *Das zerbrochene Hufeisen* ermittelte. Das Drehbuch entstand 1952 für einen Sechsteiler der BBC, der wie alle anderen Krimis von Francis Durbridge zum Straßenfeger avancierte.

Band 18　　　FRANCIS DURBRIDGE
Die Teckman-Biographie
Drehbuch für einen sechsteiligen Kriminalfilm
Vorwort, Nachwort, Übersetzung: Dr. Georg Pagitz

Philip Chance, ein junger Schriftsteller erhält einen interessanten Auftrag: Er soll eine Story über Martin Teckman schreiben. Dieser junge Testpilot ist angeblich bei der Erprobung eines neuen Flugzeugmodells verunglückt. Bei seinen Nachforschungen lernt Philip die Schwester Teckmans kennen, die junge und besonders attraktive Helen. Von da an ereignen sich seltsame Dinge, die darauf schließen lassen, dass sich irgendjemand von Teckmans Nachforschungen enorm gestört fühlt. Nicht nur, dass Gangster in seine Wohnung einbrechen, wenig später wird dort auch ein Mann ermordet aufgefunden. Es handelt sich dabei um den Konstrukteur des Versuchsflugzeugs, Mr. Garvin. Wenig später kommt es zu einem weiteren Mord: Ein Informant, der wichtige Informationen beschaffen wollte, wird ebenso von dem großen Unbekannten beseitigt ...

Die Teckman-Biographie erscheint erstmals auf Deutsch und ist die Übersetzung des gleichnamigen Drehbuchs von Francis Durbridge zu dessen drittem Fernsehmehrteiler. Neben einem interessanten Vor- und Nachwort, in dem auch auf den Kinofilm eingegangen wird, enthält das Buch außerdem ein exklusives Interview mit Alvin Rakoff, der den Mehrteiler 1953/54 im Alter von nur 26 Jahren inszenierte.

Band 19   FRANCIS DURBRIDGE
Paul Temple und der Fall Z.4
Skript für ein sechsteiliges Hörspiel
Vorwort, Nachwort, Übersetzung: Dr. Georg Pagitz

Paul Temple schreibt für die bekannte Schriftstellerin Iris Archer ein Theaterstück. Wenige Tage vor der Aufführung des Stücks tritt Iris von der Rolle zurück. Als sich Paul und Steve nach Schottland begeben, um dort Urlaub zu machen, sind beide überrascht, dort auch Iris anzutreffen. Hat ihr plötzliches Auftauchen etwas mit dem geheimnisvollen Brief zu tun, den ein aufgeregter junger Mann Paul Temple übergeben hat, mit der ausdrücklichen Anweisung, ihn John Richmond zu übergeben? Was hat der rätselhafte Dr. Steiner mit den Ereignissen zu tun? Und wer verbirgt sich hinter dem Codenamen Z.4? Auch im Urlaub ist Temple auf der Spur einer geheimnisvollen Spionageorganisation, die vor Mord nicht zurückschreckt.

News of Paul Temple, so der Originaltitel dieses Hörspiels, wurde 1939 ausgestrahlt. Das Manuskript dazu galt lange als verschollen, kann nun jedoch erstmals mit vielen Hintergrundinformationen auf Deutsch veröffentlicht werden.

Band 20   FRANCIS DURBRIDGE
Paul Temple und der Fall Sullivan
Skript für ein achtteiliges Hörspiel
Vorwort, Nachwort, Übersetzung: Dr. Georg Pagitz

Joyce Raymond wendet sich mit einer Bitte an Paul Temple, der gerade nach Kairo reisen will. Er möchte doch einem Mann namens Richard Sullivan, der dort bei einer Ölgesellschaft arbeitet, seine Brille mitzunehmen, die er bei ihr vergessen hat. Temple will der jungen hübschen Dame diesen Gefallen gerne tun und akzeptiert. In Plymouth, wo die Temples am nächsten Tag übernachten, erfährt der Kriminalschriftsteller schließlich, dass Miss Raymond ermordet wurde. Nicht genug damit, auch im Nebenzimmer der Temples findet sich eine Leiche. Von da an bemühen sich alle

327

Personen, die den Temples auf der Reise nach Kairo über Süditalien begegnen um die mysteriöse Brille, an der allerdings von der Polizei nichts Seltsames festgestellt werden kann …

Dieses spannende Originalmanuskript erscheint erstmals auf Deutsch und stammt aus dem Jahr 1947. Die BBC-Aufnahmen aus den Jahren 1947/48 existieren nicht mehr, weshalb der britische Sender 2006 ein Remake produzierte. *Paul Temple und der Fall Sullivan* führt die Temple-Fangemeinde weit weg von der Themse: Durbridge beweist, dass seine Storys auch in Süditalien und Ägypten bestens funktionieren.

Band 21   FRANCIS DURBRIDGE
Das Messer
Drehbuch für einen dreiteiligen Kriminalfilm
Vorwort und Nachwort: Dr. Georg Pagitz

Spezialagent Jim Ellis soll den Mord an einer Mitarbeiterin des Secret Service aus Hongkong klären, deren Leiche in einem walisischen Ort aufgefunden wurde. Alle Spuren führen in das Hotel Ivanhoe, das einer gewissen Mrs. Corby gehört. Dort hat die Ermordete zuletzt gelebt. Ellis bekommt es mit einer Vielzahl von Verdächtigen und einem Mörder zu tun, der für seine Taten einen chinesischen Dolch verwendet…

Diese Ausgabe gibt das Originaldrehbuch zu dem legendären deutschen Krimimehrteiler *Das Messer* von 1971 wider, den Rolf von Sydow mit Hardy Krüger in der Titelrolle inszenierte. Die Edition enthält außerdem ein umfangreiches Vor- und Nachwort, in dem erstmals die Produktionsgeschichte dieses Straßenfegers erzählt wird.

Band 22   FRANCIS DURBRIDGE
Tim Frazer und das Rätsel von Melynfforest
Drehbuch für einen sechsteiligen Kriminalfilm
Vorwort, Nachwort, Übersetzung: Dr. Georg Pagitz

Tim Frazer erhält einen neuen Auftrag. Dieser führt ihn in das beschauliche Melynfforest in Wales, wo die Polizei den Mord an Elaine Bradford untersucht. Charles Ross informiert seinen Mitarbeiter zunächst darüber, dass die Ermordete eigentlich Thackeray hieß und für seine Auslandsabteilung in Hongkong arbeitete. Aber was tat sie in Wales und warum wurde sie ermordet? Die Spuren führen in ein Hotel namens St. Bride. Elaine Bradford (oder besser gesagt: Miss Thackery) verbrachte dort die letzten Tage ihres Urlaubs. Im Verlauf der Ermittlungen spielen ein Brieföffner, ein walisisches Volkslied und ein verschwundener deutscher Wissenschafter namens Kurt Lander eine wesentliche Rolle. Die meisten Verdächtigen sind außerdem im Umkreis von Mrs. Chrichtons Hotel zu finden.

Dieses Buch enthält erstmals in deutscher Übersetzung das Drehbuch zum dritten Tim-Frazer-Abenteuer, das zwar in England, aber nicht in der BRD produziert wurde. Francis Durbridge überarbeitete den Stoff erheblich, änderte Figuren und Ende und machte daraus den 1971 gedrehten Krimiklassiker *Das Messer*. Dank der vorliegenden Ausgabe können Fans erstmals die Urfassung mit der deutschen Variante vergleichen. Das Buch enthält ein informatives Vor- und Nachwort sowie als

Bonus das von Durbridge für das Kino geschriebene, unverfilmte Treatment *Tim Frazer und die Melvin-Affäre.*

Band 23   FRANCIS DURBRIDGE
Porträt von Alison
Kriminalroman
Vorwort, Nachwort, Übersetzung: Dr. Georg Pagitz

Der Bruder des renommierten Kunstmalers Greg Forrester verunglückt bei einem Autounfall in Italien tödlich. Auch seine Beifahrerin, die bildhübsche Schauspielerin Alison Ford überlebt das Unglück nicht. Wenig später erscheint ihr Vater in Gregs Atelier und bittet den Maler, ein Gemälde von Alison anzufertigen. Von da an überschlagen sich die Ereignisse: Das Modell Jill Stewart wird erwürgt im Kleid der verunglückten Alison in Gregs Wohnung aufgefunden. Der Maler gilt daraufhin als Hauptverdächtiger und befindet sich in einem Teufelskreis. Im Laufe des Falls spielen eine mysteriöse Postkarte, eine Weinflasche und ein Name eine wesentliche Rolle.

Dieser Kriminalroman aus dem Jahr 1962 basiert auf einem sechsteiligen Fernsehkrimi von Francis Durbridge aus dem Jahr 1955, der auch für das Kino verfilmt wurde. Erstmals erscheint das Buch, das zuletzt 1967 auf Deutsch aufgelegt wurde, in einer ungekürzten Neuübersetzung mit zahlreichen Hintergrundinformationen und einem Vergleich mit Fernsehspiel und Kinofilm.

Band 24   FRANCIS DURBRIDGE
Mein Freund Charles
Kriminalroman
Vorwort, Nachwort, Übersetzung: Dr. Georg Pagitz

Der renommierte Arzt Dr. Howard Latimer erhält einen Anruf von seinem Freund Charles Kaufmann. Der Filmproduzent bittet den Mediziner, eine deutsche Schauspielerin namens Frieda Veldon vom Flughafen abzuholen. Das ist der Beginn eines Teufelskreises, in den sich Latimer immer tiefer verstrickt. Wenig später wird die Darstellerin ermordet in seiner Wohnung aufgefunden. Erschlagen wurde sie mit einem bronzenen Kerzenhalter, der sich ausgerechnet in Latimers Wagen findet. Dann stellt sich heraus: Charles Kaufmann hat nie angerufen und der einzige Zeuge, der Latimer entlasten könnte, scheint nicht zu existieren …

Dieser Kriminalroman aus dem Jahr 1963 basiert auf einem sechsteiligen Fernsehkrimi von Francis Durbridge aus dem Jahr 1956, der 1957 auch für das Kino unter dem Titel *Interpol ruft Berlin* verfilmt wurde. Erstmals erscheint das Buch, das zuletzt 1967 auf Deutsch aufgelegt wurde in einer ungekürzten Neuübersetzung mit zahlreichen Hintergrundinformationen. Wer die Kunstfertigkeit von Francis Durbridge kennenlernen oder verstehen will, dem sei die Lektüre dieses Krimis ans Herz gelegt. *Mein Freund Charles* ist der Inbegriff dessen, was den britischen Autor ausmacht: Überraschungen im Minutentakt, ständige Drehungen und Wendungen und ein Protagonist in einem Teufelskreis. Wahrscheinlich Durbridges bester Roman!

nisten und vereinte dort seine typischen Drehungen und Wendungen mit einem gelungenen Whodunit, der in vielen Aspekten an sein großes Vorbild Edgar Wallace erinnert - wie beispielsweise ein abgelegenes Schloss, unterirdische Geheimgänge, ein maskierter Mörder, eine geheimnisvolle Melodie oder eine brennende Windmühle ...

Das Buch enthält als Bonus das Manuskript zum Kurzkrimi *Der Knappe* und ein elfseitiges Interview mit Francis Durbridge.

Band 27   FRANCIS DURBRIDGE
Der Tod kommt ins Hibiscus
Kriminalstück
Vorwort, Nachwort, Übersetzung: Dr. Georg Pagitz

Der Nachtclub *Hibiscus* im Londoner West End steht unter der neuen Leitung von Hugo Bismarck und Amanda Smith. Hugo beschließt als erstes, das Lokal von den bisherigen Schwarzmarktgeschäften zu befreien. Dies führt zu Morden und jeder Menge Chaos und der Erkenntnis, dass im Hibiscus nicht alles so ist, wie es auf den ersten Blick zu sein scheint.

Dieses Theaterstück aus dem Jahren 1942/43 wurde nie aufgeführt und war neben *Paul Temple muss her!* Durbridges frühestes Bühnenwerk. Der Brite wollte Zeit seines Lebens für die Bretter, die die Welt bedeuten, schreiben, avancierte aber erst in seiner späten Schaffensphase zum erfolgreichen Dramatiker.

Der Tod kommt ins Hibiscus basiert auf einem zwölfteiligen Radiokrimi der BBC, erfuhr jedoch zahlreiche Änderungen im Plot. Durbridge verfasste das Stück unter dem Pseudonym Nicholas Vane. Als Co-Autor agierte der vielseitige Regisseur, BBC-Produzent und Schriftsteller Val Gielgud.

Band 28   FRANCIS DURBRIDGE
Paul Temple: Mord in Serie
Drehbücher und Manuskripte für die TV-Serie
Vorwort, Nachwort, Übersetzung: Dr. Georg Pagitz

Die BBC produzierte (später in Koproduktion mit Taunus-Film München) zwischen 1969 und 1971 52 Folgen der Fernsehserie *Paul Temple*, in der Francis Matthews die Titelrolle spielte. Keine der Geschichten (mit einer Ausnahme) stammte jedoch von Francis Durbridge, obwohl in der Anfangsphase geplant war, dass der Autor auch Drehbücher dazu abliefern sollte. Nachdem die von ihm vorgesehenen Pilotfolgen nicht verfilmt wurden, zog sich der Brite als Autor der Serie zurück.

Dieser Band enthält erstmals die beiden Drehbücher *Die Kelby-Affäre* und *Der Harkdale-Raub* sowie die drei Treatments *Die vorsichtige Miss Helvin*, *Der vorausgesagte Mord* und *Der Fall Calcary* inklusive umfassender Hintergrundinformationen.

Die Kelby-Affäre: Der Historiker Alfred Kelby verschwindet spurlos, mit ihm das Tagebuch von Lord Delamore, das offensichtlich nicht veröffentlicht werden darf. Bald findet man Kelbys Leiche. *Der Harkdale-Raub*: In einem Ort in den Midlands kommt es zu einem spektakulären Banküberfall. Wenig später wird Temple in den Fall involviert und findet in seiner Garage die Leiche eines Komplizen. *Die vorsich-*

tige Miss Helvin: Inspektor Vosper ermittelt im Mordfall einer jungen Frau, deren Gesicht unkenntlich gemacht wurde. Temple schaltet sich ein. *Der vorausgesagte Mord:* Ein Mann berichtet Temple, dass er einen Mordplan belauscht hat. Wenig später ist er selbst tot. *Der Fall Calcary:* Ein siebenjähriger Junge verschwindet auf einem Rummelplatz spurlos. Die Schauspielerin Calcary bittet Paul um Hilfe …

Band 29   FRANCIS DURBRIDGE
Das Halstuch
Kriminalroman – ungekürzt & neu übersetzt
Vorwort, Nachwort, Übersetzung: Dr. Georg Pagitz

In Littleshaw, einem Ort in der Nähe von London, wird auf einem Ackerwagen die Leiche des Fotomodells Fay Collins gefunden. Die junge Frau wurde mit einem Halstuch erwürgt. Der ermittelnde Kriminalinspektor Harry Yates stellt fest, dass Fay in ihren Taschen ein Telegramm hatte, in dem sich ein gewisser Terry für das Halstuch bedankt. Dieser Terry hat, wie der Bruder der Ermordeten, der Musiklehrer Edward Collins, aussagt, Fay außerdem ein teures Armband geschenkt. Aber wer verbirgt sich hinter dem Namen Terry? Marian Hastings, die Braut des Gutsbesitzers Alistair Goodman, erkennt auf einem Foto in der Zeitung jenen Mann wieder, der mit Fay Collins am Tatabend verabredet war: Es handelt sich um Clifton Morris, einen erfolgreichen Zeitungsverleger.

Kein anderes Werk ist bekannter als Francis Durbridges *Das Halstuch.* Der Roman basiert auf dem Originalmanuskript zu *The Scarf* und wurde neu übersetzt und erscheint erstmals ungekürzt.

Im Vor- und Nachwort gibt es umfassende Hintergrundinformationen zu allen europäischen Verfilmungen des Drehbuchs mit besonderem Augenmerk auf die Produktionsgeschichte des legendären deutschen Mehrteilers von 1961. Kritiken, Ausschnitte aus dem Originaldrehbuch und weitere Hintergrundinfos runden diese umfassende Ausgabe ab.

Band 30   FRANCIS DURBRIDGE
Julian
Drehbuch für einen Fernsehkrimi
Vorwort, Nachwort, Übersetzung: Dr. Georg Pagitz

Julian Kane ist ein erfolgreicher Pianist und Frauenheld, der schon für das Ende so mancher Ehe verantwortlich war. Weitere Umstände führen dazu, dass es an jenem Nachmittag im Hause des renommierten Psychiaters Sir John Mallion niemanden mehr gibt, der nicht einen Grund hätte, ihm aus Hass oder Eifersucht eines der vermeintlich sicher weggesperrten Giftfläschchen ins Getränk zu schütten. Wer wird zuschlagen? Und warum?

Julian wurde unter dem Arbeitstitel *Prelude to Murder* von Francis Durbridge als neunzigminütiges Fernsehspiel verfasst. In der BRD war seitens des WDR kurz nach dem *Halstuch*-Erfolg im Jahr 1962 eine Verfilmung geplant, die immer wieder verschoben und letztlich nie realisiert wurde. Die Story basiert auf dem Hörspiel *The Caspary Affair* von 1946, wurde aber ausgebaut und verändert (inklusive Täterwechsel), in Italien als Hörspiel produziert und schließlich von Durbridge zum Theaterstück – mit vielen Entwicklungsstadien und Veränderungen – umgearbeitet. Im umfangreichen Vorwort wird darauf eingegangen.

Band 31   FRANCIS DURBRIDGE
Ein Mann namens Harry Brent
Kriminalroman – ungekürzt & neu übersetzt
Vorwort, Nachwort, Übersetzung: Dr. Georg Pagitz

Tom Fielding betreibt in der Nähe von London eine Firma, die elektronische Geräte herstellt. Alles läuft bestens, aber er hat mit seiner Sekretärin Pech: Diese will ihn wegen einer bevorstehenden Heirat bald verlassen. Fielding sucht eine neue Sekretärin und glaubt diese in der hübschen Barbara Smith gefunden zu haben. Doch während des Vorstellungsgesprächs zieht die junge Frau eine Waffe und erschießt Fielding. Sie wird verhaftet und kann sich in ihrer Zelle vergiften. Bevor sie stirbt, verlangt sie nach einem gewissen Harry Brent. Dieser Mann ist ausgerechnet der Verlobte von Fieldings alter Sekretärin Carol Vyner und taucht fortan bei den Ermittlungen von Inspektor Alan Milton, dem Exfreund von Carol, immer wieder als Hauptverdächtiger auf. So findet er heraus, dass Barbara Smith Blumen am Grab von Brents Eltern niedergelegt hat und dass sich Harry Brent und Tom Fielding schon sehr viel länger kannten, als dieser zugibt ...

Dieser Kriminalroman erscheint neu übersetzt und ungekürzt. Durbridge-Fans werden überrascht sein, denn abgesehen von Umbenennungen der Orte und Figuren ist auch das Ende anders als im legendären deutschen TV-Krimidreiteiler *Ein Mann namens Harry Brent* von 1968. Der WDR bat Durbridge damals darum. Darauf und auf die Produktionsumstände der englischen, deutschen, italienischen, französischen und polnischen Verfilmung des Stoffs wird in einem umfangreichen, hundertseitigen Nachwort eingegangen. Besonderes Highlight: Unveröffentlichte Exklusivinterviews mit den Darstellern von damals (Brigitte Grothum, Peter Ehrlich und Wolfgang Preiss).

+++++++++++++++++++++++++++++++++
DEMNÄCHST
+++++++++++++++++++++++++++++++++

Band 32   FRANCIS DURBRIDGE
Wie ein Blitz
Kriminalroman – ungekürzt & neu übersetzt
Vorwort, Nachwort, Übersetzung: Dr. Georg Pagitz

Der reiche Geoffrey Stewart wird in einem abgelegenen Haus ermordet. Die Täter sind sein Angestellter Mark Paxton und seine Ehefrau Diana Stewart, die mit Mark ein Verhältnis hat. Als man die Leiche beseitigen will, ist diese verschwunden. Dafür meldet sich der Ermordete mehrmals bei seiner Ehefrau per Telefon und treibt diese fast in den Wahnsinn. Ganz nebenbei geschehen weitere Morde. Inspektor Clay ist mit den Ermittlungen beauftragt und hat nicht nur das Mörderpärchen Diana und Mark unter Beobachtung, sondern verdächtigt auch das Ehepaar Thelma und Walter Bowen sowie den Tankstellenbesitzer Ned Tallboy …

Wie ein Blitz basiert auf dem 16. mehrteiligen Krimi, den Durbridge für die BBC schrieb. 1966 in England ausgestrahlt, folgten bald weitere europäische Adaptionen, darunter die 1970 gezeigte deutsche Version mit Ingmar Zeisberg, Peter Eschberg, Albert Lieven, Paul Hubschmied und Horst Bollmann. Für die BRD schrieb Durbridge sein Drehbuch etwas um und ergänzte es um zahlreiche Szenen. Darauf, auf die weiteren Verfilmungen und auf viele andere spannenden Fakten wird im umfangreichen Nachwort auf über 100 Seiten eingegangen. Besonderes Highlight sind zwei exklusive, bisher nie veröffentlichte Interviews mit Regisseur Rolf von Sydow und Darstellerin Eva Pflug.

Band 33   FRANCIS DURBRIDGE
Ein Reisepass voller Gefahr
Manuskript für ein sechsteiliges Hörspiel
Vorwort, Nachwort, Übersetzung: Dr. Georg Pagitz

Der Journalist Roger Knight verschwindet in Afrika spurlos. Zuvor lässt er dem Britischen Geheimdienst noch eine Nachricht auf dem Armband seiner Uhr zukommen. Seine Schwester Linda West, eine bekannte Schauspielerin, erhält eines Tages den Anruf von Major Hadley, der sie bittet, für den Geheimdienst Ihren Bruder zu suchen. Linda wurde in London bereits Opfer eines Mordanschlags, den sie nur knapp überlebte. Zudem landete eine junge Frau, die ihr ähnlich sah, tot in der Themse. Wer will ihr Böses? Und warum? Hat es etwas mit der Nachricht zu tun, die Linda vor Wochen als letztes Lebenszeichen von Roger erhielt? Die Schauspielerin nimmt den Auftrag des Geheimdiensts an und sucht gemeinsam mit dem Journalisten Tim Valentine, einem Berufskollegen ihres Bruders, in Casablanca nach einer ersten heißen Spur. Es wird immer verzwickter und gefährlicher, denn niemand von den Menschen, die sie in dieser Angelegenheit kennenlernt, scheint die Person zu sein, die sie zu sein vorgibt.

Dieses sechsteilige Hörspiel von Francis Durbridge stammt aus dem Jahr 1945 und wurde nie auf Deutsch vertont. Es enthält alle typischen Zutaten eines typischen Krimis des britischen Autors. Zudem ähneln die Titelfiguren stark den bekannten Krimihelden Paul und Steve Temple. Der Autor schrieb die Story in den 1960ern zu einem Filmtreatment für einen geplanten Tim-Frazer-Kinofilm in Deutschland um, der nie realisiert wurde. Dazu und zu den Hintergründen des Hörspiels gibt es umfassende Infos im Begleittext. Außerdem enthält das Buch einen Artikel über die für Durbridge so spezifischen mysteriösen Gegenstände in seinen Kriminalgeschichten.

Band 34   FRANCIS DURBRIDGE
Die Kette
Kriminalroman – ungekürzt & neu übersetzt
Vorwort, Nachwort, Übersetzung: Dr. Georg Pagitz

Der Vater von Scotland-Yard-Inspektor Harry Dawson stirbt auf dem Golfplatz. Scheinbar war es ein Unfall, denn Tom wurde von einem Golfball so unglücklich getroffen, dass er seinen Verletzungen erlag. Harry glaubt nicht an die Geschichte und recherchiert auf eigene Faust. Als Peter Newton, der den tödlichen Golfball abschlug, ermordet aufgefunden wird, ist klar, dass auch Tom Dawsons Tod kein Unfall war. Im weiteren Verlauf der Ermittlungen spielen ein Hundehalsband, ein gestohlenes Collier, ein Mann im Rollstuhl und ein geheimnisvoller Hintermann, dessen Gesicht niemand kennt, eine entscheidende Rolle …

Francis Durbridges Roman beruht auf seinem 1966 für die BBC geschriebenen Mehrteiler, der erfolgreich in verschiedenen Ländern verfilmt wurde. In der BRD war seit 1967 eine Adaption in Gespräch, die aber aus verschiedenen Gründen nie zustande kam. Durbridge überarbeitete das Originaldrehbuch, gab ihm den neuen Titel *The Circle* und änderte sämtliche Personennamen. Daraus wurde schließlich 1977 der TV-Zweiteiler *Die Kette* mit Harald Leipnitz und Uschi Glas. Auf die Produktionsgeschichte wird im umfangreichen Nachwort eingegangen.

Band 35   FRANCIS DURBRIDGE
Zakary
Szenarium für einen Kinothriller
Vorwort, Nachwort, Übersetzung: Dr. Georg Pagitz

Großbritannien, Sommer 1914: Der Oxford-Absolvent Oliver Sheldon wird von seinem Onkel einem Mann vom Secret Service vorgestellt. Dieser möchte, dass Sheldon nach Japan geht und unter dem Vorwand, ein Buch zu schreiben, vor Ort Informationen sammelt. Sein Deckname lautet Zakary. Oliver erhält den Auftrag, Daten über ein geheimes U-Boot zu beschaffen. Bald bricht der Erste Weltkrieg aus und im Laufe der Jahre ändert sich auch die Einstellung der Japaner gegenüber Großbritannien, aber auch jene Olivers zu seinem Vaterland. Er arbeitet zwar noch als Spion, befindet sich jedoch immer mehr in einem großen Gewissenskonflikt …

Francis Durbridge schrieb dieses Szenarium für den renommierten italienischen Filmproduzenten Dino de Laurentiis. Was anfangs wie eine typische Durbridge-Kriminalgeschichte beginnt und über Strecken sogar die so typischen Wendungen enthält, wird allmählich zu einem Film über Spionage und Krieg, geht hin bis zu den Ereignissen in Pearl Harbour und zieht sich schließlich in der Handlung über 30 Jahre hinweg. Die wohl ungewöhnlichste Geschichte von Francis Durbridge zu einem Kinofilm, der nie realisiert wurde, aber mit Sicherheit ein internationaler Blockbuster geworden wäre.

+ +
WEITERE TITEL IN VORBEREITUNG
+ +

Informationen zu allen englischen und deutschen Durbridge-Büchern von Williams & Whiting finden Sie unter
www.williamsandwhiting.com

Die offizielle Seite zu Francis Durbridge ist erreichbar unter
www.francisdurbridgepresents.com

www.ingramcontent.com/pod-product-compliance
Lightning Source LLC
Chambersburg PA
CBHW030924260626

47169CB00002B/376